LA LYRE ET LE GLAIVE 1

Diseur de mots

Collection dirigée par Thibaud Eliroff

Retrouvez-nous sur Facebook :
www.facebook.com/jailu.collection.imaginaire

Prologue

Gydja contemple sa sœur. Sa jumelle. L'avers féminin de son propre accomplissement. Celle dont le corps, comme le sien, présente sept des huit signes de la perfection. Son épouse, à ce point confondue avec lui qu'elle porte le même nom. Les hemsendi qui les servent y adjoignent rarement le préfixe distinctif. Pour eux ils sont indifféremment Gydja, sixième comanifestation de la vingt-quatrième occurrence du trente-deuxième cycle d'incarnation de l'Axe-divin.

Elle dort. Dans son sommeil, des mouvements convulsifs agitent ses doigts. Rêve-t-elle à un monde où, simple mortelle, elle court librement dans l'herbe odorante du matin encore humide de rosée, plonge dans l'eau fraîche du lac, demande pour en jouir l'homme de son choix et s'endort assouvie à son côté ? Où, en un mot, elle vit au lieu de se soumettre à tout instant à des rites fastidieux afin de préserver l'équilibre du Monde ? Il connaît son tourment. Il éprouve le même.

Un dieu vivant a-t-il le droit d'abdiquer tout espoir ? A-t-il le droit de sentir vaciller la base de l'équilibre dont il a la charge sans s'en émouvoir ? A-t-il le droit de le taire ?

Il effleure les cheveux de sa sœur-épouse. Elle ouvre les yeux. De grands yeux tristes, à la prunelle vague. À force de baigner dans les vapeurs des brûle-parfums, ils ont perdu leur éclat. Les fumigations maintiennent l'Axe-divin dans une perpétuelle sérénité, prédisposent son esprit à la méditation et garantissent qu'aucune part de passion n'entre dans ses décisions. Cependant, dans les moments de lucidité qui lui sont consentis, Gydja se demande si elles ne minent pas aussi leurs corps en les vidant de leur énergie. Il ne s'en effraie pas pour lui-même – d'ailleurs, la peur est pour lui un mot vide de sens –, mais l'idée que son double féminin se dégradera un jour le révulse.

Dès leur plus jeune âge, les jumeaux ont été repérés en raison de la finesse de leurs traits, de la justesse de leurs proportions, de l'harmonie de leurs gestes. Sur le point de quitter l'enfance, ils ont suivi les voldani jusqu'au Dàsborg. Là, on a surveillé leur épanouissement. Le moindre défaut aurait entraîné leur éviction. Quoi de plus normal que d'exiger la perfection de celles et ceux dont dépend l'harmonie du Monde ? Les jumeaux franchirent cette étape. Gydja se rappelle la joie qu'ils éprouvèrent en pénétrant dans l'octavium où se poursuivrait leur initiation. Aujourd'hui, il s'interroge : qu'aurait été son existence si une tache de rousseur ou un galbe mal proportionné avait contrarié un de leurs mentors ?

— Es-tu reposée ? demande-t-il.

— Assez pour tenir le Monde en équilibre un jour de plus, réplique-t-elle.

La lassitude qu'exprime sa voix désamorce la plaisanterie. Elle se blottit contre son frère-époux, non par désir – en a-t-elle jamais éprouvé depuis qu'elle siège sur la Dàsten ? – mais pour puiser un peu de réconfort dans son étreinte. Oublier un instant, semblables et confondus dans la même tiédeur, la solitude qui les broie !

La trêve est brutalement interrompue par l'irruption de Herd. En proie à une excitation insolite, le doyen des hemsendi en oublie presque de se prosterner.

— Une grande nouvelle, Infinie Sapience ! Une merveilleuse nouvelle !

Il bredouille, rit et pleure en même temps. Une attitude inconcevable chez un homme entraîné depuis l'adolescence à maîtriser ses émotions. Un seul événement peut justifier cet écart.

— L'Absolu ? s'exclament, de concert, la sœur et le frère.

— Les voldani l'ont découvert sous l'horizon de l'Ours, dans un village du Hòtta. Il est né il y a environ trois octades.

L'Absolu ! Celui dont le corps ne présente pas sept mais huit signes de perfection. Celui qui n'aura pas besoin de comanifestation, puisque réunissant les deux sexes dans la même personne.

Les jumeaux sentent un grand froid les envahir. Certes, cette découverte signifie qu'ils peuvent désormais compter les jours les séparant de la délivrance, l'échéance tant souhaitée où ils seront rendus à la banalité. L'Absolu est né ! Dans une octennie et demie, à l'apparition de son flux menstruel, il les soulagera de la redoutable charge qui pèse aujourd'hui sur leurs trop frêles épaules. Ils seront enfin libres.

Libres !

Ils ont beau se répéter ce mot, ils n'éprouvent aucune allégresse, tandis que la jubilation de Herd leur paraît presque insultante. L'Absolu ne sera pas en mesure d'assumer son rôle avant de longues années mais, d'ores et déjà, dans l'esprit du hemsend, son avènement accuse leur incomplétude et les rétrograde au rang de pis-aller, pour ne pas dire d'imposteurs.

En vérité, imposteurs, ne le sont-ils pas devenus le jour où ils ont décidé de ne pas révéler qu'ils ont senti la Dàsten bouger ?

Les tressaillements de la pierre sacrée sur laquelle ils siègent, pivot et point de convergence de tous les horizons, annoncent-ils la venue de l'Absolu, pour la première fois dans l'histoire des hommes de ce temps ? Ou s'agit-il des prémices d'une catastrophe plus radicale ? Gydja-le-mâle regarde le rivage, au-delà du lac. Depuis trois générations, la cité palatiale de Dàsborg s'étiole, sans qu'on en comprenne la raison.

Peut-être le Monde est-il trop vieux.

Le temps fait moins injure à une cité qu'à ceux qui l'habitent. Néanmoins, qu'on la croie éternelle ne l'empêche pas de s'écrouler.

Première partie

Æsa

Chapitre 1

D'abord on entendit, sous les gifles de la pluie, une cascade de chocs sourds : les blocs projetés par le courant du fleuve en crue ébranlaient les brise-glaces. L'un après l'autre, les madriers plantés en amont des piles pour les protéger se délitaient. Puis un son éclatant, presque une détonation, couvrit tous les autres. Un long frémissement parcourut le tablier, semblable à celui qui secoue l'échine d'une biche frappée par le trait d'une arbalète. Les rares passants encore engagés sur le pont, courbés sous les trombes d'eau rabattues par les rafales du vent fou, pressèrent davantage le pas. Nul besoin pour les cavaliers d'éperonner leur monture : d'instinct, les bêtes prirent le galop, au risque de déraper sur le plancher trempé ou d'écraser les piétons qui tardaient à s'écarter.

Depuis la redoute qui verrouillait l'accès au pont, Waard regardait, impuissant, les pieux succomber au courant et s'écraser contre les pilotis qu'ils étaient censés renforcer. Cette année, dans les Terres Hautes, le vent de l'Aigle s'était montré très précoce. Un réchauffement prématuré succédant en quelques jours à un hiver exceptionnellement neigeux provoquait une débâcle d'une violence dont ni la mémoire du gardien ni les annales du pont ne gardaient le souvenir. Grimpant de plusieurs coudées en quelques heures, le niveau de l'eau dépassait celui, historique, de l'an 3 du Cerf. Et rien ne laissait présager une embellie. Les longerons du tablier ne surplombaient plus que de quelques empans la surface chargée de glaçons plus gros qu'une barge.

Waard ne prêtait plus attention au fracas de la glace qui s'entrechoquait, ni même aux coups de boutoir qu'elle portait aux madriers des piles. Ce qu'il entendait surtout, c'était le gémissement lugubre qu'émettaient les parties hautes du pont, de *son* pont, aussi déchirant qu'un râle d'agonie. Chaque assaut mené avec hargne par un fleuve que le gel avait trop longtemps bridé résonnait dans son propre corps, lui arrachant à son tour une plainte : le pont et son gardien souffraient de concert. Mais, alors que l'ouvrage mobilisait toutes ses forces pour résister encore un peu, Waard sentait les siennes l'abandonner à mesure que l'angoisse serrait sa poitrine. Tels ces poissons qu'il arrachait chaque jour à leur élément depuis bientôt trente ans, il suffoquait, le souffle coupé à chaque nouvel impact.

À travers le rideau de la pluie, il distinguait à peine l'antique statue de Gangyr. Il tendit les mains vers le dieu tutélaire du fleuve, mi-suppliant, mi-furibond. Pas un matin il n'avait omis de baigner les pieds de l'idole, creusant si nécessaire un trou dans la glace pour puiser l'eau du Stor. Pas une fois il n'avait négligé de lui sacrifier le meilleur de sa pêche, ni de lui consacrer les péages du jour en inscrivant une courte action de grâce sous l'arrêté des comptes. Ce zèle lui avait d'ailleurs valu le nom public de Pieux-servant. Pouvait-on espérer meilleure reconnaissance ? Aujourd'hui encore, malgré l'impétuosité des bourrasques qui menaçaient de le précipiter dans le flot, il avait procédé aux ablutions lustrales. Alors ? Qu'attendait la divinité pour se manifester et triompher des démons qui tourmentaient le fleuve ? Ils se déchaînaient et elle, elle se contentait de leur opposer un sourire bienveillant. Malgré sa dévotion, Waard n'était pas certain que cela suffirait à les mater.

Le pont, à présent, était vide. Le gardien pouvait le comprendre : il fallait avoir de sérieux motifs pour quitter l'abri d'une des innombrables auberges qui jalonnent les routes de la riche commanderie du Solkstrand. La pluie tombait tellement dru qu'elle masquait l'autre rive. Waard fronça les sourcils, car de cette grisaille émergeait une silhouette. Par réflexe, il fourra sa main gauche dans sa poche pour serrer de ses trois doigts une amulette à l'image de Gangyr. Quelquefois, les démons se manifestaient aux hommes ; en général, l'entrevue ne tournait pas à l'avantage de ces derniers.

Il se raisonna : le cavalier avait pris la précaution de mettre sa monture au trot. Un démon ne se serait pas montré aussi prudent. Waard s'avança de quelques pas sur le tablier afin d'accueillir l'audacieux comme il se devait. Car, parmi les mortels, seul un courrier du hartl pouvait avoir assez d'abnégation pour circuler dans de telles conditions.

Il se trompait. Le cavalier était d'un rang plus élevé encore. La poignée du sabre qui dépassait de son épaule gauche et l'embase du carquois qui garnissait son étrier – quoique vide de ses flèches – attestaient son appartenance à la noble classe des bardaghi.

Il ne portait pas son casque, puisque, après des octennies d'incidents de frontières, le hartl Skilf avait obtenu une trêve de ses ennemis, ce dont lui étaient reconnaissants l'Axe-divin et plus encore le petit peuple. Cependant le dessin du masque de cuir repoussé qui protégeait son visage des intempéries lui conférait une expression féroce. Si un simple couvre-face de voyage paraissait aussi terrible, qu'en allait-il du heaume qu'il arborait sur le champ de bataille ?

Il s'arrêta à hauteur du gardien. Celui-ci s'inclina.

— Si le bardagh-èr condescend à…

— À boire, le coupa le guerrier.

Waard se précipita dans la barbacane pour en ressortir aussitôt, porteur du hanap réservé aux visiteurs de haut rang. Il n'avait pas atteint le cavalier qu'un horrible craquement domina le tumulte. Horrifié, Waard vit à travers le rideau de pluie la statue de Gangyr s'incliner vers le courant, lentement d'abord, puis de plus en plus vite. Tout de suite après, le milieu du pont s'affaissa, par saccades. Le tablier se tordit. Les planches sautaient les unes après les autres. Le vent s'emparait de celles qui s'élevaient le plus haut pour les emporter, tels des fétus, plusieurs aunes en aval. L'une après l'autre les piles cédaient. Le fleuve emportait les énormes madriers, que ses dents de glace mâchaient avec gourmandise.

Les doigts crispés autour du hanap, Waard sentait l'affolement le gagner. Il restait pétrifié, incapable d'aligner deux pensées cohérentes. Alerté lui aussi par le fracas, le bardagh s'était retourné sur sa selle pour assister au désastre. Comme la dernière pile cédait, étouffant un cri de rage, il repoussa du pied le malheureux gardien et piqua des deux. Il traversa la barbacane en trombe ; la pluie l'avala, lui et sa monture, avant que Waard eût seulement songé à se relever.

Le cul dans la boue à laquelle se mêlait la bière du hanap renversé, Waard retrouvait peu à peu ses esprits. C'était hélas pour mesurer l'erreur qu'il avait commise en restant jusqu'au bout à son poste. S'il avait emprunté le pont aux premiers signes de faiblesse et rejoint son acolyte sur l'autre rive, peut-être aurait-il eu le temps de fuir jusqu'au Heldmark et échapper ainsi à son sort. Désormais, il était trop tard : le fleuve en crue lui barrait la retraite. Le bardagh masqué porterait la nouvelle à la plus proche garnison et la justice du hartl Skilf ne tarderait pas à s'abattre de toute sa rigueur sur celui à qui il avait confié son pont le plus précieux et qui avait failli.

Waard tendit le poing en direction de la route, appelant la malédiction de Gangyr, d'Othar et de tous les autres dieux ou démons sur celui qui, à n'en pas douter, était le véritable responsable de la catastrophe.

Celui qu'il maudissait ainsi, ce n'était pas le printemps, artisan de la fonte des glaces, mais le sorcier qui avait jeté un sort sur le pont, l'impudent, l'arrogant dont il avait ri quand il s'était présenté comme diseur de mots et qui se vengeait de son incrédulité de la plus odieuse manière.

Les hommes d'armes ne traînèrent pas. Dès l'aube du lendemain, ils s'emparèrent de Waard, qu'ils trouvèrent dans sa redoute, hébété et régurgitant la bière dont il s'était étourdi toute la nuit. Il n'avait opposé aucune résistance. Les premiers instants de panique passés, avant de se saouler, il avait en effet pesé et repesé ses chances d'échapper à la vindicte du hartl en se cachant, mais il savait l'entreprise vouée à l'échec : Skilf Oluf'ar avait des yeux et des oreilles partout. Ce n'était même pas de la résignation. Plutôt de l'apathie. En emportant le pont, le fleuve avait brisé tous les ressorts de son gardien. Waard aurait tout aussi bien pu se jeter à l'eau, si ne couvait pas encore sous la cendre du deuil une petite braise avivée par l'alcool : le bien faible espoir de diriger le bras de la justice sur le vrai coupable. Il lui importait moins, à ce moment, de sauver sa vie que de laver son honneur. Le hartl était certes connu pour sa sévérité mais aussi renommé pour son équité. Depuis des octennies, Waard apportait un zèle sourcilleux à la défense de ses intérêts. Il n'avait pas son pareil pour déjouer les fraudeurs qui tentaient de dissimuler des marchandises frappées d'octroi et au contraire, hélas, de tant de collecteurs il ne s'était jamais – jamais ! – laissé fléchir ni soudoyer. C'était d'ailleurs cette intransigeance qui l'avait perdu, face au jeteur de sorts. Aussi, l'ivresse aidant, il se convainquit que Skilf, reconnaissant ses mérites et sa probité, prêterait une oreille attentive à ses arguments.

Il ne se débattit donc pas. Les hommes d'armes, loin de récompenser sa docilité, le houspillèrent et le couvrirent de chaînes. Dégrisé par les coups et ramené à la réalité par le poids des entraves, Waard se demanda s'il n'avait pas péché par optimisme. Mais il était trop tard. Amer, il songea qu'il était trop tard depuis l'instant où les pilotis soutenant la statue du dieu tutélaire, minés par les assauts de la glace, avaient cédé sous son poids.

On le traîna dehors. Le vent était tombé dans la nuit et une bruine pénétrante succédait aux averses de la veille. Le sergent placé à la tête du détachement n'avait pas quitté sa selle, une arbalète bandée sur le bras. Bien qu'il eût le double de son âge, Waard s'adressa à lui avec une déférence exagérée.

— Que Gorth comble le sergent-èr de force et de courage et sème la déroute parmi ses ennemis ! Je possède une mule. Si le sergent-èr m'y autorise...

Un éclat de rire interrompit sa requête.

— Tu ne possèdes plus rien, corrigea le cavalier. Tous tes biens seront vendus pour payer notre dérangement et je doute que ça suffise. Quant à ta mule, elle finira en ragoût pour la plus grande satisfaction de mes hommes. Ils sont las de l'orge bouillie qu'on leur sert à tous les repas.

Une nouvelle manifestation d'hilarité accueillit ce trait d'esprit, tandis qu'un soldat passait une longe dans l'un des anneaux de la chaîne fermée sur les poignets du prisonnier. Traîné au cul d'un cheval avec les fers aux pieds..., le voyage promettait d'être pénible.

Quand la troupe se mit en marche, Waard jeta un dernier coup d'œil aux ruines du pont qui avait été sa raison de vivre pendant quatre octennies. Les glaçons charriés par le fleuve paraissaient moins nombreux ce matin, en tout cas moins volumineux, que ceux de la veille, mais le niveau de l'eau ne baissait pas.

Pour un courrier aguerri enchaînant les chevaux robustes qui l'attendaient aux relais, le trajet jusqu'à Solksborg, où siégeait la haute justice, ne prenait qu'une grosse journée. Mais le prisonnier marchant à pied et tombant souvent, les murs de la cité ne se dessinèrent qu'au cinquième jour. Waard vit apparaître avec soulagement les toits enchevêtrés de la citadelle campée sur son éperon. Tout au long de ce trajet, ses gardiens s'étaient ingéniés à le tourmenter : coups, insultes, privation de nourriture avaient été son lot. Ainsi que le claironnait le sergent, mieux valait qu'il s'y habitue tout de suite, le plonger sans transition dans les geôles de Solksborg eût été trop cruel. C'est donc un homme épuisé, au corps dolent, aux cheveux blanchis qui traversa le pont jeté sur le Svéro dans la boucle duquel se lovait la ville basse – un banal pont posé sur des pilots, large mais sans aucune majesté ! La petite troupe pénétra dans la cité par la porte du Tétra. La dernière fois que Waard l'avait empruntée, pour aller se mettre au service du maître-gardien Vonn, il était un jeune homme. Il s'enorgueillissait de la confiance que lui accordait le hartl Oluf en lui permettant, à lui, un simple montagnard du Laxdal, d'entrer à son service. Il était bien loin d'imaginer alors dans quelles conditions il reviendrait. Ni dans quel pitoyable état.

La cité aussi avait bien changé. Il gardait le souvenir de ruelles tortueuses et sombres, de masures de guingois. La rue droite, pavée, qui s'élançait à l'assaut de la pente menant à la citadelle n'existait pas du temps de sa jeunesse. Elle était assez large pour accueillir des deux côtés des étals bien garnis. De hautes fenêtres vitrées égayaient des façades pimpantes, dont la plupart étaient maçonnées. Des placettes offraient le luxe d'une fontaine surmontée de l'effigie gracieuse d'un dieu ou d'une déesse. Et ce n'était pas fini. De partout résonnaient le bourdon des chantiers, la chanterelle des scies, la percussion des guilloches, les litanies des contremaîtres. Des fardiers apportaient des pierres, des madriers, des ardoises fines, les rues blanchissaient sous les plâtras. Il se disait, dans les campagnes, que le hartl Skilf voulait faire de Solksborg la cité la plus belle, la plus prospère du Monde, qu'il ambitionnait d'égaler, pour ne pas dire éclipser, Dàsborg, la cité palatiale de l'Axe-divin. Sur le pont, Waard avait entendu maints récits de voyageurs à ce sujet, les uns louant le nouveau visage de la cité, les autres déplorant le poids des impôts et la charge des corvées que nécessitait une telle métamorphose. Mais pour lui qui était né dans un lointain village du Rautfjoll et avait passé presque toute sa vie sur les rives du Stor, leurs descriptions demeuraient abstraites. Il n'imaginait pas qu'il pût jamais exister plus prodigieux ouvrage que le Storbir, le pont qui enjambait le fleuve depuis des générations. Enfin, qui l'avait enjambé…

Contrairement à son ventre, les rues étaient loin d'être vides. Tant d'activité lui donnait le tournis – à moins que ce ne fût la faim. Même les chalands qui fréquentaient les étals des marchands s'interdisaient la flânerie. Les chiens qui déambulaient la truffe collée au sol prenaient eux-mêmes un air affairé. Blasés sans doute du pitoyable spectacle offert par un misérable traîné sous bonne escorte jusqu'aux cachots de la citadelle, les passants ne lui accordaient pas la moindre attention. Pis : ils détournaient le regard quand, par inadvertance, ils le portaient sur les hommes d'armes, peu enclins à provoquer leur animosité par une curiosité déplacée.

Séparée de la ville basse par le Sykur, un ravin naturel profond, la citadelle conservait quant à elle toute sa sévérité. Face à la barbacane qui en protégeait l'accès se dressait l'imposante Halle de justice. Des crochets ponctuaient sa façade aveugle ; on y exposait les crânes des suppliciés. Ceux-ci n'avaient pas à franchir une grande distance après le prononcé de la sentence pour subir leur châtiment.

Waard jeta un regard torve sur le pilori et la cage de monstrance dans laquelle ceux qui contrariaient le hartl pourrissaient jusqu'à ce qu'il lui plût de leur pardonner – ce qui, bien souvent, signifiait qu'ils avaient effectivement eu le temps d'entrer en décomposition. Pour compléter ce sinistre spectacle, une potence paraissait presque débonnaire au regard du chevalet de torture qui lui faisait pendant. Waard chercha à se rassurer en constatant que la plupart des crochets à crâne étaient dégarnis, mais il avait encore en mémoire les paroles du sergent. Sur le chemin, celui-ci n'avait pas manqué de louer la bienveillance du hartl qui gardait toujours à l'esprit que son bourreau, rémunéré à la tâche, avait une famille nombreuse à nourrir.

Jamais Waard n'avait songé qu'il pénétrerait un jour dans la citadelle. Dommage que son plaisir fût gâché par les circonstances qui l'autorisaient à franchir la herse du castelet. De l'autre côté de la voûte, une passerelle de bois d'autant plus vertigineuse qu'aucun garde-corps ne la garnissait enjambait le Sykur. Tandis que Waard la franchissait, une srige, remontant des profondeurs, le survola en jappant. Le prisonnier frémit à ce mauvais présage. Son corps, à bout de ressources, le trahit ; il tomba à genoux. Indifférent à sa détresse, le sergent n'arrêta pas sa monture et c'est traîné sur le ventre que Waard pénétra dans l'avant-cour.

Les hommes d'armes mirent pied à terre. Le sergent détacha la longe du pommeau de la selle, se planta devant Waard qui s'efforçait de se remettre debout et lui décocha un coup de pied dans les côtes en guise d'adieu. Après quoi, avec l'assurance satisfaite de celui qui a accompli son devoir, il se dirigea d'un pas martial vers le casernement.

Deux soldats saisirent le prisonnier sous les aisselles pour le relever. Une bourrade lui indiqua la direction à prendre. Sous la salle des gardes, un escalier aussi raide qu'étroit descendait aux geôles.

Un rai de lumière filtrait à travers le judas de la porte, seul éclairage du couloir à la puanteur atroce qui menait aux cachots. Waard fut surpris de n'en compter qu'une douzaine. Ce dépôt ne servait-il pas le siège de la haute justice hartlee ? Il fallait croire que celle-ci ne s'embarrassait pas de longues procédures, ce qui était somme toute rassurant, ni de longues détentions, ce qui l'était beaucoup moins.

Quand la porte se referma derrière lui, Waard sursauta. Une chose était de s'être préparé à ce moment, une autre de le vivre. Le grincement des verrous le glaça. Dans une obscurité totale, il fit deux pas en avant, bras tendus. Ses doigts heurtèrent la surface grenue d'une pierre. Il adressa une brève prière à Gangyr, la première depuis qu'il avait vu sa statue basculer dans les flots. Quel pouvoir conservait un dieu noyé ? Ne devrait-il pas plutôt implorer le secours d'une des divinités qu'il avait honorées dans son enfance, avant d'entrer au service de Vonn ? Son maître était un homme austère, qui ne plaisantait pas avec la dévotion et lui avait imposé dès l'abord un culte exclusif : seul le dieu du pont méritait le zèle des gardiens ! Curieusement, les traits du maître présentaient des similitudes avec l'effigie dressée au milieu du pont, si bien que dans l'esprit du novice les deux se mélangèrent toujours un peu. Vonn se révéla d'un caractère rugueux. Il ne lui manifesta jamais la moindre chaleur, mais il le forma bien. Il éventait toutes les ruses déployées par les resquilleurs, dont l'imagination n'était pourtant jamais en peine dès lors qu'il s'agissait d'inventer de nouveaux stratagèmes. Waard se montra à ce point attentif à ses leçons qu'il l'égala bientôt en perspicacité. De novice, il était passé acolyte, puis le vieux s'était noyé en tombant du pont, sans qu'on sût s'il s'agissait d'un accident ou d'un suicide. Waard avait pris sa place. D'abord soulagé de s'affranchir d'une tutelle devenue pesante, il s'était vite senti orphelin. Son mentor, qu'il avait pris un malin plaisir à contrarier en se révélant aussi, voire plus perspicace, lui manquait ; il en fut le premier surpris. Restait la statue du dieu, dont la ressemblance avec le défunt parut encore se préciser, comme si elle s'efforçait de lui délivrer un message. Plus que jamais, Waard avait alors mérité son nom public. Et voilà que Gangyr s'était à son tour abîmé dans le fleuve et que lui-même se retrouvait enseveli vivant dans une prison sans lumière !

Et tout ça à cause de…

— Eh bien, tu vas rester planté comme ça longtemps ? Comment tu t'appelles, l'ami ?

Waard sursauta. Ses yeux s'habituaient assez à l'obscurité pour distinguer une vague lueur sous la porte, mais le coin d'où avait surgi la voix éraillée qui l'interpellait demeurait ténébreux. Il respira à fond – ce dont l'odeur pestilentielle l'avait dissuadé depuis son entrée dans la cellule – pour calmer l'emballement de son cœur. L'apostrophe lui avait causé la pire des frayeurs. Elle ne représentait pourtant aucune menace. Simplement, il ne lui était pas venu à l'idée qu'un cachot aussi silencieux contenait déjà un occupant.

— Mon nom est Pieux-servant, annonça-t-il.

Sa voix résonna dans la pièce minuscule.

— Le gardien de pont ? renifla son compagnon d'infortune. Un peu moins flambard que quand il s'agissait de pressurer le pauvre monde, à ce qu'on dirait.

— Nous nous connaissons ?

— Pourquoi t'es ici ? T'as fini par empocher les péages ?

L'indignation raidit Waard. Il résista à temps à la tentation de corriger l'impertinent : il ne serait pas très malin de maltraiter un homme avec lequel il était condamné à partager un espace aussi exigu. Sans compter qu'il n'était pas sûr d'avoir le dessus, le voyage l'ayant à ce point éprouvé qu'il tenait à peine sur ses jambes.

— La débâcle a emporté le pont dont j'avais la garde, souffla-t-il.

Un éclat de rire accueillit cet aveu.

— Et toi ? Qui es-tu ? demanda Waard, ulcéré par un tel manque de compassion.

Pour toute réponse, il entendit un bruit de chaîne, puis un objet lourd heurta son visage. Il recula, oubliant que sa cheville était entravée, chuta lourdement sur les fesses. Son crâne heurta la paroi. Étourdi, il croisa les bras devant sa tête, pour parer un nouveau coup qui ne vint pas.

— Eh ! Pourquoi t'as fait ça ? beugla-t-il

— Pour te montrer l'estime que m'inspirent les collecteurs. C'est à une pourriture de ton espèce que je dois d'attendre dans ce trou à rats d'aller me faire chatouiller par le bourreau. Mon nom privé est Lok, mais on me connaît mieux sous celui de Queue-de-lézard. Ça t'évoque quelque chose, percepteur ?

Tant bien que mal, Waard se releva. Il resta appuyé le dos au mur bien que le tintement des chaînes lui eût appris que son agresseur s'était rassis dans l'encoignure opposée.

— J'aurais pas dû, maugréa celui-ci. Sur une caboche aussi dure que la tienne, j'aurais pu casser la cruche.

Était-ce un hasard si un gardien de pont se retrouvait dans la même cellule qu'un fieffé contrebandier ? Sûrement pas. Celui qui en avait décidé ainsi ne manquait pas de malice. Waard soupçonnait volontiers le sergent. Pendant tout le trajet, celui-ci avait pris plaisir à l'humilier. Mais, dans le genre vicieux, le geôlier lui avait paru supporter la comparaison.

Waard essuya du revers de la main le liquide qui coulait de ses narines sur sa lèvre. Sang ou morve ? Sang, décida-t-il au goût. Lok ne l'avait pas raté. Il commençait à distinguer vaguement des formes. Peut-être finirait-il par acquérir une vision suffisante pour prévenir une nouvelle attaque surprise ?

Au demeurant, Queue-de-lézard ne manifestait plus aucune agressivité. Le coup qu'il lui avait asséné était une sorte d'accueil, une mise au point. Il était le premier arrivé dans la cellule, donc celui qui commandait. Au bout d'un moment, il demanda :

— T'aurais pas què'que chose à bouffer, par hasard ?

Quand bien même, ce ne serait pas pour ta gueule, songea Waard, tandis que Lok répondait lui-même à sa question :

— Non, bien sûr. Les faces de srige qui t'ont amené t'auront nettoyé d'abord, encore heureux qu'ils t'aient laissé la chair sur les os. Alors, si t'as rien, apprête-toi à la sauter. Parce que ici, la bouffe, c'est quand ils veulent, et ils veulent pas tous les jours.

Waard se laissa couler au pied du mur, replia les jambes et posa la tête sur ses bras croisés sur ses genoux. Longtemps, malgré la fatigue accumulée sur le trajet, le sommeil le fuit. Il ne s'en plaignait pas, redoutant vaguement une nouvelle agression de Lok. Il n'excluait pas que le hartl ait cherché, en lui imposant un tel voisinage, à économiser les frais d'un procès en bonne et due forme. Il trouvait inique d'être enfermé avec un authentique criminel. Lok avait choisi de transgresser les lois ; lui, il avait été broyé par des forces naturelles, auxquelles même un dieu n'avait pu résister. Tout ce dont on pouvait lui faire grief, c'était de ne pas avoir suivi la statue de Gangyr dans le tourbillon.

Or, Lok ne renouvela pas son attaque. Mieux, il se révéla les jours suivants un compagnon sinon cordial, du moins tolérable. Vivre à deux dans un espace aussi restreint exigeait un minimum d'entente et d'organisation. Lok lui assigna un coin pour dormir, lui indiqua où uriner et déféquer, opéra le partage sinon équilibré, du moins acceptable du mauvais pain qu'on leur glissait par un guichet. Il garda par-devers lui la précieuse cruche ; pour boire, Waard dut la lui demander, mais force était de reconnaître qu'il n'essuya jamais de refus.

Lok ne se lassait pas d'entendre Waard raconter la catastrophe. Chaque fois, l'épisode tragique de la noyade du dieu lui arrachait un sursaut d'hilarité, ce qui choquait profondément le gardien. Il consentait néanmoins à recommencer encore et encore son récit, veillant à l'enrichir de moult détails, non par complaisance envers l'impie, mais parce qu'il se préparait ainsi à l'interrogatoire auquel le hartl allait le soumettre.

— Connais-tu un diseur de mots ? demanda-t-il une fois au terme d'un de ses récits.

— J'en ai croisé plusieurs. Les guérisseurs, ce n'est pas ça qui manque. Sont encore plus voleurs que moi.

— Celui-là prétend s'appeler Bouche-d'or. Un jeune, plutôt grand, brun de poil et de regard, avec une cicatrice sur la lèvre supérieure et une autre au coin de l'œil droit. Sa parole efficace, il ne s'en sert pas pour soulager les gens, plutôt pour jeter des sorts, je dirais.

— Hmm… Je vois pas. De toute manière, c'est pas un enchanteur qui te sortira de la merde où tu t'es fourré.

— Où il m'a mis, corrigea Waard. Si je le retrouve, j'ai une chance de sauver ma peau.

— Et comment tu comptes t'y prendre ? Au cas où t'aurais pas remarqué, t'es enfermé fers aux pieds dans un caveau qu'on quitte que pour crever.

— Le hartl Skilf Oluf'ar est un homme juste. Il entendra ma défense

— Espère ! ricana le contrebandier. T'as pas vu l'échafaud, avant d'entrer dans la citadelle ? Le bon peuple adore le spectacle. En plus, il déteste les collecteurs. Pourquoi le décevoir ?

— Tu exagères. Les crochets à crâne étaient dégarnis.

— C'est les sriges. À peine on pose les têtes que ces saloperies remontent du Sykur. Elles se battent à qui bouffera les yeux et la cervelle. Tout ce que tu peux espérer de la clémence de ton hartl, c'est une mort rapide. Mais n'y compte pas trop. Ceux de la haute, on leur coupe le cou. Quand le bourreau est en forme et que la famille lui a graissé la patte, ça va vite. Mais nous autres, les croquants, on a droit à plus de raffinement. Je te raconte pas. Tu verras par toi-même.

Au quatrième jour, la porte s'ouvrit. Les prunelles de Waard étaient à ce point dilatées que la lumière plutôt chiche du couloir l'éblouit.

— Queue-de-lézard ! Amène ta carcasse, les sriges ont faim !

Pour la première fois, Waard distingua les traits de son compagnon, mais, à vrai dire, il s'intéressa plutôt aux objets qu'il laissait dans son coin : la cruche, qu'il s'agissait de ne pas renverser quand retomberait l'obscurité, et un oripeau qui lui servait de couverture.

Waard dormit bien, la nuit suivante. La cellule puait tout autant et la couverture grouillait de bestioles – mais pas plus que la paille qui jonchait le sol. Waard s'aperçut que, même inconsciemment, il était resté en permanence sur ses gardes.

L'ouverture de la porte le réveilla en sursaut. Un nouveau prisonnier ? Non. On venait le chercher à son tour. Pour l'interrogatoire, précisa le geôlier. Une lanterne sourde jetait sur sa trogne une lumière fantasque, qui creusait ses rides et conférait à son rictus édenté une expression démoniaque.

Waard obéit sans précipitation. Il ne lui restait que ce moyen pour manifester sa réprobation devant ce qu'il considérait de plus en plus comme une injustice. Le coup de pied qu'il reçut dans les fesses sitôt qu'il eut gagné le corridor le persuada d'adopter à l'avenir une attitude plus soumise.

Un plafond bas ramassé sur des piliers carrés pesait sur la salle à moitié enterrée où on le mena. Le brasero allumé près de la table qui en occupait presque toute la largeur ne dissipait pas la froidure humide de la pièce.

Un greffier leva la tête à l'arrivée du prisonnier pour se replonger aussitôt dans la taille de ses plumes.

Il y en avait déjà quatre sur son pupitre, rangées en parallèle, deux noires et deux blanches. Waard se demanda si leur couleur revêtait une signification, tandis qu'un soldat fermait sur son entrave l'anneau d'une chaîne scellée à la base d'un pilier. Ainsi non seulement le prisonnier ne pouvait pas s'échapper, mais encore il lui était interdit d'atteindre la table derrière laquelle s'installa un homme replet revêtu de la houppelande fourrée, l'attribut symbolique des domari, les justiciers des hartli. Le magistrat considéra le captif d'un œil maussade.

— Qui es-tu ? Pourquoi es-tu là ? demanda-t-il d'un ton rogue.

— Mon nom privé est Waard, domar-èr, et mon nom public, Pieux-servant, s'accorde à mon état : je suis le gardien du Storbir.

— Et ?

— La crue l'a emporté.

Le domar se tourna vers le greffier.

— On ne parle que de cela en ville. Le hartl Skilf est très affecté par cette perte. Il s'agit donc d'un fait avéré !

— Oui, domar-èr Brandur. Le bardagh Köttur a d'ailleurs rédigé un bref à ce sujet.

Pour preuve de ses dires, il souleva un papier frappé d'un sceau que le domar ne se donna pas la peine de consulter. Le greffier résuma :

— Le bardagh Köttur a été témoin oculaire de l'anéantissement de l'ouvrage, un pont qui rapportait chaque année trois millions de sèki au trésor de la commanderie.

— Alors pourquoi me dérange-t-on ? Je suppose que cet homme n'a pas de quoi compenser une telle perte de revenu, sans compter ce que coûtera la reconstruction du pont. L'aurait-il que cela ne changerait rien, car sa richesse ne s'expliquerait que par le détournement des sommes qu'il était chargé de collecter. Un tel crime est passible de la mort, au même titre que les faits qui lui sont reprochés. Par conséquent, l'instruction est close. Pour une faute aussi grave, il plaira peut-être à notre bien-aimé hartl d'annoncer lui-même la sentence lors de sa prochaine audience de justice et de préciser par quel moyen il sera procédé à la mise à mort.

Constatant que le domar n'attendait même pas la fin de sa phrase pour se lever, le greffier osa l'interrompre.

— C'est que cet homme proteste de son innocence...

La stupéfaction décomposa les traits du magistrat. Sans quitter des yeux le greffier qui, mal à l'aise, se dandinait sur son siège, il se rassit pesamment.

— Je ne comprends pas, gronda-t-il. Le pont s'est-il effondré, oui ou non ?

— Assurément.

— Et l'homme ici présent est bien celui qui était chargé de sa garde.

— Sans conteste.

— Alors pourquoi risque-t-il de subir des tortures supplémentaires en abusant de la patience de son juge avec des manœuvres dilatoires ?

Comme le greffier n'apportait aucune réponse à cette question de bon sens, Brandur daigna se tourner vers le prisonnier pour la lui poser, cette fois sur le ton de la menace.

— C'est que je suis innocent, domar-èr.

— Le bardagh Köttur a donc menti ?

— Non, la glace a bien détruit le pont sous ses yeux.

— Alors tu n'es pas son gardien ?

— Je le suis depuis maintenant deux octennies, après avoir été, les deux précédentes, le novice puis l'acolyte de maître Vonn.

Le greffier remua quelques feuilles avant de proclamer, histoire de montrer combien son dossier était bien tenu :

— C'est exact. Il est entré en noviciat en l'an 4 du Loup, douzième année du hartolat d'Oluf.

— Et malgré cela, tu persistes à te dire innocent ? s'étonna Brandur.

Le rouge lui montait aux joues. Il dut essuyer la sueur qui perlait sur son crâne chauve, malgré la fraîcheur qui régnait dans la salle – il est vrai que le brasero jouxtait sa chaire, mais c'était au premier chef la colère qui l'empourprait. Il songeait avec dépit à son lit dont deux jeunes gens entretenaient la tiédeur.

— Depuis des octennies, le pont résiste à la débâcle du printemps, se débattait l'accusé. S'il a cédé cette année, ce n'est pas à cause des éléments. C'est la faute du diseur de mots.

Le domar interrogea du regard le greffier, qui répondit par une grimace éloquente : le rapport du bardagh ne mentionnait pas ce personnage. Brandur soupira, maudissant à la fois la coutume imbécile de commencer les interrogatoires aux dernières heures de la nuit et son sens du devoir – exacerbé, il est vrai, par la présence d'un témoin en la personne du greffier – qui lui interdisait de retourner se coucher avant d'avoir tiré l'affaire au clair.

— Raconte-moi cela, céda-t-il. Sois bref : contrairement aux tiennes, mes journées sont bien remplies.

Ses paupières étaient aussi lourdes que lorsque son serviteur l'avait réveillé. Peut-être qu'un petit somme, avant le déjeuner… Il songea au couple enlacé qui chauffait sa couche. Il avait lui-même passé l'âge des fredaines, mais la vieillesse l'avait rendu frileux et aucune bassinoire ne valait deux corps gorgés de sève.

Chapitre 2

L'hiver touchait à sa fin. Un vent aigre soufflait toujours sur la plaine, mais les bourgeons commençaient à gonfler. C'était pour Kelt le signal du départ. Il conserverait de bons souvenirs du village où il avait passé la saison froide, en particulier de certaines hôtesses. Cette nuit encore, que Britt savait la dernière, elle s'était montrée très douce avec lui ; il était content qu'elle l'ait demandé. Cependant l'heure avait sonné de reprendre le chemin. Un diseur de mots est un errant ; il se doit de colporter sa parole aux huit horizons. En outre, Kelt avait une raison personnelle de se montrer impatient. Si saison après saison il avait échoué à atteindre le but qu'il s'était fixé, il ne perdait pas espoir. La Forêt profonde nourrissait ses rêves presque chaque nuit. Moins comme un souvenir que comme un appel. Urskogar, la Mère de toutes les forêts. Il ne comprenait pas pourquoi Æsa l'en avait exilé.

Comme elle l'avait exilé de son corps.

À tout le moins, elle lui devait une explication.

Il tira de sa poche le dé à huit faces que lui avait donné Erlog, la veille du jour où, fringant et riche d'espoirs, il avait quitté son village d'Ivalo. Le néphomancien lui avait alors prédit un très long voyage. Le moins que l'on puisse dire, c'est qu'il ne s'était pas trompé ! Kelt lança le dé d'orientation. Il retomba avec un bruit sec et cessa vite de rouler, présentant le symbole de l'Ours. Cela contrariait un peu l'errant, car cette direction le menait vers le Bjorstrand, une commanderie dont il avait déjà parcouru les chemins sans trouver ce qu'il cherchait. Il aurait préféré un pays du couchant, comme l'Ortmark ou, mieux, l'Ulsfeld, où il aurait pu trouver un embarquement pour des contrées plus lointaines. Mais on ne badine pas avec le sort, même si, comme lui, on refuse de croire l'homme démuni contre le destin.

Britt ne chercha pas à le retenir. Il était convenu qu'il partirait au matin et cette nuit était un cadeau qu'elle lui avait fait, au même titre que les provisions dont elle bourra sa sacoche, que le sourire qu'elle lui adressa quand il se retourna pour la dernière fois, et que cette liberté qu'elle lui rendait en acceptant de le ravaler au rang de souvenir.

Décidé à franchir de longues étapes et à ne pas s'attarder pendant les haltes tant qu'il n'aurait pas épuisé son viatique, Kelt mit tout de même cinq jours pour atteindre le fleuve Stor. Si, au départ, le soleil joua avec les nuages une badine partie de cache-cache, il rendit les armes dès le lendemain, laissant la pluie prendre possession du ciel. Kelt regrettait la mule de l'année passée ; mais il avait bien fallu payer son séjour hivernal et il ne possédait rien d'autre. Il était donc condamné à marcher en courbant le dos sous les averses, en attendant meilleure fortune.

Il fut soulagé d'apercevoir le Stor, même si les conditions, sur l'autre rive du fleuve, seraient identiques. Il s'arrêta un moment en haut de la colline, d'où la route descendait en pente douce jusqu'au pont qui, depuis des temps immémoriaux, surplombait le défilé situé en amont des rapides, pour admirer le fleuve. La débâcle était bien amorcée : une eau sombre, rapide, charriait d'énormes blocs de glace pour les précipiter contre le pont. Comme Kelt amorçait sa descente, un rayon de soleil perça les nuages, dessinant un arc-en-ciel sur leur grisaille. Malgré la brièveté de l'embellie, Kelt voulut y voir un bon présage.

Vu de la colline, le Storbir avait fière allure. Cependant, plus on approchait du pont, plus il accusait sa vétusté. Des algues brunissaient les cordages solidarisant les madriers des piles. À plusieurs endroits, le tablier fléchissait et au passage des tombereaux les traverses mal rivetées brinquebalaient. Les moules de rivière perforaient les pilotis sur lesquels reposait la statue de Gangyr. Çà et là, des nuances dans la teinte du bois témoignaient de consolidations hâtives mais, dans l'ensemble, le pont souffrait de son ancienneté.

Peut-être sa fragilité aurait-elle été moins préoccupante si Kelt n'avait deviné sous la surface des eaux noires encombrées de glaçons l'inquiétant ballet de formes blêmes. Les autres mortels mettaient ces ondulations sur le compte des plantes aquatiques. Lui, la Vérité, cette compagne importune attachée à ses pas depuis son retour d'Urskogar, ne lui laissait pas ignorer la nature de ces créatures et leur animosité envers tout ce qui contrariait le libre écoulement des eaux. Qu'il fût le seul à les percevoir, il pouvait l'admettre : ce don constituait le revers de la faculté qu'il avait reçue de prononcer des paroles efficaces. Mais l'état du pont ? Personne ne s'en inquiétait ?

Le Solkstrand était pourtant prospère. Il fallait en rendre grâce à une terre fertile et bien irriguée, mais aussi à l'habileté de son hartl qui, par une patiente politique d'alliances et quelques concessions mineures sur ses frontières, avait épargné à sa commanderie le fléau de la guerre.

Quand Kelt arriva à hauteur du castelet, la pluie commença à tomber de nouveau. Une dizaine de voyageurs attendaient leur tour de s'acquitter de l'octroi. Ses propres poches étant vides, il s'en dispensa. Sans vergogne, il remonta la file. Impressionnés par son assurance désinvolte, les voyageurs le regardaient passer sans oser protester. Cependant, ils tendirent le cou quand le commis du collecteur l'apostropha.

— Où croit-il aller celui-là ?

— Sur l'autre rive, répondit Kelt avec une feinte candeur.

Son interlocuteur, subodorant un trublion, voire un provocateur, jeta un coup d'œil vers la redoute. Devait-il appeler le maître-gardien Pieux-servant à la rescousse ? Il tenta l'ironie :

— Si tel est ton souhait, alors tu es au bon endroit. Acquitte le péage et ton vœu sera exaucé.

L'autre ne broncha pas. Il se contenta de fixer le commis de ses yeux perçants, avec une telle intensité que le rapport de forces s'inversa et que celui-ci commença à perdre contenance. Comment le maître-gardien perçut-il à distance le trouble de son acolyte ? En quelques pas, Pieux-servant accourut pour lui prêter main-forte. À la fois mortifié et soulagé, son subalterne résuma la situation :

— Ce loqueteux prétend se dispenser de payer l'écot.

— S'il veut économiser le prix de la traversée, rien de plus simple, rugit Pieux-servant. Le fleuve est encore en grande partie gelé. Il peut tenter de le franchir en sautant d'un glaçon à l'autre.

Quelques rires serviles fusèrent parmi les voyageurs témoins de l'altercation. Malgré leur haine envers les percepteurs, ils se rangeaient spontanément du côté de l'autorité.

— Allons, Waard, tu sais bien qu'à ce jeu je ne gagnerais que la noyade.

Le gardien se rembrunit. Qui était cet effronté pour oser l'apostropher en utilisant son nom privé ?

— Ou tu payes, ou tu dégages ! gronda-t-il. Va tenter ta chance auprès des nautoniers. Le bac le plus proche n'est qu'à trois jours de marche d'ici.

— Trois jours ? Belle distance ! Grâce soit rendue aux hartli du Solkstrand d'avoir judicieusement bâti un pont en cet endroit pour éviter pareil détour.

La rumeur publique attribuait la rareté des bacs sur le Stor moins aux caprices de son cours tumultueux qu'à l'interdiction qui frappait les francs nautoniers de concurrencer les péages du hartl. Mais l'exprimer d'une façon aussi crue frôlait l'irrévérence. Avant que le gardien réagît, l'effronté poursuivit :

— Allons, Waard, un bon geste ! Ton maître n'est pas à un pèg près !

Encore cette privauté déplacée ! Le gardien tira son sabre de son fourreau.

— Je t'ai connu moins pointilleux avec le bien d'autrui au temps où tu jouais les renards.

Waard fronça les sourcils. Il hésitait à interpréter l'allusion du voyageur, mais il était clair qu'elle suggérait une certaine familiarité entre eux. Pourtant son visage n'évoquait rien pour lui.

Baissant la voix, l'étranger poursuivit :

— Dois-je te rappeler en quelle circonstance tu as perdu quelques phalanges dans le poulailler du vieux Fromm ?

Instinctivement, Waard dissimula sa main gauche derrière son dos. Un seul individu connaissait la vérité sur cet « accident », mais ce ne pouvait être celui-là. À supposer que l'unique témoin du pillage de poulailler raté fût encore en vie, ses cheveux devaient grisonner à l'instar des siens. Or le voyageur était encore jeune.

Tout bien considéré, il existait peut-être une ressemblance avec le galopin qui l'avait suivi ce jour-là. Mais non, définitivement, son âge ne convenait pas. Son fils, peut-être ? De toute façon, cela ne changeait rien :

— Serais-tu mon père ou mon frère, si tu n'as pas d'argent, tu ne passeras pas sauf à me présenter un acquit dûment scellé de la main du hartl.

— Au moins, autorise-moi à payer d'une autre manière. Je suis diseur de mots.

— Vraiment ? Pourtant, un glaive pend à ta ceinture. Est-ce que tu commences par blesser ceux que tu prétends soigner ?

— Eh bien, pour un errant, toutes les routes ne sont pas aussi sûres que celles du Solkstrand. Et puis je ne suis pas guérisseur. J'essaie de gagner ma vie en racontant des histoires. Accorde-moi que ce n'est pas le meilleur état pour accumuler des fortunes. Bien content si je gagne aujourd'hui de quoi manger demain.

— Un glaive, insista Waard qui s'accrochait à son idée, et aucun instrument pour accompagner tes paroles !

L'étranger fouilla dans une poche de son manteau et en extirpa deux cylindres de métal. Les ayant enfilés l'un sur le pouce, l'autre sur l'index, il les entrechoqua à plusieurs reprises.

— Tu appelles cela un instrument ? Un jouet de gosse, plutôt !

— Je n'aime pas m'encombrer quand je cours les routes.

— Moi je dis que tu es un imposteur. Conteur, peut-être, mais dont la parole n'est pas plus efficace que la mienne ! Si tu étais un vrai magicien, tu n'aurais pas besoin de pont pour passer sur l'autre rive. Voyons ce qu'il en est de ta lame face à celle-là !

Il leva son sabre, une arme de service robuste, un peu trop lourde pour convenir à un guerrier amené à virevolter sur les champs de bataille, néanmoins une réelle menace dans la main de ce défenseur zélé des intérêts du hartl. Une lueur de défi dansait dans la prunelle du gardien ; on devinait, à son expression féroce, qu'il ne lui déplairait pas de voir le voyageur porter la main à son glaive. Pas téméraire, celui-ci se contenta de regarder le pont, au-delà de l'obstacle qui l'en séparait. Sa respiration se fit plus hachée. Sa tête se mit à tourner. Il connaissait trop bien la nausée qui montait en lui : la parole se frayait un chemin.

— Puisque tu te montres inflexible, maître-gardien, dit-il précipitamment, je vais suivre ton conseil et descendre la rive à la recherche d'un autre passage.

Mais il était trop tard. Tandis que, avec satisfaction, Waard constatait que l'énergumène, tout en affichant un reste de familiarité inopportune, avait cette fois employé le titre qui convenait à sa fonction, la vision de Kelt se troublait ; à la place du fleuve en débâcle, il vit couler une eau libre, rapide, d'où n'émergeaient plus que quelques madriers grisâtres.

Il serra les dents et les lèvres, dans un ultime effort pour ne pas donner de réalité à son hallucination. Mais la Vérité, une fois de plus, l'emporta sur sa volonté. Ses doigts se portèrent à son menton. Il ne put contenir les mots qui, à l'image du flot déchaîné, forcèrent ces dérisoires barrières.

— Dommage, éructa-t-il d'une voix soudain altérée. Car, en vérité, voici ce qu'il en est : je n'aurai plus jamais l'occasion de marcher sur ce pont.

Élevant la voix afin que tous les témoins de l'algarade l'entendent bien, il ajouta :

— Et ceux qui souhaitent l'emprunter devraient se presser avant que le courant l'emporte. Cela se produira comme le temps emporte toute chose : à son gré.

Tous les diseurs de mots ne sont pas des thérapeutes prononçant les incantations qui chassent les maladies et les formules pour accompagner la remise en place d'un membre déboîté, ni d'inoffensifs conteurs qui errent de village en village afin d'égayer les veillées par leurs récits, nourrir les rêves des paysans en leur décrivant des contrées qu'ils ne visiteront jamais et les rassurer en leur promettant le bonheur qu'ils espèrent dans le secret de leur cœur. D'aucuns possèdent des pouvoirs plus sombres, comme celui d'appeler le malheur sur ceux qui les contrarient. Cela, le domar Brandur le savait. Il lui était même arrivé d'envoyer à la roue quelques-uns de ces êtres nocifs, ce dont il tirait fierté : peu de magistrats, à sa place, auraient couru le risque d'une malédiction. Mais il avait foi en Rétel, et le dieu de la justice l'en avait toujours récompensé en le protégeant des sortilèges. À ce propos, le récit du maître-gardien ne présentait-il pas une faille ?

— Donc, selon toi, le diseur de mots a jeté un sort au pont ?

— C'est l'évidence même ! Il ne s'est pas passé une octade entre…

— Alors comment expliquer que Gangyr ne lui ait pas opposé le rempart d'une volonté plus forte que la sienne ? Ce magicien serait plus puissant qu'un dieu ?

Waard baissa la tête. Lui aussi s'était posé la question. Elle l'avait même obsédé, tandis que, dans les ténèbres de son cachot, il ressassait les événements de ce jour maudit où, pour avoir rempli son devoir, il avait attiré le malheur sur sa tête. Il se l'était posée exactement dans les termes dont usait le magistrat. Et, à sa grande confusion, il n'avait trouvé qu'une réponse : si incroyable que cela parût, oui, le pouvoir du diseur de mots se révélait contraignant pour le dieu lui-même.

Il n'osa pourtant pas servir cette explication au domar. Inutile d'ajouter le blasphème aux charges déjà écrasantes qui pesaient sur lui.

— Bon, nous verrons cela plus tard, bougonna le magistrat.

Il pensait moins à son lit : le cas commençait à l'intéresser. Il avait vu défiler devant lui tant et tant de prévenus, tous plus retors les uns que les autres, qu'il reniflait le mensonge comme le loup-cervier flaire le fumet du ràdh. Or, son instinct lui disait que cet homme était sincèrement convaincu de ce qu'il avançait. Ce qui, bien entendu, ne voulait pas dire qu'il avait raison, encore moins qu'il était innocent.

— As-tu des témoins ?

Le prisonnier secoua la tête.

— Il y avait une dizaine de voyageurs, mais…

— Mais tu ne sais pas comment les retrouver, n'est-ce pas ?

— Il y avait aussi mon acolyte !

— Où est-il à présent ?

— Quand le pont s'est effondré, il se trouvait sur l'autre rive.

— Il n'y était plus quand les hommes d'armes sont allés le chercher, précisa le greffier. Ni lui, ni le novice que tu formais.

Évidemment, songea Waard. Pendant que les archers chevauchaient vers Ferja pour emprunter le bac, ils avaient amplement eu le temps de s'esbigner. Ah ! Pourquoi n'était-il pas passé de l'autre côté ce jour-là ? Il s'en voulait d'autant plus qu'il connaissait la réponse : pour ne pas se mouiller.

— Si je résume, ronronna Brandur, nous avons dans un plateau de la balance deux faits établis : tu étais le gardien du Storbir, or celui-ci est perdu ; dans l'autre plateau, un prétendu sort jeté par un soi-disant diseur de mots qui se promène on ne sait où.

Il fit mine de soupeser avec les mains les deux termes de l'alternative, marquant au final la légèreté de la ligne de défense. Terrifié, Waard remarqua que le greffier avait substitué une plume noire à la blanche dont il s'était jusqu'à présent servi.

— Pitié, domar-èr ! Je suis innocent ! J'ai toujours rempli mes devoirs envers Gangyr et le hartl Skilf. C'est le diseur de mots qui a ensorcelé le pont !

— Pitié ? Je ne connais pas ce mot. Je mène des instructions afin d'éclairer notre hartl selon les arguments de la raison, et non en vertu d'un quelconque mouvement de l'âme.

Il apposa son sceau sur la minute que lui présenta le greffier, sans la relire, tandis que les gardes entraînaient le prisonnier hors de la salle.

Après s'être vu refusé l'accès du Storbir, Kelt ne s'en éloigna guère. La journée était déjà bien entamée et il traînait le pas. En se rendant au pont, il savait qui en était le gardien, mais une chose était d'en connaître l'identité, une autre d'être confronté à un homme aux traits marqués, à la silhouette épaisse, aux cheveux raréfiés et à la denture crénelée. L'aspect qui aurait été le sien, sans l'étrange caprice de la destinée qui avait bouleversé son existence. La rencontre l'avait davantage affecté qu'il ne l'aurait imaginé. La légitime incrédulité de son compagnon d'enfance le renvoyait à l'étrangeté de sa propre condition.

La singularité de son sort aurait dû le réjouir : qui ne l'envierait d'avoir échappé à l'usure du temps ? Mais il lui semblait que le prix à payer pour cela, cette cruelle nostalgie dont il n'entrevoyait pas la fin, qui au contraire le tourmentait chaque jour un peu plus, la blessure d'une absence à laquelle il ne se résolvait pas, était trop élevé. Les seuls moments d'apaisement qu'il connaissait, c'était la nuit, quand ses songes le ramenaient à la Forêt profonde, auprès d'Æsa.

Au détour du chemin, près d'un carrefour, il aperçut une auberge. Il hésita. Il n'avait pas menti en avouant son impécuniosité au maître-gardien. Il pourrait toujours tenter de payer son hébergement par un récit, mais cela aussi lui pesait. Chaque mot prononcé dans le cadre d'un dit, même s'il ne s'agissait pas, au sens strict, d'une parole efficace, l'embourbait un peu plus dans une responsabilité qui finissait par l'étouffer. La plupart du temps, les gens se nourrissaient de ses contes anodins sans soupçonner qu'ils n'exprimaient qu'une vérité, et que cela lui arrachait un peu de sa substance. Quand sa voix se taisait, après qu'il eut prononcé la formule de clôture, il n'était plus tout à fait le même que celui qui avait commencé le récit. Quant à eux… Sans doute était-ce ce qui lui était devenu le plus insupportable, cette mutation inconsciente que ses mots amorçaient en ceux qui les recevaient. Il infléchissait à leur insu le cours de leur existence, sans savoir s'il s'agissait pour eux d'un bienfait ou d'un grand malheur. Il enviait les autres conteurs, qui pouvaient sans vergogne débiter n'importe quelle fadaise. Lui devait peser chaque terme, se défier des ombres qu'il voyait se dresser derrière ceux qui l'écoutaient afin qu'elles ne se matérialisent pas. Aussi ses récits étaient-ils jugés ternes, sans grand intérêt et n'incitaient pas à la générosité.

Il dépassa l'auberge sans s'y arrêter.

Cette nuit, il dormirait donc sous les étoiles. La saison étant encore peu avancée, elle s'annonçait fraîche, malgré le vent fou qui soufflait de l'Aigle. Mais il saurait trouver un abri. Il en avait l'habitude. Un bouquet d'arbres fit l'affaire. Il caressa l'écorce lisse d'un hêtre dont les bourgeons éclataient à peine. Sa hauteur et la circonférence du tronc en attestaient l'âge vénérable. Pourtant, au regard de la Forêt profonde, il n'était qu'un enfant. Urskogar, la Mère de toutes les forêts, là où le temps n'a plus cours… Devait-il en vouloir à Æsa de l'y avoir amené, ou de l'en avoir chassé ? Question vaine. Dans les deux cas elle avait agi par amour, en s'oubliant elle-même. Elle ne méritait pas sa rancune. Il s'endormit en prononçant son nom.

Un peu avant le lever du jour, la pluie l'éveilla. Le feuillage n'était pas encore assez dense pour l'en protéger. Il pesta. Depuis son départ, il n'avait cessé d'essuyer des averses. Que n'avait-il profité plus longtemps de la souriante hospitalité de Britt ! Cette impatience de l'ailleurs, était-ce une autre facette de la fatalité qui pesait sur lui ? Morose, il rassembla son bagage et reprit la route.

Le jour, en se levant, confirma ses craintes. Des nuages plus menaçants les uns que les autres encombraient tous les horizons. D'abord éparse, la pluie gagna en fréquence et en intensité à mesure que la journée avançait. Le sol commençait à saturer. Dans les champs, de larges flaques reflétaient la lumière atone qui filtrait à travers le couvert ; sur le chemin, elles dissimulaient la profondeur des ornières. Le pied glissait dans la boue. L'eau s'infiltrait dans son cou.

Passé le milieu de la journée, la pluie cessa enfin. Kelt marchait à grands pas, mais cela ne suffisait plus à le réchauffer. Aucun village ne se dessinait sur l'horizon. Tout au plus le voyageur aperçut-il une fumée au-delà d'un rideau d'arbres. Sans hésiter, il se dirigea vers elle. Un feu, c'était, avec un peu de chance, l'occasion de sécher ses vêtements, de réchauffer ses membres. Voire, s'il tombait sur des personnes généreuses, de manger quelque chose de chaud.

Chapitre 3

La fumée émanait d'un campement de forgerons nomades blotti au creux d'un vallon. Une dizaine d'attelages, sept tentes de tailles diverses... Curieusement, aucune trace d'activité. Pourtant un feu brillait : le camp n'était pas abandonné.

Un chien courut vers lui en aboyant. Ses oreilles droites, sa queue levée indiquaient qu'il s'agissait davantage d'un accueil que d'une menace. Kelt lui adressa quelques mots enjoués. L'animal tourna autour du voyageur en sautillant. Par jeu, il se dérobait à ses caresses mais ne manifestait aucune crainte. Un homme sortit à son tour d'une tente. Plutôt petit, comme le sont tous les Enfants des étoiles, les cheveux nattés ramenés sur le sommet du crâne, la moustache fournie dont les extrémités cirées pointaient en avant. Selon une opinion largement répandue que corroborait leur nom, les Enfants des étoiles n'étaient pas originaires de ce monde. Le hâle prononcé de leur peau les apparentait aux pierres brûlées qui tombent en pluie certaines nuits d'été. Leur cousinage avec ces nodules métalliques leur valait d'être un peuple de métallurgistes, forgerons ou chaudronniers. Ils voyageaient d'un village à l'autre. Quand ils avaient installé leur foyer itinérant, les paysans amenaient les bêtes à ferrer, apportaient les outils à réparer. Au même titre que les alchimistes et les charbonniers, ils connaissaient les arcanes qui favorisaient la transmutation de la matière. Pour cela, on s'en méfiait un peu. Pourtant, on leur réservait bon accueil, non seulement parce qu'ils ferraient les bêtes ou affilaient les lames, mais aussi pour la grâce qui accompagnait tous les gestes de ces gens réputés pour leur beauté. Plus d'un, plus d'une sentait ses forces s'alanguir quand leurs femmes dansaient, soupirait en observant les muscles longilignes des forgerons jouer sous leur peau luisante quand ils battaient le métal. Le spectacle qu'ils offraient était d'autant plus apprécié qu'ils ne restaient jamais bien longtemps à la même place pour éviter que Yorn, le dieu du fer dont l'humeur querelleuse était notoire, ait le loisir de chercher noise aux divinités locales.

— Salut à toi, voyageur ! claironna le nomade.

Un sourire avenant éclairait son visage rond. Il était difficile de lui donner un âge ; disons qu'il abordait le deuxième versant de son existence.

— Marches-tu seul sur ton chemin ?

— Seul je suis, en effet, et trempé par la pluie.

— Alors, viens te sécher au feu des Helgi.

L'hospitalité était pour son peuple plus qu'un devoir. Quand Jarn et Koli, le couple ancestral, étaient tombés des étoiles, des paysans du Monde les avaient recueillis, soignés, nourris. Sans cette générosité, ils n'auraient pas donné le jour à une nombreuse descendance. Aussi celle-ci trouvait-elle normal d'accueillir à son tour ceux qui la sollicitaient. Mais ils ne se mélangeaient pas aux autres. Si d'aventure un « thung » partageait la couche d'une Fille des étoiles, il ne naissait jamais aucun enfant de cette union. Au reste, l'événement était rare, car, selon la tradition ancestrale, une telle naissance annoncerait la disparition prochaine de leur peuple. Aussi les Filles des étoiles préféraient-elles ne pas courir le risque d'une étreinte funeste. Une sagesse d'autant plus aisée que les thungi leur paraissaient en général repoussants. Pour autant, la proposition du forgeron était la bienvenue.

— Grâce t'en sois rendu, Fils des étoiles. Mon nom public est Bouche-d'or.

— Le mien est Fière-enclume. Viens par là, dépêche-toi.

Il lança quelques ordres à la cantonade. Alors les nomades sortirent qui de la tente, qui du chariot où ils se terraient. L'hospitalité n'excluait pas la prudence. Cette attitude semblait toutefois étrange à Kelt : que redoutaient les forgerons d'un errant solitaire ? À la réflexion, l'implantation du camp aussi était incongrue. D'ordinaire, les nomades s'installaient près d'un village. Ici, ils ne trouveraient pas de pratiques. D'ailleurs, s'ils avaient bâti au centre du campement le foyer où il se réchauffait, ils n'avaient pas monté de fourneau pour traiter le métal. Il en fit la remarque, sur un ton qui se voulait désinvolte.

— Ce n'est qu'une brève halte, expliqua Fière-enclume. Notre Aïeule se sentait fatiguée.

Il jeta un regard furtif tout autour de lui, avant d'ajouter, très vite et en baissant la voix :

— En fait, elle attend *la* visite.

Inutile d'attendre plus de précisions. Jamais un Enfant des étoiles ne prononçait le nom de la mort, de crainte d'appeler son attention sur lui.

— Tu m'en vois désolé, dit Kelt pour signifier à Fière-enclume qu'il avait compris le sens de sa réponse.

Soulagé de ne pas avoir à préciser davantage, le nomade se détendit.

— Par égard pour l'Aïeule, nous avons planté sa tente près du ruisseau de ce vallon fréquenté par les oiseaux. Le chant de l'un et le gazouillis des autres apaisent son cœur en attendant… tu sais quoi.

Kelt hocha la tête. Le vallon présentait en effet bien des charmes, même si la pluie rendait les oiseaux discrets.

— Et toi ? Où te mènent tes pas ?

L'errant eut un geste vague.

— Je suivais le cours du Stor, dans l'idée de traverser au bac de Ferja.

— Tu aurais plus vite fait de passer par le Storbir.

— Je ne suis pas pressé, éluda Kelt.

Quelque accueillants que fussent les Helgi, il préférait leur laisser ignorer son impécuniosité.

À ce moment, une femme, soulevant le pan de la tente, adressa un signe à Fière-enclume.

— Es-tu réchauffé, à présent ? demanda celui-ci au visiteur.

Les vêtements de Kelt étaient encore humides. La pluie avait pénétré le tissu en profondeur. Néanmoins il répondit par l'affirmative. Non par politesse, mais parce qu'il devinait que son hôte allait l'inviter à venir se restaurer et qu'il avait faim.

Kelt pénétra dans la tente à la suite de Fière-enclume. Il y faisait sombre mais agréablement chaud. L'odeur âcre de la fumée le prit à la gorge. Il se retint de tousser. Une dizaine de personnes, la plupart très jeunes, l'accueillirent par des cris joyeux. Une femme entre deux âges l'invita à s'asseoir à ce qu'il savait être la place d'honneur. Fière-enclume la présenta comme sa compagne, Braise-ardente, la propriétaire de l'abri : chez les Enfants des étoiles,

les chariots appartenaient aux « Jarn », les tentes aux « Koli », les bêtes de trait qui les transportaient d'une halte à une autre indistinctement à tous les membres du clan, à l'instar du métal et du feu – il revenait cependant aux hommes de raviver la forge et aux femmes d'entretenir les autres foyers.

En matière de cuisine, les Enfants des étoiles ne connaissaient qu'une recette, le gràtyr, un ragoût dans lequel on mélangeait à mesure tout ce que les convives ramassaient ou braconnaient. Il valait mieux en ignorer le détail. Pour faire passer le goût parfois insolite du brouet, on buvait une infusion de baies fermentée. La faim aidant, Kelt, d'abord surpris par une saveur avec laquelle il dut apprivoiser son palais, s'en accommoda en recourant fréquemment à ce breuvage douçâtre.

Petit à petit, la tente se remplissait : tout le clan venait puiser au chaudron commun. Et aussi observer le thung. La conversation, démarrée sur les caprices du temps et l'état des chemins, roula bientôt sur les itinérances des Helgi. Afin de ne pas se concurrencer, les différents clans se répartissaient les territoires. Outre le Solkstrand, les compagnons de Fière-enclume fréquentaient l'Ulsfeld, plus rarement le Heldmark et quelquefois, au-delà, le Kupstrand, région aride mais riche en minerai dont les Dwari assuraient la première transformation. Kelt, qui n'était jamais remonté aussi loin vers le Sanglier, se montrait très curieux.

— Y a-t-il là-haut beaucoup de pierres des hommes anciens ?

— Peut-être, éluda Fière-enclume.

Le sujet, à l'évidence, le dérangeait. Il lança la conversation dans une autre direction :

— Te souviens-tu, Coup-précis, de la fois où…

Et de partir sur une anecdote fondée sur la balourdise censée caractériser les paysans kupstrandi qui déchaîna le rire des enfants.

Attentif aux récits de son hôte, Kelt ne remarquait pas la jeune fille qui, tapie dans l'ombre, ne le quittait pas des yeux. Celle à qui son caractère ombrageux avait valu le nom public de Fille-farouche se tenait d'ordinaire à l'écart des étrangers. Cependant, en voyant celui-ci debout devant le feu, les mains tendues vers la chaleur, elle avait éprouvé un sentiment qu'elle n'avait jamais connu, mélange d'attirance et de répulsion. Son instinct lui enjoignait de le fuir et dans le même temps de le protéger. Une vapeur ténue s'élevait de son vêtement. Bien que thung, cet homme était un errant, comme les Helgi. Rien de surprenant à cela. Bien des états jetaient les hommes sur les chemins : les colporteurs, les bergers, les courriers, les journaliers, les diseurs de mots… Il était sans bagage, sans troupeau, sans cheval et sans livrée, et le maniement des outils aratoires n'avait pas déformé ses mains. Mais il était également dépourvu de la morgue qu'affichent les thérapeutes et encore plus les thaumaturges itinérants. Il souriait aux récits du chef de clan, pourtant, alors même qu'il paraissait détendu, il gardait dans ses yeux un peu de cette détresse qu'on lit dans la prunelle de l'animal traqué quand il comprend que toute échappatoire lui est interdite.

Soudain, la jeune fille tressaillit. Elle se pencha sur sa voisine pour lui glisser quelques mots à l'oreille, puis elle s'éclipsa discrètement. Pas assez, cependant, pour que son départ échappât à Fière-enclume. Du regard, il interrogea la fillette à laquelle Fille-farouche s'était adressée.

Celle-ci se contenta de hocher la tête. Le chef du clan reprit le fil de son histoire, mais le cœur n'y était plus.

Fille-farouche revint bientôt, la mine sombre. Le silence tomba d'un coup.

— La Visiteuse… ? demanda Fière-enclume.

— Pas encore. Notre Aïeule m'envoie chercher le thung.

Les convives s'interrogeaient les uns les autres du regard, visiblement stupéfiés. Fière-enclume mit un terme à la gêne qui s'installait en se tournant vers son hôte.

— J'en serais honoré, répondit celui-ci avant même que la question lui fût expressément posée.

— Dans ce cas, Fille-farouche va te conduire auprès d'elle.

L'intéressée se raidit, avant de lancer à Kelt un regard chargé de défi.

— Je te suis, dit le voyageur, mi-piqué, mi-amusé.

— Donc, on te nomme Fille-farouche. Est-ce vraiment ta nature ?

Elle haussa les épaules et arbora une moue qu'elle voulait dissuasive. En quoi elle échoua.

— Ton nom privé, quel est-il ? poursuivit Kelt.

Elle s'écarta, comme s'il avait cherché à la frapper.

— Tu n'as aucun droit de l'utiliser, à quoi cela te servirait-il de le connaître ?

— Tu as raison, ce n'est pas un droit auquel je puis prétendre. D'un autre côté, rien ne me l'interdit. Pourquoi ne veux-tu pas me le confier ?

— Tu pourrais t'en servir pour m'envoûter.

— Je ne suis pas de ce genre-là, sourit-il. Moi, mon nom privé est Kelt.

— C'est là, dit-elle en soulevant la toile qui masquait l'entrée de la tente plantée à l'écart des autres, vers l'aval du ruisseau pour éviter au clan de puiser une eau auprès de laquelle la mort aurait rôdé.

L'Aïeule reposait sur un empilement de fourrures, auprès d'un brasero. Il faisait chaud dans la tente. Plus chaud encore que dans celle de Fière-enclume.

À la demande de la mourante, Fille-farouche cala son buste pour lui permettre de s'entretenir plus commodément avec l'étranger. Kelt pencha la tête et porta les deux mains à son front, en signe de respect.

— Tu connais donc nos usages, thung ? Baisse les mains et approche, que je vois un peu à quoi tu ressembles.

Il se laissa dévisager par la vieille femme, dont la peau était devenue aussi grise que ses cheveux.

— Tu n'es pas trop laid, pour un thung, dit-elle après avoir procédé à cet examen. Tu es un diseur de mots, n'est-ce pas ?

Il opina du chef. La chaleur devenait étouffante.

— Pour autant, tu ne peux rien pour moi, car tu n'es pas guérisseur, compléta-t-elle.

Il émanait de cette carcasse desséchée, sur la face de laquelle la mort avait déjà posé son empreinte, une voix d'une fermeté inattendue.

— Donne-moi tes mains, ordonna-t-elle.

Il les déposa sur les serres décharnées qu'elle lui tendait.

— Je sens beaucoup de lassitude en toi, un découragement qui conviendrait mieux à une vieille comme moi qu'à l'homme jeune que tu *parais* être.

Kelt se crispa. D'aucuns attribuaient aux Enfants des étoiles des facultés ignorées des autres peuples. Par exemple celle d'amalgamer, au moment de leur mort, le passé et l'avenir dans une même vision, comme ils avaient fusionné de leur vivant le fer et le charbon.

— Que vois-tu encore ?

— Un long chemin semé d'embûches.

Kelt ricana, bravache :

— Cela, un autre me l'a aussi promis en me confiant un dé d'orientation. N'est-ce pas une prédiction facile, puisque tel est le lot de tout homme appelé à courir les routes ?

— Sans doute, mais, toi, tu n'es pas semblable aux autres. Parle moi de la mort.

— Qu'en sais-je, sinon qu'elle est inévitable ?

— En es-tu persuadé ? Ou bien t'es-tu déjà aventuré dans des régions où elle ne pénètre jamais ? Tous les hommes rêvent de l'immortalité. Toi, tu mènes une autre quête.

— Ce but que selon toi je poursuis, vais-je l'atteindre ?

Elle ferma les yeux. La couverture jetée sur sa poitrine ne se soulevait plus. Il crut que la fin était survenue, que, pour employer les mots des Enfants des étoiles, elle avait reçu la « visite », et que sa question ne connaîtrait pas de réponse. Il voulut retirer sa main, mais elle serra les siennes, imperceptiblement, certes, mais assez pour le retenir. Dans un souffle, elle prononça :

— D'une manière ou d'une autre.

Du moins, c'est ce que Kelt crut entendre. Était-ce une prophétie ? Une parole efficace ? Cela en présentait toute l'absconse ambiguïté. Elle relâcha son étreinte.

À son tour, Fille-farouche se pencha sur l'Aïeule. Sans ouvrir les yeux, la vieille, puisant au fond d'elle-même d'ultimes ressources, dit à haute voix :

— C'est une bien étrange chose qui arrive aujourd'hui.

Parlait-elle de sa rencontre avec Kelt ? De sa mort ? Elle ouvrit les yeux.

— Pars, à présent, dit-elle au thung.

Retenant la jeune fille par le poignet :

— Toi, reste un peu. N'aie crainte, je te laisserai sortir avant qu'*elle* vienne me prendre.

— Je n'ai pas peur, affirma Fille-farouche, avec un accent de sincérité qui impressionna Kelt.

Une fois à l'extérieur, il hésita : devait-il regagner la tente de Fière-enclume ? Attendre la jeune fille ?

Pas sûr qu'elle ait envie de lui parler. Il s'éloigna à pas lents, malgré la pluie qui recommençait à tomber. Il ressassait la dernière phrase de l'Aïeule. L'avait-elle seulement achevée ?

D'une manière ou d'une autre…

Cela ne voulait rien dire. Pourtant, il ne pouvait se défendre de l'idée que la mourante avait essayé de lui délivrer un message.

D'une manière ou d'une autre…

Une seule interprétation possible : s'il parvenait jamais à son but, ce serait par des détours inattendus. Jusqu'à maintenant, ses efforts s'étaient révélés stériles. Il avait retrouvé, sans grande peine, le bosquet aux arbres pourpres. Il s'était allongé sur la pierre des hommes anciens. En vain. Le vent, en caressant les hautes branches, leur avait arraché des murmures sans que ceux-ci revêtent un sens pour lui. Ils n'exprimaient que le frottement des feuilles les unes contre les autres, des feuilles certes rendues mystérieuses par une couleur inhabituelle, mais quoi ? Avaient-elles choisi d'être rouges ? Telle était leur nature et sans doute ignoraient-elles que leur couleur était celle du sang. Quant à la pierre... Bien des légendes couraient sur l'origine de ces monolithes rectangulaires, gravés de figures depuis longtemps indéchiffrables. On en attribuait l'origine tantôt à des géants enfantés par la montagne, tantôt à des nains issus des profondeurs. Les hommes aiment à apprivoiser leur ignorance en lui donnant l'apparence du savoir. Dans ces conditions, n'importe quelle élucubration fait l'affaire, et pour peu qu'elle se transmette sur deux ou trois générations nul n'ose plus les mettre en doute. Les pierres gravées avaient-elles servi d'autels, de tables du sacrifice, de trônes, de lits de gésine ? Parce qu'elles étaient ornées, on leur supposait quelque noble usage, mais elles pouvaient tout aussi bien remplir une fonction triviale : étal de boucher, pierre d'infamie, banc de rouage... Si, pour lui, la pierre du bosquet pourpre avait été la porte ouvrant sur la Forêt profonde – ce dont il n'avait à tout prendre aucune certitude puisqu'il était inconscient quand Æsa l'y avait couché –, cette porte ne s'était pas ouverte une seconde fois. D'autres se seraient découragés. Il avait continué de chercher. La patience est plus aisée à celui qui a goûté à l'éternité. Du moins, à ce qui s'en rapprochait le plus pour un de ces êtres éphémères qui habitent le Monde.

D'une manière ou d'une autre...

La formule contenait une promesse. Même s'il n'était pas porté à la crédulité, il voulait accorder foi à celle-ci.

La toile de la tente mortuaire se souleva pour livrer passage à Fille-farouche. Elle serrait les lèvres pour ne pas laisser voir qu'elles tremblaient.

Kelt chercha des paroles de réconfort mais les mots, pour une fois, se dérobèrent. Il se contenta de lui adresser un sourire, juste un signe pour lui rappeler qu'elle, au moins, appartenait encore à la sphère des vivants.

Elle le dévisagea avec une intensité qui le mit mal à l'aise. Qu'est-ce que la vieille lui avait dit pour qu'elle lui décochât ce regard ?

— Je dois avertir Fière-enclume.

Pourtant, elle ne bougeait pas.

— Que veux-tu me demander ? l'encouragea Kelt.

— Ne dis à personne qu'elle m'a retenue près d'elle avant de… s'absenter.

Le sens de cette requête échappait au thung. Sans doute était-elle liée aux multiples superstitions nourries par les Enfants des étoiles au sujet de la mort.

— Je ne peux rien changer à ce qui a été, dit-il. Cependant je peux le taire, si aucune question directe ne m'est posée. Je peux aussi, sans mentir, affirmer que je suis le dernier *homme* à qui elle a parlé.

Elle hocha la tête avec gravité.

— Il vaut mieux qu'ils l'ignorent, insista-t-elle.

— Me diras-tu pourquoi ?

— Parce que je n'aurais pas dû rester. La Visiteuse était trop proche. Je passerais à leurs yeux pour impure. D'ailleurs, après ton départ, elle est… Elle n'a plus parlé.

Elle mentait. Kelt lui enviait cette faculté. Il se souvenait du confort qu'elle lui apportait, avant qu'elle lui fût interdite. Il ne poussa pas la jeune fille dans ses retranchements, bien que, à cause du regard qu'elle lui avait jeté en sortant de la tente, il soupçonnât que les ultimes paroles de l'Aïeule le concernaient.

— Viens, il faut les prévenir, le pressa-t-elle.

Quand ils rejoignirent les autres, tous les visages se tournèrent vers eux, les uns anxieux, les autres par avance attristés.

— Nous n'avons plus d'Aïeule, annonça Fillefarouche d'un ton neutre.

Aussitôt, ils se levèrent. Fière-enclume s'excusa auprès de Kelt :

— Nous avons beaucoup à faire. Toi, reste ici, au chaud.

— Je ne veux pas être une charge. Je remercie les Helgi pour leur hospitalité. Maintenant, réchauffé et rassasié, je vais aller mon chemin.

— Tu n'assisteras donc pas à son ultime voyage ? demanda Fière-enclume, visiblement contrarié.

— Y suis-je autorisé, moi, un thung ?

— Tu es le dernier à qui elle a parlé.

Cela faisait de lui… Eh bien, Kelt ne connaissait pas assez les mœurs des Enfants des étoiles pour le comprendre. Néanmoins, il fut surpris de constater le soulagement que lui procurait la proposition de Fière-enclume. Le forgeron n'avait aucun doute à propos du dernier interlocuteur de la mourante, ce qui lui épargnerait d'esquiver des questions trop précises. Mais surtout… *D'une manière ou d'une autre*… Peut-être les options s'ouvraient-elles dès aujourd'hui.

Sitôt Fière-enclume sorti, il jeta son dé. La Couleuvre. Soit l'horizon presque diamétralement opposé à celui qu'il avait désigné lors de la dernière consultation. Contrairement au néphomancien qui lui avait offert le dé d'orientation, Kelt ne pensait pas qu'il édictait une nécessité. Il n'avait aucun pouvoir, aucune volonté. Il n'était qu'un objet inerte, un outil dont l'errant se servait pour se déterminer quand il n'avait aucune raison de choisir une direction plutôt qu'une autre. La preuve : il n'y avait aucune cohérence entre les deux derniers lancers.

Mais pourquoi, alors, avait-il éprouvé le besoin de le consulter de nouveau au lieu de persister dans son idée de traverser le fleuve ?

Il n'avait aucune réponse à apporter à cette question. Il l'avait fait, voilà tout. Par habitude, par désœuvrement, qu'importe ? Puisque le dé avait rendu un nouveau verdict, il le suivrait. Il assisterait aux funérailles, puis il partirait vers le couchant. Négligeant le conseil de Fière-enclume, il quitta la tente. Le campement était en proie à une vive agitation. Chacun apportait du bois ou du charbon pour dresser le bûcher funéraire. Il y avait urgence : tant qu'il resterait un morceau de chair sur les os de la défunte, la mort continuerait à rôder.

Après avoir délimité un périmètre en plantant des pieux espacés d'une coudée, ils aménagèrent un lit de charbon de bois, au-dessus duquel ils accumulèrent des fagots, puis des bûches et des branches d'épinette encore pourvues de feuillage. Ils y mêlèrent divers objets ayant appartenu à la vieille. Les femmes apportèrent le corps, qu'elles dévêtirent avant de le poser sur le bûcher.

Dans les circonstances de leur halte, les Enfants des étoiles n'avaient pas monté leur forge, mais ils avaient continué à entretenir le foyer qui brûlait sans discontinuer depuis l'origine du clan. Ils y puisèrent les braises qu'ils ravivèrent avant de les enfouir sous le petit bois. D'abord timide, le feu se répandit bientôt dans tout le socle, attaqua les bûches. Quand il atteignit les feuilles, une épaisse fumée enveloppa le corps de la défunte, au point de le dissimuler aux yeux des vivants. Alors les femmes commencèrent à danser, mimant la torsion des flammes, tandis que les hommes rythmaient leurs pas en frappant leurs cuisses et leur poitrine avec le plat de la main et en émettant de sourds grondements. La plainte grêle d'un cordophone résonna tel un pleur. Quelques danseuses s'inclinèrent devant Kelt, dont Fière-enclume avait solennellement déclaré qu'il avait recueilli les dernières paroles de la défunte.

Fille-farouche, elle, ne dansait pas.

Fière-enclume se trompait. Ils se trompaient tous. Elle seule, et pour cause, connaissait la véritable dépositaire des ultimes paroles. Elle seule savait combien elles étaient terribles, incandescentes, ces phrases qui résonnaient dans sa mémoire, obsédantes, tandis qu'elle observait l'étranger à travers la fumée du bûcher.

Elle aurait préféré qu'il ne soit jamais venu. Elle aurait préféré ne jamais avoir à entendre ce que l'Aïeule avait prédit au moment où le temps cessait de s'écouler pour elle. Pourtant ses mots, s'ils l'avaient effrayée, ne l'avaient pas surprise. Ils confirmaient ce qu'elle avait pressenti sitôt qu'elle l'avait vu. Elle aurait préféré qu'il ne soit jamais venu mais, si tel avait été le cas, autant ne pas avoir vécu.

La pluie avait respecté le départ de l'Aïeule, mais elle ne put contenir davantage son impatience. Les premières gouttes s'écrasèrent dans les cendres encore fumantes que les femmes s'empressaient de recueillir dans des jarres de terre crue.

La cérémonie achevée, les nomades se hâtèrent de lever le camp, mettant toute leur ardeur à effacer les traces qui pourraient permettre aux limiers de la mort de la lancer sur leur piste. Tôt ou tard, elle les retrouverait et « visiterait » à nouveau un des leurs. Mais autant lui compliquer la tâche !

— Nous avons pris du retard, expliqua Fière-enclume. La foire sera entamée quand nous arriverons à Norg, et nous ne sommes pas le seul clan à y participer.

Kelt hocha la tête. Il n'était pas dupe de cette excuse. Même s'il y avait un fond de vérité dans les propos du nomade, l'urgence s'expliquait davantage par la nécessité de mettre le plus de distance possible entre eux et ce lieu devenu funeste.

— Et toi ? Cette pluie est partie pour durer.

Aucune lueur dans le ciel, en effet, ne laissait prévoir une amélioration. Au contraire, les nuages, tout en se vidant, se densifiaient, comme si, mécontents de la trêve qu'ils avaient accordés par respect pour l'Aïeule, ils redoublaient de mauvaise humeur contre ses descendants.

— Si tes affaires ne pressent pas trop, proposa Fière-enclume, tu peux nous accompagner jusqu'à Norg. Les foires sont de bon profit pour les conteurs, non ?

Certes ! Le public est nombreux et, une fois les affaires conclues, disponible pour se laisser charmer par les récits, surtout quand ceux-ci promettent à chacun un avenir meilleur. Or il est aisé d'émailler les contes de prophéties propices sans pour autant mentir quand c'est l'auditoire qui les interprète. Cependant, Norg ne se trouvait pas du tout à l'horizon de la Couleuvre. Kelt mit la main dans sa poche. Ses doigts effleurèrent le dé. Devait-il le lancer de nouveau ?

D'une manière ou d'une autre, avait prophétisé l'Aïeule.

Ce qui ne l'aidait guère à prendre une décision. Au fait, était-il digne d'un homme libre de se laisser mener par un dé ? Dieu du hasard, Örl est aussi celui des carrefours. Ce n'est pas l'insulter que choisir son chemin.

— J'accepte de bon cœur, s'écria-t-il, mais j'ignore comment t'exprimer ma reconnaissance.

— Eh ? Tu es un conteur, pas vrai ? Voire un peu plus…

Kelt sourit *in petto*. L'invitation de Fière-enclume n'était pas entièrement désintéressée : une petite parole efficace, prononcée à bon escient, ça ne peut pas nuire au commerce, au contraire… Encore un qui se trompait sur la nature de son talent.

— En attendant, tu peux nous aider à charger tout ça sur les chariots, ajouta le nomade en montrant les feutres pliés des tentes.

Après avoir vérifié plutôt deux fois qu'une si on n'oubliait aucun objet près du ruisseau, les nomades se mirent en route. La gueule béante de la Couleuvre avalait le soleil comme un œuf. Tant pis : on voyagerait à la lueur des étoiles. Ce ne serait pas la première fois. L'important était de fausser compagnie à la Visiteuse. Répondant à l'invitation de Fière-enclume, Kelt prit place à son côté, sur le banc du chariot à l'arrière duquel sa famille s'entassait parmi les ballots. La charge des attelages ralentissait l'allure, notamment les précieux lingots de fonte, si bien qu'une partie du clan faisait le chemin à pied. Il ne fallait pas compter arriver à temps pour décrocher le meilleur emplacement. Afin de préserver les chances des Helgi, Fière-enclume dépêcha trois hommes, dont son jeune fils Deux-bigornes, avec pour mandat d'obtenir, s'il en était encore temps, l'usage d'un des trois fourneaux fixes.

— Ils chauffent mieux que notre four itinérant, expliqua-t-il à l'intention de Kelt. L'acier des Helgi est réputé dans trois commanderies ! Seul celui des arsenaux est meilleur, et encore !

Il était interdit aux Enfants des étoiles de vendre des armes. Et, bien sûr, l'acier qu'ils produisaient ne supportait pas, quoi que prétendît Fière-enclume, la comparaison avec celui qu'on coulait dans les ateliers du hartl.

De temps en temps, une femme puisait dans une urne mortuaire une poignée de cendres et la jetait sur le bord du chemin, ou dans l'eau à l'occasion du passage d'un gué. Ainsi dispersée aux huit horizons, l'Aïeule ne se recomposerait pas de sitôt. On l'aimait beaucoup, la vieille femme, on la respectait encore davantage, mais on n'avait nulle envie de voir son fantôme se balader dans le sillage du convoi.

Fière-enclume faisait mine de ne pas s'en apercevoir, continuant à disserter sur la science subtile des alliages, dont les arcanes se transmettaient de père en fils depuis que Jarn avait offert le feu du ciel à ses descendants.

— À propos, dit-il sur un ton innocent, j'ai remarqué que tu portes un glaive…

— Je suis né dans le Laxdal, ce qui me donne le droit de posséder une arme. Ce privilège a été accordé à nos ancêtres par le hartl Grimir Thorn'ar en récompense de la résistance qu'ils ont opposée à une invasion des Ortmarki.

— Je peux le voir ?

Kelt défourailla le glaive et le posa sur la paume ouverte du forgeron. Celui-ci poussa un juron. La lame émettait une légère lueur bleutée.

— Comment te l'es-tu procuré ?

Il tremblait, partagé entre la tentation de rejeter l'arme loin de lui et la fascination.

— Un cadeau.

— Un bardagh ?

Kelt secoua la tête.

— Une femme, alors ?

— Elle m'était destinée depuis des temps immémoriaux, répondit, ambigu, le diseur de mots.

— Seuls l'Axe-divin et les Cinq Preux possèdent une lame forgée avec une pierre de foudre.

— L'Axe-divin, les Cinq Preux et moi, corrigea Kelt en rangeant son bien dans son fourreau.

Il n'ajouta pas que, contrairement à ces derniers, il aurait été bien en peine de s'en servir d'une manière efficace. Cependant, à deux ou trois reprises, il lui avait suffi de dégainer l'arme pour se sortir d'un mauvais pas : la lumière qui en émanait la désignait comme un objet magique, auquel les détrousseurs se gardaient de se frotter.

Insensiblement, Fière-enclume s'écarta du diseur de mots, autant que l'étroitesse du banc le lui permettait. Il resta sombre, à rouler des pensées contradictoires, se demandant s'il avait bien fait d'emmener un homme dont, sans doute, il avait mésestimé la puissance. D'un côté, le bon accueil qu'il avait reçu des Helgi ne pouvait que le disposer favorablement envers eux. De l'autre, la prudence conseille de rester loin de ceux qui ont des « pouvoirs », même s'ils paraissent aimables. Surtout quand, comme par hasard, ils sont apparus dans le sillage de la mort.

Kelt profita de son silence pour somnoler.

Aux premières lueurs du jour, Fière-enclume consentit une halte, afin de reposer les bêtes. Lui-même s'accorda quelques heures de sommeil, mais il n'attendit pas le milieu de la matinée pour reprendre la route. Peu après le départ, alors que le convoi longeait l'orée d'une forêt, Fière-enclume fit doubler l'attelage de deux tombereaux vides. Tandis que le gros de la troupe continuait sous la conduite de son frère Coup-précis en direction de Norg, il les engagea dans une laie gorgée d'humidité.

Le bois était serré. Par endroits, les broussailles cherchaient à envahir la trouée. À trois reprises, il fallut écarter des arbres tombés en travers du chemin.

— Il ne passe pas grand monde par ici, releva Kelt.

— Cette forêt a mauvaise réputation. C'est ici que les partisans de Gondulc-au-long-nez ont tendu une embuscade à l'armée d'Eymur Vikars'ar. Dans la région, on prétend que chaque arbre s'enracine sur huit cadavres.

Ce qui, compte tenu de la densité de la futaie, supposait aux belligérants des pertes effroyables. Ce genre de détail embellissait les récits des rhapsodes qui égayaient les festins des riches mais demeurait interdits à un diseur de mots tel que Kelt, respectueux de la vérité.

— Peut-être, poursuivait Fière-enclume, philosophe, est-ce pour cette raison que le charbon qu'on y produit n'a pas son pareil dans toute la commanderie, voire dans les tenures voisines.

Il se lança dans une comparaison des qualités des divers gisements, tant de charbon que de minerai, d'où il ressortait que la qualité de l'acier produit par les Helgi, si elle tenait à leur incomparable savoir-faire, devait aussi beaucoup au soin avec lequel ils choisissaient les matières premières.

— Avant, on utilisait uniquement du fer issu des mines du Kupstrand, que des navires transportaient jusqu'à Gulvìk. Depuis un moment, il devient difficile de s'y approvisionner. Des pirates s'emparent des cargaisons avant qu'elles arrivent au port, à ce qu'il paraît. Alors on fait avec ce qu'on trouve. Mais au moins, pour le charbon, on utilise le meilleur.

Kelt l'écoutait d'une oreille distraite. La forêt entraînait son imagination vers une autre, celle-là même qui hantait ses rêves. Elle n'en était, bien sûr, que le faible reflet, de même que les bardaghi d'aujourd'hui ne supportaient pas la comparaison avec les Preux des époques légendaires. Mais son sous-bois ombreux, le sol moussu, les racines noueuses des arbres les plus anciens et le mystère de ses profondeurs encourageaient la rêverie d'un cœur nostalgique.

— On arrive, annonça Fière-enclume.

Par tradition, bien que leur art ne fût pas frappé de monopole, les charbonniers appartenaient au peuple our. Ils se prétendaient eux-mêmes descendants des Ourgani, les géants sauvages qui, à l'origine des temps, avaient modelé le Monde, soulevant les montagnes, creusant les mers et les lacs, traçant d'un coup d'ongle le lit des rivières… La race avait dégénéré, et les Ouri n'étaient ni plus grands ni plus forts que les représentants des autres peuples. De leurs ancêtres, ils n'avaient gardé que la hideur d'une face plate, des yeux ronds très pâles et, sous des lèvres épaisses, des dents disjointes singulièrement aiguës. C'est pourquoi ils se cachaient dans les bois.

Le campement se composait de quelques cahutes de branchages disséminées entre les mottes dont une fumée âcre s'échappait : les fours où le bois se consumait tout doucement. La seule construction un peu conséquente était un enclos palissé où s'amassait le charbon ainsi produit. Une femme se porta à la rencontre des tombereaux.

— Salut à toi, Fière-enclume !

— La paix sur toi, Œil-de-chouette. As-tu en réserve de quoi remplir ces deux tombereaux ? Je me rends à la foire de Norg.

— Pour toi, toujours. Je me doutais que tu viendrais.

Le contraste entre les deux interlocuteurs amusa Kelt. D'un côté, l'Enfant des étoiles, tout de grâce et d'élégance, de l'autre, la descendante des géants, massive, aux traits épais, aux membres courts. Ses sourcils ne formaient qu'une barre sous un front fuyant, des poils ombraient ses joues – la pilosité des femmes oureei nourrissait les plaisanteries salaces des fonds de taverne. Elle hocha la tête en se tournant vers les fourgons et soudain ses yeux se rétrécirent : elle venait d'aviser Kelt.

Elle tendit les doigts vers le sol dans un geste conjuratoire.

— N'aie crainte, s'écria Fière-enclume. Cet homme voyage en notre compagnie jusqu'à Norg.

— Sais-tu qui il est, d'où il vient ? coassa-t-elle.

— Eh bien…

— J'ai beaucoup voyagé, dit Kelt.

— Il est diseur de mots, précisa Fière-enclume, mais, ainsi qu'il ne manque pas une occasion de le répéter, pas thérapeute.

Le ton n'était pas dénué d'ironie. Ces explications n'eurent pas pour effet de rassurer la charbonnière, qu'entouraient maintenant une poignée de ses semblables. Tous avaient les yeux rivés sur Kelt. Gêné par une curiosité qu'il ne s'expliquait pas, mais qui pouvait le desservir auprès de son hôte, il sauta du siège de la voiture.

Ce n'est qu'arrivé tout près d'Œil-de-chouette qu'il distingua le tatouage sur sa tempe : la charbonnière avait suivi l'initiation des Flohi, détenteurs de secrets remontants aux plus anciens Ourgani. Du moins l'affirmaient-ils.

— M'éclaireras-tu, maîtresse ?

Elle frémit. En employant une formule inusitée chez les profanes, le diseur de mots non seulement montrait qu'il savait à qui il avait affaire, mais encore il créait chez elle une obligation. Derechef, elle tendit tous ses doigts vers la terre, sollicitant ainsi le soutien de ses lointains ancêtres. Fière-enclume, déconcerté, observait l'échange sans en comprendre les enjeux. Il avait emmené l'étranger en pensant qu'il disposerait d'une paire de bras supplémentaire pour pousser les chariots en cas d'embourbement et, maintenant, il s'inquiétait un peu du trouble qu'il semait parmi les charbonniers. Pourvu que cela ne remette pas en cause la transaction.

— Que veux-tu savoir ?

— Vous autres charbonniers connaissez tous les secrets de la forêt.

— Peut-être.

— Et vous êtes très attachés au respect des ancêtres.

— C'est possible.

— Alors peut-être savez-vous où s'étend la Mère de toutes les forêts ?

Le regard de l'initiée se durcit.

— Urskogar ? insista Kelt. La Forêt profonde.

— Pourquoi te moques-tu de moi ? gronda-t-elle. Les ancêtres, forces de la terre et du bois, me parlent en ce moment.

Du doigt, elle désignait le feuillage que le vent agitait. Kelt suivit du regard la direction dans laquelle l'index pointait mais, dans le froissement des feuilles, il ne perçut aucune présence surnaturelle. Néanmoins, la charbonnière poursuivait :

— Ils me disent que tes paroles sont perfides. Tu en sais plus sur elle que nous n'en saurons jamais. Plus que tu ne devrais en savoir.

Kelt secoua la tête, souriant.

— Loin de moi l'intention de me moquer, maîtresse, encore moins de te tendre un piège. Mes paroles sont innocentes : il ne peut en être autrement, car la Vérité les contraint. J'espérais simplement un peu d'aide dans une quête bien réelle.

— Eh bien, je ne peux te l'apporter. Urskogar est plus ancienne que les Ourgani eux-mêmes. Le chemin qui y mène s'est depuis longtemps effacé de la mémoire des simples mortels.

Pour la troisième fois, elle esquissa le geste conjuratoire.

— Je suis désolé d'avoir troublé ta sérénité, s'inclina Kelt.

— Bon, si on parlait un peu de notre charbon ? intervint Fière-enclume que cet échange, pour lui incompréhensible, impatientait.

Docile, Kelt recula de quelques pas. Tout en jetant de temps en temps un coup d'œil dans sa direction, la matriarche engagea le marchandage.

Sur le chemin du retour, le forgeron était d'excellente humeur. La discussion ne s'était pas prolongée et s'était conclue sur un prix très raisonnable. À l'évidence, Œil-de-chouette était pressée de voir le diseur de mots s'éloigner de la clairière.

— Je ne sais pas comment tu t'y es pris, mais tu m'as porté chance l'ami !

La seule chose qui le turlupinait un peu, c'était l'avertissement que la charbonnière lui avait glissé à l'oreille, alors qu'il prenait congé.

— Mais, dis-moi, c'était quoi, cette histoire de Forêt profonde ?

— Rien. Un lieu que j'ai connu naguère et que j'aimerais retrouver.

Fière-enclume attendait une suite ; elle ne vint pas. De toute évidence, Kelt n'avait pas envie d'en parler avec lui. Il n'insista pas ; inutile de le contrarier : la charbonnière lui avait conseillé de se méfier d'un homme qui avait deux ombres. Il n'avait pas compris ce qu'elle voulait dire et se promettait d'élucider l'expression qu'elle avait employée dès la réapparition du soleil.

Il n'eut pas longtemps à attendre. Les tombereaux franchirent l'orée au moment où une embellie chassait les nuages.

Vérification faite, le diseur de mots n'avait qu'une ombre, comme tout le monde.

Bon. Les Ouri étaient décidément des gens bizarres !

Chapitre 4

Dès le soir, Fière-enclume retrouva le bivouac de son clan. Bracelet-d'airain, l'un des trois hommes qu'il avait envoyés en précurseurs, se porta à sa rencontre tandis que ses compagnons libéraient les chevaux des attelages.

— On a un fourneau ! annonça-t-il.

— Lequel ? demanda Fière-enclume.

L'expression triomphale qu'arborait Bracelet-d'airain s'estompa quelque peu.

— Celui du moulin. Les Smidiar et les Stedji nous ont devancés. Ils nous ont soufflé les meilleurs emplacements.

Fière-enclume secoua la tête en soupirant. Des trois fourneaux fixes que Norg proposait aux forgerons, celui du moulin était le plus écarté et le plus médiocre. Mais, se redressant soudain :

— C'était à prévoir, reconnut-il. Nous devons déjà nous estimer heureux qu'un autre clan ne se soit pas présenté. Nous serons mal placés ? Et alors ? Cela ne retire rien au fait que nous sommes les meilleurs. La clientèle sait apprécier ça. Elle ne s'y trompera pas.

— Triple-frappe et Deux-bigornes sont restés là-bas pour amorcer la chauffe, précisa Bracelet-d'airain.

Les autres ont pris de l'avance, ils ont commencé à fondre. Les chalands sont déjà là.

— Je te remercie. Nous repartirons vers la minuit. Ainsi, nous arriverons au matin.

— Autre chose…

Bracelet-d'airain baissa d'un ton.

— À la foire, il y avait des hérauts. Ils proclamaient des avis.

— S'ils ne profitaient pas de l'occasion, on se demande quand ils le feraient !

— Ils parlaient du diseur de mots.

— Tu veux dire…

— À moins qu'il y en ait deux qui s'appellent Bouche-d'or…

Du geste, Fière-enclume intima à Bracelet-d'airain l'ordre de se taire. Il vérifia si personne ne les écoutait avant de l'inviter à poursuivre. Ayant écouté, la mine grave, Fière-enclume héla un gamin.

— Cendre-grise ! Va me chercher le thung. Tout de suite. S'il est déjà couché, réveille-le.

Kelt ne le fit pas attendre. Malgré lui, Fière-enclume glissa un regard sur le glaive pendu à sa ceinture. Autant, sinon plus, que sa maîtrise supposée de la parole efficace, l'arme inquiétait le forgeron, quand bien même il voulait se persuader qu'il s'était trompé sur sa nature. Car, tout bien considéré, aucun Enfant des étoiles n'avait vu de ses yeux l'acier des Preux. Il se sera laissé abuser par ses sens, et aura pris le reflet de la lune pour l'éclat de la pierre de foudre. Ou bien l'étranger l'aura leurré : ceux de son état sont coutumiers des tours de passe-passe. N'empêche. Bracelet-d'airain avait ravivé sa méfiance. Il entraîna le thung à l'écart.

— À Norg, un crieur public battait tambour à propos d'un diseur de mots qui devait répondre de ses actes devant la justice du hartl.

— Et ?

— Eh bien, je me demandais... Je n'ai aucune raison, remarque bien.

— Mais tu te demandais si je n'étais pas cet homme-là. Que lui reproche-t-on, au juste ?

— Ça, il ne l'a pas dit. Mais ce doit être grave : on offre un bon prix à qui le livrera.

— Alors ce n'est pas moi, dit Kelt en riant. Je n'ai rien commis qui puisse émouvoir la justice du hartl Skilf.

— Au moins, je t'aurai prévenu, bougonna Fière-enclume en le regardant s'éloigner.

La petite foire aux bestiaux qui jadis se tenait chaque printemps à Norg avait peu à peu pris de l'ampleur. D'abord, un marché lainier l'avait complétée. Puis des tanneurs, des corroyeurs, des cordiers, des menuisiers vinrent proposer leurs marchandises. Pareil rassemblement ne pouvait qu'attirer une foule d'artisans, de bateleurs, de comédiens. Ce qui avait été une festivité saisonnière saluant les premières mises bas du bétail devint la principale activité de Norg qui, de simple village pastoral, s'était hissée au rang de bourgade. Autant de maisons, autant d'auberges, affirmait-on pour la caractériser. Aucune autre agglomération, pas même Solksborg, ne rivalisait avec elle sur ce plan. On accourait des huit horizons pour acheter du tissu, des rênes, des poteries...

Et, bien sûr, des outils.

Pour accueillir marchands et chalands, l'antique halle de bois devenue trop exiguë avait cédé la place à une galerie de pierre sous le hartolat d'Outir Ston'ar. Une octennie plus tard, un nouveau bâtiment, encore plus vaste, l'avait doublée. Malgré cela, nombre d'artisans se voyaient contraints d'exposer leurs marchandises en plein air, sur des étals plus ou moins improvisés.

Malgré l'heure matinale, les chalands se pressaient déjà nombreux dans la vaste plaine à l'arrivée du convoi. Ils pataugeaient dans la boue sans paraître s'en émouvoir ; la pluie des jours précédents avait gorgé d'eau le champ de foire. Les premiers effluves de friture parfumaient l'air que doraient les rayons du levant. Au moins, aujourd'hui, on aurait beau temps.

Les bateleurs attiraient les enfants qui sautèrent du chariot et s'égaillèrent en piaillant. Sous prétexte de les rattraper, Fille-farouche les imita, Vive-étincelle, la cadette de Braise-ardente, sur les talons.

Un tout jeune homme parcourait une corde tendue entre deux arbres, tantôt dans un sens, tantôt dans l'autre. Moins que son adresse, les spectateurs admiraient la grâce juvénile de son visage encadré de boucles indisciplinées et l'élasticité de ses muscles que laissait voir un vêtement réduit à l'essentiel. L'adolescent avait pleine conscience des désirs que son jeune corps suscitait. Perché sur son fil, il dominait la foule sur laquelle il jetait un regard dominateur.

Jusqu'à ce qu'il aperçût parmi elle une Fille des étoiles presque aussi jeune que lui. Il en éprouva une telle émotion que le souffle lui manqua et qu'il oublia où il se trouvait. Cet instant d'inattention se révéla fatal à son équilibre. Il battit l'air de grands moulinets, mais cela ne suffit pas à lui épargner la chute. Ni la honte d'entendre rire les badauds, qui en avaient compris la cause. Pis que tout, la jeune fille riait elle aussi.

L'adolescent se releva, plus vexé que meurtri.

— Tu ferais moins la fière si tu étais à ma place, s'écria-t-il, amer.

— Est-ce moi que tu défies ? répliqua Fille-farouche en agitant sa chevelure, front légèrement baissé.

— Fille-farouche, non !... tenta Vive-étincelle.

En vain : elle n'avait pas achevé sa phrase que sa compagne était juchée sur la corde.

Fille-farouche marqua une hésitation. Son tempérament lui avait joué un mauvais tour. Marcher sur une corde, elle ne l'avait jamais appris. Tout ce qu'elle savait faire, c'était danser.

Alors elle dansa.

À la stupéfaction de Vive-étincelle, à sa propre surprise, elle enchaîna les figures. Son pied retombait avec précision sur la corde. Elle n'avait pas le temps d'être déséquilibrée que déjà elle rebondissait. Au fond, l'exercice ne présentait aucune difficulté pour celle dont chaque pas revêtait un sens et, donc, ne souffrait pas la moindre imprécision. Pour ne pas tomber, il suffisait de ne pas s'immobiliser, ni penser à la corde. Juste laisser ses pieds la trouver.

— Fille-farouche !

Rappelée à l'ordre par Braise-ardente, la jeune fille sauta à terre. Elle rejoignit les siens sous les applaudissements, sans égard pour le petit funambule qui jamais plus ne grimperait sur son fil sans penser à la danse improbable d'une beauté vêtue d'écarlate.

Laquelle était vertement gourmandée par l'épouse du chef de son clan :

À quoi songeais-tu ? Je t'avais demandé de rattraper les enfants, pas de te donner en spectacle ! Tu es une Fille des étoiles, pas une saltimbanque !

— Danser en plein jour, danser le soir devant le feu, quelle différence ?

Elle dansait depuis sa première enfance, mais jamais elle n'avait senti son corps aussi souple qu'aujourd'hui, aussi léger, jamais elle n'avait éprouvé le frisson que lui avait procuré la rencontre de son pied avec la corde dont la tension la renvoyait vers le haut.

— La différence, lui rappela Braise-ardente, c'est justement le feu.

Fille-farouche baissa la tête, mais elle se mordait les lèvres et évitait de croiser le regard de Vive-étincelle pour ne pas éclater de rire. Braise-ardente, qui n'était pas dupe de sa contrition, fit mine de ne pas s'en apercevoir. En voyant la jeune fille danser sur la corde, elle avait éprouvé, plus que de l'irritation, un mélange de fierté et d'envie.

— Dépêchons-nous de rejoindre Fière-enclume, bougonna-t-elle. Et il est préférable d'oublier cet incident.

Le guide des Helgi s'était dirigé sans attendre vers le fourneau dont le clan avait obtenu la location. Kelt fronça le nez. L'éloignement n'était pas le seul désagrément du moulin : les cuves des mégissiers qui l'utilisaient pour assouplir leurs peaux répandaient des relents nauséabonds.

— On s'y habitue, tu verras, l'encouragea le Helg.

Tandis que les femmes montaient les étals et y disposaient quelques articles fabriqués à l'avance, les hommes déchargeaient qui les lingots de fonte, qui les loupes de métal plus affiné. Les premiers permettraient d'opérer au plus vite une coulée, tandis que les forgerons procéderaient sans délai au cinglage des secondes. Il n'était pas besoin de paroles. Chacun connaissait son rôle dans un protocole établi de longue date.

Arrivés l'avant-veille, les Smidiar et les Stedji vinrent saluer les nouveaux venus et prêter la main à leur installation. Sur la foire, ils étaient concurrents mais, avant tout, ils étaient tous des descendants de Jarn et Koli. On en profitait pour échanger des nouvelles : on comptait tant de naissances, tel, tout comme l'Aïeule, avait été éparpillé, le fils de tel autre recherchait une épouse… Dans l'agitation, nul ne remarqua que Deux-bigornes s'esquivait.

Au charbon fourni par Norg, jugé de trop mauvaise qualité, Fière-enclume substitua celui qu'il avait acquis auprès d'Œil-de-chouette. Si le fourneau était plus modeste que les deux autres et pâtissait de la puanteur, il présentait un avantage : le mécanisme du moulin animait les soufflets. Préchauffé par les soins de Triple-frappe, il rendrait sa première coulée dès aujourd'hui.

— Eh bien, diseur de mots, ne nous souhaiteras-tu pas bonne chance ?

Kelt se préparait à répondre par une plaisanterie, quand il vit des archers marcher dans leur direction. Un peu en retrait du guet, il distingua la silhouette gracile de Deux-bigornes. L'avertissement de Fière-enclume lui revint à l'esprit. Aucun doute, les hommes d'armes venaient pour lui. Il évalua ses chances de leur échapper, pourtant persuadé à l'avance que toute tentative serait vaine : il courait vite, mais moins qu'un carreau d'arbalète.

— Est-ce là l'hospitalité des Enfants des étoiles ? grinça-t-il à l'intention de Fière-enclume.

De quoi te plains-tu ? Je t'ai loyalement prévenu que ta tête était mise à prix. Que ne t'es-tu enfui à ce moment ? En restant, tu devenais une menace pour nous. Devais-je le permettre, moi qui suis le responsable du clan ?

— Es-tu celui dont le nom public est Bouche-d'or ? l'interpella le sergent du guet.

— On me connaît en effet sous ce nom.

— Alors tu dois me suivre.

— Puis-je savoir pour quelle raison ?

D'ordinaire, le sergent aurait sanctionné une telle prétention d'un coup bien appuyé, mais des bruits avaient couru parmi les soldats chargés de l'arrestation. Avec un individu doté d'une langue assez puissante pour provoquer la chute d'un pont, des précautions s'imposaient. Aussi condescendit-il à apporter une réponse, sans pour autant, autorité oblige, se laisser aller à trop de complaisance :

— Il ne m'appartient pas de te le dire, biaisa-t-il. Contente-toi de savoir que la justice du hartl Skilf Oluf'ar te requiert.

— Dans ce cas, allons ! Je ne saurais faire attendre le hartl.

Avant de ramasser sa besace, il accrocha ostensiblement à sa ceinture le glaive qu'il avait déposé pour aider au déchargement. Il prit tout son temps, se comportant davantage en invité du hartl qu'en prisonnier. Cette attitude impressionna grandement le sergent.

— Tu es fier de toi, Deux-bigornes ?

Fille-farouche avait surgi tel un démon du Vitis. Depuis que les Helgi s'étaient éloignés du bûcher funéraire de l'Aïeule, Kelt ne l'avait guère aperçue que deux ou trois fois, brièvement, jamais seule. Quand elle ne galopait pas en avant du convoi pour chasser, elle voyageait dans un autre chariot que la famille de Fière-enclume et ne venait plus sous sa tente. Il était clair qu'elle l'évitait.

— Et toi qui es notre guide ? N'était-ce pas ton devoir de protéger ton hôte ?

Les mots s'étranglaient dans sa gorge. Elle pleurait de rage.

— Arrête ça tout de suite ! lui intima Fière-enclume.

Un garde esquissa un mouvement vers elle, menaçant.

— Ce n'est rien, intervint Kelt. Un simple malentendu.

Elle posa sur lui un regard affolé.

— Tout ira bien, je t'assure. Nous nous reverrons.

Les mots lui avaient échappé. Il en fut le premier surpris.

Soudain calmée, elle hocha la tête. La gravité de son regard impressionna Kelt. Elle le croyait, non parce qu'elle l'espérait, mais parce qu'elle savait qu'il disait vrai. Les dernières paroles de l'Aïeule ?

— Amène-toi, gueula un archer, insensible à la solennité de l'instant.

Malentendu ou pas, Kelt se vit bientôt les chaînes aux chevilles et aux poignets.

Skilf Oluf'ar se plaisait à contempler la cité de Solksborg du haut de la plus haute tour de la citadelle, celle qu'on nommait la tour du Silence. C'est pourquoi il avait choisi d'y installer ses appartements malgré de multiples inconvénients, à commencer par les courants d'air. Ses prédécesseurs avaient trop longtemps négligé la ville basse, ne se préoccupant que de la forteresse qui la surplombait, quand ils ne mettaient pas toute leur énergie à mener des guerres aussi dispendieuses qu'inutiles, puisque les territoires conquis par une génération étaient en général perdus par la suivante, quand l'Axe-divin n'exigeait pas une restitution immédiate. Tout cela pour acquérir la gloire des armes, qui se mesure au nombre des cadavres qu'on abandonne derrière soi. Lui, il préférait laisser le souvenir d'un hartl bâtisseur. Cette postérité valait bien les sacrifices qu'il imposait à ses assujettis. Il ne cessait d'inventer de nouvelles taxes, d'ajouter des corvées. Pour mater les récalcitrants, il avait dû multiplier les hommes d'armes, ainsi que les pendaisons. On n'a rien pour rien, et Skilf estimait que tous ces sacrifices n'avaient pas été vains. Tandis qu'il atteignait le soir de sa vie, le résultat s'étalait sous ses yeux, encore inachevé, mais ô combien prometteur. Bien après que le souvenir des contraintes auront disparu, les bâtiments demeureront. On dira d'eux, avec une fierté qui ne cessera de croître : ils datent du hartl Skilf Oluf'ar, et l'on s'émerveillera qu'ils tiennent encore debout.

Cependant, ce matin, un brouillard épais le privait de son spectacle favori. Une quinte de toux le secoua. Il abandonna la fenêtre pour se rapprocher de la cheminée dont il tisonna lui-même les bûches. À quoi servait que le printemps se soit montré aussi précoce s'il s'obstinait à rester aussi humide ? La douleur habitait son corps. Elle résistait aux remèdes des guérisseurs de tout poil, ses apothicaires aussi bien que les diseurs de mots. Leurs incantations, leurs potions et leurs emplâtres le soulageaient quelquefois, cependant le répit ne durait guère : bientôt le mal se réveillait, plus cruel que jamais.

Skilf tendit les mains vers la flamme, s'efforçant de ne pas voir les nœuds qui déformaient ses doigts. Des mains qui avaient naguère été si fines, si élégantes, plus aptes en apparence à caresser qu'à manier le sabre ou la hache. C'étaient elles que les femmes remarquaient d'abord, ces mains dont la légèreté leur promettait de la douceur. Enfin, avant, quand les rhumatismes ne les avaient pas tordues. Du temps, également, où il se souciait du regard des femmes, impatient de les entendre formuler l'invite qui l'autoriserait à les poser sur leur peau.

La finesse de ses mains n'excluait pas leur robustesse. Dans sa prime jeunesse, il s'était montré un guerrier redoutable. Parce que son corps était svelte, ses adversaires ne se méfiaient pas de lui. Plus d'un avait payé de sa vie une erreur aussi grossière. S'il n'en imposait pas par sa stature, il possédait à fond l'art de l'escrime : comme maîtres d'armes, il avait choisi les plus habiles des kwigari. Les hommes-chats, ainsi que se surnommaient eux-mêmes les initiés de la secte, lui avaient appris à esquiver les coups tant de taille que d'estoc afin d'user les forces et la patience de l'adversaire jusqu'au moment où il relâcherait sa vigilance. L'occasion attendue pour frapper à son tour. Un seul coup, rapide, précis, fatal.

Dans la période tumultueuse qui avait marqué la fin du hartolat d'Oluf, ces mains d'apparence fragile avaient tué plus d'un capitaine aguerri. Aussi la réputation du fils cadet d'Oluf avait-elle grandi. Quand le Conseil des Soixante-quatre avait dû élire le successeur de son père, il s'était tout naturellement imposé aux dépens de ses aînés. Pourtant, une fois consolidée sa position à la tête du Solkstrand au prix, hélas, de deux fratricides, ce n'était pas la gloire des armes qu'il avait recherchée, mais la paix. S'il ne s'était mérité le surnom de Bâtisseur, il aurait pu obtenir celui de diplomate. Par un curieux paradoxe, son armée comptait aujourd'hui plus d'hommes qu'au début de son hartolat, mais elle ne combattait jamais, à l'exception d'épisodiques escarmouches frontalières sans conséquence. Son rôle se bornait à contrôler les assujettis de la commanderie.

Oui, Skilf pouvait se targuer d'avoir accompli la tâche qu'il s'était assignée en recevant les insignes du hartolat – il lui semblait tantôt que c'était hier, tantôt qu'une éternité avait passé depuis. Pourtant il n'était pas entièrement satisfait. La paix demeurait fragile. Dans l'horizon du Sanglier, le hartl Slegur ne manquait pas une occasion de rappeler qu'autrefois une partie de la rive droite du Stor relevait de sa commanderie. À la première opportunité, il dénouerait les liens du serment qui l'obligeait à la trêve, avec d'autant moins de scrupules que cette promesse avait été arrachée à son prédécesseur. Quant aux travaux de la ville, Skilf était rien moins que certain d'en voir l'achèvement. Ce n'était pourtant pas faute d'exigence envers ses assujettis, mais il semblait que plus il levait de corvées, moins les chantiers progressaient.

Quand il se tournait vers l'avenir, non pas le sien, malheureusement trop limité, mais celui du Solkstrand, il ne se voyait pas de successeur. Oddi, son unique fils survivant, avait pour lui l'érudition. Skilf lui accordait un jugement sûr et pondéré – il tenait cette faculté de sa mère –, mais pas la poigne nécessaire pour tenir les bardaghi qui ne se reconnaissaient que dans la force brutale. Les membres influents de la caste guerrière lui préféraient son propre descendant, Vradh, un vantard querelleur plus conforme à leur image du chef. Si le Conseil le nommait hartl, combien de saisons passeraient avant que renaisse l'hydre de la guerre ?

Un serviteur troubla sa méditation morose en annonçant le domar Brandur. Le petit homme s'introduisit peu après dans la pièce, usant d'un rare privilège : Skilf n'admettait dans son intimité que ceux dont il estimait ne pas avoir à se méfier. Un cercle qui n'avait fait que se réduire au fil des années.

Comme à chaque fois qu'il avait dû emprunter l'escalier à vis menant aux appartements de la tour du Silence, le préposé à la haute justice peinait à reprendre son souffle. Skilf l'invita du geste à venir le rejoindre sous le manteau de la cheminée, ce à quoi il s'empressa. Même quand il transpirait, ce qui était le cas à présent, le magistrat grelottait sous sa houppelande doublée de renard gris.

Et lui, se demandait Skilf, quel jugement porte-t-il sur son existence ? Les condamnés qu'il avait envoyés à la mort ne se comptaient plus. Certes, il ne lui revenait pas de prononcer la sentence, mais il l'imposait par ses conclusions. Avait-il toujours décidé en équité ou avait-il chargé des dossiers pour complaire à son maître quand celui-ci exigeait un surcroît de rigueur ? Et, dans ce cas, éprouvait-il quelquefois des remords ? On disait en Solkstrand que le hartl était juste parce qu'il frappait avec une égale sévérité tous les prévenus, les puissants comme les humbles. On aurait tout aussi bien pu dire qu'il était injuste, parce qu'implacable avec tout le monde. Sauf qu'il aurait été imprudent de le taxer de cruauté.

— Eh bien, qu'es tu venu m'annoncer ? brusqua-t-il le magistrat.

— Une grande nouvelle, Hartl-èr. Le gardien du Storbir n'avait pas menti. Le diseur de mots existe bel et bien. Vos hommes d'armes l'ont arrêté.

— Vraiment ? Je n'aurais donc pas dû l'envoyer à la potence ?

Brandur émit un gloussement satisfait.

— Il méritait son châtiment. Si Gangyr – loué soit-il pour sa bienveillante générosité – a permis la catastrophe, c'est qu'il n'était pas satisfait de son servant. Toutefois...

Il marqua une pause, à la recherche de la formule la plus émolliente.

— Toutefois, si le hartl-èr se sent enclin à l'indulgence envers un collecteur scrupuleux, il n'est pas trop tard. Je me suis permis de différer l'exécution.

Il respira un grand coup, avant d'ajouter, précipitamment :

— Dans l'intérêt de l'instruction, bien évidemment ! J'ai pensé que, si on mettait la main sur le diseur de mots, il serait intéressant de le confronter au gardien.

Sa voix s'étrangla. Sous l'œil fixe du hartl, il trembla plus encore. Cette fois, le froid n'y était pour rien. Bien conscient de son émoi, Skilf s'amusa à le prolonger, avant de hocher la tête.

— Tu as bien fait. J'aimerais en effet assister à cette entrevue. Elle peut être amusante, n'est-ce pas ?

Un élancement déchira son dos. Il rassembla toute sa volonté pour ne pas grimacer devant un tiers.

— En attendant, je veux que le diseur de mots soit traité avec dignité. Trouve-lui un local plus confortable que le cachot du guet et nourris-le. Sans excès, mais à sa faim. On ne sait jamais : les pouvoirs d'un homme capable de provoquer le naufrage d'un pont ne doivent pas être sous-estimés.

— Il en sera fait selon votre volonté, s'empressa d'approuver Brandur, avant de prendre congé, visiblement soulagé.

Skilf se retourna vers les flammes, plus maussade encore qu'avant l'entrevue. Qu'était-il vraiment devenu, pour inspirer de la crainte même à ceux qu'il considérait comme ses amis ? Pis encore, pour y prendre plaisir.

Chapitre 5

Les bans de haute justice se tenaient publiquement dans la grande Halle attenante à la citadelle. N'y comparaissaient que les accusés dont la punition présentait un caractère édifiant pour le bon peuple ; pour le tout-venant, la sentence était prononcée par le seul domar ou un de ses mandataires, sur la foi de leur interrogatoire ou d'un nombre suffisant de dénonciations. Le nom public des juges qui siégeaient ce jour-là, Hache-assoiffée et Chevalet-écarlate, en disait long sur leur mansuétude. La procédure était rodée : un greffier lisait la conclusion du domar ou d'un de ses supplétifs, l'accusé présentait sa défense, les juges confirmaient le verdict et fixaient les modalités de son exécution. Le bourreau administrait les supplices sitôt les bans levés.

Depuis quelques jours, une rumeur insistante courait dans la cité, selon laquelle le hartl en personne assisterait à l'audience. Cela promettait un châtiment spectaculaire, car un personnage de cette importance ne se déplace pas pour des broutilles. Alléchée par cette perspective, la foule se pressait sous la nef.

Les juges siégeaient sur une tribune de pierre noire qui dominait l'estrade en bois teinté en rouge, préfiguration de l'échafaud, sur laquelle on exhibait l'accusé, chaînes aux pieds. Une autre estrade, chaulée celle-là, accueillait les témoins. Des anneaux en garnissaient le plancher : il n'était pas rare que ses occupants se retrouvent eux aussi entravés, en particulier s'ils s'étaient montrés trop favorables à ceux que le tribunal reconnaissait coupables ; il devenait alors de bon usage qu'ils partagent son supplice. Aussi les témoins à décharge n'encombraient-ils pas la Halle. Comme par ailleurs les témoins à charge avaient été entendus au cours des interrogatoires préliminaires, l'estrade blanche restait le plus souvent vide.

Depuis les oculi ménagés dans la voûte, la lumière tombait à la verticale sur la tribune et les estrades. En revanche, la galerie des dignitaires demeurait dans la pénombre. Il appartenait au hartl de décider s'il souhaitait apparaître, auquel cas on allumait deux torchères, ou s'il se contentait de laisser tomber sa voix amplifiée par l'écho habilement ménagé par l'architecte, ce qui impressionnait encore davantage la populace.

La hauteur du plafond parut prodigieuse à Waard. Le décorum, les cris hostiles de la foule alléchée par les deux expéditions précédentes – un voleur promis à la roue et un fraudeur condamné à rester pendu à un crochet passé dans sa mâchoire jusqu'à ce qu'il en tombe naturellement – assommèrent d'emblée le malheureux gardien de pont. Il n'osait pas lever les yeux sur ses juges, encore moins sur la galerie. Hache-assoiffée adressa un sourire entendu à son collègue : ce gibier-là ne se débattrait pas longtemps dans leurs filets. Après qu'un gong, en résonnant, eut imposé le silence, il lut la conclusion :

— Le maître-gardien connu sous le sobriquet de Pieux-servant, de son nom privé Waard Bod'ar, a reçu de notre bien-aimé hartl Skilf Oluf'ar l'honneur de percevoir en son nom les péages du Storbir, à charge pour lui d'y pratiquer le culte de Gangyr afin d'assurer aux voyageurs l'empruntant bonne traversée et bonne route. Le troisième jour de la deuxième octade du mois de Gorth de l'année courante, le pont s'est effondré. Il est donc de régulière et constante justice de châtier le gardien susnommé, convaincu par le fait même de négligence dans l'exécution des rites.

La foule applaudit cette conclusion magistrale. Cependant, le juge leva la main : il n'avait pas achevé sa lecture.

— Toutefois ledit gardien argue pour sa défense que le pont a été enchanté par le dénommé Bouche-d'or, de son nom privé Kelt Hauk'ar, lequel revendique l'état de diseur de mots.

À l'annonce de ce rebondissement, un frisson apeuré parcourut l'assemblée, bien vite ramenée au silence par quelques horions généreusement distribués par les hommes d'armes. Le juge reprit :

— En égard de quoi l'exécution du susnommé maître-gardien a été différée afin qu'il comparût en audience contradictoire, ledit Bouche-d'or étant convoqué comme témoin.

Cette fois, il fut moins aisé d'obtenir le silence du public. Les gens se tordaient le cou pour voir l'homme qu'on enchaînait à l'estrade blanche. Seuls quelques spectateurs estimèrent plus prudent de s'éclipser : un magicien capable d'abattre un pont par la seule force de la parole, mieux valait éviter d'être à portée de voix quand il se fâcherait ! Les autres, moins pleutres, se régalaient à l'avance d'une confrontation qui promettait d'être mémorable. On comprenait à présent la raison pour laquelle la présence du hartl avait été annoncée : sûr que lui non plus ne voulait pas manquer l'événement.

L'issue du procès ne faisait pourtant aucun doute. Le contraste était grand entre le collecteur de taxes, sale, puant, hirsute, traqué, et le diseur de mots à qui sa prestance valut aussitôt la faveur du public.

Waard amorça sa défense sous les huées, si bien qu'il dut répéter à plusieurs reprises son unique argument pour le faire entendre par ses juges :

— Le diseur de mots a ensorcelé le pont parce que j'ai refusé de le laisser passer sans payer.

Un coup de gong ramena un semblant de calme. On évacua quelques excités que les hommes d'armes avaient dû assommer.

Se tournant vers l'estrade blanche, Hache-assoiffée donna la parole à Kelt :

— Bouche-d'or ! Fais honneur à ton nom, exprime-toi le cœur sincère et ne te dérobe pas à la justice de ton hartl !

— Aucune parole mensongère ne saurait passer la barrière de mes dents, affirma Kelt.

Il parlait d'une voix claire, faisant sonner les syllabes, en homme accoutumé à séduire ceux qu'il enfermait dans les rets de ses discours. Cet aplomb contraria ses juges, habitués à plus de pusillanimité de la part des témoins. Voire les inquiéta.

— As-tu lancé un sort contre le Storbir ? demanda Chevalet-écarlate, hargneux.

— Je ne suis pas un jeteur de sorts. Quand bien même ce serait le cas, pourquoi me serais-je donné cette peine ?

— Tu as invoqué les flots pour qu'ils emportent le pont comme le temps emporte les hommes ! hurla Waard. N'est-ce pas la vérité ?

— Sans doute ai-je dit quelque chose d'approchant. Il ne s'agissait cependant pas d'une invocation, mais d'un constat : un simple coup d'œil au pont suffisait à prévoir qu'il ne résisterait pas à une débâcle aussi violente que celle que le Stor connaît ce printemps.

— Je n'ai jamais failli à ma tâche ! plaida Waard. J'ai toujours servi Gangyr avec zèle et vénération.

— Je n'en doute pas, mais que pouvait une idole au socle miné par les moules d'eau douce contre un fleuve en crue ?

La stupéfaction coupa le souffle du public. Les juges, tout aussi effarés par l'audace du propos, s'entre-regardèrent, comme s'ils voulaient se persuader d'avoir bien entendu. Chevalet-écarlate osa même lever la tête vers la galerie, mais le hartl restait dans l'ombre. Son collègue fut plus prompt à réagir :

— Tu viens de proférer un blasphème, diseur de mots !

— En vérité ? ironisa Kelt. Devrais-je donc plutôt penser que c'est Gangyr en personne qui a choisi de prendre un bain dans l'eau glacée ? Quoi qu'il en soit, le résultat est là : le fleuve a roulé la glace, il a bousculé le pont et englouti la statue de son dieu.

— Parce que tu l'as enchanté, s'égosilla Waard.

— Parce que le pont était pourri, répéta Kelt. Ma remarque était une prévision, pas une prédiction, encore moins une parole efficace. Ce jour-là, en prononçant la phrase que tu me reproches, j'ai dit la vérité, je ne l'ai pas provoquée. Gangyr est bienveillant, mais il vient un moment où la mansuétude des dieux se lasse de la désinvolture avec laquelle les hommes les traitent. Ce jour-là, en s'abandonnant au courant, il n'a pas faibli, au contraire, il a manifesté sa puissance.

Noyé dans l'ombre, Skilf se taisait, rendu perplexe par l'attitude du diseur de mots. Pourquoi se montrait-il aussi provocant ? Il se comportait comme si, tout en récusant l'accusation, il cherchait à dédouaner celui qui la portait.

Les juges, désespérant d'une intervention du hartl, se concertaient. La sentence allait tomber, sans doute d'une égale sévérité envers les deux estrades. Le cœur de Waard s'affolait. La détresse l'inspira. Il s'écria :

— C'est parole contre parole ! J'en appelle à l'arbitrage de Gangyr. Que le dieu témoigne de mon zèle envers lui et me rende justice !

Des cris fusèrent, s'organisèrent. Du brouhaha, deux syllabes émergèrent, répétées à l'envi : la foule scandait le nom du dieu. De nouveau, cette fois franchement, Chevalet-écarlate se tourna vers la galerie. Il devina un mouvement : Skilf quittait la Halle. Une sueur froide coula le long de son dos. Quelle décision le hartl attendait-il de ceux à qui il avait délégué son pouvoir de justice ? La foule se déchaînait, excitée par la promesse d'une ordalie, spectacle d'autant plus prisé que les duels publics étaient devenus rares depuis que le hartl avait interdit les joutes, qu'il jugeait dispendieuses.

Les juges levèrent les mains, les gongs résonnèrent à plusieurs reprises. Il fallut néanmoins attendre de longues minutes pour que retombe le silence, un silence tendu, fragile, impatient. Pour Hache-assoiffée, le cas était clair : une condamnation conjointe de l'accusé et du témoin s'imposait.

Le premier avait négligé son devoir, le second, s'il n'avait pas enchanté le pont – ce qui restait à prouver –, avait à tout le moins tenu en public des propos irrespectueux envers la divinité protectrice du fleuve dont le bassin fertilisait la moitié du Solkstrand. Où irait-on si le peuple ne craignait plus de déplaire aux dieux en ne se soumettant pas à l'ordre établi ? Cependant un verdict sec frustrerait cette même populace. Or, le hartl aimait complaire à ses assujettis, dès lors que cela ne lui coûtait rien. En tant que juge, Hache-assoiffée répugnait à s'effacer au profit d'une ordalie. Mais il préférait encore cette avanie à la colère de Skilf.

— Soit ! annonça-t-il. Nous nous en remettrons au jugement de Gangyr.

Longtemps les Sentences par les armes se déroulèrent sur la place patibulaire, mais l'espace délimité par la Halle, le castelet et les bois de justice se révéla trop exigu pour accueillir tous les amateurs de combats à mort. Aussi depuis trois générations dressait-on la lice hors les murs, près de la porte du Renard.

En lui-même, le champ clos où s'affrontaient les champions des justiciables se limitait à un espace circulaire matérialisé par des pierres chaulées. Les franchir, même par inadvertance dans le feu du combat, revenait à s'exposer aux carreaux des arbalétriers.

De part et d'autre, deux cages couronnaient un échafaud. Dans la première, on enferma le gardien de pont, dans la seconde, le diseur de mots. La foule qui se pressait autour de la lice les conspua à leur arrivée, avant de reporter son attention sur les pantomimes des acrobates chargés de tromper son impatience. Des bousculades signalaient la position des encaisseurs de paris.

Waard, ses larges mains agrippées aux barreaux, insultait l'assistance, protestait de son innocence, invoquait Gangyr, Rétel, et même les dieux de la montagne dont son maître Vonn l'avait jadis détourné. Du haut de son perchoir, Kelt observait les préparatifs, plus curieux qu'alarmé. Il n'avait pourtant aucune certitude sur l'issue du combat. De même que les formules d'un thérapeute se révèlent inopérantes sur ses propres maux, de même lui ne pouvait prévoir le cours de sa destinée ni l'infléchir par une parole efficace. Pas davantage, se sachant innocent, il n'accordait sa confiance à Rétel. Mais une voix lui murmurait que sa vie ne pouvait s'interrompre aujourd'hui, en ce jour de printemps. Ou peut-être que cela n'avait aucune importance, puisqu'il avait perdu le chemin d'Urskogar.

L'heure approchait : les patriciens de la commanderie s'installaient dans la tribune accotée au rempart. Figures sculptées et peintes, bouquets de plumes et de fleurs, soieries chatoyantes rehaussaient l'édicule. Davantage qu'un praticable, il était une scène où les grands du hartolat exposaient leur puissance au peuple, confiné de l'autre côté de la lice par un cordon d'hommes d'armes. D'abord se présentèrent les bardaghi, dont les cuirasses d'apparat s'ornaient de scènes relatant les hauts faits de leurs ancêtres ou inspirées par les gestes des Cinq Preux. Il fallait démontrer une très grande bravoure pour intégrer cette caste, à laquelle on appartenait ensuite par filiation. En revanche, n'importe qui pouvait en théorie espérer porter un jour la toge ou la tunique des ombraï qui, domar en tête, leur succédèrent. Il suffisait pour cela d'un peu de talent et de beaucoup de chance. Les joyaux des femmes en grande toilette étincelaient au soleil. Cependant celle qui retint le plus l'attention de Kelt détonnait par la sobriété de sa tenue. Vêtue d'une robe bleue de simple facture, un pendentif autour du cou et un jonc de jais barrant son front pour seuls bijoux, elle se tenait en retrait du bardagh qui devait être son époux et qui avait pris place à la droite du haut siège réservé au hartl. Elle n'était ni la plus belle des dames de la mesnie, ni la plus élégante. Mais, justement, la modestie de sa tenue, en rupture avec la munificence des autres dames, accrochait le regard. Elle, l'œil dans le vague, ne s'intéressait pas plus à ses voisins qu'aux prisonniers.

Annoncés par une salve de trompettes, seize porteurs acheminèrent le palanquin sur lequel trônait la statue de Rétel, dieu de la justice et de la vengeance. Derrière suivait, dans le même équipage, celui dont on requérait l'arbitrage. On n'avait pas eu le temps de sculpter une nouvelle effigie à l'image de la statue que le flot avait emportée, mais peu importait qu'il fût représenté par un simple billon : il était présent. On déposa les dieux de part et d'autre de la tribune. La femme en bleu s'anima, accordant son attention à la statue de Rétel. Dans ce tumulte, elle priait. Pour quelle cause ? Kelt doutait que ce fût la sienne.

Les bourreaux chargés de l'arbitrage pénétrèrent dans le cercle. Le hartl choisit ce moment pour apparaître. Entouré de seulement deux officiers dont la grande tenue ne pouvait rivaliser avec la splendeur de sa propre cuirasse, monté sur un cheval gigantesque, le hartl Skilf entendait impressionner ses assujettis. Or, les acclamations qui saluèrent son arrivée lui parurent bien tièdes. Il lui sembla même percevoir quelques notes discordantes : des esprits forts profitaient du brouhaha pour exprimer leur ressentiment. Un pli amer abaissa la commissure de ses lèvres. De telles manifestations d'hostilité auraient été impensables quelques années en arrière. Était-ce parce qu'ils sentaient ses jours désormais comptés que les mécontents trouvaient l'audace de s'exprimer ? Conscient de s'être tassé sur sa selle, il tenta de se redresser. Le poids de la cuirasse écrasait ses épaules. Il tenait à peine les rênes : pas une articulation de ses doigts qui ne le torturât ! Il serra les dents, afin de ne pas offrir le pitoyable spectacle de gestes hésitants en descendant de cheval. Malgré l'agréable fraîcheur de ce jour printanier, la sueur inondait son corps. Avant de prendre place sous le dais, il leva les yeux sur la muraille. À son sommet, les pierres étaient plus claires. On mesurait ainsi l'exhaussement opéré sur son ordre. De cela, au moins, il aurait vu l'achèvement. Bien malin qui emporterait de tels remparts !

Il salua sa mesnie. Parmi ces ombraï en toge et ces bardaghi aux armes rutilantes qui s'empressaient autour de lui, combien méritaient sa confiance ? Ils portaient leurs plus beaux atours pour éblouir le peuple, mais aussi pour se défier les uns les autres. Skilf était passé maître dans l'art d'exciter les rivalités entre les patriciens de la commanderie. Tant qu'ils s'y adonnaient, ils ne complotaient pas contre lui.

Quand il eut gagné sa place, tous les hommes d'armes, à l'exception de ceux qui, sabre au clair, surveillaient la foule, frappèrent leur bouclier en cadence. Ce battement monotone, primaire, s'avérait plus impressionnant que les roulements de tambour et les sonneries de trompette qui avaient jusqu'alors ponctué la fete. De temps immémoriaux, il avait résonné sur les champs de bataille avant que les combattants, poussant de sauvages hurlements, se précipitent les uns contre les autres.

En frappant ainsi leurs rondaches, les guerriers invitaient la mort à la rencontre de deux hommes, dont l'un lui serait livré.

Ce rythme sauvage achevait d'exciter la foule, en même temps qu'il lui imposait le silence.

Elle se répercuta en Kelt. Son cœur se mit à battre à l'unisson. Sa poitrine se dilata. La sueur inonda son dos. Sa vue se troubla. Sur les visages des dignitaires, la mort que les bardaghi appelaient par leur funeste mélopée posait son rictus. Il se tourna vers le peuple. La foule lui parut singulièrement éclaircie. Une boue épaisse recouvrait tout. Des flots emportaient des cadavres d'hommes et de chevaux. Il s'affaissa, se replia sur lui-même afin qu'on ne vît pas qu'il portait les doigts à ses lèvres.

— En vérité, voici ce qu'il en est : aucun roc que le flot n'emporte, nulle dorure que le deuil ne ternisse.

La transe, à son soulagement, cessa avec la tambourinade. Hébété, Kelt jeta un coup d'œil sur les archers déployés autour de sa cage. Accaparés par la surveillance du public, ils n'avaient pas remarqué son malaise. Il se tourna alors vers cette tribune qu'il avait vue décimée. Beaucoup de ces personnages qui plastronnaient seraient morts avant longtemps. La femme en bleu vivrait. Dans son hallucination, elle se dressait drapée dans le blanc du deuil, un sabre ensanglanté dans la main.

Sur l'injonction du hartl, Brandur quitta la tribune pour gagner le centre du cercle, la mine renfrognée. Sa fonction exigeait de lui de lancer le combat.

Ce rôle lui déplaisait au plus haut point. Plus encore que les juges, il ressentait comme un camouflet le recours à la Sentence par les armes. Pourquoi s'était-il appliqué à instruire ce cas, si le dénouement reposait sur l'habileté d'un bretteur ? Inspiré, certes, par le dieu de la justice, dont le regard sévère – du moins celui de son effigie – couvrait le cercle de pierres blanches. Mais ce n'était pas impiété qu'estimer le procédé grossier et indigne des lumières modernes.

Il sursauta quand le gong résonna. Il s'y attendait pourtant. Un peu de solennité ne nuit pas quand il s'agit d'obtenir l'attention du vulgaire. De fait, un relatif silence tomba sur la foule, encouragée sans doute à se taire par la vigilance des archers. Le domar en profita pour rappeler les griefs qui pesaient sur les accusés – précision bien vaine : la populace était venue voir deux combattants en découdre et assister à la mort de l'un d'eux, elle se moquait bien du pont, de la justice, voire de l'honneur du dieu.

— Y a-t-il, parmi les bardaghi présents, un brave désireux de défendre la cause de l'invoquant, de son nom public Pieux-servant, sous le regard de Gangyr, dieu du Stor auquel il a été porté préjudice, et de Rétel, fléau de la justice ?

Avant même qu'un volontaire se fût déclaré, Skilf tourna la tête en direction d'un groupe d'officiers. L'un d'eux s'en détacha. Ébahi, Waard reconnut en lui le dernier cavalier à avoir franchi le Storbir, celui-là même qui avait alerté le guet. Il portait son casque sous le bras, mais, comme ce jour-là, ses traits restaient dissimulés sous un couvre-face de cuir. Ici, pourtant, il n'avait pas besoin de protection contre les intempéries.

Un valet se précipita à sa suite. Il portait une haste héraldique, lance dont la hampe exagérément longue s'ornait d'anneaux rappelant à qui savait les déchiffrer la lignée et les exploits personnels du champion.

Arrivé devant le hartl, le candidat leva les bras, paumes orientées vers le sol. Skilf répéta son geste, puis tourna les mains vers le ciel, acceptant ainsi sa candidature. Le valet planta le large fer de la haste dans le sol. Bien évidemment, on ne consulta pas Waard, mais celui-ci éprouva un grand réconfort à la vue de l'emblème. S'il était incapable d'en comprendre la symbolique, le nombre des bigarrures le rassurait sur la vaillance de son champion. Une autre personne semblait prendre un grand intérêt au cérémonial : la femme en bleu redressait le torse pour mieux voir le champion qui se plaçait à droite du domar.

Brandur reprit la parole.

— Y a-t-il, parmi les bardaghi présents, un brave désireux de soutenir la cause du défendeur connu sous le nom de Bouche-d'or, sous le regard de Gangyr, dieu du Stor, et de Rétel, justicier divin ?

Un peu trop vite, comme s'il connaissait à l'avance la réponse, il ajouta :

— Si aucun guerrier ne se déclare volontaire, le défendeur sera autorisé à porter les armes pour…

— Moi ! l'interrompit une voix caverneuse.

L'appel provenait non des rangs des nobles bardaghi, mais de l'autre côté de la lice. Fendant la foule, un homme de haute stature vint se planter devant un des gardes chargés de la contenir. Celui-ci frémit : jamais il n'avait vu un homme aussi hideux. Dans un visage étroit où le nez formait soc, les yeux d'un noir fiévreux se réfugiaient au fond d'orbites profondes que surmontaient des sourcils broussailleux. Sa mandibule était si longue qu'elle laissait apparaître une dentition aux canines démesurées. Son poil dru, rêche, indiscipliné, descendait bas sur le front, sur les joues. Il ne portait pas de cuirasse, seulement une cotte matelassée garnie de plaques d'os. La poignée d'un sabre surmontait son épaule gauche. Un coutelas pendait à sa ceinture.

Le domar se tourna vers Skilf. L'expression du hartl demeurait impénétrable. Brandur prit donc l'initiative d'ordonner aux gardes de laisser l'inconnu pénétrer dans le cercle. À leur grand soulagement : ils préféraient ne pas avoir à se colleter avec cet individu dont chaque pore exhalait la sauvagerie.

L'inconnu ne se pressa pas pour traverser la lice, laissant au domar le temps de l'examiner. Un Horsto, songeait Brandur, un homme-sanglier. Que fait-il aussi loin de chez lui ? Son jugement se fondait sur une connaissance purement livresque car c'était le premier représentant de ce peuple qu'il voyait. Il n'aurait même pas su placer le Horst sur la carte. Il savait seulement qu'il s'étendait dans l'horizon du Renard, ou du Tétra, enfin loin, très loin, si loin qu'il l'avait toujours tenu pour plus ou moins légendaire.

L'homme-sanglier le considéra, souffla bruyamment par le nez et, levant la tête, il apostropha le hartl au mépris de tous les usages.

— Je n'ai pas, moi, de bannière à planter car je suis d'extraction plébéienne. Je réponds au nom de Hòggni, ou tout autre qu'il plaira à Votre Grâce de m'attribuer, puisque tel est chez vous l'usage d'appeler les gens par un sobriquet.

Le domar tenta de reprendre l'initiative.

— Tu es un étranger. Comme tel, la justice du hartolat ne te concerne pas. Pourquoi veux-tu défendre la cause du diseur de mots ?

Derechef, le Horsto souffla par le nez, avant de répondre avec assez de désinvolture pour marquer qu'il ne croyait pas lui-même à ce qu'il disait :

— Peut-être est-ce votre Gangyr qui m'a poussé jusqu'ici.

À l'instar du domar, Kelt avait reconnu un homme-sanglier dans celui qui s'improvisait son champion. Comme lui, il s'étonnait de le voir si loin de chez lui. Et s'il avait été envoyé par Æsa ? Une idée gratuite, absurde ; le moment était mal choisi pour laisser son imagination vagabonder, surtout vers ces ombrages... La question de Brandur le ramena à la réalité :

— Acceptes-tu le concours de cet étranger ? s'enquérait le domar.

Kelt dut se racler la gorge pour pouvoir exprimer son consentement.

— Alors, qu'il en soit ainsi : le Horsto Honig...

— Hòggni !

— ... contre le bardagh Köttur Hund'ar, sous les regards de Gangyr et de Rétel. Quant à toi, diseur de mots, ajouta-t-il pris d'une soudaine inspiration, il t'est interdit de prononcer une parole, ou même de remuer les lèvres, sous peine d'être égorgé sur-le-champ ! As-tu compris ?

Ironiquement, Kelt répondit d'un hochement de tête poussé jusqu'au salut.

L'étranger sortit de son havresac un casque de cuir cerclé d'airain, pourvu d'un nasal et de protège-joues qui présentaient au moins l'avantage de dissimuler sa laideur. Le bardagh, quant à lui, se débarrassa de sa cuirasse d'apparat, trop lourde, pour enfiler une cotte assez semblable à celle de son adversaire, à ceci près que les plaques qui couvraient ses épaules et sa poitrine étaient du meilleur acier. Aucune ne protégeait son dos : un bardagh qui le présente à son adversaire mérite de mourir. Il choisit une arme d'hast. Plus haute que lui d'une coudée, elle se terminait d'un côté par une pointe effilée, de l'autre par une lame incurvée à la manière d'une faux, mais dont les deux fils étaient affûtés.

En présentant son arme aux dieux, le bardagh s'inclina profondément et l'on put voir ses lèvres remuer. Calquant son attitude sur celle de son adversaire, l'homme-sanglier exhiba son sabre devant les statues, non sans une certaine désinvolture dans le geste. Il se dispensa de la prière.

Avant de leur abandonner la place, le domar Brandur rappela aux duellistes la règle du combat. Elle se résumait à presque rien : un pied en dehors du cercle de pierres et les arbalétriers mettraient fin à la rencontre sans sommation. Pour le reste, aucune limite, tous les coups étaient permis dans ce duel à mort.

Arrivés au centre de la lice, les adversaires s'observèrent. Le bardagh faisait tournoyer sa lance. Sans approcher, il entama une lente rotation de façon à se placer dos au soleil. L'homme-sanglier, statique, sabre levé, attendait l'assaut. Sa lame, plus large et sans doute plus lourde que celles en usage au Solkstrand, était aussi moins longue. Dans le public, les parieurs se bousculaient pour miser avant le premier engagement. Bien peu accordaient leur préférence au Horsto.

Soudain, le bardagh se fendit. L'homme-sanglier eut tout juste le temps de détourner la pointe qui lui arrivait droit dans l'œil. Le fer sonna contre le protège-joue. Prévenant toute réaction, le bardagh recula hors de portée du sabre, changea de ligne, porta un nouvel assaut. La seconde tentative, quoique moins inattendue, faillit elle aussi être fatale à l'homme-sanglier. La faux passa sous son bras gauche, assez près pour déchirer sa cotte. Comprenant qu'il lui fallait prendre l'initiative, il chargea : son sabre ne rencontra que le vide. De même, les bottes suivantes se perdirent face à l'agilité du guerrier qui esquivait, sans même se donner la peine de les écarter.

Sur son échafaud, Waard se prit à espérer : son champion semblait intouchable. Kelt, en revanche, s'assombrissait. Dans les pirouettes du guerrier, il reconnaissait la technique de combat des kwigari. Homme-sanglier contre homme-chat : pas certain que l'avantage revienne au premier. Après avoir contraint son adversaire à engager le combat, Köttur se déroberait au contact aussi longtemps qu'il le jugerait utile, tandis que l'autre épuiserait ses forces à essayer d'atteindre le feu follet qui l'insultait pour l'exaspérer davantage. Puis, quand la fatigue et la colère auraient suffisamment altéré la vigilance du Horsto, il frapperait.

Curieux retour des choses : ce lourdaud de Waard était défendu par la souplesse, et lui qui savait si bien éluder les difficultés par la parole devait compter sur un malhabile dont la seule manœuvre consistait à balancer sa lame devant lui dans un geste aussi ample qu'inefficace.

L'échange se prolongeait. La foule devenait complice. Des rires accueillaient chaque ratage du Horsto. Les parieurs détenteurs de jetons blancs cherchaient à les revendre à moitié prix pour limiter leurs pertes. N'y parvenant pas, ils injuriaient le champion du diseur de mots. Tous l'avaient compris : la fin se rapprochait, inéluctable. Les gestes de l'homme-sanglier étaient de plus en plus imprécis, les enchaînements confus. Il perdait toute lucidité et son bras s'alourdissait. On l'entendait nettement ahaner sous son casque.

Insensiblement, le kwigar qui jusqu'à présent avait veillé à conserver une distance respectable la réduisait. À deux ou trois reprises, il se plaça à portée du sabre ; plutôt que d'esquiver le coup, il le contra d'un geste précis avec la hampe de son arme. Soudain, il s'accroupit et, imprimant une trajectoire circulaire à sa faux, il menaça les chevilles de son adversaire.

Avec un bruit sec, la lame heurta le sabre fiché en terre. Manifestant une souplesse et une célérité dont on ne le croyait plus capable, l'homme-sanglier avait bondi. Il posa le pied gauche sur la hampe que le bardagh n'avait pas eu le temps de relever, tandis que du droit il le cueillait au menton. Dans un même élan, il tira son sabre court de sa ceinture et tomba à genoux sur la poitrine de son adversaire sonné. La pointe de sa lame entama la gorge du kwigar.

— Plus un geste, gronda-t-il. Si je sens le moindre mouvement, j'appuie.

Il tourna la tête vers le hartl. Celui-ci, blême, essayait de démêler dans les vociférations de la populace quelle décision elle appelait de ses vœux.

— Tue-le ! cria le domar. La Sentence par les armes doit être menée à son terme !

L'homme-sanglier l'ignora.

— Hartl-èr, claironna-t-il en se tournant vers l'estrade, votre dieu m'a accordé la victoire, nul ne peut le nier. Mais mon adversaire n'a pas démérité. Quelle raison aurais-je de priver le Solkstrand d'un guerrier valeureux ?

Skilf hésitait sur le parti à prendre. Cet imbécile de Köttur avait échoué à le débarrasser du magicien. Il méritait la mort. Il n'était pas tolérable qu'un de ses officiers se laissât ridiculiser ainsi. Mais comment réagiraient les bardaghi si leur hartl permettait à un étranger d'égorger l'un des leurs comme un agneau ?

L'homme-sanglier décida pour lui. Sans attendre sa réponse, il se releva et rengaina son arme.

— Puisque c'est ainsi, que le combat reprenne ! écuma le domar.

Cependant le bardagh, qui s'était à son tour relevé, gardait un genou en terre et offrait sa nuque. Quand bien même, à l'issue d'une reprise, il sortirait vainqueur, son honneur de kwigar était flétri. Il s'était laissé surprendre par un adversaire rusé, qui avait feint la fatigue alors qu'il disposait de ressources en réserve, ce que, par présomption, il n'avait pas su voir. Qui pis est, le Horsto l'avait humilié publiquement en ne le jugeant pas digne d'être achevé de sa main. Autant subir la loi du bourreau que survivre à ce double affront !

Le domar roulait des yeux ronds. Une telle péripétie était inédite dans les annales ! Ce duel aurait dû connaître une autre fin. Et pour commencer, le diseur de mots aurait dû entrer lui-même dans la lice, ordre ayant été donné aux bardaghi de ne pas soutenir sa cause. La conclusion aurait été tout autre, alors.

Skilf aboutissait à la même constatation. Mais, au lieu de le déplorer, il y voyait un signe, un avertissement. Le matin même, son astrologue avait prédit qu'il croiserait le chemin d'un homme qui ne serait pas tout à fait un homme. Une élucubration qui pouvait désigner aussi bien un guerrier issu d'une peuplade réputée primitive surgi inopinément pour contrecarrer ses plans qu'un jeteur de sorts, placé au-dessus de l'humanité ordinaire par son talent. Il secoua la tête pour chasser ces idées fumeuses. Fallait-il que la vieillesse perturbât son jugement pour laisser de telles vaticinations lui venir à l'esprit !

Ce n'était pourtant pas le moment de perdre sa lucidité. Quelle que soit sa décision, elle emporterait des conséquences qui échappaient à sa prévision. Mais rien ne serait pire que se montrer indécis devant ses assujettis. Il se leva.

— Ce qui vient de se passer dans ce cercle de justice prouve, s'il en était besoin, que la mansuétude de Gangyr est sans limite.

— Loué soit-il, moutonna la foule.

— Donc, il pardonne. À moins qu'il estime que ces deux individus – il esquissa un geste vers les cages, sans un regard pour ceux qui y étaient enfermés –, que les deux justiciables exposés sur les tréteaux d'infamie soient tous deux innocents des charges qui pèsent sur eux. Quoi qu'il en soit, les armes ont décidé de leur sort. Ils vivront.

D'abord interloqués par une indulgence à laquelle le hartl ne les avait pas habitués, les spectateurs manifestèrent leur approbation par un tonnerre d'applaudissements. Le hartl salua, se prêtant complaisamment à l'ovation. Restait que le pont était rompu et que la foule ne comprendrait pas d'être frustrée d'un châtiment spectaculaire. Il coula un regard en direction du banc où, quelques minutes auparavant, le Bâtisseur Godròn était assis. La place était vide. Le coordonnateur des travaux de la commanderie avait lui aussi tiré les conclusions qui s'imposaient et jugé prudent de s'éclipser. Avant que les acclamations cessent, Skilf appela son trésorier auprès de lui.

— Aucun de ces croquants qui avaient misé sur la mort d'un champion n'a gagné son pari. Qu'on rattrape les collecteurs ! La totalité des mises est confisquée. Considérons qu'il s'agit d'un écot volontaire pour la reconstruction du Storbir.

Comme le trésorier faisait mine de s'éloigner, il le retint par la manche.

— Ah, et tu tripleras la redevance sur les bacs. Ainsi tout le monde aura hâte de voir le nouveau pont terminé. Par ailleurs, tu saisiras tous les biens du Bâtisseur Godròn. Je pense qu'il va devoir me rendre des comptes sur l'emploi de la part des péages qu'il percevait pour l'entretien du pont.

Et maintenant ? se demandait Skilf.

Il n'avait pas attendu qu'on libère les prisonniers pour quitter la tribune. Après tant d'années, les réactions de ses assujettis le surprenaient toujours. On aurait pu croire que la populace venue se repaître du sang d'un duelliste et jouir des tourments d'un supplicié s'irriterait d'une issue aussi fade. Au lieu de quoi les applaudissements qui saluèrent son départ furent plus nourris qu'à son arrivée. Le peuple était content parce que Gangyr, en renvoyant les accusés dos à dos, avait une fois de plus démontré sa bienveillance. Or, pour des gens dont la subsistance dépendait en grande partie du fleuve et de ses affluents, l'humeur du dieu revêtait une importance primordiale. Skilf le comprenait fort bien. Il ne manquait pas une occasion d'afficher sa piété envers lui. Il s'était même parfois demandé s'il ne serait pas habile de suivre l'exemple de son voisin, le hartl

Slegur, qui avait entrepris de mettre de l'ordre dans le fatras des dieux, déesses, avatars et parèdres en leur substituant un principe unique. Faire de Gangyr la seule divinité du Solkstrand et se proclamer son premier servant, ne serait-ce pas achever d'asseoir son autorité ? Si ce n'est que les habitants des Terres Hautes, moins dépendants des caprices du Stor et volontiers turbulents, verraient d'un mauvais œil l'éviction de leurs dieux domestiques. Ah ! Comme il était difficile de mener ce troupeau rétif !

L'âge ne ralentissait pas seulement ses gestes, il engourdissait son esprit, autrefois si délié, en même temps que redoublait sa méfiance. Il se savait entouré d'ambitieux qui rongeaient leur frein. Pour le moment, s'ils se confrontaient les uns aux autres, ils se disputaient encore ses grâces, mais combien de temps auraient-ils encore la patience d'attendre sa mort naturelle ? Depuis la disparition de son épouse Brindis, il n'avait plus personne pour l'aider à prendre les bonnes décisions. Ses conseillers les plus fidèles ne perdaient jamais de vue leurs intérêts propres. Son fils Oddi passait son temps à déchiffrer d'antiques manuscrits, se désintéressait du Solkstrand, professait de fumeuses théories sur l'égalité des hommes entre eux et désapprouvait la fermeté avec laquelle il tenait ses assujettis. Et son petit-fils, en bardagh borné qu'il était, se désolait d'une paix qu'il pensait contraire à sa gloire.

Comme chaque fois que le doute l'assaillait, Skilf chercha du réconfort dans la contemplation de la cité, bien que, de la salle de grande audience, la vue fût moins dégagée que de ses appartements privés. On apercevait cependant le toit, orné de faîtières délicates, de l'hôtel que le Bâtisseur Godròn Skeid'ar faisait ériger à son propre usage près de la porte du Renard. À sa vue, Skilf eut un sourire amer. Encore un qu'il avait comblé d'honneurs et qui le récompensait en le volant. Godròn était un architecte remarquable, aussi doué pour tracer une perspective que pour dessiner le détail d'une façade. En lui, Skilf avait trouvé l'artisan du renouveau de Solksborg. Mais nul n'est indispensable : d'autres, formés à son contact, sauraient achever le travail.

En tout état de cause, Skilf avait besoin d'un coupable. L'enthousiasme retombé, le peuple exigerait sa curée.

Restait le diseur de mots… Son attitude, au cours de la confrontation avec le gardien du pont, avait déplu à Skilf. Trop de désinvolture, pas assez d'appréhension…

Un pas martial interrompit le cours de sa pensée. Il laissa passer quelques secondes avant de se retourner. Autant pour rappeler au connétable Svein Olfrid'ar que, malgré son haut rang, il demeurait un assujetti soumis à son bon vouloir que pour laisser l'angoisse monter chez celui qui l'accompagnait.

Quand, enfin, il leur fit face, Svein lui adressa un salut emphatique, comme si cette audience était publique. Il avait échangé sa cuirasse d'apparat contre un pourpoint dont les broderies décidément trop luxueuses satisfaisaient moins la dignité de sa charge que sa vanité. Le kwigar, quant à lui, mit un genou en terre et inclina le buste, tout comme il l'avait fait dans la lice après sa défaite. À croire qu'il éprouvait du plaisir à s'humilier !

— Relève-toi ! ordonna Skilf sans dissimuler son irritation.

Le bardagh se méprit sur ce ton. Tout en obéissant, il bredouilla une excuse :

— Pardonnez-moi, Hartl-èr. Vous m'aviez ordonné de tuer le Horsto. En échouant, je vous ai manqué.

— Tu as bien combattu. Tu as amusé le public. Qu'exiger de plus ? Ah, oui ! Tu aurais pu éviter de laisser ton adversaire l'emporter. Mais que veux-tu ? Tu m'as été présenté comme le meilleur de mes guerriers, et un demi-sauvage t'a vaincu. Je dois donc penser que Gangyr s'en est mêlé. Après tout, il s'agissait d'une Sentence par les armes, pas d'un combat ordinaire.

— Votre Grâce est généreuse, mais…

— Il n'y a pas de mais. L'incident est clos. Pour te prouver que je ne te tiens pas rigueur de ton échec, je te confie une autre mission : prends quatre hommes avec toi et cours arrêter le Bâtisseur Godròn Skeid'ar. S'il a quitté Solksborg, trouve-le, ramène-le. Vivant : le bon peuple attend un spectacle, pas un simple accrochage de crâne.

Le kwigar s'inclina puis regagna la porte à reculons. Quand il fut sorti, le connétable porta son poing fermé sur sa poitrine et s'inclina légèrement. Par Othar, comme cet homme est grand, songea Skilf. Plus qu'à son intelligence ou à sa vaillance, Svein Olfrid'ar devait à sa prestance d'occuper la charge qu'il exerçait. En le nommant, Skilf pensait s'acquérir sa reconnaissance. Au lieu de quoi ce dadais avait été assez stupide pour attribuer cette promotion à ses mérites.

— Au nom de la phalange du Tétra à laquelle est rattaché ce misérable, je vous remercie pour votre indulgence, commença Svein.

Le regard que lui jeta Skilf le dissuada de poursuivre.

— Son échec est *ton* échec, grinça le hartl. Je t'avais demandé de me désigner un champion qui me débarrasserait du diseur de mots. Ton choix ne s'est pas révélé judicieux.

Le connétable blêmit.

— Mais le dieu…

Skilf balaya d'un geste agacé de la main l'argument que le bardagh se préparait à lui servir et poursuivit, sur sa lancée :

— Tu comprendras que, dans ces conditions, je ne puis plus me fier à ton jugement. Du moins, en ce qui concerne la chose militaire.

Une bouffée de colère empourpra le visage du connétable. Était-ce sa faute si ses hommes se rouillaient faute de mener de vrais combats ?

— Voyons, feignait de réfléchir le hartl. Que faire de toi ? Mmm… Je vais avoir besoin de quelqu'un pour superviser la reconstruction du Storbir. Qu'en dis-tu ?

Svein aspira une grande bouffée d'air, à la fois soulagé – il avait craint un instant d'être accusé de haute trahison – et regimbant à l'idée de perdre son rang pour une charge honteusement subalterne. Lui, issu d'une lignée qui s'était illustrée sur tous les champs de bataille, dont trois ancêtres avaient exercé le hartolat, se retrouver sous la férule d'un quelconque bâtisseur, d'un ombra ! L'envie lui prit d'effacer à jamais la moue ironique de ce vieillard qui se délectait de l'humilier. Lui, et à travers lui ses pairs. Ceux-ci le féliciteraient d'avoir mis un terme à la tyrannie de ce pleutre. Et qui sait ? Peut-être soutiendraient-ils auprès du Conseil des Soixante-quatre un vote en sa faveur ? Le hartl était sans protection, à sa merci. Il ne pouvait rêver meilleure occasion.

— Il te faut lever une corvée importante et commencer les travaux sans tarder, continuait Skilf.

Je t'accorde disons... seize octades à compter d'aujourd'hui. Au-delà, les dépenses du chantier seront imputées au trésor de ta famille.

Le connétable serra les poings. Un seul coup, bien placé, au sommet du crâne. Cela suffirait pour briser les cervicales de ce cafard qui alliait la pingrerie à la perfidie.

Il avança d'un pas.

La douleur fulgura dans son ventre.

Avant que Svein comprît ce qui venait de se passer, Skilf, retrouvant une agilité inattendue, avait reculé hors de sa portée. Au bout du stylet qu'il tenait à la main perlait une goutte de sang. Hébété, le connétable laissa son regard glisser vers son ventre. Une tache rouge s'élargissait sur son pourpoint.

— Je suis vieux, il est vrai, ricana le hartl. Un peu moins vif qu'autrefois. Mais j'ai appris à lire sur les visages et tu ne sais pas feindre.

Le connétable n'avait pas vu le hartl sortir l'arme de la manche qui la dissimulait. Skilf n'avait pas eu besoin de baisser les yeux pour ajuster son coup. La lame avait pénétré en profondeur, avant de ressortir aussi promptement qu'elle était entrée. Une seule blessure. À juste titre, Skilf estima inutile de porter un autre coup, certain d'avoir déchiré la rate.

— Dans tes yeux, j'ai lu la haine. J'ai l'habitude, j'aurais pu m'en accommoder. Mais tu as aussi laissé transparaître de l'espérance et cela, je ne pouvais courir le risque de le tolérer.

Il gloussa, tandis que le connétable sentait ses jambes fléchir sous lui. Skilf s'attachait à pactiser avec ses ennemis tant qu'il le jugeait nécessaire pour assurer la prospérité de sa commanderie. Pour autant, il ne répugnait pas à la violence.

Au fond, cette journée plutôt mal engagée se révélait moins néfaste que Skilf l'avait craint. Au moins, il s'était débarrassé d'un présomptueux dont ses espions lui rapportaient qu'il ne se faisait pas scrupule d'afficher son ambition de lui succéder. Il n'y avait pas encore urgence, mais cela l'avait détendu.

Restait que la Sentence par les armes n'avait pas résolu le cas du diseur de mots. Bien au contraire : la foule est versatile, toujours prompte à acclamer celui qu'elle se préparait à écharper pour peu que le vent tourne en sa faveur. Et puis l'irruption d'un volontaire, alors que ses bardaghi avaient reçu l'ordre de ne pas soutenir sa cause, le surprenant regain d'énergie de son champion qui avait pris le kwigar au débotté, tout cela demeurait suspect. Même si, surveillé pendant le combat, le jeteur de sorts n'avait, semblait-il, pas pu influer sur son issue par une parole efficace, qui sait s'il n'avait pas préparé son coup avant ? Parmi les gens de son espèce, on comptait une majorité de charlatans qui vivotaient en abusant les naïfs grâce à quelques tours de passe-passe, mais aussi d'authentiques héritiers des puissants magiciens qui s'étaient illustrés au temps des hommes anciens. Paradoxalement, la victoire de son champion contre un guerrier désigné par ses chefs comme le meilleur donnait du crédit à son accusateur. D'ailleurs, pourquoi ce dernier s'était-il retrouvé épargné, s'il n'était pas innocent aux yeux de Gangyr ? Dans le doute, Skilf estima qu'il valait mieux se concilier le diseur de mots – et l'éloigner le temps que retombe sa popularité.

Il frappa sur un petit gong. Un serviteur apparut aussitôt. Skilf désigna le connétable allongé sur le sol.

— Qu'on me débarrasse de ça.

Le sang s'écoulait de la blessure pour alimenter une flaque poisseuse. Elle était peu étendue : le stylet n'avait ouvert qu'une plaie étroite. Rien de spectaculaire. L'hémorragie s'épanchait à l'intérieur. Skilf préférait la retenue à l'exubérance, qu'il jugeait vulgaire.

Si la vue du mourant suscita quelque émoi chez le serviteur, il eut le bon goût de ne rien en laisser paraître.

— Le connétable Svein Olfrid'ar a pris sur sa tête l'affront essuyé par le champion qu'il avait désigné, exposa le hartl. Je n'ai malheureusement pas pu l'en dissuader.

Le serviteur ne s'y trompa pas : cette explication masquait un ordre. Comme tous ceux qui auraient vent de cette mort, il était sommé de croire au suicide. Sans s'étonner de ne voir aucun poignard auprès du cadavre.

— Qu'on rende sa dépouille à sa famille. Bien qu'il ait attenté à ses jours sans ma permission, j'honorerai sa crémation de ma présence. Et je ne laisserai à aucun autre le soin de prononcer son éloge funèbre.

Tandis que le serviteur allait quérir du renfort, il s'installa devant son écritoire pour consulter les messages du jour. Les colombiers du hartolat suscitaient l'admiration de ses voisins, au point que leur réputation était parvenue aux oreilles de l'Axe-divin en personne – un honneur dont Skilf retenait surtout qu'il lui avait coûté six douzaines de ses meilleurs messagers ailés, qu'il avait été de bon ton d'offrir à la Suprême Souveraineté. Certains de ses voisins soupçonnaient qu'une partie des volatiles qui, chaque jour, étaient censés le renseigner sur l'état de sa commanderie arrivait en fait de la leur, mais ils n'avaient pu en apporter la preuve. Ils avaient pourtant raison. Ainsi, parmi les messages du jour, ceux qui provenaient du Heldmark étaient de loin les plus nombreux.

L'agitation des serviteurs venus faire place nette et nettoyer le dallage ne le détourna pas de sa lecture. On lui annonçait une fois de plus la perte d'un vaisseau. Depuis quelque temps, des pirates avaient pris l'habitude d'attaquer les navires qui tentaient de rallier Gulvìk, asphyxiant l'unique port du Solkstrand. Ravalant son orgueil, il s'était appuyé sur les traités pour solliciter l'aide du Heldmark et de l'Ulsfeld, dont les côtes s'étendaient de part et d'autre de la baie de Gulvìk. Si les hartli Slegur et Resnar n'avaient pas marchandé leur assistance, ils ne s'empressaient pas de tenir leur engagement. Pour cause : Skilf avait depuis lors acquis la certitude que Slegur n'était pas étranger à ces pillages. Désireux de sauvegarder la paix, il temporisait, d'autant que sa marine se trouvait en position de faiblesse. Mais ce blocus devenait préoccupant.

Les dalles n'avaient pas eu le temps de sécher qu'on annonça le domar.

— Ils sont là, prévint Brandur, dans la salle de petite audience.

— Pourquoi ce pluriel ? s'agaça Skilf. J'ai dit que je voulais parler au diseur de mots. Tu n'as tout de même pas amené cet imbécile de gardien de pont ?

— Non, bien sûr. Dans l'attente de votre décision, je l'ai renvoyé d'où il venait. Après tout, il est toujours sous le coup de la première sentence…

Skilf réprima un geste d'exaspération. Si d'aucuns manifestaient un peu trop d'ambition, d'autres perdaient toute fiabilité par excès d'obséquiosité.

— Que me chantes-tu là, garant des lois ? J'ai proclamé qu'il vivrait ! Tu connais mieux que moi les règles de la Sentence par les armes. Je ne peux plus le tuer, puisque son champion, quoique défait, a survécu.

— Certes, mais j'ai trouvé dans les annales un précédent intéressant. Sous le hartolat de Grimir…

— C'est toute la considération que tu as pour moi ? rugit Skilf. Grimir Mangeur-de-foie était un fou sanguinaire. Il s'est acquis une réputation si détestable que jamais plus les Soixante-quatre n'ont attribué le hartolat à un membre de sa maison. Et tu oses me suggérer d'aligner ma conduite sur la sienne ?

Brandur se recroquevilla. La sueur perla sur ses joues tandis qu'il protestait avec véhémence de sa loyauté et de son dévouement.

— Pourquoi tiens-tu tellement à ce qu'il meure ? C'est pourtant toi qui as retardé son exécution.

— Dans l'intérêt de la vérité. Mais à présent…

Sa phrase s'éteignit, étranglée par le mépris qu'il lut dans le regard de son interlocuteur.

— Assez sur ce sujet, soupira Skilf. Débrouille-toi, tu trouveras bien quelque chose. Si ce n'est pas le gardien de pont, qui est dans la petite audience avec le diseur de mots ?

— L'homme-sanglier ! Il se prétend sabre sans bras, bras sans tête. Dans le langage imagé des Horsti, cela veut dire…

— Un mercenaire en quête d'engagement ? Pourquoi pas ? Au moins il a prouvé qu'il sait se battre. J'aviserai plus tard. D'abord, je verrai le diseur de mots. L'autre attendra.

Chapitre 6

Être admis dans la petite audience était à juste titre considéré comme un privilège. L'exiguïté de la pièce ne permettait pas d'y déployer un apparat trop pesant, ni d'y accueillir plus d'une douzaine de personnes. Depuis la mort de Brindis, un seul des sièges répartis de part et d'autre d'une auge à feu était pourvu d'un dossier haut, celui du hartl. Derrière lui, une tapisserie décolorée illustrant le combat du Preux Solk contre le dragon Vísindramadur couvrait le mur. En récompense de cet exploit, l'Axe-divin avait confié le bassin du Stor à ses soins ; ainsi était né le Solkstrand. Bien peu savaient que la tapisserie dissimulait un boyau ménagé dans l'épaisseur de la muraille.

Les braises rougeoyaient dans l'auge à feu. Il régnait dans la pièce une chaleur que Skilf savoura après l'atmosphère glaciale des corridors. Les bâtisseurs de l'ancien temps construisaient des fortifications adaptées aux héros de leur époque, qui ne craignaient ni le fer, ni le feu, ni, apparemment, les courants d'air et se souciaient peu de leur confort. Alors que le soleil brillait au dehors et que les arbres commençaient à fleurir, les corridors de la citadelle baignaient toujours dans une froidure et une humidité hivernales.

Un garde avait précédé le hartl pour transmettre ses instructions. Aussi quand Skilf pénétra dans la salle n'y trouva-t-il que le diseur de mots.

Celui-ci se leva à son entrée mais garda le menton haut.

— Je remercie Votre Grâce de m'avoir libéré, dit-il. Et aussi d'avoir épargné ce pauvre Waard, ce qui honore votre réputation d'équité.

Le ton manquait de déférence au goût du hartl. Il crut même discerner une intention ironique dans les derniers mots.

— Es-tu certain d'être libre ? riposta-t-il.

— Qui peut le prétendre en ce monde ? Au moins n'ai-je plus de chaînes aux poignets, ni d'entraves aux chevilles.

Skilf se campa sur le siège dont le dossier sculpté rehaussait son prestige, mais torturait ses vertèbres. D'un geste plus impérieux qu'hospitalier, il invita le diseur de mots à s'asseoir. Le feu traçait entre eux une barrière plus symbolique qu'efficace. Mais si son interlocuteur ne manifestait pas trop de respect, Skilf ne percevait pas non plus d'hostilité de sa part.

— Où es-tu né ?

— À Ivalo, dans le Laxdal.

Skilf hocha la tête, pensif. Le Laxdal : une vallée enclavée dans les hauteurs du Rautfjoll, à la jonction du l'Ortmark, du Gullstrand et du Solkstrand, réputée pour enfanter des esprits rebelles. Elle relevait de sa commanderie, mais, à maintes reprises au cours de l'histoire, les hartli voisins avaient profité de l'indiscipline des montagnards pour s'en emparer. Jusqu'au jour où la population les en avait chassés, avec ou sans le concours de troupes solkstrandeei.

Les collecteurs d'impôts avaient de bonnes raisons de rechigner à s'aventurer dans ces confins difficiles d'accès pour un produit qu'ils savaient à l'avance dérisoire : les sauvages qui l'habitaient avaient arraché aux hartli du passé des privilèges et des dispenses qui assimilaient leur territoire à une zone franche, sinon en droit, du moins dans les faits. Cette origine pouvait expliquer la liberté du ton dont usait le diseur de mots. Cependant, il était temps de lui rappeler son devoir.

— À qui va ta loyauté ?

— À vous, Hartl-èr, bien évidemment.

Un rictus amer abaissa les lèvres de Skilf. Il s'attendait à moins d'empressement servile. Le beau parleur ne s'était pas débattu longtemps.

— Si Jörm ou Arrild t'avaient posé la question, ils auraient obtenu la même réponse, je suppose.

Kelt se raidit.

— Je suis diseur de mots, la Vérité s'exprime par ma langue. Cela m'oblige à ne jamais mentir, fût-ce au péril de ma vie. Vous n'êtes pas moins tyrannique que les autres et vos percepteurs montrent autant, sinon plus, de rapacité que les leurs. Cependant, force est de vous reconnaître un mérite : vous avez apporté la paix à votre peuple. Je vous respecte pour cela.

Ah ! Il n'était pas aussi maté que cela. Le propos était acerbe mais, il fallait de reconnaître, conforme à la vérité. Ainsi qu'il l'avait annoncé.

— La paix, oui, souffla Skilf. Mais pour combien de temps ? Mon astrologue s'inquiète de certains signes apparus dans le ciel…

— Pas plus que moi, votre astrologue ne connaît l'avenir. Toutefois, il se pourrait qu'il ait raison, si je me fie aux bruits qui se propagent le long des chemins.

— C'est-à-dire ?

— Vos espions n'ont pas manqué de vous l'apprendre : on parle d'échanges d'ambassades entre les commanderies qui entourent le Solkstrand, de mouvements de troupes également.

— Slegur oserait défier l'Axe-divin en attaquant ouvertement le Solkstrand ?

— Encore une fois, Hartl-èr, je ne suis qu'un modeste diseur de mots, pas un devin. Je ne connais rien de l'avenir.

— Sinon que tes paroles ont le pouvoir de l'infléchir. C'est pourquoi le mensonge t'est interdit. Ne t'étonne pas que je connaisse ton secret : ta science n'est pas à ce point ésotérique qu'un hartl n'ait pu en acquérir quelques notions.

Kelt secoua la tête.

— Ça, c'est ce que le gardien de pont croyait.

Le visage de Skilf s'assombrit. La comparaison frisait l'irrévérence. Cet individu se sentait-il donc assez sûr de lui pour le provoquer ? Au temps des hommes anciens, les magiciens élevaient des murailles de feu, soulevaient des ouragans, ouvraient des abysses d'où surgissaient des géants hécatonchires. Aujourd'hui, les vaches avaient remplacé les dragons dans les montagnes Bleues, et aux redoutables enchanteurs de jadis avaient succédé des alchimistes qui tentaient péniblement d'arracher à la matière les secrets de son organisation, des astrologues qui s'ingéniaient à déchiffrer parmi les arcanes du ciel les conjonctures susceptibles de flatter leurs maîtres, et de prétendus jeteurs de sorts dont la plupart n'étaient que des bateleurs vivant de la crédulité des croquants. Bouche-d'or était-il de ceux-là ? Maîtrisait-il au contraire de réels pouvoirs ? Ou, tout simplement, abusait-il de cette liberté dont se targuaient les individus originaires de sa vallée ? Plus que jamais, puisqu'il ne pouvait l'éliminer sans encourir les foudres de Rétel, Skilf était déterminé à l'éloigner.

— Pourquoi voulais-tu franchir le Stor ? Où te rendais-tu ?

— Je n'avais pas de but précis. Je suivais le chemin que le sort me désignait.

Kelt plongea les doigts dans sa poche. Skilf se raidit sur son siège ; sa main droite se rapprocha du stylet sanglé sous la manche de son bras gauche. Mais ce que le diseur de mots sortit du pli de sa tunique ne représentait pas un danger. En première apparence, du moins, car ce dé ne servait pas au jeu : ses huit faces portaient chacune le symbole d'un horizon.

— Aux carrefours de l'hésitation, voici mon guide, annonça Kelt.

Il tendit l'objet pincé entre le pouce et l'index pardessus l'auge à feu. Sa matière translucide palpitait sous la lueur pourtant timide des braises. Du copal. Il venait donc de loin. Pour autant, ce n'était qu'un dé. Un simple dé dépourvu de magie, se rassura Skilf, constatant que les braises n'avaient pas réagi quand il était passé au-dessus d'elles. Néanmoins, il n'esquissa pas un mouvement pour s'en emparer. Il détestait les jeux de hasard. Au point de soupçonner une tromperie quand un autre s'en prévalait.

— Huit faces, huit destinations également possibles, commentait Kelt. Ce printemps, le dé m'a invité à m'orienter vers l'Ours.

— Jusqu'où devait te mener ta course ? Comptais-tu franchir la frontière ? Te rendre au Bjorstrand ?

Kelt rempocha le dé.

— Ici, ailleurs… Je suis un errant soumis aux caprices du vent. Ce jour-là, soufflant du Cerf, il me poussait vers l'Ours. Qu'en sera-t-il demain ?

— Pourquoi pas le Heldmark ? Un errant, ça a des yeux et des oreilles…

— Que verraient-ils, qu'entendraient-elles que vos espions ne vous rapportent pas déjà ? On dit que vous n'en manquez pas.

— Mes ennemis le prétendent pour me vilipender. Que sais-tu de la religion nouvelle qui se développe là-bas ?

Les uns disaient que Slegur s'était vu contraint de composer pour ne pas avoir endigué à temps la croyance prêchée par un illuminé qui s'était propagée telle une peste, les autres qu'il en était l'instigateur et que le prédicateur Kredfast, qui se faisait appeler l'Inspiré, était à sa main. Des missionnaires avaient essaimé au Kupstrand, au Bjorstrand, en Ulsfeld… Au Flaksval et en Ortmark, ils avaient reçu un mauvais accueil : le premier qui avait tenté de jeter bas l'effigie d'un dieu y avait connu les délices de l'écartèlement. Mais on signalait plusieurs foyers actifs en Gullstrand qui se préparaient déjà à gagner d'autres commanderies de l'Aigle. Pour le moment, la doctrine ne s'était pas répandue au Solkstrand. Sans doute fut-ce pour cette raison que le diseur de mots répondit :

— Peu de choses, à vrai dire.

Mais Skilf, qui avait son idée en tête, ne se contenta pas de cet aveu.

— À quel dieu accordes-tu de préférence ta dévotion ?

Pour la première fois depuis le début de leur entretien, le hartl perçut une gêne. Le diseur de mots cherchait une formulation entraînant le moins de conséquences. Skilf insista :

— Crois-tu, toi aussi, à ce Dieu unique dont Slegur se fait le champion ?

— Si je vivais parmi les dieux, j'honorerais les dieux. Or je vis aujourd'hui parmi les hommes.

— Je te trouve bien ingrat, pour quelqu'un que Gangyr a sauvé.

— Dans la lice, je n'ai vu pour me défendre qu'un Horsto.

Skilf considéra un moment le diseur de mots en silence. Et quand il reprit la parole, il n'y avait pas que de la manipulation dans son propos :

— Tu me plais, Bouche-d'or. Tes propos mériteraient d'être policés, mais je te crois probe. Il me vient du Heldmark des informations contradictoires. Les uns affirment que Slegur est sur le point de rompre la trêve. Les autres, que les mouvements de troupes s'expliquent par l'usage de la force pour imposer la nouvelle religion à ses assujettis. Et sur la nature de ce dieu, je n'ai qu'une idée vague. Tout ce que j'ai compris, c'est qu'il est réputé concentrer dans sa seule personne les pouvoirs des seize millions sept cent soixante-dix-sept mille deux cent seize divinités honorées dans le Monde. Sois mon œil et mon oreille. Dis-moi ce qu'il en est de ce dieu nouveau.

Il sortit une bourse de sa manche et la jeta à Kelt.

— Pour tes premiers frais. Si je suis satisfait des renseignements que tu me fourniras, tu seras récompensé. Qu'en dis-tu ?

Kelt rit franchement :

— Voilà un coup de dé que je n'avais pas prévu. Il en vaut bien un autre.

— Ton champion t'accompagnera, décida Skilf, sur le coup d'une brusque inspiration : ce Horsto apparu de façon si opportune lui paraissait également suspect. Autant l'éloigner aussi.

— Hartl-èr ? Puis-je formuler une requête ? Quand vos soldats m'ont… invité dans votre demeure, ils m'ont délesté de mon glaive. J'aimerais le récupérer.

— Les mots ne suffisent donc pas à ta protection ?

— Je n'ai que lui, quand vos arsenaux en regorgent. Disons que cette arme vous sera d'un plus grand secours dans ma main qu'entreposé dans un magasin.

Prophétie ou sort ? Chacune des paroles du diseur de mots comportait une ambiguïté qui mettait Skilf mal à l'aise. Maintenant qu'il avait obtenu de lui ce qu'il voulait, il avait hâte de le voir quitter l'audience.

— Ton bien te sera rendu. Je te confierai un cheval, également. Que tu me rapporteras, bien entendu.

Au moment de sortir, Kelt se retourna.

— Le pont, Hartl-èr…

— Eh bien ?

— Il vaudrait mieux abandonner le site actuel et le reconstruire en amont.

— Tu es donc aussi compétent pour l'architecture des ponts ?

— Non, mais…

— Nos anciens savaient ce qu'ils faisaient. L'emplacement a été choisi parce que le lit du Stor est plus étroit en cet endroit.

— Justement. Contraint, le courant y devient plus rapide. Il y aura bien d'autres débâcles, aussi violentes que celle de cette année. Un pont de maçonnerie qui enjamberait un cours plus calme serait moins fragile.

— Est-ce encore une de tes prédictions, diseur de mots ?

— Juste un avis, Hartl-èr. Un simple avis.

Le cheval est un animal superbe, digne des écuries de l'Axe-divin. Large poitrail, jambes longues et déliées, néanmoins robustes, croupe musclée : un destrier taillé pour la course, capable à la fois de vitesse et d'endurance. Le cavalier, en revanche, ne le mérite pas. Le buste trop penché sur l'encolure, il tient les rênes au plus court, forçant sa monture à arquer le cou, leur imprimant des injonctions contradictoires, d'autant plus stupides qu'elles sont inutiles : libre de régler son allure l'étalon courrait plus vite.

De quoi Godròn a-t-il le plus peur ? De vider sa selle ou d'être rattrapé par la colère du hartl ? Il ne s'est jamais senti à l'aise avec les chevaux. Il en possède une demi-douzaine, et des plus fringants, par pure ostentation. Cependant, il s'aventure rarement à en monter un, et certainement pas pour le lancer au grand galop sur de mauvais chemins. Pourquoi, d'ailleurs, s'adonnerait-il à l'équitation ? Il n'est ni un guerrier ni un courrier et la chasse lui est toujours apparue comme un gaspillage de temps. Lui, il est un bâtisseur. Organiser la voirie, concevoir des édifices, en dessiner les plans aussi bien que les ornements qui arracheront des cris d'admiration aux générations futures, surveiller les chantiers, apporter, en cours de construction, telle amélioration qui contribuera à la majesté de la façade comme à son originalité, réaliser, en un mot, ce qu'aucun architecte n'a osé avant lui, tel est son état. Sans fausse modestie, il y excelle.

Pourtant, il en est réduit à s'enfuir loin de cette cité que son génie a remodelée.

Après tant d'années passées au service du hartl, il sait sa vie menacée par ce même Skilf Oluf'ar.

Et tout cela à cause d'un stupide gardien de pont dont l'incurie a irrité sa divinité tutélaire ou d'un sorcier qui par malice a rendu le Storbir incapable de résister aux assauts de la crue. Ou encore de l'avarice d'un hartl qui n'a cessé de réduire la part des péages consacrée à l'entretien de l'ouvrage. Voire les trois à la fois. Seulement, la Sentence par les armes a disculpé les deux premiers. Quant au troisième, inutile de compter sur une prise de conscience : jamais les grands ne se reconnaissent la cause des malheurs qui les frappent. Alors il n'est pas difficile de deviner contre qui Skilf tournera sa colère. Les puissants sont volontiers oublieux puisqu'ils ont les moyens d'assumer leur ingratitude. Ce qu'il a réalisé pour l'embellissement de Solksborg ne comptera pas. Voire constituera un grief supplémentaire : des proches de Skilf, sans doute animés de bonnes intentions, ne lui ont-ils pas rapporté que le hartl s'est quelquefois étonné de la magnificence de l'hôtel que son Bâtisseur se destine ?

Godròn n'a jamais détourné la moindre somme de la quotité allouée pour les travaux de la cité, pas davantage de la part des péages qui lui revenait pour l'entretien des ponts. Il encaissait bien des pots-de-vin des marchands de matériaux et peut-être a-t-il un peu trop utilisé à des fins personnelles les paysans requis pour la corvée, mais quel rapport avec l'état du pont ?

Le pire est encore de n'avoir aucune certitude. Ne cède-t-il pas à la panique ? Après tout, Skilf ne lui a jamais adressé le moindre reproche. Au contraire, il n'a pas manqué une occasion de lui témoigner sa satisfaction. Balaierait-il d'un revers de main des octennies de dévouement ? En prenant la fuite, Godròn ne se désigne-t-il pas lui-même comme coupable ?

L'instant d'après, un souffle aigre emporte cette oiseuse tentative de se rassurer. Bien sûr que Skilf n'hésitera pas à le condamner ! Le pont signifiait pour lui un revenu substantiel, et rien ne revêt plus d'importance à ses yeux que le flux qui irrigue son trésor. Les seules fois où Godròn a essuyé la mauvaise humeur de son hartl, c'était au moment de la reddition des comptes. Skilf exigeait toujours plus de somptuosité pour la cité mais supportait mal d'en apprendre le prix. Pourtant, Godròn s'est toujours évertué à le minorer en pressurant les artisans et en leur imposant une multitude de pénalités ! Cela aussi, tiens, jouera contre lui : les prévôts des états qui hier se disputaient ses bonnes grâces ne manqueront pas de l'accabler.

Bien sûr qu'il connaissait la vétusté du Storbir ! Mais ce foutu pont aurait bien pu tenir encore quelques octennies ! Si, en architecte prévoyant, Godròn a tracé les épures d'un pont de pierre pour doubler, en amont, l'antique ouvrage, il attendait que les travaux de la cité soient achevés pour les présenter au hartl – l'actuel ou, de préférence, son successeur, qu'il espérait moins rapiat.

Telle est l'erreur qu'il a commise. S'il avait évoqué le sujet plus tôt, sans doute Skilf aurait-il reculé devant cette dépense supplémentaire, mais, aujourd'hui, il ne pourrait pas reprocher au Bâtisseur de ne pas l'avoir mis en garde.

Ainsi songe le cavalier malhabile en s'accrochant convulsivement à ses rênes. Il a opté pour de mauvais chemins qui rallongent sa course, dans l'espoir de leurrer les poursuivants que le hartl ne manquera pas de lancer sur ses traces. Skilf s'est-il déjà aperçu de son départ ? Si tel est le cas, il n'a guère de chances, malgré la vigueur de l'étalon, d'autant que celui-ci se montre de plus en plus indocile.

Il lui semble entendre une galopade dans son dos. Il n'ose pas se retourner, de peur de compromettre une assiette précaire. Il se raisonne : la galopade de sa propre monture couvre tous les autres bruits. Pourtant, elle ne masque pas les battements de son cœur.

Il n'a jamais osé avouer au hartl ses inquiétudes à propos du pont. Aujourd'hui, il paie le prix de sa couardise. Il se jure de ne plus tomber dans ce piège à l'avenir.

Mais quel avenir ?

Il se voit plus sûrement pendu dans une cage de fer sur la place patibulaire que distribuant les ordres sur le chantier du nouveau Storbir, et l'idée qu'un autre Bâtisseur utilisera ses propres plans pour asseoir sa notoriété ajoute à sa rancœur.

Le cheval fait un écart. Instinctivement, Godròn tire sur la bouche. La bête s'ébroue. Le Bâtisseur perd l'équilibre. Se sentant glisser, il empoigne la crinière à pleines mains. Derechef, le cheval se secoue, déterminé à s'affranchir d'un si piètre cavalier.

Godròn heurte rudement le sol. La bête consacre sa victoire par quelques ruades, puis, sourde aux injonctions du cavalier désarçonné, prend le galop. Enfin maîtresse de son allure, elle disparaît au détour du chemin.

Le Bâtisseur se relève avec peine. Un miracle qu'il ne se soit pas rompu les os ! Il tâte sa houppelande et constate avec soulagement que l'or cousu sous son aisselle s'y trouve encore. Au prochain village, il achètera un cheval. Moins fougueux, moins dangereux. Et moins repérable aussi.

Il n'a pas parcouru vingt perches qu'un bruit le cloue sur place. Cette fois, il ne s'agit pas d'une illusion. Une troupe de cavaliers se rapproche. Il se retourne. La poussière qu'ils soulèvent confirme ses craintes. D'ailleurs, il les aperçoit. L'ont-ils vu, eux aussi ?

Désespéré, il cherche du regard une cachette. Les champs sont désespérément unis. Il avise une haie. Court vers elle afin de s'y dissimuler. Le feuillage en est encore peu fourni. Les branches entrelacées le lacèrent quand il essaie de s'y enfoncer.

La cavalcade se rapproche à grande vitesse.

Après que le hartl eut quitté la tribune, une lourde patte s'était posée sur l'épaule de Köttur, encore agenouillé au centre de la lice.

— Tu peux te relever, il est parti, laissa tomber une voix de rogomme.

Du bourreau, le bardagh mortifié attendait un autre service. Depuis le temps qu'il assistait aux derniers instants d'individus de tout poil, l'homme de l'art savait lire dans leur regard. La plupart, contre toute raison, s'accrochaient à la vie. Même dans le tourment, ils se débattaient contre la mort. L'animal parlait en eux. Ils ressemblaient à ces renards piégés qui n'hésitent pas à se ronger une patte, ne réussissant en cela qu'à différer un peu leur trépas. Mais un bardagh, qui plus est un kwigar, dépassait ce stade. La mort lui était plus supportable que le déshonneur.

— Souviens-toi que tu ne t'appartiens pas, avait lâché le bourreau. Si tu attentes à tes jours sans l'autorisation du hartl, ton corps sera exposé et sa colère retombera sur tous les tiens.

Une lueur haineuse traversa le regard jusqu'alors atone de Köttur. Le bourreau en éprouva du réconfort, bien qu'il se trompât sur la raison de cette colère. Köttur n'avait ni famille ni amis dont il dût s'inquiéter. En revanche, l'idée que sa dépouille interdite d'obsèques gaverait les sriges le révulsait.

Le public se dispersait. Les officiers de la citadelle, ses pairs, se mettaient en selle sans un regard pour lui. Seul le valet d'armes pénétra dans la lice pour lui amener son cheval en le tirant par la bride. En passant à côté de la haste héraldique, il négligea de la ramasser. À juste titre. L'anneau noir et blanc qui ne tarderait pas à la compléter la transformerait en un bâton d'infamie.

— Le connétable vous ordonne de gagner immédiatement vos quartiers et d'y attendre ses instructions, annonça-t-il sur un ton d'où toute trace de respect avait disparu.

Köttur enfourcha sa monture et piqua des deux, pressé de s'éloigner de la lice. Le soleil était encore haut : deux heures à peine avaient passé entre le moment où il avait reçu l'ordre de se porter volontaire pour défendre la cause du gardien et sa piteuse défaite.

Sur le chemin du retour, puis en suivant le connétable jusqu'à l'audience où l'attendait le hartl – et, pensait-il sans frémir, la sanction –, il ne cessait de ressasser le déroulement du combat, essayant de comprendre à quel moment il avait commis une faute. Le tintement cruel de la faux arrêtée dans sa course par le sabre résonnait encore et encore à ses oreilles. Comment, dans un laps de temps aussi court, un être en apparence aussi lourdaud que l'homme-sanglier avait-il pu planter sa lame juste au bon endroit, prendre son élan, bondir, coincer son arme et le maîtriser, lui, un kwigar réputé insaisissable ?

Il y réfléchissait encore quand le hartl, faisant preuve à son égard d'une humiliante mansuétude, lui donna l'ordre de retrouver le Bâtisseur et de le ramener sous les chaînes.

Köttur serra les poings. Voilà en quelle estime Skilf tenait un initié kwigar : il le traitait comme un vulgaire argousin ! Et s'il ne s'était agi que de lui ! Naguère, Oluf commandait à l'armée la plus redoutée de toutes les commanderies des marches du Sanglier. Sous la férule de son fils, les guerriers s'étaient mués en collecteurs de fonds et en gardes-chiourme dont les seuls exploits consistaient à pendre quelques croquants pour leur apprendre à relever la tête de leurs sillons. Combien de temps encore les fiers bardaghi accepteraient-ils pareille avanie ? Dans les rangs des officiers, la colère couvait. D'aucuns avaient déjà quitté le Solkstrand afin de s'enrôler sous une autre bannière, dans une commanderie lointaine. Bien que Skilf parût de cette race de vieillards dont la longévité déçoit longtemps leurs héritiers, beaucoup s'interrogeaient sur l'identité du prochain hartl. Son fils Oddi était encore plus mou que lui. Au contraire, son petit-fils, Vradh, ne rêvait qu'aventures et conquêtes, ce qui flattait les aspirations des bardaghi ; mais il se disait aussi qu'il manquait de discernement. Peut-être fallait-il, ainsi que le connétable Svein le préconisait en privé, mettre fin à une pratique dynastique que seul l'usage avait consacrée, sans que ni les chartes ni l'Axe-divin l'eussent imposée.

Depuis son enfance, les exploits des Cinq Preux avaient nourri l'imagination de Köttur : Solk, qui avait enchaîné le dragon Vísindramadur, Skeggi, qui avait étouffé le géant Hemrod, Held, qui avait décapité le serpent Swartiki, Ulricr, qui avait enchaîné le loup bicéphale Sýnklærnar, et son préféré, Slatmadur, qui avait couché en dix tailles de son sabre Skarpur les cent colosses de Zwergur. Heureux temps que celui des hommes anciens, quand dragons, géants, monstres et hordes démoniaques peuplaient le Monde ! Lui, le seul adversaire que son maître lui désignait était un homme sur le déclin de son âge, qui n'aurait pour se défendre qu'une règle, une équerre et un compas !

C'est le cœur plein d'amertume qu'il préleva trois hommes et un sergent sur le guet et se précipita vers la demeure de l'architecte.

Bien qu'inachevée, sa façade, par sa hauteur, l'harmonie de ses proportions et la délicatesse de son décor sculpté, écrasait tous les autres hôtels de la rue, pourtant eux aussi destinés à des notables. Habitué à l'austérité des casernements, le bardagh considérait cet étalage avec dédain. Un tel déploiement de luxe se justifiait pour le palais de l'Axe-divin, dont l'enceinte devait renfermer la quintessence du Monde. À Solksborg, il témoignait d'un affadissement des mœurs. La cité n'aurait dû avoir d'autre finalité que le soutien de la citadelle, et celle-ci ne devoir son seul prestige qu'à la vaillance de sa garnison. Tout ce qui témoignait d'un écart par rapport à cette conception – ainsi les embellissements superflus voulus par le hartl Skilf – attestait en fait le déclin du Solkstrand.

Sur un signe du bardagh, le sergent souleva le heurtoir de bronze à l'effigie du dragon Vísindramadur. La porte s'ouvrit presque aussitôt sur un homme d'âge mûr, qui pâlit en apercevant les archers.

— Le hartl Skilf requiert le Bâtisseur Godròn Skeid'ar, proclama Köttur en bousculant l'intendant décomposé pour pénétrer dans la demeure.

Le hall d'entrée était encore plus décoré que la façade. Une dentelle de pierre servait d'écrin à des panneaux peints, où les exploits des Cinq Preux, loin d'exalter leurs vertus guerrières, servaient de prétexte à l'exposition de corps nus des deux sexes.

— Sa Talentueuse Excellence n'est pas encore rentrée, bredouilla le pauvre homme, retrouvant avec peine son équilibre.

Köttur ne se donna pas la peine de vérifier : l'intendant était trop paniqué pour se risquer à mentir.

— Conduis-moi aux écuries ! ordonna-t-il.

Du marbre ! Même pour loger ses chevaux, le Bâtisseur avait employé un matériau luxueux ! Cinq stalles de bois précieux abritaient des pur-sang plus splendides les uns que les autres, dont un garçon d'écurie renouvelait la paille. La sixième était vide.

— Il y avait un duel judiciaire ce matin…, commença l'intendant.

— Je suis au courant, merci.

— Le maître a utilisé le cheval pour s'y rendre.

On ne l'avait pas revu : le Bâtisseur avait décampé sans repasser par son logis.

— Selle-moi celui-ci, intima Köttur en désignant un alezan brûlé.

Comme l'intendant paraissait indécis :

— Godròn ne reviendra pas. Ses biens appartiennent désormais au hartl et, en ce moment, je suis son bras armé !

— Est-ce que cela vaut aussi pour ses esclaves ? demanda le garçon d'écurie.

Köttur jaugea le serviteur qui avait eu l'audace de l'interpeller. L'individu était petit mais bien découplé, les épaules larges, les muscles de son torse, dénudé à la mode des Ulmari, vigoureux. Un nez un peu trop fort déparait un visage qui, autrement, eût été plaisant. Son collier de servage donnait un sens à sa question, mais aggravait son effronterie. Un archer s'avança dans l'intention de lui rappeler le respect. Köttur l'arrêta en s'adressant à l'esclave.

— Veux-tu m'aider à débusquer ton maître ? Ton ancien maître, je veux dire.

Une expression farouche déforma les traits du garçon. Köttur avait deviné juste en pensant qu'il se réjouissait de la disgrâce de son propriétaire.

— Ton nom ?

— Nyr.

— Sais-tu monter à cheval, Nyr ?

— Oui, bardagh-èr.

— Alors choisis une monture et suis-moi. Quant à toi, ajouta-t-il à l'intention de l'intendant, personne n'entre ni ne sort sans ma permission ou celle du connétable. Et bien sûr celle du hartl. En outre, si un seul objet manque à l'inventaire, je te perce la panse et répands tes boyaux au soleil. Compris ?

Le malheureux bafouilla son accord, sans même songer que le bardagh n'était pas en mesure de rien vérifier.

Les six cavaliers, sans s'embarrasser de précautions pour ne pas culbuter les piétons et les étals, eurent tôt fait de gagner la porte du Renard.

L'estrade était déjà à moitié démontée, tout comme les échafauds. Ce soir, seules resteraient en place les pierres de la lice. La vue du cercle consacré raviva la honte qui taraudait Köttur et, par contrecoup, sa rancune. Le bourreau s'était égaré en lui supposant une intention morbide. À aucun moment il n'avait été tenté par le suicide, fût-ce le lokarth, ce rituel sanglant par lequel les bardaghi effaçaient leurs dettes d'honneur. Car, tout en remâchant sa défaite comme une insupportable humiliation, il estimait en conscience ne pas avoir failli. Il s'était heurté à un adversaire retors, qui l'avait vaincu par la ruse autant que par la force. Il n'avait pas cherché à échapper aux conséquences de sa défaite. Il avait ployé l'échine et tendu la nuque au couperet du bourreau, mais Skilf lui avait fait publiquement l'affront de l'épargner !

De cette impardonnable flétrissure, le hartl lui rendrait un jour raison !

Pas plus que les ouvriers qui travaillaient au démontage des installations, les soldats qui traînaient encore dans le secteur n'avaient vu le Bâtisseur prendre la fuite. Cela ne surprit pas Köttur. Le hartl, les patriciens en grande tenue, les dames dans leurs somptueux atours, le dénouement dramatique du duel attiraient davantage l'attention qu'un ombra rejoignant en catimini l'enclos des chevaux.

Il se rendit là où il était installé, scruta l'herbe piétinée, ne trouva bien entendu aucun indice exploitable. Sans regret : il eût été trop simple, partant trop fade, d'être lancé dès l'abord sur la piste. Ce que Köttur appréciait le plus dans la chasse, ce n'était pas tant l'hallali que la traque. Il n'avait pas son pareil pour relever les traces – sur ce point il en remontrait aux meilleurs piqueurs. Et surtout il avait un don pour deviner la bête. Quand le gibier était un homme, il était encore plus aisé de se mettre dans la peau du fugitif : un ombra aux abois, redoutant l'affrontement, assez intelligent pour comprendre qu'il devait éviter les grandes voies… Où chercherait-il son salut ? Deux possibilités lui étaient offertes : parmi les siens ou dans une commanderie voisine. Le Bâtisseur possédait un domaine à quelques lieues sous l'horizon du Cerf : trop dangereux parce que trop évident. Il était originaire de Fokstad : trop loin. Néanmoins, par l'intermédiaire du sergent qu'il renvoya à Solksborg, Köttur ordonna le contrôle des deux endroits par des hommes d'armes. Lui, il suivrait une autre piste : celle qui menait à la frontière la plus proche.

Le fuyard n'avait que deux ou trois heures d'avance. Une fois repéré le chemin qu'il avait emprunté, on le rattraperait vite. Et la levée du gibier ne présentait guère de difficultés : un patricien richement vêtu, monté sur un cheval gris… Si par extraordinaire les croquants de rencontre ne s'étaient pas intéressés au cavalier, ils n'avaient pas manqué de remarquer la bête.

Chapitre 7

L'alezan se montrait à la hauteur de ses promesses. Le garçon d'écurie, en revanche, s'était vanté : il tenait mal en selle. Au bout de quelques lieues, son dos n'était probablement plus qu'un arc douloureux. Crânement, il s'efforçait de ne rien en laisser paraître et de se maintenir à la hauteur du bardagh. Les trois archers suivaient tant bien que mal, à distance. L'excitation de la chasse échauffait Köttur. La honte demeurait cuisante mais, à mesure que se réduisait l'écart – comme prévu, il n'eut aucun mal à lever une trace que le bonhomme ne cherchait même pas à brouiller –, elle cédait à l'esprit de vengeance. Désormais, le bardagh avait un plan. L'ironie était qu'en le lançant à la poursuite de son architecte Skilf le lui avait inspiré.

Köttur ne doutait pas de l'issue de la poursuite. Jamais encore il n'avait monté un cheval de cette puissance. Il jeta un œil sur Nyr. L'esclave serrait les dents. Orgueil ou détestation de celui qu'ils poursuivaient ? Les deux, décida Köttur. Avec un gloussement de plaisir, il enfonça les talons dans les flancs de sa monture. Toute bride lâchée, l'alezan accéléra encore le train. Une forte odeur de sueur acide enivrait le cavalier. Les fers arrachaient des étincelles aux pierres du chemin. Sa vitesse était telle qu'il dépassa sans presque le voir l'homme embusqué sur le bas-côté.

Quand il eut enfin maîtrisé l'élan de sa monture et fait demi-tour, il rejoignit l'esclave qui se dressait, terrible d'immobilité, devant celui qui, ce matin encore, était son maître. Vêtements maculés, déchirés, peau du visage et des mains écorchée, le Bâtisseur avait piètre allure.

Lorsque le premier cavalier l'avait dépassé en trombe sans lui prêter attention, Godròn s'était pris à espérer. Hélas, le second s'arrêta à sa hauteur. Effaré, le Bâtisseur le reconnut. Ses jambes se dérobèrent sous lui. Déjà, le premier cavalier revenait sur ses pas. Lui aussi était facile à reconnaître, au couvre-face de cuir dont il ne se séparait jamais.

— Eh bien, Godròn-èr ? tonna le bardagh. Où est passé votre étalon gris ? Ne me dites pas que vous avez perdu une si belle bête ! Notre hartl en serait contrarié : ce cheval lui appartient, désormais.

— Suis-je déjà jugé ? répliqua Godròn, non sans fierté : à présent que son sort était scellé, la peur le quittait, comme si elle n'avait été que le revers d'une médaille dont l'avers était l'espoir.

— Il faut bien que quelqu'un paie pour la perte du pont, non ? Et puis j'ai vu ton hôtel. Ton palais, devrais-je dire. Entre nous, ce n'est pas très malin de surpasser le hartl en apparat.

Godròn se troubla.

— Le hartl en personne m'a ordonné d'embellir la cité ! se défendit-il.

À aucun moment il n'avait pensé susciter la jalousie d'un homme renommé pour la sobriété de ses mœurs. Lui, il avait d'autres besoins et les moyens de les satisfaire. Était-ce un crime ?

Les archers arrivèrent à ce moment. Ils baissèrent la tête sous les sarcasmes du bardagh :

— Même un esclave qui, à l'évidence, n'a pas l'habitude de tels galops vous a devancés !

Il le leur reprochait, mais était-ce leur faute ou une preuve supplémentaire de la décadence de cette armée sans emploi ? Il abandonna le sujet sur la promesse d'une sanction au retour à la citadelle et revint à Godròn.

— Tu devras marcher à pied puisque tu n'as pas su conserver ton cheval. Tu vas nous retarder. Comme je n'ai pas l'intention de passer la nuit sur ma selle, nous allons continuer par là. On trouvera pas loin une auberge où j'ai mes habitudes. Nous y attendrons le matin. Songe à te reposer. Demain, il te faudra trottiner bon train !

La proximité de l'auberge annoncée était toute relative. Le chemin parut d'autant plus interminable à Godròn qu'il faudrait le parcourir en sens inverse le lendemain. Peu habitué à de longues marches, il appréhendait l'épreuve du retour.

L'aubergiste s'empressa de chasser les deux clients qu'il logeait, pour répondre à la réquisition de son établissement par le bardagh.

À table, Godròn eut l'agréable surprise de se voir aussi bien traité que les archers qui l'encadraient. Il voulut y puiser un espoir : certes, le kwigar le traitait en captif, mais il n'oubliait pas son rang de patricien appartenant à la mesnie. Il n'était pas loin d'imaginer qu'en prétendant ne pas vouloir voyager de nuit Köttur avait usé d'un prétexte pour ne pas trop l'éprouver.

Le bardagh s'était isolé à l'autre bout de la pièce, en compagnie de Nyr.

— Tu es jeune et il n'y a pas eu de guerre depuis longtemps. Es-tu devenu esclave en punition d'un forfait ?

— Je suis né dans les fers. Ma mère était de condition serve, attachée à la maison du Bâtisseur.

— Et, bien sûr, tu ignores qui est ton père.

Nyr haussa les épaules :

— Quand Godròn était content d'un de ses chefs de chantier, il savait le récompenser sans bourse délier.

— Je vois. Mais, depuis tout ce temps, il aurait pu t'affranchir…

— Il ne l'a pas fait.

Ne sachant où le bardagh voulait en venir, Nyr s'employait à répondre d'une façon neutre. Mais il ne pouvait empêcher sa voix de trembler un peu. Il y a beaucoup de rage en lui, songea Köttur. Tant mieux.

— Comme tous ses biens, tu appartiens désormais au hartl Skilf, poursuivit-il. À moins que…

Il marqua une pause, scrutant l'expression de son interlocuteur. Celui-ci ne se permit pas de manifester son impatience, mais à la lueur des flambeaux son regard brilla d'une intensité nouvelle.

— À moins qu'Örl en décide autrement, laissa tomber Köttur.

Nyr se tassa insensiblement sur son banc. Invoquer le dieu du hasard et des stratégies aventurées, c'était pour le guerrier une manière d'étouffer l'étincelle d'espérance qu'il avait su allumer. De tous les dieux, Örl était celui sur lequel il était le plus vain de miser. D'ailleurs, il y avait beau temps que Nyr n'attendait plus rien des dieux, qui ne sont favorables qu'aux maîtres.

À ce moment, l'aubergiste apporta un ragoût odorant. De l'index, Köttur indiqua à Nyr que le moment était venu pour lui de rejoindre les archers à leur table. Il fit éteindre le flambeau le plus proche et tourna le dos à ses hommes avant de délacer son couvre-face pour manger.

— Bardagh-èr, ne devons-nous pas ramener le Èr-Bâtisseur à Solksborg ?

— C'est en effet ce que le hartl attend de nous.

La réponse déconcerta le soldat. Quand, au sortir de l'auberge, Köttur les avait entraînés dans la direction opposée à la cité, les archers avaient été surpris. Mais, bon, le bardagh en avait décidé ainsi, il n'y avait pas à discuter. Peut-être connaissait-il un autre itinéraire. Cependant, à mesure qu'ils progressaient, leur perplexité augmenta. Et lorsque, la matinée avancée, Köttur manifesta l'intention de traverser la rivière Westao, il se confirma qu'il tournait délibérément le dos à Solksborg. Poussé par ses camarades, le soldat avait osé l'interroger. Comme Köttur, sans vraiment lui répondre, ne l'avait pas rabroué, il s'enhardit au point d'insister :

— Pourtant, en franchissant ce gué, nous nous en éloignons. Où allons-nous ?

— Eh bien… Peu importe où je me rends : pour vous, le chemin s'arrête là.

Sa phrase n'était pas achevée qu'il lançait son destrier en avant. Son sabre tournoya. La lame traça un sillon sanglant dans un cou sans toucher un os qui l'aurait freinée dans sa course. Un deuxième garde tenta de saisir son arme. Il ne l'avait pas à moitié sortie du fourreau qu'un coup d'estoc lui cassa les dents et pénétra dans sa bouche avec un tel élan que le fer resurgit de sa nuque. Le troisième chercha le salut dans la fuite. Köttur récupéra son sabre, le rangea, saisit son arc, choisit une flèche dans le carquois fixé à son étrier, l'encocha, apprécia, au mouvement du feuillage, la vitesse et la direction du vent, tendit la corde. Le fuyard se croyait hors d'atteinte quand le trait, se frayant un passage entre deux côtes, perça son cœur.

Nyr n'avait pas bronché. Impossible de lire sur son visage ni la peur ni simplement la surprise. Des années de condition servile l'avaient accoutumé à taire ses émotions. Voire à ne pas en éprouver.

— Rattrape le cheval, ordonna Köttur. Ramène le corps.

Tandis que l'esclave s'exécutait, le bardagh encocha une deuxième flèche. Nyr ne tarda pas à rejoindre l'animal, freiné dans sa course par le cavalier dont un pied était resté engagé dans l'étrier. Il sauta à terre, saisit la bête par la bride, lui parla tout en flattant son encolure afin de la rassurer. Quand le cheval fut calmé, il dégagea le cadavre, le posa en travers de la selle, reprit place sur sa propre monture et revint sans se presser vers le bardagh. Spontanément, l'autre bête le suivit.

Avec la même nonchalance, Köttur rangea sa flèche : l'esclave n'avait pas cherché à fuir. Entre la mort et l'obéissance, il avait choisi le second parti, ce qui dénotait du bon sens. Du menton, le kwigar désigna les deux autres cadavres.

— Balance-les tous dans le courant, en aval. La rivière s'en chargera.

Puis il se tourna vers le Bâtisseur et, montrant les chevaux des hommes d'armes :

— Tu as de la chance, tu vas pouvoir traverser le gué à pied sec.

Sidéré, Godròn restait figé, coi. Tout s'était passé si vite qu'il hésitait encore à saisir les conséquences du massacre auquel il venait d'assister. Les idées se bousculaient, contradictoires, dans son esprit.

— Le hartl Skilf m'a porté injure, expliqua Köttur. Il paiera pour cela. Je vais gagner le Heldmark. J'embrasserai la religion nouvelle, ce qui me déliera du serment d'allégeance que j'ai prononcé sous l'invocation d'Othar et de Gorth, et j'entrerai au service de Slegur. Tu m'accompagneras.

— Au Heldmark ?

— N'est-ce pas ce que tu cherchais ? Fuir le Solkstrand ?

Le Bâtisseur éprouva un immense soulagement. Il comprenait enfin qu'il venait d'échapper au trépas. Il retrouva d'un coup toute son assurance.

— Je te remercie pour ta sollicitude, mais je me rendais au Flaksval. J'y ai des amis…

— Sollicitude, dis-tu ? Quelle drôle d'idée !

La perplexité, de nouveau, s'insinua en Godròn, fissurant l'espérance. En une question, Köttur l'avait ramené à l'état où il l'avait trouvé la veille, empêtré dans la haie. Lisant la déception sur son visage, le bardagh partit d'un rire cruel :

— Qu'imaginais-tu ? Que je te rendais la liberté ? Tu es bien présomptueux de penser mériter qu'un guerrier de mon rang se rende coupable de félonie pour toi ! Non, tu restes mon prisonnier. Mais désormais, en plus, tu es mon obligé.

— Je ne comprends pas, bardagh-èr.

— Es-tu stupide à ce point ? Skilf a la réputation d'infiltrer des espions partout. Crois-tu que Slegur m'accueillera à bras ouverts, sachant d'où je viens ? À ses yeux, je serai au choix un félon ou un espion. Voilà pourquoi j'ai besoin de toi : tu es ma caution.

— Moi ? Mais…

— Oui, toi. Toi qui as été le Bâtisseur de Skilf. Toi qui mieux que personne connais les remparts et la citadelle. Leurs défenses inexpugnables, mais aussi leurs points faibles. Des informations précieuses en cas de siège.

Godròn baissa la tête, effondré. Non qu'il éprouvât des scrupules envers le hartl qu'il servait depuis tant d'années, mais se voir ravalé, lui, le meilleur architecte de son temps, au rang de sauf-conduit ! Révoltant !

— Je ne t'attache toujours pas, poursuivait Köttur. Celui-ci te surveillera. Je ne sais pas ce que tu lui as fait, mais il ne semble pas te porter dans son cœur.

Se tournant vers Nyr, il précisa :

— Tu réponds de lui sur ta vie. Attention : je le veux en bon état à l'arrivée.

Trois fois Kelt lança le dé. Trois fois se présenta la face du Sanglier. Le hasard, ou bien le sort, pointait dans la direction du Heldmark ! Au fond, lui qui, à l'instar de tous ceux de sa vallée, n'avait jamais professé un grand respect pour le hartl, il s'amusait de se voir investi d'une mission par celui-ci. Peut-être, sans se l'avouer, en était-il vaguement flatté.

Un rayon de soleil, s'immisçant par l'étroite fenêtre, illumina le dé. Cela était de bon augure. Un serviteur lui apporta une galette, des œufs, quelques fruits secs, un hanap de bière bourrue. Et son glaive ! Il tira l'arme du fourreau, contempla, attendri, le reflet bleu de la lame. Il n'avait jamais eu besoin de s'en servir depuis qu'Æsa le lui avait offert, mais il éprouvait du réconfort à son contact, comme si la jeune femme veillait encore sur lui. Elle lui manquait plus que jamais. Chaque tentative ratée pour retrouver le chemin d'Urskogar l'avait davantage enfoncé dans ce qu'il en était venu à considérer comme une malédiction. Pourtant, il n'en était pas encore arrivé au point de renoncer. Découvrir le passage ! Regagner la Forêt profonde ! Revoir Æsa !

D'une manière ou d'une autre, avait dit l'Aïeule.

Il ceignit l'arme par-dessus sa cotte, fourra la nourriture dans sa besace et quitta la pièce. Il ne garderait pas de ce séjour dans la citadelle de Solksborg un si bon souvenir qu'il éprouvât la tentation de différer son départ.

Dans la cour, l'homme-sanglier attendait près de deux chevaux harnachés.

— Je me réjouis de te voir, s'écria Kelt. J'ai ainsi l'occasion de te remercier d'avoir combattu pour moi. Et, surtout, d'avoir remporté la victoire.

Sans un mot, Hòggni sauta sur un cheval.

— Dois-je comprendre que l'autre est pour moi et que tu m'accompagnes ?

— Le hartl m'a demandé de te protéger. Allons !

Kelt prit le temps de fixer son bagage à la selle avant de s'y hisser. Il dut s'y reprendre à plusieurs fois : nerveux, l'animal se dérobait et il n'était pas habitué à des montures aussi nobles.

— Nous aurons beau temps, aujourd'hui, annonça-t-il, s'attirant une réponse qu'il ne sut interpréter :

— Aujourd'hui n'est que le premier jour du voyage.

En prenant l'initiative du départ, Hòggni signifiait que, s'il devait veiller sur Kelt, il n'était pas à son service. Ils franchirent la passerelle, débouchèrent sur la place patibulaire. Kelt jeta un coup d'œil au ban d'infamie, satisfait de le voir vide. Le quartier qu'ils traversèrent était le plus pauvre de la ville basse. Cependant, même ici, on avait percé dans le dédale des ruelles une voie rectiligne pour desservir les remparts et, malgré l'heure matinale, les ouvriers s'activaient sur les chantiers. Arrivés à la porte du Sanglier, ils durent céder le passage à un charroi de moellons.

Comme toutes les routes convergeant vers la cité, celle qu'ils empruntèrent, bien que menant à son accès le moins prestigieux, était dallée. Ils croisèrent de nombreuses charrettes qui apportaient les marchandises les plus variées à Solksborg.

— Au fait, demanda soudain Hòggni, ce pont dont ils parlaient, il s'est vraiment effondré tout seul ou tu lui as jeté un sort ?

Venant de la part de celui qui s'était offert comme son champion, la question sembla tellement énorme à Kelt qu'il éclata de rire.

— N'as-tu pas démontré mon innocence ?

— Sur le terrain, il y avait un guerrier et deux bouts de bois. J'ai vaincu le guerrier parce que j'étais meilleur que lui. Pas avec l'aide des idoles.

— Tu ne crois donc pas aux dieux ?

— Si, mais aux seuls vrais dieux, ceux de Horst.

Il réfléchit un moment, avant d'ajouter :

— Et à Gorth, le dieu de la guerre, parce que j'ai constaté sa puissance. Mais du dieu de la justice, je ne peux pas en dire autant.

— Si tu as un doute sur ma culpabilité, pourquoi t'es-tu porté volontaire pour me défendre ?

— Parce que j'ai tout de suite compris que, face à un bardagh, tu n'avais aucune chance et ça c'était injuste.

Kelt siffla entre ses dents.

— Eh bien, pour quelqu'un qui ne vénère pas Rétel…

— Ça n'a rien à voir.

— Si tu le dis... Pour répondre à ta question, je n'ai pas envoûté le pont. Tu me crois ?

— C'est quoi, au juste, un diseur de mots ? Un magicien ? Un prophète ? J'ai besoin de savoir si en cas de mauvaise rencontre je dois sortir mon sabre ou s'il te suffit de prononcer une formule pour lever l'obstacle.

— Le même terme recouvre des états différents. Disons, pour faire court, qu'un diseur de mots est celui qui peut proférer une parole efficace. Cela va du simple conteur qui égaye les veillées par ses récits et nourrit les rêves de ceux qui l'écoutent à l'enchanteur qui soumet la nature à sa volonté. Certains connaissent les formules qui confèrent leurs propriétés aux simples : ce sont les thérapeutes. D'autres invoquent les nuages pour qu'ils abreuvent les terres trop sèches ou au contraire éloigner les orages quand les champs sont fauchés. Les chroniqueurs sont la mémoire des peuples. Il y a aussi les marieurs qui prononcent les incantations propices à la fécondité des couples, les naisseurs sollicités pour la gésine du bétail et quelquefois l'accouchement des femmes...

— Toi ? le coupa Hòggni. Qu'est-ce que tu es, toi ? Les gens de Solksborg te redoutent, alors que tu n'as même pas pu les empêcher de t'arrêter !

— Même au temps des hommes anciens, les magiciens les plus puissants ne pouvaient user de leurs sortilèges pour échapper à leur sort. C'est du moins ce que nous enseignent les légendes. Et je suis loin de posséder leurs pouvoirs. Je ne peux forcer le soleil à briller en pleine nuit ni les rivières à inverser leur cours. Disons que je suis un peu plus clairvoyant que le commun des mortels.

La réponse ne satisfaisait pas Hòggni.

— Est-ce que tu peux, oui ou non, jeter des sorts ? Est-ce que c'est ça, la parole efficace ?

— Ça ne fonctionne pas comme ça. En fait, ce que tu appelles mon don, d'autres le nommeraient disgrâce : je ne peux dire que le vrai.

En revanche, il pouvait taire une partie de la vérité. Ainsi, il préférait cacher que si ses paroles n'étaient pas le strict reflet de la réalité, alors la réalité évoluerait pour s'y conformer. La difficulté étant qu'il ignorait de quelle manière et que contrarier le cours naturel des choses emporte rarement des conséquences heureuses. Il n'avouait pas non plus qu'il ne maîtrisait pas toujours sa langue, quand une force incontrôlable, qu'à défaut d'en connaître la nature il appelait la Vérité, choisissait de s'exprimer par ses lèvres.

— Et toi ?

— Quoi, moi ?

— Tu es bien loin de Horst.

— Et je m'en éloigne encore. Qu'allons-nous faire en Heldmark ?

La meilleure façon d'éviter de répondre à une question est d'en poser une autre. Kelt n'insista pas. Il avait le temps pour lui : deux hommes cheminant côte à côte, loin du pays qui les a vus naître… Tôt ou tard l'homme-sanglier se laisserait aller aux confidences.

— Il semblerait que le hartl Skilf a besoin de mon avis sur la religion nouvelle.

— J'en ai entendu parler en traversant le Bjorstrand. Il y avait là-bas des hommes venus du Heldmark qui tâchaient de répandre son culte.

— Et tu en penses quoi ?

— Depuis des siècles, nos aïeux ont honoré une multiplicité de dieux. Et voilà que nous devrions admettre qu'ils ne sont que les grimaces d'un seul aux multiples visages ? Si tel est le cas, comment expliquer qu'il se manifeste aussi tardivement ?

Kelt émit un rire bref.

— Peut-être aurons-nous la réponse à ta question au retour de notre voyage.

Hòggni lui jeta un regard en biais.

— Tu n'as donc pas de parole vraie à émettre à ce sujet, diseur de mots ?

— Une seule : je ne sais rien des dieux.

— Néanmoins, tu crois à leur existence ?

— Rien ! insista Kelt.

Hòggni rumina un moment cet aveu, avant de grommeler :

— Si l'homme n'est pas le jouet de dieux dont les raisons lui échappent, il faut qu'il ait le cœur bien sombre pour infliger à ses semblables ce qu'il leur fait subir.

Chapitre 8

Le capitaine voyait approcher les deux cavaliers d'un mauvais œil. On ne s'aventurait guère dans ces confins. Au-delà du fortin moutonnaient les Blàahlid. Bien rares étaient ceux qui se hasardaient dans ces collines. L'herbe bleue qui y prospérait, et dont il n'existait pas d'exemple ailleurs, exhalait un parfum réputé rendre fous ceux qui le respiraient trop longtemps. Inutile de se masquer le nez et la bouche : le poison pénétrait par les pores, implacable. Aussi, bien que la passe de Gervìki représentât un accès aisé pour le Heldmark, les voyageurs préféraient-ils consentir un détour, quitte à emprunter les chemins accidentés des contreforts du Björsfal. Pour s'aventurer dans cette région maudite, ces deux-là avaient sans doute une raison inavouable. Néanmoins, ils ne cherchaient pas à se dissimuler. Ils avançaient au pas tranquille de leurs montures, dans la lumière pimpante de fin d'après-midi. De temps en temps, un accident du terrain les dissimulait au regard des sentinelles, mais ils reparaissaient bientôt au milieu du chemin.

— Qui êtes-vous ? Que cherchez-vous ? demanda le capitaine quand ils furent à portée de voix.

— De simples errants qui cherchent asile pour la nuit !

L'officier ordonna d'ouvrir la porte du fortin. De simples errants, montés sur des chevaux dont le harnachement sortait tout droit des écuries du hartl ? À d'autres ! Ces deux-là étaient les yeux et les oreilles de Skilf Oluf'ar venus vérifier la tenue de la garnison ! Il descendit de son perchoir pour accueillir les prétendus voyageurs.

— Les visiteurs se font rares, par ici. Serait-ce que vous comptez vous rendre en Heldmark en passant par Gervìki ? s'enquit-il.

— En effet, répondit le plus jeune.

L'œil du capitaine resta interrogatif, mais il comprit qu'il ne recevrait pas d'autre réponse. Il insista :

— Le secteur est dangereux. Les collines…

L'homme lui tendit un sauf-conduit scellé aux armes du hartl.

Nous y voilà, songea le capitaine, jetant malgré lui un regard circulaire pour vérifier si le cantonnement ne donnait pas une trop mauvaise image. Oh, et puis, après tout, quelle importance ? Que risquait-il de pire que l'exil dans ce trou perdu aux confins de collines vénéneuses ?

— Je vous confierai les chevaux. Nous poursuivrons à pied.

— Dans ce cas, il vous faudrait passer au moins une nuit dans les Blàahlid, en supposant que vous gardiez assez de lucidité pour ne pas vous égarer. Il est de mon devoir de vous en dissuader. Votre seule chance de survivre, et je ne vous cache pas qu'elle est mince, est de les traverser d'une traite, au galop d'un cheval rapide.

— Ces bêtes portent la marque du hartl Skilf. Elles nous rendraient suspects en Heldmark.

Le capitaine se sentit soulagé d'un grand poids. Ces deux-là étaient bien des espions, mais ils ne venaient pas pour lui.

— Ma table est frugale, annonça-t-il, cependant vous y êtes cordialement invités. Il ne passe pas grand monde par ici. On s'y embête. Des voyageurs tels que vous doivent avoir bien des aventures à conter.

— Jamais d'accrochages avec les soldats de Slegur ?

— Il y a un fortin semblable à celui-ci au débouché de Gervìki. Ceux qui l'occupent sont probablement comme nous : ils s'ennuient. Mais pas au point d'affronter les herbes bleues pour venir nous chercher noise.

Ils convinrent qu'à la prochaine relève les chevaux seraient renvoyés à Solksborg, ou du moins vers un relais de courriers. S'ils ne sont pas crevés de vieillesse avant, songea le capitaine, pessimiste. Parce que la relève, il avait depuis longtemps cessé d'y croire.

Pour la frugalité, il n'avait, hélas, pas menti. Au sortir de l'hiver, le poste, isolé dans une région infertile, manquait de tout – sauf d'un breuvage produit sur place, fortement alcoolisé : le remède à l'ennui qui accablait la garnison. Les cinq convives – outre les visiteurs, le capitaine avait convié ses deux sergents – en firent une consommation immodérée. Par précaution : selon le capitaine, cette mixture constituait le meilleur antidote contre les attaques de l'herbe bleue que les voyageurs s'apprêtaient à affronter.

— Y en a dedans, précisa-t-il d'une voix pâteuse.

Tard dans la nuit, le ton monta au sujet d'une vétille ; Hòggni, furieux de la comparaison des femmes de Horst avec celles des Ouri, fut sur le point d'en découdre, mais les soldats aussi bien que lui-même étaient trop ivres pour manier un sabre. Puis Kelt se sentit soulevé, traîné, jeté sur un lit étroit. Il n'aurait su dire s'il avait les yeux ouverts ou fermés, en tout cas tout était noir autour de lui.

On a tort de dépeindre la mort comme une vieille décharnée. Elle présente au contraire les attraits d'une femme aux rondeurs engageantes, au minois avenant, aux mimiques enjôleuses. À peine si sa carnation diaphane laisse transparaître sous son sourire le rictus ironique que les charognes opposent aux vivants.

— Tu arrives trop tard, dit Kelt. Au début, peut-être…

Elle ricane :

— Si tu m'avais désirée, vraiment désirée, si tu m'avais appelée, vraiment appelée, j'aurais accouru.

Il se souvient. C'était comme un réveil, quand on émerge d'un songe pour se heurter à la froide brutalité d'un matin de givre. Il reconnaissait le bois pourpre. Il s'est retourné. A compris qu'il était seul. Il revenait parmi les siens. Ce n'était pas ce qu'il voulait. Il avait appelé. Seul le bruissement du feuillage rouge lui avait répondu. Il avait cherché en vain la pierre où s'allonger. La clairière était bien la même, mais la pierre avait disparu. La porte s'était refermée. Il tomba à genoux et hurla sa révolte. Il voulait retourner là-bas. Près d'*elle*. Peu importaient les conséquences, dans ce monde ou dans l'autre.

— Nous avons un point en commun, poursuit la mort. Ni toi ni moi ne pouvons nous dérober à la vérité.

Kelt sent sa résistance faiblir, mais la mort ne saurait le convaincre. Si séduisante qu'elle soit, elle n'est à ses yeux qu'un substitut, le pâle reflet de celle dont le souvenir le hante, comme l'ont été les hôtesses de passage qui ont su soulager les tensions de son corps, mais dont les baisers laissaient au final un goût de cendre.

Du fin fond de la nuit, du fin fond de la brume retentit une plainte. Insaisissable comme l'écho, cuisante comme un revers qu'on maquille en victoire.

— Passe ton chemin, riposte Kelt. Ce n'est pas toi que je cherche.

— Crois-tu qu'il soit aussi facile de m'évincer ? Moi, je ne réclame rien, j'exige tout !

Alors la mort change d'aspect. Elle est un vide, un néant, un condensé de nuit qui l'aspire. Sous cette forme, elle n'est pas très différente de la créature qui a cherché à dissuader Æsa ou de l'absence qui le consume. Il n'a plus envie de résister. Mais, comme elle va l'envelopper de sa noirceur, Kelt se réveille en sursaut.

Un rêve, un simple rêve : le voilà frustré de la rémission qui s'offrait à lui. Non, c'est mieux ainsi. Mourir, ce serait oublier. Or, il ne veut pas oublier – surtout pas oublier. Il veut s'étendre sur la pierre des hommes anciens, fermer les yeux et renaître au cœur de la Forêt profonde. Auprès d'*elle*, dont il murmure le nom en frissonnant. Il paiera le prix qu'il faudra.

Le jour pointait par une fenêtre dont l'étroitesse s'accommodait d'un seul barreau. Hòggni était déjà debout. Kelt le rejoignit dans la cour. Il se sentait la bouche pâteuse et les tempes prises dans un étau. L'alcool qu'on fabriquait ici était redoutable.

Hòggni, qui en avait absorbé bien plus que lui, n'en paraissait pourtant pas incommodé : il affrontait deux soldats dans la cour. Le duel avorté de la nuit ? Kelt porta la main à son glaive, avant de réaliser qu'il s'agissait d'un simple entraînement. L'homme-sanglier l'aperçut, abrégea sa passe en bousculant ses adversaires. Kelt plongea la tête dans l'abreuvoir.

Le capitaine ne reparut pas. Les deux sergents non plus. Une patrouille se préparait sans hâte à effectuer sa ronde.

— On part avec eux, prévint Hòggni. Ils ont reçu l'ordre de nous avancer un peu sur le trajet.

Au bout d'une heure à peine, les patrouilleurs manifestèrent leur intention de rebrousser chemin. Kelt les remercia, sauta à terre et récupéra le havresac pendu à la selle du cheval qu'ils ramèneraient au bastion.

— À quelle distance sommes-nous de la passe ? interrogea Hòggni.

Kelt eut un geste vague.

— Est-ce que cette herbe est aussi dangereuse qu'on le dit ?

En posant la question Hòggni aspirait l'air à pleins poumons, comme pour tester les propriétés de la végétation. Elle leur arrivait à mi-jambe. Souple, elle n'opposait aucune résistance à la marche. Le parfum auquel on attribuait la faculté de conduire à la démence était discret. Petit à petit, la migraine de Kelt se dissipait. Il n'éprouvait aucun trouble, plutôt une sorte d'euphorie, une ivresse légère. Hòggni ne paraissait pas davantage incommodé.

— J'ai rêvé de la mort, cette nuit, dit Kelt.

— Ah oui ? Drôle d'idée. Moi, pour me tenir compagnie dans mes rêves, je préfère des femmes bien vivantes !

— J'ai remarqué qu'elles t'intéressent.

Hòggni souffla par le nez, émettant un grognement. Une attitude qu'il adoptait quand il s'énervait, une sorte de mise en garde.

— Pour toi, c'est facile, les femmes te reluquent.

— Elles te regardent aussi.

— Ben tiens ! À la différence que toi, ta gueule les séduit, tandis que moi, la laideur de ma hure les intrigue. Je me trompe, ou la vie est plus facile pour toi que pour moi ?

Il était exact que les femmes demandaient volontiers Kelt, et qu'il répondait souvent à leurs avances. Mais ces étreintes lui laissaient au matin un goût amer.

— J'ai eu une épouse, autrefois, lâcha-t-il.

— Vraiment ? Raconte !

— C'est une longue histoire.

— Et alors ? N'est-ce pas ton état de raconter des histoires ?

Sans doute. Sauf que celle-ci n'était pas finie. Une brume couvrit le regard de Kelt. Hòggni comprit à sa mine qu'il serait maladroit de le bousculer. Il n'y pensait plus, quand Kelt commença :

— En ce temps-là, j'étais jeune. Je veux dire, une poignée d'années me séparaient de ma naissance. Je quittais mes montagnes pour la première fois, sans but particulier, pour voir de quoi le Monde était fait. Nous autres du Laxdal, bien qu'assujettis, nous ne sommes pas attachés à nos terres. Tous, quelle que soit notre lignée, nous pouvons voyager et embrasser l'état qui nous convient. J'entendais profiter de la première faculté. Quant à la seconde, je n'étais pas décidé. Comme la plupart des gens de ma vallée, et contrairement aux paysans des bas, je savais lire et écrire. J'utilisai ce talent en échange d'une écuellée ou d'un toit pour la nuit, puis je repartais vers l'horizon que me désignait le dé d'orientation…

Ce jour-là, en dévalant d'une colline par un chemin pierreux bordé d'épinettes, Kelt tomba sur un cortège qu'il prit d'abord pour une procession conjuratoire. En cette période de levée des moissons, la pratique en était répandue. Il ne lui fallut pas longtemps pour revenir de cette erreur. Les vociférations, la femme encagoulée, les mains liées derrière le dos, qu'on poussait rudement vers un tilleul à la basse branche duquel pendait déjà une corde… Pas besoin d'être devin pour comprendre le drame qui se jouait.

Pour quelle raison s'en mêla-t-il ? Peut-être parce que le contraste entre la masse des braillards et la silhouette fragile de la jeune femme le poussa à prendre sa défense. Ou parce que la journée, une journée radieuse où les couleurs chatoyaient sous la caresse d'un soleil débonnaire, lui avait jusqu'alors parut si belle qu'il ne pouvait concevoir de la voir assombrie par une exécution. Ou parce qu'il se dégageait du tilleul plusieurs fois centenaire une telle noblesse qu'il ne tolérait pas de le voir ravalé au rang de gibet. Il avait marché jusqu'alors le cœur aussi léger que les alouettes qui s'élevaient toujours plus haut pour chanter leur allégresse, et voilà que ces croquants gâchaient cette sérénité en offrant l'odieux spectacle de la haine.

Oui, peut-être que si la matinée n'avait pas commencé sous de si heureux auspices, il aurait passé son chemin, comme la sagesse le recommande quand on est seul et qu'en face ils sont à la fois nombreux et virulents.

Mais la journée était pimpante et la sagesse, en ce temps-là, n'était pas son fort.

Son irruption déconcerta les paysans. De quel droit un blanc-bec, étranger de surcroît, leur demandait-il des comptes sur un ton aussi comminatoire ? Toutefois, si l'autorité avec laquelle il les interrogeait sur la faute commise par cette femme les heurtait, elle les impressionna. De tout temps, ils s'étaient soumis aux légats du hartl. Ils savaient bien qu'ils n'étaient pas autorisés à rendre la justice eux-mêmes. Néanmoins, le premier moment de surprise passé, la colère revenait : souvent, la haine l'emporte sur la prudence. Ils avaient eu le temps de s'aviser que l'intrus ne portait pas la livrée d'un homme d'armes ni aucun insigne le rattachant au hartl. Ses vêtements, plutôt misérables, ne le plaçaient pas au-dessus de leur condition.

— Qui es-tu, toi ? l'apostropha un homme, hargneux.

À son expression, on devinait qu'il se demandait où il allait se procurer rapidement une deuxième corde.

— Rien qu'un scribe que la curiosité a jeté sur les chemins du Monde, répondit Kelt.

Scribe, le terme était excessif pour désigner un écrivain public occasionnel. Il l'avait employé à dessein. Aux yeux du bas peuple, les gens instruits sont peu ou prou assimilés aux puissants. Un scribe, ça connaît les lois. Or, ils ne tenaient pas spécialement à respecter les lois. Ils voulaient juste pendre cette femme. L'importun venait gâcher leur fête, mais il avait atteint son but : ils se méfiaient assez des archers pour mettre un frein à leur furieuse envie de se passer de la justice hartlee. La fille, elle, se tenait toute droite, immobile, tremblante. Comprenait-elle ce qui se passait, alors que la cagoule l'empêchait de voir qui s'interposait de la sorte ? Se réjouissait-elle de ce répit, ou la frayeur l'avait-elle déjà entraînée dans des confins où l'espoir ne pénétrait plus ? Kelt répéta sa question, enflant la voix, frappant le sol de son bâton. Le domar n'aurait pas exprimé moins d'autorité :

— Que lui reprochez-vous ?

Ils répondirent tous en même temps, persuadés sans doute qu'en criant ils se montreraient plus convaincants. De la cacophonie, quelques mots émergeaient : sorcière, étrangère, envoûteuse, suborneuse, meurtrière… Les griefs, à l'évidence, ne manquaient pas. Kelt n'y comprenait pas grand-chose, mais il se félicitait en son for intérieur d'avoir remporté une petite victoire. Au lieu de l'écarter tout bonnement de leur chemin, ils discutaient, avançaient une justification. Il s'agissait à présent de ne pas les laisser se ressaisir. Il leva les mains, haussa le ton pour obtenir le silence, pointa son bourdon vers une femme dont il avait remarqué la véhémence et reformula sa question :

— Toi, dis-moi ! Qui est cette femme et pourquoi voulez-vous la pendre ?

— C'est une sorcière, une enjôleuse qui par mauvaiseté envoûte nos hommes ! éructa la furie en crachant dans la direction de la captive.

À cette réponse se superposèrent d'autres interventions et la cacophonie ne tarda pas à se réinstaller, mais Kelt en avait assez entendu pour reconstituer la situation, aidé en cela par sa banalité.

Elle était arrivée dans le village au printemps. Elle venait on ne sait d'où. Un benêt l'avait ramenée du bourg, où il s'était rendu pour vendre une paire de veaux. Cela ne lui avait pas porté chance. Elle avait absorbé toute sa force vitale, si bien qu'il en était mort, vidé en moins de cinq octades. Malgré cela, les prétendants ne lui avaient pas manqué. Ils se précipitaient tous chez la veuve, appelés par les regards qu'elle leur lançait. C'était couru, quand elle jetait son dévolu sur un mâle, elle lui faisait « les yeux », et aussitôt il perdait l'esprit. Il devenait incapable d'abattre son ouvrage, obsédé par la seule idée de la couvrir. Mais elle, elle s'en désintéressait bien vite et ensorcelait une autre victime, s'amusant ainsi à semer la discorde dans le village. Encore était-ce le moindre mal. Certains avaient préféré la mort à son indifférence.

Les femmes s'échauffaient en évoquant les méfaits de « la mauvaise ». Les hommes en rajoutaient, par souci de leur complaire, se démarquer ou se venger.

— Et c'est pour cela que vous voulez la tuer ?

— C'est une sorcière !

— En êtes-vous sûrs ? Ou êtes-vous incapables de supporter la beauté ? Elle inspire du désir ? En est-elle responsable ? N'est-ce pas plutôt aux hommes de se contenir ?

— Écarte-toi !

Ce qu'il lut dans leurs regards l'épouvanta. D'avoir exposé leurs griefs avait ravivé leur fureur. Ils tenaient à leur vengeance et ce n'était pas un étranger au village, même instruit, qui les en frustrerait ! Outre son bâton, il possédait un coutelas, ce qui lui conférait un petit avantage. Eux, n'étant pas issus d'une terre franche, n'avaient pas le droit de porter une arme. Cela ne suffirait pas s'ils se montraient déterminés, mais au moins, avant de se laisser attraper, il se donnerait la satisfaction d'estropier quelques-uns de ses agresseurs : il était, en ce temps, dépourvu d'indulgence.

Ils hésitaient. Qu'un seul d'entre eux se décidât à courir le risque de prendre un mauvais coup et tous suivraient. Mais aucun ne semblait pressé d'être celui-là. Une matrone mit fin à leur embarras :

— Tu parles bien, le scribe. Tu emploies des mots savants et j'ai pas tout compris ce que tu as débagoulé. Mais puisque la sorcière t'intéresse autant, prends-la et emmène-la assez loin de chez nous pour que le vent ne nous rabatte pas l'odeur de ton cadavre !

La proposition provoqua un grand élan d'allégresse : pour une fois qu'ils avaient l'occasion de jouer un bon tour à un « important » ! On verra bien s'il prendra encore ses airs quand la Mauvaise lui aura pompé toute sa sève !

Avant qu'il ait eu le temps de réagir, il se retrouva poussé au côté de la femme au visage toujours masqué. On ne coupa les liens qui l'entravaient que pour attacher son poignet à celui de Kelt. On invoqua des divinités dont il n'avait jamais entendu prononcer le nom – sans doute étaient-elles propres au village –, on ceignit leurs deux têtes d'une couronne de chèvrefeuille hâtivement tressée, sans pour autant ôter la cagoule qui dissimulait le visage de la mariée. Car c'était bien à un simulacre d'épousailles auquel ils se livraient.

— Et maintenant, va crever ailleurs avec ta putain !

Ses doigts croisèrent ceux de la jeune fille et il se hâta de l'entraîner vers la prochaine colline avant qu'ils changent d'avis. Elle émit une plainte : une pierre venait de l'atteindre. D'autres projectiles claquèrent autour d'eux. Il l'aida à arracher la cagoule et se mit à courir sans lui lâcher la main, et pour cause : le lien nuptial entourait encore leurs poignets.

— Ensuite ? demanda Hòggni.

— Ensuite ? Ce mariage était une farce. Je lui ai rendu sa liberté.

— Ah ? lâcha son compagnon, déçu.

Kelt ne mentait pas, puisqu'il en était incapable. Il se gardait juste de dire que l'histoire ne s'arrêtait pas là.

Il ne tourna pas la tête vers la jeune femme avant d'avoir dépassé le sommet de la colline, et encore fut-ce à la dérobée. Courir de conserve sur ce chemin raboteux sans tomber requérait toute son attention. Il ne consentit à ralentir qu'une fois atteinte l'orée d'un bosquet.

Aucun poursuivant en vue. Ils pouvaient souffler un peu. Surtout lui, car la course, étrangement, ne semblait pas avoir affecté la jeune femme. Quand il se tourna dans sa direction, elle baissa précipitamment la tête. Ses longs cheveux noirs enveloppèrent son visage, si bien qu'il n'en distingua que les paupières closes et un front si pâle qu'il en paraissait lumineux.

Il interpréta cette attitude comme l'expression de sa soumission et cela l'amusa – à présent qu'il connaissait la vérité, il en riait encore, mais pour se moquer de sa propre suffisance. Sa conjecture était aussi ridicule que la proposition qu'il lui fit en dénouant le lien nuptial :

— Je suis un errant, je n'ai pas de foyer à t'offrir. Mais je te conduirai où tu voudras.

Elle le remercia, ajouta :

— Tu es un homme bon.

Cependant elle ne modifia pas son attitude et il lui sembla que sa voix tremblait un peu. Se méprenant, il précisa :

— Bien entendu, ces prétendues épousailles ne t'obligent à rien.

Elle secoua légèrement la tête, sans aller jusqu'à la relever.

— À défaut d'être autorisé à voir ton visage, puis-je au moins connaître ton nom privé ?

— Chez moi, on n'en porte qu'un.

Vu le nom public dont les villageois l'avaient affublée, cela valait sans doute mieux !

— M'apprendras-tu lequel ?

— Æsa.

Il posa la main sur son épaule. Elle frémit. Il répéta son nom, surpris de frissonner à son tour. Sous l'étoffe de sa robe, sa peau dégageait une chaleur que la course ne suffisait pas à justifier. Son corps n'était pas celui d'une paysanne, tôt épaissi par les efforts. Il était souple, léger, il paraissait fragile. Confusément, il soupçonnait que cette apparence était trompeuse ; il ignorait encore combien ! Il la dépassait d'une tête, si bien qu'il était facile à la jeune femme de dérober ses traits.

Lentement la main de Kelt glissa vers son visage, se posa sur son menton.

— Ils t'ont prévenu, avertit-elle. Un regard de moi et tu ne seras plus jamais ce que tu as été. Pourquoi ris-tu ?

— Parce que je ne crois pas à ces mômeries !

Elle leva la tête, ouvrit grand les paupières. Alors il comprit ce qu'ils avaient voulu dire. Il comprit pourquoi ils avaient tenté d'éliminer la jeune femme. Il comprit qu'il avait eu tort de négliger la mise en garde.

Mais il était trop tard.

Et c'est elle qui, cette fois, lui prit la main pour le tirer de sa sidération.

— Allons, dit-elle, une longue route nous attend.

Ils ne tardèrent pas pourtant à faire halte. Une auberge minuscule se dissimulait au cœur d'un vallon, accotée à une ferme. La femme qui la tenait parut surprise de les voir. Il ne passait pas grand monde, par ici. Elle les couva d'un œil attendri, insista pour leur montrer « sa plus belle chambre ». Kelt se demanda si une si petite chaumière pouvait en receler plus d'une.

— Ce sera parfait, dit Æsa en se lovant contre lui.

L'aubergiste sourit, complice. Elle battit en retraite en promettant que le dîner serait bientôt prêt.

Ils restèrent tous les deux plantés au centre de ce nid baigné par la lumière tiède du jour finissant. Il émanait des cheveux d'Æsa une odeur de chèvrefeuille, bien qu'elle eût perdu sa couronne dans sa fuite. Il passa son bras autour de ses épaules. Il n'osa pas davantage, bien que le désir roulât dans son sang. Une paix étrange s'était emparée de lui. La tenancière l'arracha à sa torpeur en frappant : le repas était prêt.

Elle leur offrait une omelette farcie de lardons croustillants et de racines de risolde grillées : une spécialité de la région supposée aphrodisiaque. Comme s'ils avaient besoin de cela ! Elle ne s'offusqua pas quand ils regagnèrent leur chambre sitôt leur repas expédié, mais un peu d'envie la rendait rêveuse tandis qu'elle débarrassait leur vaisselle.

La nuit était tombée. La flamme d'une lampe à huile jetait dans la pièce une lueur mouvante. Les yeux d'Æsa brillaient d'un éclat intense, presque inquiétant dans cette pénombre. Elle s'approcha de lui et commença à le dévêtir. Il posa les mains sur sa taille, intimidé. Ce n'était pas la première fois qu'il approchait une femme. Chez lui, dans la montagne, et plus tard dans les bas, plusieurs l'avaient demandé. Pourtant, avec elle, il se sentait gauche.

— Laisse-moi faire, murmura-t-elle.

Il s'abandonna. Au désir qui le tendait tel un arc. À la douceur de cette femme qui l'accueillait en elle, qui se refermait sur lui, l'enveloppait de sa chevelure et de ses caresses. Leurs deux corps s'accordèrent si bien qu'il lui semblait se fondre en elle. Elle était le vent, et lui l'esquif emporté, bousculé par la houle. Et quand il naufragea, le plaisir n'irradia pas seulement son bas-ventre, ainsi qu'avec les autres femmes. Il enflamma son échine, irradia ses membres, incendia son esprit.

Elle se redressa, victorieuse. Sur sa peau emperlée de sueur la lumière dansait. Ses seins étaient petits, mais leur dessin parfait. Il les caressa et le désir renaquit aussitôt.

La lampe s'éteignit en grésillant, toute huile consumée. La pièce n'était pas obscure pour autant. Une lueur argentée tombée des étoiles ruisselait par la fenêtre ouverte. Aux râles d'Æsa se mêlaient les trilles d'un rossignol. Quand le plaisir la tordait, elle gardait les yeux mi-clos. Son regard avait alors la profondeur de la nuit.

Il lui vint des larmes.

— Pardonne-moi, dit-elle.

— Que devrais-je te pardonner ?

— Le mal que je vais te faire.

L'avertissement de la villageoise revint à l'esprit de Kelt, mais de quel poids pouvait-il peser désormais ? Pour réponse, il bâillonna ses lèvres avec les siennes. Le seul mal qu'elle pouvait lui faire, songeait-il à ce moment, c'était de s'écarter de lui.

Le rossignol se tut. Un merle lui succéda : le jour se levait. Le sommeil vint en ennemi surprendre leurs corps qui semblaient ne plus pouvoir se séparer.

Elle était déjà vêtue quand il se réveilla. Sa robe n'était pas celle d'une paysanne. Comment ne l'avait-il pas remarqué la veille ? Ou plutôt si, il l'avait remarqué, quand il avait posé la main sur ses épaules, juste avant qu'elle lève sur lui les yeux. Mais elle ne lui avait pas laissé le temps de s'étonner de la finesse de l'étoffe. Et ce matin encore, il ne s'attarda guère à cette considération. À présent, il savait ce que cette robe recouvrait. Son pouls s'accéléra et il sentit son sexe se raidir. Dressée au pied du lit, elle l'observait, un sourire attendri aux lèvres.

La voix rauque de l'homme-sanglier arracha Kelt à sa rêverie.

— Au fait, tu ne m'as pas dit. Ta femme, comment elle était ? De quelle couleur ils étaient, ses yeux ?

— Je ne l'ai jamais su.

— Comment ça ? Tu n'as pas vécu assez longtemps avec elle ?

Hòggni n'imaginait pas combien sa plaisanterie était cruelle. Longtemps… Que signifiait ce mot ? Dans le cas présent, une trop courte éternité.

— Tu as déjà vu la mer, Hòggni ?

— Depuis bien des rivages, oui.

— De quelle couleur est-elle selon toi ?

— Ben, je dirais, ça dépend.

— Tu as tout à fait raison. Certains jours, elle est bleue, quand elle est assez calme pour refléter le ciel. D'autres fois, elle est grise, ou encore d'un vert indéfinissable, quand les rayons du soleil en pénètrent les plis. Si une tempête se prépare, elle devient aussi noire que l'encre des nécromants huongi. À l'aube, dans la baie de Lisb, elle a dit-on l'éclat de l'or fondu, tandis qu'au crépuscule, au large de Skarleyja, elle devient si rouge que les pêcheurs du littoral sont sûrs de voir s'épancher le sang du serpent Swartiki. Mais lorsque tu la prends dans le creux de la main, son eau est aussi claire que si elle surgissait d'une source. Eh bien, voilà. Les yeux d'Æsa étaient semblables à la surface de la mer. Leur couleur variait selon son humeur.

— Alors, il s'agissait bien d'une sorcière ?

Pour toute réponse, l'homme-sanglier dut se contenter d'un sourire énigmatique.

Une ombre glissa sur eux. Relevant la tête, Hòggni poussa un cri :

— Tu as vu ça ?

— Quoi ? Le nuage qui passe ? N'aie crainte, il est isolé, il ne pleuvra pas.

— Qui parle de nuage ? C'était Solk monté sur le dragon Vísindramadur.

— Rien de plus qu'un tout petit nuage emporté par le vent. Si tu as cru voir autre chose, souviens-toi que les herbes bleues égarent les voyageurs en provoquant des hallucinations.

Il éclata de rire.

— Voilà pourquoi elles sont dangereuses.

— Et toi, tu y échappes ! constata l'homme-sanglier, pris à son tour d'un fou rire.

— Si tu savais en quelle compagnie je marche depuis des heures ! Tu as résisté bien plus longtemps que moi.

Hòggni retrouva son sérieux, mais pas pour longtemps : il se remit à rire devant le sourire béat de Kelt.

— Tant que j'ai conscience que ce ne sont que des illusions, tout va bien, expliqua celui-ci.

— Tu as raison, pouffa Hòggni. Rien à craindre. D'abord, l'ivresse, maintenant les hallucinations. Et après ? Nous perdrons tout sens des réalités ?

— Bien résumé, hoqueta Kelt. Mais si tu t'accroches à moi, il ne t'arrivera rien.

Il cessa de rire et devint grave, presque solennel :

— Je suis un diseur de mots : je ne peux échapper au réel. Tout ce que je perçois, y compris mes mirages, est réel.

— Et tu vois quoi ?

— Les dirseï, sœurs et compagnes d'Æsa, nous font cortège.

— Les dirseï ?

Æsa n'était pas une sorcière, mais bien davantage. Quand elle portait sur les êtres ou les choses son regard pénétrant, elle distinguait ce qu'un individu ordinaire ne voyait pas. Petit à petit elle lui avait appris à outrepasser à son tour les apparences. En transformant sa perception, elle le transformait aussi. Mais ce n'était qu'un début. Comment aurait-il pu soupçonner ce qu'elle était vraiment ? Elle lui apprenait à passer sous la surface du Monde, mais elle veillait à rester elle-même un mystère.

Jusqu'au jour où…

Hòggni changeait d'ivresse. À l'euphorie succédait la suspicion. Dans son esprit embrumé, il restait tout juste assez de lucidité pour réaliser qu'un piège se refermait sur lui. Un piège où l'avait entraîné son compagnon.

— Pourquoi t'as insisté pour passer par les collines ? beugla-t-il, essayant d'étouffer la panique qu'il sentait pointer en lui sous la colère.

Affronter un adversaire, voire deux ou trois, cela ne le rebutait pas. Mais ça !

— Il y avait bien d'autres chemins que nous aurions pu emprunter avec autant de discrétion.

Ils atteignaient le sommet d'une éminence. Kelt pointa le doigt vers une éminence bordée de falaises blanches striées d'ocre, aisément reconnaissable à l'éperon en forme de corne qui surplombait son horizon vulpin.

— Regarde. Le Hymi. La passe de Gervìki est à son pied.

— Jamais nous n'y serons avant la nuit. D'ailleurs, rien ne dit que ce n'est pas un mirage de plus.

— Moi je le dis et tu sais que je ne peux mentir.

— Sinon par omission. Tu crois que je n'ai pas compris ton manège ? Tu dis des choses, et puis tu te tais. Tu n'es qu'un foutu hypocrite !

Préférant ignorer la remarque, Kelt poursuivit :

— Quant à la nuit, vois, là-bas, le bosquet. Nous y serons à l'abri.

— Tu es sûr ?

— Si l'herbe n'a pu le conquérir, il nous protégera.

Hòggni fronça le nez, comme à chaque fois qu'il éprouvait de la perplexité.

— Bon, d'accord, soupira Kelt. Je savais le trouver là. C'est pour lui que j'ai choisi cet itinéraire.

— J'ai droit à une explication ?

— Allons-y, tu comprendras.

Le bosquet couronnait une colline dont la pente se révéla plus prononcée que celles qu'ils parcouraient depuis le matin. À mesure qu'ils s'élevaient, l'herbe bleue devenait moins haute, moins dense. Arrivé à mi-pente, elle ne se présentait plus que sous la forme d'îlots souffreteux, comme si le sol était empoisonné, ou trop récent pour avoir été colonisé. Hòggni sentait son ivresse céder à la vigilance. En recouvrant le discernement, il ne pouvait que s'inquiéter de l'aspect du bosquet qui couronnait le sommet. Dans le crépuscule, le feuillage paraissait noir. Une barrière de ronciers en défendait l'orée. Le Horsto ouvrit un chemin à coups de sabre. Passé cette barrière, le sous-bois devint praticable : rien ne poussait sous le couvert dense. Il faisait si sombre que Hòggni distinguait à peine son compagnon. Néanmoins Kelt marchait d'un pas décidé, nullement gêné par l'obscurité. Pour ne pas le perdre, le mercenaire se fiait davantage au bruit des feuilles mortes écrasées qu'à sa vue. Une odeur d'humus flottait, que Hòggni ne pouvait s'empêcher d'associer à la putréfaction. Ils débouchèrent bientôt sur une clairière.

Sa présence était incongrue si l'on prenait en considération le fait que nul ne l'entretenait : les arbres eux-mêmes veillaient à ménager cet espace découvert au centre duquel trônait un monolithe grossièrement taillé.

— Voilà ce que tu cherchais, devina l'homme-sanglier.

Les pierres des hommes anciens servaient de décor à assez de récits légendaires pour que, sans en avoir jamais vu une de ses yeux, il identifia celle-ci.

— À moins que ce ne soit encore une hallucination.

La pierre formait une table assez vaste pour qu'un homme de grande taille pût s'y allonger – ce qui, affirmaient les légendes, était de la dernière imprudence, car annonciateur d'une disparition prochaine (aussi dans certaines régions y couchait-on les nouveau-nés dont on ne souhaitait pas la survie). On avait depuis des générations perdu la signification des caractères qui y étaient gravés. Seuls quelques Sachants prétendaient en avoir retrouvé le sens, mais comme ils ne s'accordaient pas entre eux et donnaient des interprétations divergentes, personne ne les prenait au sérieux. On y distinguait en outre, quand le temps, le vent et la pluie ne les avaient pas usées au point de les rendre méconnaissables, des figures d'animaux, toujours les mêmes, se succédant dans un ordre immuable. On s'en était inspiré pour nommer les huit horizons. Plus rarement figurait aussi une forme humaine. Quand le cas se présentait, elle occupait la place centrale. C'est pourquoi on symbolisait par un être humain bisexué le Dà, l'axe autour duquel s'épanouissaient toutes les directions.

Songeur, Kelt caressait la pierre. Ses doigts suivaient les gravures, par endroits occultées par le lichen. Pas de mousse, en revanche, sur la surface tabulaire : malgré le temps, elle ne montait guère au-dessus de la base.

— Comment savais-tu la trouver là ?

— Le capitaine m'a confirmé la présence d'une pierre des hommes anciens dans les collines.

— Pourquoi la cherchais-tu ?

Négligeant de répondre, Kelt prit appui sur le bord et s'enleva. Puis il s'allongea sur le dos, au mitan de la table. Hòggni s'écarta, tous sens en alerte. Il n'accordait guère de crédit aux superstitions d'un peuple étranger. Ici, cependant, tout paraissait possible. Et le hartl l'avait chargé de protéger le diseur de mots. La vie avait fait de lui un bras en quête d'une tête. Et quand il en trouvait une, le seul bien qui lui restait était la loyauté envers celui qui le soldait. Il remplirait donc sa mission, fût-ce à son propre péril.

Il y avait cependant une menace contre laquelle il se sentait impuissant : Kelt lui-même, le mal insidieux qui le rongeait. Hòggni n'avait pas tardé à en déceler les symptômes chez son compagnon de voyage dans la tristesse qui voilait son regard, son inattention quand il se laissait emporter par son imagination… Sur la pierre, le diseur de mots paraissait endormi. Hòggni n'aimait pas son attitude : la tête droite, les jambes tendues, les bras serrés le long du corps. Chez lui, à Horst, on exposait ainsi les morts pour la cérémonie des adieux.

Il se laissa couler au pied de la pierre, le dos appuyé contre elle, le sabre entre les genoux, décidé à veiller toute la nuit s'il le fallait. Maintenant, il mettait un nom sur le mal du diseur de mots : Æsa. Sans la griserie générée par l'herbe bleue, sans doute Kelt ne se serait-il pas laissé entraîner aux confidences. Bien sûr, Hòggni ne connaissait que la moitié de l'histoire. Qu'était devenue Æsa, pourquoi Kelt n'était-il plus près d'elle, et quel lien entretenait-elle avec les pierres des hommes anciens ? Avait-elle de réels pouvoirs ? Sur ce point, Hòggni, se fiant à sa propre expérience, estimait superflu de lui en supposer d'extraordinaires. Curieux, tout de même, ce hasard qui le rapprochait du diseur de mots. Dans le duel, il avait d'abord vu l'occasion de montrer au hartl sa force et son habileté, et gagner ainsi un engagement. Et voilà qu'il se retrouvait à escorter un individu dont l'histoire, à tout prendre, ne différait guère de la sienne. Sauf que lui, l'errance l'avait endurci. À peine songeait-il encore à celle pour qui il avait encouru le bannissement. Elle lui manquait moins que les forêts de son enfance. Jamais elle ne visitait ses rêves. Pis encore, dans sa mémoire, malgré les serments qu'il lui avait prodigués en prenant le chemin de l'exil, ses traits s'estompaient comme s'était effacé le son de sa voix.

Chapitre 9

Le froid a d'abord paralysé ses membres. Il rampe le long de son ventre. Quand il atteindra le cœur, il mourra.

— Æsa, murmure-t-il.

Ou plutôt croit-il murmurer : aucun son ne franchit ses lèvres. Sa parole est désormais emmurée dans son corps en partance. Le sang qui sourd de ses blessures irrigue la pierre, sinue vers les gravures, s'y immisce, plus vermeil qu'il le devrait, lumineux comme une coulée de lave.

Æsa…

Il sait que la mort est proche. Cela ne l'effraye pas. Néanmoins une larme s'échappe de son œil, coule le long de sa tempe et se perd dans ses cheveux. Il ne pleure pas sur son sort. Il éprouve la nostalgie du temps qu'il ne passera pas auprès d'elle.

Elle l'a amené jusqu'au bosquet. Des hêtres pourpres : le feuillage lui-même paraît couvert de sang brun. Elle l'a allongé sur la pierre des hommes anciens. Où a-t-elle trouvé la force de le soulever ? Son corps est si frêle. Son énergie vient d'ailleurs. Il ne le sait pas encore.

Æsa…

Et voici qu'elle le rejoint. Ses cheveux ruissellent sur ses joues. Il veut ouvrir les yeux. Contempler une dernière fois son visage. Il n'en a plus la force.

Il ignore pourquoi elle l'a porté jusqu'ici, le front barré par une détermination farouche. Pourquoi elle l'a couché sur cette pierre que redoutent les paysans, jamais en manque d'une superstition. Pourquoi elle accomplit ce rite – car, il le sent, il s'agit d'un rite et non de l'ultime étreinte d'une amante. Elle psalmodie des paroles qu'il ne comprend pas, dans cet idiome dont elle a usé avec la créature d'ombre aux bois de cerf qui lui a infligé les blessures d'où s'écoule son sang, cette langue sonore qui claque comme le tonnerre, roule comme le torrent et chante comme les oiseaux du premier matin. Une langue qu'il n'a jamais entendue dans la bouche d'aucun voyageur. Si puissante que la voix d'Æsa en paraît changée. Non, c'est une autre voix. L'écho d'une dispute. Et soudain, retrouvant le langage des humains, Æsa feule à son intention :

— Je refuse que tu meures !

Il se réveilla en sursaut, le corps baigné de sueur malgré la brume du matin qu'exhalait la forêt. Il redressa le torse, regarda autour de lui, reconnut la clairière.

Encore un échec.

Peut-être seule la pierre du bois pourpre donnait-elle accès au monde d'Æsa. C'est ce qu'il a pensé la fois précédente. Et la fois d'avant. Mais, s'il a sans peine retrouvé le bosquet, la pierre n'y était plus. Alors il continuera, encore et encore, à rechercher les monolithes, car il ne veut pas croire que la porte s'est définitivement refermée.

Appuyé à la pierre, les mains crispée sur la poignée de son sabre, Hòggni dormait. Kelt eut à peine frôlé son épaule qu'il était debout, face à lui, sabre en position d'assaut.

— Ah, c'est toi, grommela-t-il, vaguement vexé d'avoir succombé au sommeil.

Jamais il ne s'était rendu coupable d'une telle défaillance. Les herbes bleues, sans doute…

Kelt se leva à son tour, observa la table sur laquelle il avait passé la nuit : la pénombre, hier, ne lui avait pas permis de l'examiner avec soin. Ou l'impatience.

Les gravures, quoique érodées, demeuraient lisibles. Mais, bien sûr, indéchiffrables, à l'exception des symboles cardinaux.

— Tu n'as pas trouvé ce que tu cherchais, constata, plus qu'il ne demanda, Hòggni.

— Allons-nous-en d'ici, répliqua Kelt.

Il s'engagea sous le couvert. Hòggni rangea son sabre et lui emboîta le pas. Il aurait volontiers mangé un morceau avant de reprendre la route. À défaut, il s'octroya une bonne rasade du breuvage contenu dans la gourde pendue à sa ceinture.

Ils dévalèrent la pente. Autant la montée avait été pénible, autant la descente fut rapide, comme si la colline avait hâte de les expulser. Ils n'en avaient pas atteint le pied que, dans l'agitation des herbes mouvantes, Hòggni distingua l'échine de bêtes inconnues. Bientôt, une tête se dressa. Ou plutôt deux têtes. Le loup Sýnklærnar et sa meute les prenaient en chasse, et cet innocent de Kelt ne s'en était pas rendu compte, tout diseur de mots qu'il était ! Pour juguler l'effroi qui s'emparait de lui, Hòggni dut mobiliser tout ce qui lui restait de lucidité. Il ne pouvait s'agir de Sýnklærnar, puisque le Preux Ulricr le maintenait captif loin d'ici, au pays des légendes. Il porta derechef le goulot de la gourde à ses lèvres.

— Bientôt, nous reverrons le Hymi et les herbes ne pourront plus nous égarer, le rassura Kelt.

Du moins l'espérait-il. La veille, le parfum des herbes bleues n'avait provoqué en lui que cette sorte d'euphorie qu'on ressent au début de l'ivresse. Les ombres qui l'avaient accompagné, lui ouvrant le chemin du bois sombre, avaient la grâce bienveillante des dirseï. Mais Hòggni avait raison de redouter un assaut plus rude. Les Blàahlid n'avaient pas acquis leur détestable réputation en provoquant une aimable griserie chez ceux qui les traversaient.

— Tout ça c'est ta faute, mugissait l'homme-sanglier. Si tu n'avais pas voulu dormir sur la foutue pierre, on n'en serait pas là !

— Vas-y, engueule-moi. Tant que tu es en colère, tu donneras moins de prise à la peur. Mais avance.

Comme il l'avait annoncé, le Hymi se découpa sur l'horizon quand ils atteignirent une croupe. Il était difficile d'évaluer la distance qui les en séparait, mais le moutonnement qui se dévoilait devant eux ne présentait aucune difficulté.

Il suffisait de ne pas prêter attention aux créatures cauchemardesques qui les encerclaient.

En particulier à l'homme à la tête de cerf, dont il connaissait l'hostilité.

Était-ce vraiment une illusion ?

En se couchant sur la pierre, n'avait-il pas permis à des créatures de l'Ailleurs de pénétrer dans le Monde, tout comme l'autel du bois pourpre lui avait donné accès au leur ?

Fidèle à sa nature, la créature d'ombre au front couronné ne se donnait pas à voir franchement. Mais il la sentait là, sur ses pas, prête à achever ce qu'elle avait commencé. Cette fois, Æsa ne pourrait s'interposer. Il cherchait en vain les dirseï.

Il tira le glaive de son étui.

Le son d'une course précipitée dans son dos l'alerta. Il fit volte-face, leva son arme au-dessus de sa tête.

Elle brilla d'un éclat plus intense quand le sabre de Hòggni se brisa net en la heurtant.

Interloqué, l'homme-sanglier marqua une indécision dont Kelt profita. Mettant tout son poids dans son mouvement, il porta un coup de tête à son agresseur. Celui-ci bascula en arrière ; entraîné par son élan, Kelt s'écroula sur lui. Il se débattit pour se redresser, le poing menaçant.

— Arrête ! beugla Hòggni. C'est moi ! J'ai cru… J'ai cru…

Kelt l'aida à se relever. Du sang coulait de son front sur sa joue.

— Ben mon salaud, tu as le crâne dur.

L'homme-sanglier paraissait avoir retrouvé ses esprits. Il ramassa sa lame.

— Je ne sais pas ce qui m'a pris, mais quand mon sabre s'est brisé, je te jure, j'ai cru voir Slatmadur en personne.

— Qui te dit que je ne le suis pas ?

Hòggni grogna, observa le Hymi par-dessus l'épaule de son compagnon.

— On n'est pas arrivés, hein ?

— Si on doit se battre toutes les dix coudées pour que tu retrouves un peu de lucidité, en effet.

— Attends.

Hòggni se pencha sur le havresac dont il s'était délesté avant de porter son assaut et en extirpa une gourde.

— Le remède du capitaine, annonça-t-il. Il a pensé que cela nous serait peut-être utile. Vas-y, n'hésite pas, j'en ai deux autres.

Lui-même acheva de vider celle qu'il avait entamée, trop timidement sans doute.

Après s'être ainsi prémunis un peu, du moins l'espéraient-ils, des effets les plus délétères des herbes, ils se remirent en marche, chacun surveillant chez l'autre l'apparition de nouveaux troubles.

Les mirages revinrent bientôt, mais ils se révélèrent bien plus aimables. Tel était le secret du capitaine : l'élixir n'empêchait pas les herbes bleues d'agir, mais épargnait à ses victimes de s'affoler en refoulant leurs phobies secrètes. Kelt décrivit à l'intention de son compagnon les dirseï qui se manifestaient de nouveau, si bien que Hòggni finit par les distinguer à son tour. Il en oublia le chagrin de savoir son sabre brisé.

Comme chaque matin depuis que les serviteurs du hartl lui avaient ramené la dépouille de Svein, Élyhora, se conformant à son statut de veuve, vint lui rendre ses devoirs. En pénétrant dans la chambre, elle fronça le nez. Malgré les brûle-parfums, l'odeur de la pièce devenait difficilement supportable. Les deux jours traditionnels d'exposition étaient révolus, mais le hartl n'avait toujours pas donné l'autorisation de dresser le bûcher funéraire. Souhaitait-il que le public garde de Svein le souvenir d'un cadavre entré en décomposition ?

Le connétable gisait sur son lit, les mains croisées sur la poignée de son épée. Élyhora éprouvait une impression étrange. Elle voyait son cadavre, pourtant elle devait consentir un effort pour se convaincre qu'il était bien mort. Les traits de son époux étaient altérés au point que ce qu'elle reconnaissait le mieux en lui, c'était son costume, ce pourpoint taché de sang qu'il portait quand on l'avait ramené à son hôtel. D'autres épanchements nauséabonds maculaient son habit et son drap. Elle avait donné ordre qu'on laissât le cadavre en l'état, sans apprêt ni toilette.

La puanteur l'indisposait moins. On s'habitue à tout. Ne s'était-elle pas accoutumée à ce mari brutal, sans considération pour elle mais qui la frappait quand elle attirait le regard d'un autre ? Épousée à quatorze ans, mère à quinze, elle en avait aujourd'hui trente-quatre. Elle n'était pas sans beauté, mais elle n'avait pas l'éclat souhaité par un époux dont les prétentions n'avaient cessé de croître.

Jusqu'à ce que cette ambition se brisât sur quelques pouces de métal froid.

Élyhora ne croyait pas à la thèse du suicide. Jamais Svein n'aurait eu le courage d'enfoncer lui-même une lame dans son ventre. D'ailleurs, le recours au rituel du lokarth supposait qu'il se reconnût quelque tort, ce qui n'était pas dans sa nature. Plus probablement, Skilf Oluf'ar, irrité par ses rodomontades, l'avait fait assassiner. Le cadavre émit un borborygme. Décidément, Svein était incorrigible : même mort, ce hâbleur fort en gueule ne savait pas se taire.

— N'aie crainte, murmura-t-elle. Je veille sur l'honneur de tes fils.

Une simple évidence. Elle détestait l'idée que cet homme qui depuis longtemps ne la rejoignait que pour lui imposer des sévices fût le père de ses trois garçons, mais cela n'altérait en rien l'amour qu'elle leur portait.

La cérémonie funèbre se déroula le lendemain, quatrième jour du deuil.

Soucieux d'humilier jusqu'au bout le défunt connétable, Skilf, dérogeant à la coutume, avait refusé que son bûcher fût dressé sur une tour de la citadelle : il serait érigé au-delà du Sykur, devant ses portes. Pour rappeler, affirmait avec cynisme le hartl, que le connétable les avait toujours défendues. Cette pirouette ne laissait pas ignorer que la crémation se déroulait en fait sur la place patibulaire, là où d'ordinaire on expédiait les criminels.

En apercevant le cadavre sur sa dernière couche, Skilf eut un sursaut. Il ne s'attendait pas à le voir présenté dans sa tenue ensanglantée. Mais déjà la veuve de Svein s'avançait, encadrée par ses fils. En âge de combattre, les deux aînés portaient la tenue des bardaghi. La foule effarouchait le plus jeune.

Les fils mirent genou en terre devant le hartl, tandis que leur mère le remerciait d'avoir consenti à prononcer l'éloge funèbre. Sa voix était ferme, sans crainte ni ironie. Dans ses yeux, Skilf ne lut ni aversion ni terreur. Il en éprouva presque de la déception. En même temps, il s'étonna de constater combien le veuvage la transfigurait. Elle n'était plus de prime jeunesse, mais le temps avait su se montrer indulgent envers elle.

Dans son panégyrique, Skilf déploya une insolence brutale. Le discours n'était rien moins qu'une mise en garde à l'intention des bardaghi qui seraient tentés de marcher sur les brisées du connétable et de nourrir une ambition inopportune. Quand, surgissant de la cohorte de sa garde personnelle, Vradh Odd'ar se porta à sa hauteur, chacun comprit, avant qu'il en fît l'annonce, que le nouveau chef de son armée ne serait autre que son petit-fils.

Le choix ne manquait pas d'habileté. Comme guerrier, Vradh, qu'il avait fait revenir des Hautes Terres dont il coordonnait les phalanges, jouissait d'une bonne réputation parmi ses pairs – pour une raison détestable aux yeux de son grand-père, mais l'essentiel était que sa nomination ne provoquât pas de remous.

Il fallut s'y prendre à plusieurs reprises avant que les flammes jaillissent enfin du bûcher. Alors que Skilf se retirait sans attendre la fin de la combustion, un serviteur lui glissa un placet dans la main : Élyhora sollicitait une audience privée.

L'herbe bleue s'arrêtait à mi-pente. Au-delà le sol demeurait nu, à l'exception de quelques touffes d'une végétation scrofuleuse qui s'efforçait de coloniser un territoire caillouteux. Ils étaient désormais trop proches du Hymi pour distinguer la corne qui leur avait servi de repère. Kelt montra du doigt une brèche qui s'ouvrait dans la muraille.

— La passe de Gervìki.

Hòggni soupira. Ils avaient réussi ! Ils avaient vaincu l'herbe bleue. La tête dans un étau, il n'avait pas retrouvé toute sa conscience, mais assez pour noter qu'autour de lui les mirages avaient disparu. Bien sûr, il y avait l'alcool du capitaine : ivresse contre ivresse, poison contre poison. Mais Hòggni avait pleinement conscience qu'il n'aurait pas suffi à le préserver des pièges tendus par la fragrance vénéneuse. Le diseur de mots, avec sa faculté de distinguer le réel de l'illusoire, s'était révélé un guide sans défaillance. Chaque fois qu'une nouvelle hallucination assaillait l'homme-sanglier, Kelt l'apaisait, le rassurait par son contact ; il l'avait traîné par la main, porté, au besoin, sur son dos. Lui-même n'était pas épargné par les mirages – quoique les siens semblassent plus attrayants –, mais il avait gardé le cap, les yeux rivés sur la corne blanche du Hymi.

Kelt ne lâcha pas la main de Hòggni avant de pénétrer dans l'ombre de la passe. Ils s'assirent sur des rochers arrondis : autrefois, il y avait bien longtemps, le flot avait creusé la roche sur des centaines de toises, puis les sources s'étaient taries ou la rivière s'était choisi un lit plus commode.

Encombré de blocs érodés, ne recevant de lumière que d'un ciel lointain, par endroits trop étroit pour livrer passage à une armée, débouchant dans l'horizon du Cerf sur les Blàahlid et ses sortilèges, le défilé n'était guère fréquenté. Des voyageurs avaient néanmoins gravé leur nom ou leur cartouche sur la paroi, pour laisser à la postérité la trace de leur passage. Quelques pierres disposées en cercle portaient la trace d'anciens feux. Kelt et Hòggni ne bénéficieraient pas de ce confort. Il leur aurait fallu, pour cela, apporter leur bois, car aucun arbre ne poussait à proximité.

Avant même de songer à se nourrir, Hòggni tira de son havresac la lame de son sabre. La brisure était nette, comme si le glaive l'avait tranchée.

— Il appartenait à ma famille. Mon grand-père me l'a confié le jour où j'ai pris la route de l'exil.

— Je suis désolé. Si je t'avais laissé me pourfendre alors que tu n'avais pas pleine conscience de tes actes, tu me l'aurais reproché.

— Je te prenais pour un drog. Chez moi, on appelle ainsi ceux qui reviennent parmi les vivants après avoir parcouru l'autre monde.

Un bref sourire tendit les lèvres de Kelt.

— Tu trouveras peut-être en Heldmark un forgeron qui acceptera de le réparer. Même si je suis sûr qu'aucun ne vaut ceux de Horst.

Hòggni grogna. Ce démon de diseur de mots répondait toujours à l'avance aux objections qu'on s'apprêtait à lui opposer. Il démonta la poignée pour en détacher la garde, qu'il pendit par un lacet à son cou.

— Cela vaut mieux, au fond. Ton arme aurait suscité un peu trop de curiosité, de l'autre côté. Pour ce que nous allons y faire, un peu de discrétion reste préférable.

— Curieux, tout de même, que Skilf t'ait recruté comme espion, alors qu'il s'était arrangé pour que tu perdes ton duel.

— Rien de plus logique au contraire : il ne peut plus m'assassiner sans encourir la colère de Rétel. Je lui posais donc un problème, il l'a résolu en m'éloignant. Et toi aussi par la même occasion.

— Qu'est-ce que tu en penses, de ce nouveau dieu ?

— Multiples ou unique, les dieux ont ceci en commun qu'ils n'existent pas. Au temps des hommes anciens, de puissants magiciens canalisaient les forces de la nature. Immenses étaient leurs pouvoirs. Nous en avons fait des dieux, au moment même où se perdaient leurs secrets. Enfin, c'est ce que je pense.

— Ce pourrait ne pas être la vérité ? Je croyais qu'un diseur de mots ne peut mentir.

— Je ne mens pas. C'est vraiment ce que je pense, mais je peux me tromper.

Hòggni leva la main.

— Holà ! Ça devient un peu trop compliqué pour moi.

Kelt rit :

— De toute façon, Skilf n'attend pas de moi que je l'éclaire sur la nature des dieux. Il veut simplement savoir si l'Unique est une arme dont Slegur pourrait user contre lui.

— Et tu comptes remplir cette mission ?

— Pourquoi non ?

— Skilf t'a emprisonné et, si je n'étais pas intervenu, il t'aurait exécuté.

— Mais il demeure mon hartl.

Sans compter qu'en Heldmark aussi on trouvait des pierres des hommes anciens.

Deuxième partie

Varka

Chapitre 10

Stupéfiant. Tel fut le mot qui s'imposa à l'esprit de Kelt quand ses yeux découvrirent le chantier du nouveau Storbir. Il ne s'était pas tout à fait passé trois saisons depuis qu'il avait traversé les collines bleues en compagnie de Hòggni. Largement le temps de constater que les causses du Heldmark présentaient un visage bien différent de celui de l'aimable bassin du Stor : on mesurait, en comparant les terres ingrates parcourues de troupeaux nomades du premier aux prospères cultures du second, la générosité du fleuve pour les terres qu'il baignait. On comprenait mieux aussi la tentation, avérée depuis la nuit des temps, des hartli heldmarki à grignoter les terres de leur riche voisin. Même les trois plateaux regroupés sous l'appellation de Hautes Terres paraissaient prospères au regard des étendues lépreuses qui occupaient le centre de leur commanderie.

En se rendant au Heldmark, Kelt comptait sur son ancien état de scribe pour survivre. Il déchanta rapidement. Les pasteurs du cru ou bien n'avaient nul besoin d'écrits, ou bien s'estimaient trop pauvres pour se payer ses services. De même, ils répugnaient à rétribuer un conteur, préférant passer leurs soirées à boire le lait fermenté de leurs caprebiques. Il dut donc, tout comme Hòggni, louer sa force à des tâches occasionnelles et apprendre à restreindre son appétit – ce qui n'était pas un problème pour le Horsto, habitué dès l'enfance aux longs jeûnes, mais que lui-même supportait mal.

Malgré cela, le diseur de mots s'était acquitté de sa mission en se renseignant sur le nouveau dieu et – surtout ! – sur la manière dont les prédicateurs en répandaient le culte. Sa conviction fut vite formée : s'ils n'étaient pas les créatures du hartl Slegur, ce qui restait à démontrer, ils bénéficiaient de son soutien actif.

À vrai dire, le séjour au Heldmark avait duré plus que nécessaire. Si Kelt ne l'avait pas écourté, c'était, soupçonnait son compagnon, moins par probité envers le hartl Skilf que parce qu'il n'avait pas renoncé à trouver la pierre des hommes anciens qui le ramènerait auprès d'Æsa. Mais, là aussi, le Heldmark se montra décevant. Les anciens, à ce qu'il paraissait, avaient boudé ces terres arides. Les pierres gravées y étaient encore plus rares qu'au Solkstrand. Il n'en trouva que deux, aussi inefficaces l'une que l'autre. Quand, découragé, il se résolut à emprunter le chemin du retour, les premières neiges d'automne plâtraient déjà la nuit les cols du Björsfal.

Le message d'un pigeon lâché par l'un des multiples guetteurs disséminés sur le flanc solkstrando de la montagne apprit à Skilf la réapparition du diseur de mots dans sa commanderie. Il dépêcha un courrier à sa rencontre pour lui enjoindre de gagner Solksborg sans délai. Pour aider les voyageurs à obéir à cet ordre, l'émissaire leur apportait deux montures.

Bien avant de parvenir sur la rive du Stor, ils aperçurent de nombreuses fumées qui s'étiraient, noires, sur l'acier du ciel. Puis leur parvint une rumeur. À mesure qu'ils approchaient, elle se précisa : martèlements, cris, grincements, roulements, ripages, hennissements, sifflets, sciages, claquements de fouets… Ils traversèrent un village improvisé, où les forges, les entrepôts, les ateliers se mêlaient aux abris de fortune. Nombre de ceux qu'ils y croisèrent portaient un collier de servage. D'autres, à peine mieux lotis, étaient de condition libre mais astreints à la corvée. Dans cette presse, Kelt repéra des Enfants des étoiles : le pont exigeait des produits de la forge.

Et aussi, s'il fallait en croire le nombre des hommes d'armes, de la discipline. Les archers saluaient au passage les voyageurs que la livrée du courrier désignait comme des dignitaires en dépit de leurs habits ordinaires.

Passé le dernier alignement de masures, ils découvrirent le pont dans son entier.

L'ouvrage était bien plus avancé que Kelt l'aurait imaginé. Dix piles massives précédées d'un solide bec renforcé par des ferrements et des rostres fendaient le courant. Au plus près des rives, elles supportaient déjà des arches maçonnées. Entre les suivantes, les charpentiers s'échinaient à assembler des cintres, sur lesquels des dizaines de tâcherons viendraient ajuster de lourdes pierres. Aucune des arches n'aurait la même ouverture que ses voisines car l'architecte avait tenu compte des affleurements rocheux du lit pour asseoir les fondements. Une fois achevée, expliqua avec fierté un contremaître qui s'improvisait leur guide, l'arche centrale aurait la plus grande ouverture jamais osée pour un franchissement.

Le nouveau Storbir ne surprenait pas seulement par sa longueur. Sa largeur ne connaissait d'équivalent dans aucune commanderie voisine. Deux charrois pourraient se croiser en n'importe quel endroit sur son tablier, que préfigurait un plancher provisoire. À ses deux têtes, les habituels pavillons d'octroi cédaient la place à de véritables fortifications. Sur la rive droite, la porte bardée surmontée d'un crénelage et de mâchicoulis qui ouvrait sur la route du Sanglier était quasiment érigée. Le castelet de la rive gauche, au périmètre plus conséquent, n'en était encore qu'aux fondations.

Kelt siffla entre ses dents. Quand il avait conseillé à Skilf de jeter sur le Stor un ouvrage plus solide que l'ancien pont de bois, il n'imaginait rien d'aussi colossal. Ni que les travaux auraient autant progressé en quelques mois. Aussi bien la main-d'œuvre ne manquait-elle pas : pressé de renouer avec le produit des péages, le hartl n'avait pas lésiné sur les corvées. La rumeur courait les chemins que plus de cinq mille hommes, esclaves, requis ou libres, travaillaient à la construction du Storbir. Sans doute ce chiffre était-il exagéré mais, assurément, jamais un chantier n'avait réuni autant d'ouvriers et de tâcherons. Partout retentissaient les marteaux des charpentiers auxquels répondaient les scies des carriers, les ciseaux des tailleurs de pierre. À grand renfort de cris et de sifflets, les contremaîtres s'efforçaient de coordonner le travail des équipes et d'accélérer une cadence déjà soutenue. Des forges sortaient des clous longs comme le bras et des agrafes colossales. Des grues mues par des tambours contenant jusqu'à six hommes déchargeaient les énormes quantités de pierres transportées par des barges – qu'en serait-il pendant ces longues octades au cours desquelles le gel saisirait le fleuve ? Devançant la question, le contremaître expliqua que les menuisiers assemblaient déjà les traîneaux qui prendraient le relais. Depuis son ouverture, le chantier fonctionnait nuit et jour, par n'importe quel temps, sans connaître d'interruption. Et ce n'était pas l'hiver qui y changerait quoi que ce soit ! Au contraire : le hartl pourrait prélever plus d'hommes dans les villages pendant la période où les champs ne requéraient pas beaucoup de soins.

Il les mena au pont de bateaux appuyé contre les piles pour permettre la traversée en attendant l'achèvement de l'ouvrage. Le manège d'individus qui, sous les deux premières arches, s'agitaient sur les poutrelles d'un échafaudage trop grêle pour avoir joué un rôle dans la construction de la voûte attira l'attention de Kelt.

— Ils relèvent les nasses, l'informa son guide. Quelquefois, des ouvriers aiment à améliorer leur ordinaire en achetant un poisson. Plus tard, les pêcheries seront mises en fermage, au profit du hartl. Tout comme les moulins que l'on bâtira sur la rive gauche.

Cette promesse d'enrichissement du trésor semblait beaucoup le réjouir, comme si cet argent allait garnir sa propre bourse.

Le passage était délicat. Ils durent quitter leur selle et tirer leur monture par la bride. Le plancher ployait sous leur poids, si bien que l'eau y affleurait. Impavide, en habitué, le contremaître ouvrait la marche. Kelt leva les yeux, pour s'étonner une fois de plus de la hauteur des piles. La plus centrale revêtait la dimension d'une tour. Elle accueillerait la statue de Gangyr. À en juger par la dimension de son assise, celle-ci promettait d'être colossale. Avec fierté, le contremaître précisa qu'une pompe, aménagée dans le socle, remonterait l'eau du fleuve jusqu'aux pieds de la statue. Ainsi seraient-ils en permanence baignés par le Stor, bien que surmontant son lit de plusieurs toises.

Pas mécontents de retrouver la terre ferme, les voyageurs prirent congé de leur pilote. Celui-ci protesta de son dévouement avant de traverser le fleuve en sens inverse. Pressé, sans doute, de lâcher un pigeon pour informer le hartl de leur passage, non sans souligner, à tout hasard, avec quels égards il les avait traités.

La rive gauche présentait un relief plus marqué que la droite. La route montait en pente douce jusqu'à un plateau gypseux qui, sans être très élevé, avait déterminé le méandre du fleuve. Sur le point de franchir la crête, Kelt se retourna. Depuis la hauteur, la vue sur le pont était encore plus saisissante. La différence entre les deux castelets apparaissait nettement. Le plus proche, une fois achevé, occuperait une surface double. Le contremaître avait appris aux voyageurs que le hartl Skilf s'y faisait aménager un appartement. Pour le plaisir, avait songé Kelt, de venir contrôler lui-même les péages.

— Alors ? Tu viens ? s'impatienta Hòggni.

Kelt s'arracha à regret de la contemplation du chantier d'un ouvrage conçu, aux dires du contremaître, pour durer plus de mille ans. Était-ce présomption ? Qu'est-ce qui poussait les hommes à imaginer des constructions qui leur survivraient au-delà des générations ? Orgueil ? Pied de nez à la mort ?

— J'arrive, soupira Kelt en tournant bride.

— C'est que j'ai une faim de srige un matin de funérailles, commenta Hòggni.

— Nous nous arrêterons à la prochaine auberge, promit Kelt.

— Poussons plutôt jusqu'au prochain relais, protesta le courrier.

Skilf attachait de l'importance à la circulation des messages. Aussi tenait-il ses agents de liaison en aussi haute estime que ses pigeons. Et de même qu'il avait tissé sur la commanderie un réseau serré de colombiers, de même avait-il aménagé de nombreux relais où les estafettes pouvaient se restaurer et trouver des montures déjà sellées. Sans doute en surgirait-il un auprès du pont, quand celui-ci serait achevé. En attendant, il fallait compter trois heures de trot, seul train qu'il était raisonnable d'imposer à des bêtes qui couraient depuis le matin, pour atteindre le plus proche.

— À l'auberge ! gronda Hòggni.

Le courrier restait sur son idée :

— Nous pourrons changer de chevaux. En les poussant, nous atteindrons Solksborg avant l'aube.

— Et après ? bougonna Hòggni. C'est toi qui iras réveiller le hartl ? Si nous avions hiverné en Heldmark, est-ce que la Dàsten en aurait été bousculée ? Ce que Bouche-d'or a à raconter peut bien attendre quelques heures !

Il souffla par le nez, ce qui impressionnait toujours ses interlocuteurs.

— Et puis le grand galop… Je n'ai pas ton cal au cul, moi !

Comprenant qu'il n'obtiendrait pas le soutien du diseur de mots, le courrier céda, moins convaincu par les arguments du Horsto que par son expression farouche.

L'auberge espérée se présenta bientôt. En entendant le pas des chevaux, le tenancier sortit pour accueillir les voyageurs avec une aménité outrancière.

L'établissement était petit, mais les madriers entassés dans la cour annonçaient un agrandissement futur : le voisinage du pont représentait une aubaine que l'aubergiste entendait saisir.

Si l'écurie où ils logèrent leurs montures était vide, il n'en allait pas de même de la salle ; les buveurs y menaient grand tapage. Le gargotier tapa sur son comptoir avec un gourdin, ce qui eut pour effet de calmer le tumulte, au moins pour un temps, mais aussi d'appeler l'attention sur les nouveaux venus : il se vanterait longtemps d'avoir traité des voyageurs escortés par un courrier du hartl.

Hòggni s'installa à une table bancale dont il chassa sans vergogne les occupants par un tonitruant : « À manger et à boire ! »

La servante, qui n'avait pas attendu la commande pour accourir avec trois pichets, se figea sur place en apercevant Kelt.

— Eh bien, Fleur-d'épine ! beugla l'aubergiste.

La servante se ressaisit, posa les boissons devant les hôtes, se replia précipitamment, comme si elle craignait que Kelt lui adressât la parole. Le brassin était un peu trop aigre, mais d'une fraîcheur bienvenue. Une omelette à l'oseille, garnie de lard ranci sous le manteau de la cheminée, suivit. Du coin de l'œil, Kelt surveillait la servante qui, de son côté, l'observait à la dérobée. Des filets blancs couraient dans ses cheveux et son visage portait les stigmates d'une existence qui n'avait pas toujours été tendre. Pour autant, elle était de ces femmes que la maturité ne dessert pas, et si ses traits étaient fanés par la lassitude, sa taille demeurait souple.

Hòggni ricana.

— Ma parole, c'est un vrai coup de foudre, plaisanta-t-il. Elle me paraît un peu vieille pour ça, mais si c'est ton idée, hein, ne te gêne pas pour nous. Moi, si elle me demandait, je ne laisserais pas passer l'occasion.

L'aubergiste remplit de nouveaux pichets et désigna la table des voyageurs. Ici, tant qu'on buvait, on était servi. Inutile de passer commande.

Fleur-d'épine se redressa soudain et marcha d'un pas résolu vers la tablée.

— Je crois que c'est bon, chuchota Hòggni en donnant de violents coups de coude à son compagnon.

— Et moi, je crois que tu devrais arrêter de boire.

Ne suivant pas ce sage conseil, Hòggni s'empara du pichet pour y enfoncer son groin. Contrairement à l'attitude qu'elle avait jusqu'à présent adoptée, Fleur-d'épine ne se retira pas sitôt les hôtes servis. Elle se planta au contraire devant Bouche-d'or, pour dire, d'une voix un peu éraillée mais teintée d'une tendre nostalgie :

— J'ai connu un homme autrefois. Kelt, de son nom privé. Tu lui ressembles tant qu'un instant j'ai cru qu'il était revenu près de moi. Ne serait-ce pas ton père ?

— Celui qui m'engendra était un oiseau qui connut bien des nids.

— Je me souviens bien de lui. Il est resté presque une saison parmi nous. Quand je l'ai vu, j'ai su que ce serait lui, l'homme que j'accueillerais le premier dans la chaleur de mon ventre. Il n'avait pas beaucoup plus d'expérience que moi, pourtant plus d'un gars de mon village lui a été reconnaissant de ce que ses mains m'ont appris.

— Fleur-d'épine ! l'admonesta le tenancier en désignant les pichets qui s'alignaient sur la planche de service.

Elle s'empressa d'obéir. L'aubergiste lut la désapprobation sur les visages de ses clients. Il accourut vers leur table.

— Toutes mes excuses, Èrto-Èri. Ce rappel à l'ordre n'était évidemment pas dirigé contre vous, mais vous savez ce que c'est qu'une servante. Le moindre prétexte est bon pour…

— Il se trouve que Fleur-d'épine nous inspire de la sympathie et que nous apprécions sa compagnie, le coupa Hòggni. Brusque-la de nouveau devant nous, et je mettrais volontiers en perce la barrique qui te sert de panse.

— Le èr-voyageur ne devrait pas plaisanter ainsi, bredouilla le malheureux.

— Plaisanter ? rugit Hòggni, en découvrant davantage ses terribles dents. Est-ce ainsi que tu me considères ? Comme un plaisantin ?

— Certes non, Èrto-Èr ! Loin de moi cette idée. Il n'est que de vous voir pour éprouver le plus grand respect pour votre personne. Ainsi, quand vous êtes arrivé… Mais, j'y pense, les Èrto-Èri ont fait un long voyage. Sans doute sont-ils fatigués. Puisqu'elle a le bonheur de leur convenir, Fleur-d'épine va les accompagner au dortoir.

— Un dortoir ? s'effara Hòggni. Conduis toi-même mes amis à ta propre chambre. Moi, je vais rester encore un peu.

L'aubergiste, pris de court, roulait des yeux affolés. Hòggni fit grincer ses dents les unes contre les autres, avant de conclure par un sonore claquement de mâchoire, qui acheva de terroriser le bonhomme.

Le lendemain, Hòggni s'éveilla de fort bonne humeur. Il avait rudement bien fait de s'attarder en compagnie de Fleur-d'épine ! Il rejoignit dans la cour le diseur de mots et le courrier, qui rongeait son frein.

— Notre ami s'impatiente, commenta Kelt. Je pense qu'il n'a pas attendu l'aurore pour se lever.

— Cours, courrier, cours, tu épouseras plus vite la mort qui t'attend au carrefour ! chantonna Hòggni en vérifiant la ventrière de sa monture.

Avant de quitter l'auberge, il se retourna pour adresser un signe de la main à Fleur-d'épine, éclairant du même coup son compagnon sur la raison de sa gaieté.

Le courrier était d'avis de gagner le relais au galop, changer de monture et repartir à la même allure. Kelt déçut cette attente. Malgré une nuit confortable, ses reins se ressentaient encore de l'équipée de la veille. Et puis il réalisait que, sa mission s'achevant, cette chevauchée au côté du mercenaire était peut-être la dernière. Le Horsto lui manquerait. Il s'était montré le meilleur des compagnons de voyage, surtout quand, comme aujourd'hui, il se sentait d'humeur disserte.

— Alors, comme ça, tu n'as pas connu ton père ? attaqua Hòggni. J'avais cru comprendre le contraire. Pour un homme qui ne peut mentir…

— Je n'ai rien prétendu de tel.

— Mais c'est ce que la servante a compris de ton histoire d'oiseau et de nid.

— Que pouvais-je dire à Braki sans... ?

— Braki ? Comment connais-tu son nom privé ?

— Et toi ?

— Moi, j'ai couché avec elle.

— Pareil. Mon père n'a rien à voir avec ça. Je suis bien celui dont elle a réchauffé les nuits dans sa jeunesse.

Hòggni fronça le nez, comme chaque fois qu'il voulait exprimer sa perplexité.

— Elle a le triple de ton âge.

— Elle est née après moi.

Si un autre que le diseur de mots avait proféré une telle énormité, il l'aurait regretté. Mais, au gré de confidences prudemment distillées, Hòggni s'était petit à petit habitué à l'idée que son compagnon de voyage, s'il n'avait rien du magicien que trop d'ignares redoutaient en lui, n'était pas pour autant un homme ordinaire.

— Alors quoi ? Tu es doué d'une jeunesse éternelle ?

— Non, je vieillirai et je mourrai, comme tout un chacun. Cependant, j'ai déjà vécu plus longtemps que la plupart des mortels : tandis qu'une saison passait en Urskogar, huit années s'écoulaient dans ce monde.

Hòggni en perdit sa bonne humeur. Il talonna sa monture pour accélérer le train. Il avait beau s'attendre à beaucoup de surprises avec Kelt, il lui faudrait tout de même quelques lieues pour digérer celle-ci. Kelt accéléra à son tour, pour ne pas se laisser distancer. La réaction du Horsto le chagrinait, sans pour autant l'étonner. Jamais il n'aurait dû évoquer Urskogar, quelque plaisir qu'il avait éprouvé à partager son souvenir d'Æsa. Déjà que son don suscitait tant de confusions ! Les herbes bleues des Blàahlid lui avaient joué un mauvais tour. Son secret aurait dû rester ce qu'il était : un secret. Mais une fois soulevé le coin du voile, il s'était laissé aller à d'autres confidences, en toute lucidité cette fois. Cela le soulageait, qu'au moins un homme de ce monde qui se complaisait dans l'apparence et les faux-semblants connût la vérité. Même si, il en avait conscience, cet homme n'était pas armé pour tirer toutes les conséquences de ce qu'il avouait.

Peut-être se serait-il contenu s'il en était allé autrement.

Le soleil avait amorcé sa descente quand ils aperçurent les remparts de Solksborg. Passé le pont sur le Svéro, Kelt s'étonna de voir le courrier bifurquer :

— On ne passe pas par la porte du Tétra ?

— Le hartl Skilf a jugé la citadelle trop austère pour Èrin-Élyhora. Nous atteindrons plus aisément la demeure qu'il occupe depuis son remariage en empruntant la porte du Renard.

Skilf n'avait pas eu besoin de chercher longtemps un palais pour sa nouvelle épouse : la démesure de son Bâtisseur le lui avait offert. De hautes fenêtres garnies de vitraux colorés rythmaient la façade, rehaussée, à hauteur du premier étage, de statues représentant les divinités tutélaires du Solkstrand. Le porche était assez haut pour que les voyageurs le franchissent sans descendre de leur monture. Des pavés de bois amortirent le pas des chevaux tandis qu'ils passaient sous la voûte, dont les caissons peints figuraient les plus belles réalisations architecturales de la commanderie, mais aussi d'autres territoires.

Ils mirent pied à terre dans une cour sur laquelle ouvraient trois étages de loggias. Une fontaine en occupait le centre. La statue sommitale, dans le goût maniéré de l'époque, représentait les retrouvailles de Solk et Snorra, un épisode que les artistes préféraient désormais à la soumission de Vísindramadur. Deux archers menèrent Hòggni à la salle de garde tandis qu'un troisième entraînait Kelt vers le coin opposé.

Les semelles cloutées du soldat résonnaient dans un escalier dont une marqueterie de marbre de Vitfjall animait la cage sur toute sa hauteur. Sur le palier, tout aussi luxueux, quatre hommes d'armes tenaient faction. Dans l'ancienne citadelle, la garde était plus discrète : le hartl se sentait moins en sécurité sous les plafonds chatoyants de son nouveau palais que sous les sombres voûtes de la tour du Silence.

La pièce dans laquelle l'archer intima à Kelt d'attendre tranchait par sa simplicité avec le corridor qui y menait. Godròn avait respecté l'arrangement traditionnel des salles d'audience : de part et d'autre d'une auge à feu s'alignaient des sièges dont la hauteur du dossier déterminait le rang de ceux qui les occupaient. Seule concession à la modernité, un capiton couvrait les deux hauts sièges, ordinairement sculptés.

Avant que Skilf fasse son entrée, deux serviteurs s'empressèrent de déverser des braises rougeoyantes dans l'auge. La température était clémente : il s'agissait moins de réchauffer la pièce que de dresser une barrière magique entre les interlocuteurs pour conjurer les sortilèges.

Une femme marchait dans le sillage de Skilf. En elle Kelt reconnut la dame en bleu qu'il avait remarquée le jour de la Sentence par les armes. Le courrier lui avait appris le remariage du hartl. Si, comme il était loisible de le penser, elle était sa nouvelle épouse, il était difficile d'imaginer couple plus mal assorti. Lui, déjà vieillard, elle, dans la plénitude de son âge, lui racorni, elle altière, lui nerveux, elle respirant la sérénité. La modestie de sa tenue – elle ne portait aucun bijou et sa coiffure ne différait guère de celle des paysannes – aurait pu la desservir. Elle soulignait au contraire la fermeté de ses traits. Elle s'assit la première sur un haut siège. À sa gauche prit place un petit homme au teint brouillé, empêtré dans une chasuble de scribe trop ample.

— Salut à toi, diseur de mots ! s'écria Skilf en s'asseyant à son tour.

Le petit homme gris cala un pupitre sur ses genoux. Skilf jugeait donc l'entretien digne de laisser une trace écrite.

— Alors, ce Dieu unique ?

— Contrairement aux autres divinités, il n'a pas figure humaine ou animale, ni n'est représenté par un arbre ou un rocher. Son effigie, que l'on voit désormais dans de nombreux villages, ressemble à une sorte de lyre, ou au massacre d'un bœuf dont les cornes auraient été épointées...

— Avec un creux à la base, où l'on dépose les offrandes, je sais, le coupa Skilf. Ce n'est pas ce qui m'intéresse. A-t-il autant d'adeptes que mes informateurs le rapportent ?

— Plus on s'enfonce dans la commanderie, plus la lyre du Dieu unique remplace les autres divinités sur les autels des villages. Il est vrai que les prédicateurs usent d'arguments très convaincants.

Hòggni et lui n'avaient eu que quelques jours à attendre après avoir franchi la passe de Gervìki pour en être les témoins horrifiés. Ils avaient trouvé asile pour la nuit dans le fenil d'un village. Ceux qui vivaient là n'avaient aucune envie de renier les dieux de leurs ancêtres. Ils y étaient habitués, pourquoi en changer ? Au reste, ils n'avaient rien à leur reprocher. Les divinités locales s'acquittaient plutôt bien de leurs tâches. Aussi par deux fois avaient-ils éconduit le prédicateur qui prétendait les chasser de l'autel érigé sur l'aire de battage pour leur substituer le symbole de l'Unique. Mais ces gens-là sont têtus ! Voilà qu'il se présentait de nouveau, et dès le lever du soleil, encore ! On l'aurait bien chassé à grands coups de pied dans le cul, mais, cette fois, des hommes d'armes l'escortaient.

De leur fenil, les étrangers embrassaient du regard toute l'aire. Prudents, ils s'enfouirent sous la paille : une compagnie armée, ce n'est jamais bon signe.

Les soldats pénétrèrent dans les maisons pour en extraire sans ménagement tous les occupants et les rassembler sur l'aire. Ceux qui esquissaient un geste de résistance, ils les étripaient. À ce compte, ils parvinrent rapidement à leurs fins. Avec la dextérité que seule autorise l'expérience, les archers dressèrent une potence, à laquelle ils suspendirent le chef du village par les pieds. Ils posèrent une effigie du nouveau dieu sur l'autel, parmi les autres. D'une voix assez forte pour être entendu de tous, l'officiant, qui jusqu'à présent ne semblait pas concerné par les atrocités qui se perpétraient autour de lui, lui adressa une prière, le suppliant de manifester sa puissance afin d'éclairer les égarés qui persistaient dans leurs cultes mensongers. Alors de l'idole surgit une flamme. Blanche, éblouissante, elle ne dansait pas mais s'élevait toute droite en miaulant. Elle dégageait une fumée irritante.

— Prosternez-vous ! hurla le prédicateur. Louez la bonté de l'Unique qui condescend à vous éclairer.

Nombre de villageois, édifiés par le miracle, n'avaient pas attendu cet ordre pour s'agenouiller. La lumière s'éteignit, la fumée commença à se dissiper. Alors, avec son bourdon, le prédicateur balaya de l'autel les statuettes ancestrales. Les archers rassemblèrent les idoles déchues, les joignirent aux effigies qu'ils avaient trouvées dans les maisons pour former un tas sous la tête du pendu et y mirent le feu. D'abord, le malheureux hurla, tandis que les paysans, encadrés par les hommes d'armes, défilaient devant la statue du nouveau dieu. Il se tut bien avant la fin de la procession. Alors, le prédicateur se mit à vanter les mérites de l'Unique. Avant de partir, il menaça de raser le village si la moindre atteinte était portée à sa statue et promit la mort à quiconque serait surpris à s'adonner à d'anciennes et condamnables pratiques.

— Telle fut, dit Kelt, ma première rencontre avec un zélateur de l'Unique. À ce compte, on comprend que le culte du nouveau dieu se soit aussi rapidement répandu en Heldmark.

— Et toi, pendant qu'ils martyrisaient tes hôtes, tu es resté sagement caché sous un tas de foin ? demanda la femme en bleu.

Elle parlait bas, avec une retenue qui, cependant, ne dissimulait pas la réprobation.

— Que pouvais-je tenter ? Les hommes d'armes étaient nombreux. Et dans ce genre de circonstances, les étrangers sont toujours suspects.

— Ne te prétends-tu pas diseur de mots ? Pourquoi ne pas avoir proféré une parole efficace pour abattre l'autel de ce dieu mensonger ?

— Ai-je dit qu'il l'était ? Le propre des dieux est d'exister aussi longtemps qu'on croit en eux.

Le scribe sursauta tellement en entendant ce blasphème qu'une grosse goutte d'encre s'échappa de sa plume et s'écrasa sur sa feuille. La femme en bleu pinça les lèvres.

C'est alors que devant les yeux de Kelt la pièce commença à tourner. Il fixa son regard sur les braises, crispa les doigts sur son siège.

— D'après ce que je sais, disait, lointain, Skilf, dans les commanderies voisines, ses prédicateurs cherchent plutôt à convaincre par le verbe que par la force. Pourquoi n'en a-t-il pas envoyé au Solkstrand ?

Des braises s'élevaient des flammèches. Elles prirent forme humaine, dessinèrent une armée. Les doigts de Kelt s'élevèrent jusqu'au menton. Il s'entendit prononcer des mots auxquels il ne commandait pas.

— En vérité, voici ce qu'il en est : il n'est de digue que le flot n'emporte, et la lune éclairera une marée de cadavres.

— Slegur va attaquer le Solkstrand ? Est-ce bien ce que tu m'annonces ?

Le piétinement des soldats de feu, les sabots des chevaux, d'étranges et mystérieux sifflements couvraient la voix du hartl. Et, soudain, l'armée ardente fut balayée par une vague surgie du néant. L'auge se remplit de boue.

— L'eau ! Contre elle, le feu et la pierre sont impuissants. Flot contre flot, vague contre vague, flux contre reflux, de l'eau viendra la victoire.

Le vertige s'apaisa. Dans la fosse à feu, la vague se retira, découvrant les braises rougeoyant sous une croûte de cendres grises et noires. De l'autre côté, le scribe griffonnait, la femme en bleu le dévisageait, les yeux ronds, Skilf s'agaçait :

— Comment ça, l'eau apportera la victoire ? Que veux-tu dire ?

— Je l'ignore, avoua Kelt. Je sais juste que c'est vrai.

Skilf serra les mâchoires. Malencontreusement, car cela provoqua un élancement dans ses gencives aux trois quarts dégarnies. Astrologues, desservants, alchimistes, diseurs de mots… Pas un pour relever l'autre. Tous également prompts à prédire des difficultés, mais dans un jargon assez hermétique pour s'en prévaloir quelle que soit la tournure des événements ! Quant aux solutions, inutile d'en attendre de leur part !

— D'accord, j'entends qu'il faut se préparer à repousser l'envahisseur. Mais l'Unique ?

— Il est réputé tout-puissant, puisque concentrant en lui les attributs de tous les autres dieux. Transcendant, puisque présent en toute chose, dans tous les animaux, dans tous les hommes. On ne peut échapper à son emprise, il est donc vain de lui désobéir. C'est-à-dire de se rebeller, ne serait-ce qu'en pensée, contre ceux qui se présentent comme ses éclairés – le terme désignant ses desservants, ses prédicateurs, et bien sûr Slegur Skogurs'ar en personne.

— Mais toi, tu n'y crois pas.

— Une fois déjà, Hartl-èr, vous m'avez posé la question. Je n'ai trouvé en Heldmark aucune raison de modifier ma réponse.

Skilf hocha la tête. La moisson était décevante.

— Bon, tu suivras Vaszbok dans son cabinet de travail et tu lui dicteras un rapport détaillé pour ce soir. Ensuite…, eh bien, nous aviserons.

Le scribe se rembrunit. À l'évidence, un tête-à-tête avec ce sorcier ne lui chantait guère.

— Dois-je comprendre, Hartl-èr, que vous envisagez de me confier une autre mission ?

Kelt espérait que sa déception ne transparaissait pas trop dans sa voix. Il pensait avoir conquis une totale liberté.

— Plus tard, j'ai dit.

— Dans ce cas... Vaszbok-èr ?

De mauvaise grâce, le scribe l'emmena dans une pièce contiguë en tripotant les amulettes dissimulées sous sa chasuble.

À peine eurent-ils franchi la porte que Skilf se leva. Il essaya d'ouvrir sa braguette. Fichus doigts, qui répondaient si mal ! Il s'énervait, tandis que sa vessie se faisait pressante.

— Laissez-moi vous aider, mon époux.

Skilf émit un grognement, qu'Élyhora interpréta comme un accord. Prestement elle fit sauter les boutons et extirpa un appendice brun et flasque. Skilf se soulagea dans l'auge à feu. Sous le jet, la braise noircissait en sifflant sa réprobation. Élyhora détourna le regard.

— Je n'aime pas ce jeteur de sorts, dit-elle tout à trac.

— Pourquoi ? Parce qu'il prédit la rupture de la trêve ou parce qu'il m'annonce la victoire ?

Il se repentit aussitôt de son acrimonie. En fait, il regrettait le temps où le geste de cette femme aurait provoqué chez lui une tout autre réaction. Cela le rendait amer, mais il était injuste de retourner contre elle la rancœur que lui inspiraient les défaillances de son propre corps. Depuis que la mort lui avait ravi Brindis, bien des années plus tôt, il n'avait à aucun moment songé à se remarier. Quand Élyhora était l'épouse de Svein, jamais il n'avait porté sur elle un regard concupiscent. Mais le temps est patient, le hasard déterminé, le destin capricieux. Répondant à sa requête, il l'avait reçue le lendemain de la crémation du connétable. Ce jour-là, en termes simples mais incisifs, elle avait plaidé pour que la faute du père, qu'elle préférait ignorer par respect de sa mémoire, ne retombât pas sur les fils. En une phrase, sans évoquer crûment le suicide, elle lui signifia qu'elle n'y croyait pas et que, sa famille étant privée de la protection d'un père et d'un époux, elle se plaçait désormais sous la sienne.

Ce qui, chez une autre, aurait relevé d'une candeur imbécile se révéla au contraire d'une grande subtilité. Subtilité dont elle apporta des preuves quand il se plut à la consulter sur quelques affaires du hartolat. Par jeu ? Pour retrouver, l'espace d'une conversation, l'écho de la complicité qui l'avait uni à Brindis ? Il n'aurait su le dire. Mais les conseils de la veuve du connétable se révélèrent avisés. Skilf apprécia beaucoup que, de deux solutions en balance, elle choisît toujours la moins onéreuse. Non, jamais le veuf n'avait songé à se remarier. Pourtant, quand elle lui en présenta la demande, il n'hésita pas une seconde sur la réponse.

— Pourquoi le diseur de mots cherche-t-il toujours à minimiser ses pouvoirs à vos yeux ? insinua-t-elle. Ne devrait-il pas au contraire les mettre au service de son maître ? N'est-il pas un assujetti comme un autre ?

Skilf haussa les épaules – ce qui provoqua un élancement sous l'omoplate gauche.

— Il ne professe aucun respect pour les dieux, insista-t-elle. À croire qu'il se prend pour leur égal, avec ses galimatias. Et puis, ajouta-t-elle avec une moue, je n'aime pas les regards qu'il pose sur moi.

Cette effronterie… Il aurait mieux valu qu'il ne revienne pas du Heldmark.

— Et se mette au service de Slegur ?

Elle baissa les yeux.

— Non, bien sûr. Tout de même… Je préférerais ne pas le savoir trop près de moi.

— J'y songerai, promit Skilf. En attendant, permettez-moi de vous fausser compagnie. J'ai vu quelques pigeons se poser sur le toit.

Godròn n'avait pas prévu de colombier. Pour remédier à cette lacune, il avait fallu ôter quelques tuiles du toit et aménager un comble. L'échelle qui y menait tombait juste à la porte de la pièce du troisième étage dans laquelle le hartl s'isolait pour travailler. Deux serviteurs le hissèrent assis sur un fauteuil : la largeur de l'escalier autorisait ce confort.

Chemin faisant, il ressassait les paroles du diseur de mots. L'eau lui apporterait la victoire. Difficile à admettre. Le Solkstrand, qui ne comptait qu'un débouché restreint sur la mer, l'estuaire du Stor, n'avait rien d'une puissance maritime. Comment quelques vaisseaux, impuissants contre les pirates qui hantaient la rade de Gulvìk, joueraient-ils un tel rôle ?

Un bref sourire amincit, s'il était encore possible, ses lèvres sèches. Une idée propre à satisfaire dame Élyhora aussi bien que ses intérêts venait de lui traverser l'esprit.

Et Kelt reprit bientôt la route. En direction du Loup, cette fois.

Sur cet horizon, le territoire solkstrando se réduisait à une bande s'étirant de part et d'autre du Stor, étranglée entre l'Ulsfeld et le Heldmark. Un dicton stigmatisait son étroitesse en prétendant qu'on y trouvait moins de terre que d'eau. La formule relevait, bien sûr, de la boutade, mais elle soulignait la fragilité de cette extrémité de la commanderie, sujet de préoccupation rémanent pour tous ses hartli. D'une part, il leur importait de garder le contrôle du Stor sur toute sa longueur, en particulier sur son cours inférieur navigable. D'autre part, son estuaire, seul débouché du Solkstrand sur la mer, jouait un rôle d'autant plus important dans les échanges commerciaux de la commanderie que les montagnes qui la ceinturaient se révélaient une grande partie de l'année d'un accès malcommode pour les caravanes.

Aussi s'était-on employé, au cours des âges, à rendre Gulvìk imprenable. Seul un escalier taillé dans la profondeur de la falaise qui s'élevait sur la rive gauche de l'estuaire, facilement contrôlable, reliait le port à la ville haute, perchée sur son rocher comme le pétrel à bec d'acier sur son aire. Les môles construits sous le hartolat de Hur Dent-de-requin revêtaient la dimension de remparts. À l'entrée du port, son fils Britel Oreilles-de-renard avait fait immerger d'astucieux engins qu'une manœuvre transformait en autant d'écueils pour les coques des intrus. Sur les fortins des îles Vatnatenur se dressaient de formidables machines de guerre, promesses de naufrage pour les audacieux qui passaient à leur portée. Pour un envahisseur qui aurait franchi ces obstacles, les entrepôts de la ville basse, aux portes épaisses, aux murs percés d'archères, constituaient autant de pièges. La nuit, les aboiements des sanguinaires molosses du guet hantaient le labyrinthe des ruelles étroites.

Jamais au cours de l'histoire Gulvìk n'avait été prise de vive force. Cependant le port souffrait d'une faiblesse redoutable : sa position à l'extrémité d'un couloir, qui lui avait valu à plusieurs reprises de connaître l'état de siège. Aussi aucun traité signé avec l'Ulsfeld ou le Heldmark n'omettait de réaffirmer l'inviolabilité de ses accès. Et comme la confiance en la parole donnée n'exclut pas les précautions, de nombreuses patrouilles longeaient les rives du fleuve pour en surveiller les abords et prévenir l'infiltration d'éléments hostiles.

Escortés par l'un de ces détachements, composé de deux arbalétriers montés et deux lanciers placés sous le commandement d'un sergent d'armes, Kelt et son acolyte franchirent la poterne de la Chaîne, dans l'ombre de la tour d'où l'on relevait, chaque soir, le filet d'acier tendu en travers du fleuve.

Tout le long du chemin, Kelt avait tenté d'engager la conversation avec le sergent. Celui-ci s'y était dérobé. Soucieux peut-être d'éviter les indiscrétions : certes, les voyageurs disposaient d'un sauf-conduit scellé aux armes de Skilf Oluf'ar ; mais, par définition, les espions savent user de subterfuges. Ou, tout simplement, il était d'humeur taciturne. Il les guida néanmoins dans le dédale des rues si étroites qu'il suffisait d'écarter les bras pour toucher des deux côtés le mur aveugle des maisons.

En comparaison, le débouché de la rampe d'accès à la ville haute leur parut étonnamment vaste. Ils mirent pied à terre. Les marches étaient assez larges et leur pente assez douce pour que les chevaux les gravissent. Toutefois, le sergent invita les voyageurs à emprunter un itinéraire plus rapide.

Des nacelles d'osier gisaient au pied de la falaise. Hòggni considéra d'un œil torve les cordes qui permettait de les hisser quatre perches plus haut.

— Ne vous inquiétez pas pour vos chevaux, ils seront bien traités, s'impatienta le patrouilleur.

Sous sa déférence perçait la fermeté. Ce gaillard-là avait reçu des ordres, il entendait les respecter.

Au grand dam de Hòggni, Kelt s'installa sans barguigner dans une corbeille. Le Horsto n'avait plus qu'à prendre place dans la voisine. Un coup de sifflet bref retentit, et les paniers entamèrent leur ascension.

À mesure qu'ils s'élevaient, les voyageurs découvraient la ville basse et le port. Vu de cette hauteur, le labyrinthe des ruelles retrouvait une cohérence. Toutes construites sur le même plan, les maisons s'organisaient autour d'une cour centrale au milieu de laquelle trônait un puits. De leur terrasse, il était d'autant plus facile de harceler un éventuel envahisseur venu par voie de terre que l'étroitesse des venelles et leur tracé l'obligeaient à diluer ses forces. Du côté du port, un jeu d'écluses maintenait en eau trois darses qui débouchaient sur le bassin principal, pour l'heure à moitié vidé par la marée. Bien que dépourvu de compétences maritimes, Kelt n'eut aucun mal à repérer les bâtiments de guerre, une galère et trois vaisseaux dont un seul de fort tonnage, qui constituaient toute la flotte du Solkstrand.

Un coup de vent secoua les nacelles. Les cordes grincèrent. Ce bruit sinistre n'était pas du goût de Hòggni.

— Eh ! Diseur de mots ! Tu ne connais pas un charme pour augmenter la résistance du chanvre ?

— Sois sans crainte, on arrive.

— Oh, pour ça je ne suis pas inquiet. Mais je préférerais arriver en haut plutôt qu'en bas, si tu vois ce que je veux dire.

Quand ils eurent enfin dépassé le faîte, des esclaves attirèrent les nacelles sur la terre ferme avec des gaffes. Hòggni fut soulagé d'en sauter. Contrairement à Kelt, habitué dès l'enfance à courir des corniches étroites à flanc de montagne, il n'appréciait pas de se retrouver suspendu entre ciel et terre, tributaire d'une corde dont la section lui paraissait faible pour son poids.

Un homme râblé, le crâne chauve, les yeux gris, le cuir tanné par le soleil, recuit par le sel, attendait les émissaires du hartl sur une terrasse d'où le regard embrassait la baie que le soleil en déclin inondait de ses ors : Oskyr, amiral de la flotte et gouverneur du port. Par endroits, son habit luisait d'usure. Il marchait les pieds nus. Pour mieux sentir son bateau, prétendait-il, mais il conservait cette habitude à terre. C'était un des rares officiers du Solkstrand à ne pas appartenir à la classe des bardaghi. Au risque de mécontenter les patriciens, Skilf leur avait préféré un fils de pêcheur pour commander sa flotte.

L'amiral lut l'ordre de mission que lui tendit Kelt, l'enroula méticuleusement avant de le lui rendre.

— Un pigeon m'avait averti de ta visite. Ainsi, Skilf Oluf'ar t'envoie pour m'aider à débarrasser notre baie des requins qui l'infestent !

Il ne cherchait pas à dissimuler son scepticisme.

— Et que sais-tu de ce qui se passe ici ? demanda-t-il, patelin.

— Ce que tout le monde sait, à présent, à Solksborg. Depuis plus d'un an, aucun navire ne sort de Gulvìk sans subir l'assaut de pirates, aucun ne peut espérer y entrer sans que la meute s'attache à son sillage. Et malgré l'aide de Slegur et de Resnar, il n'a pas jusqu'à présent été possible d'écarter ce fléau.

L'amiral émit un ricanement bref.

— L'aide de Slegur et de Resnar, hein ? Queues de kolfisk ! Les pirates sont des aventuriers jaloux de leur indépendance. Chaque capitaine commande à un ou deux navires légers, pas davantage. Le nombre et le tonnage de ceux qui verrouillent le port, la coordination de leurs mouvements, rien ne leur correspond.

— Notre hartl soupçonne Slegur de ne pas être étranger au blocus.

— Avant de défier l'autorité de l'Axe-divin en nous attaquant de front et de provoquer une coalition contre lui, il a trouvé ce moyen pour nous affaiblir.

— Ou il attend que Skilf, excédé, endosse la responsabilité de rompre la trêve en réagissant trop vivement.

— Le message qui m'a averti de ton arrivée précisait que tu es un diseur de mots. Vas-tu jeter un sort à nos ennemis ? Lever le blocus par enchantement ?

— Non. Je ne sais pas faire cela. Mais j'ai beaucoup de mal à en convaincre notre hartl.

L'amiral rit franchement.

— J'ai connu un diseur de mots, autrefois. Il gagnait toujours aux dés. Mais c'est bien le seul miracle que je lui ai vu accomplir.

— Qu'est-il devenu ?

— Il a triché une fois de trop. Contre un homme irascible et plutôt adroit dans le maniement du poignard. Dis-moi, diseur de mots, Skilf est-il mécontent de moi ? T'envoie-t-il pour m'espionner ? Pour instruire mon procès ?

— Pensez-vous qu'il ait attendu aussi longtemps pour placer près de vous quelques paires d'yeux et d'oreilles ?

Oskyr rit de nouveau.

— Si tu n'es ni marin, ni sorcier, ni informateur, en quoi consistera ton rôle ?

— J'ai le don de voir parfois, et d'exprimer toujours, la réalité.

— Et donc ?

Kelt leva les bras. Il n'avait pas la moindre idée de la façon dont son talent contribuerait à la déconfiture des pirates.

— Je vois, soupira Oskyr.

Encore un tombé en disgrâce, qu'on éloignait de la mesnie sans pour autant le bannir complètement, au cas où on en aurait malgré tout besoin.

— Et celui-ci ? demanda-t-il en désignant le mercenaire du menton

— Il m'accompagne. C'est un fameux guerrier.

— Il est un peu étrange, non ?

— C'est un Horsto. Et il comprend tout ce que nous disons.

— Ah ? Dans ce cas…

Kelt se hâta de ramener la conversation sur Gulvìk.

— Tandis qu'on nous hissait jusqu'à la citadelle, j'ai remarqué qu'on chargeait deux navires.

L'amiral singea un salut.

— Mes compliments, tu as l'œil, toi qui n'es pas un espion. Notre hartl pense, je ne sais pourquoi, que le moment est bien choisi pour effectuer une sortie. Il semblerait, si j'ai compris sa lettre, que tu n'es pas étranger à cette inspiration. Nous tenterons donc de franchir le barrage à la quatrième marée. Tu embarqueras avec moi : ainsi nous éprouverons tes dons contre ces forbans. En attendant, vous êtes tous deux mes invités. J'espère que vous aimez le poisson d'eau douce : même nos pêcheurs subissent les assauts de ces prétendus pirates s'ils s'éloignent de l'estuaire.

Chapitre 11

Souvent, les rhapsodes comparaient la canopée des forêts horsteei au moutonnement des vagues sur l'océan lointain. Hòggni aimait les forêts de son enfance. Que de fois, seul ou en compagnie de garnements de son âge, avait-il grimpé jusqu'au houppier d'un utaki ou d'une hartrée pour se balancer au gré du vent ? Il s'imaginait alors voguer à la rencontre d'îles lointaines, lui qui ne connaissait la mer que par les épopées contées au cours des veillées.

Or, s'il était certain d'une chose aujourd'hui, c'était que les poètes avaient menti ou qu'ils ne savaient pas de quoi ils parlaient. Car le chahut des vagues n'avait rien de commun avec le bercement des ramées. Toute cette eau, dans quelque horizon que portait le regard… Il avait déjà caboté mais ne s'était jamais aventuré si loin au large. À peine si la côte se devinait encore, au Renard. D'ici à ce qu'il retrouve la terre ferme, il aurait craché toutes ses tripes à la mer.

Les matelots évitaient de se moquer trop ouvertement de lui quand il se penchait au-dessus du plat-bord, l'estomac tordu par la nausée. Mais il en avait surpris plus d'un à ricaner derrière son dos.

Sans être susceptible, Hòggni trouvait ce manque de compassion désobligeant. Il était d'autant plus vexé que Kelt, lui, semblait beaucoup moins incommodé. Depuis la dunette, il observait les navires ennemis dont les formes sombres se précisaient dans l'aube naissante. Il en dénombra une dizaine.

— Alors, diseur de mots, disposes-tu d'une parade dans ton sac à malice ?

Le ton d'Oskyr exprimait plus le désabusement que l'agressivité. Il ne se payait pas de mots sur ses chances. S'il lui fallait mourir dans une ultime tentative, il s'en accommodait. Il montrerait à tous ces bardaghi contempteurs qu'un fils de pêcheur avait autant de panache que l'un des leurs ! Mais il ne pouvait s'empêcher d'en vouloir à Skilf d'avoir refusé de mettre en chantier des bâtiments de guerre, ainsi qu'il l'en pressait. Et il trouvait plus ridicule qu'injurieux que la seule réponse à ses messages d'alerte, maintenant qu'il était trop tard, ait été l'envoi d'un jeteur de sorts qui ne croyait pas lui-même en ses pouvoirs.

Kelt considéra le sourire amer du marin.

— Je ne peux rien changer à leur supériorité numérique, avoua-t-il.

Oskyr avait espéré franchir le blocus avant la levée du jour. Mais à peine les trois navires marchands et les deux bâtiments qui les escortaient s'étaient-ils éloignés du port que le vent tourna. Pour ne rien arranger, même ce foutu diseur de mots n'avait pu empêcher le brouillard matinal de se dissiper au plus mauvais moment, alors que quelques encablures seulement les séparaient de l'ennemi. Déjà, les deux plus proches pirates manœuvraient pour arraisonner le galion de tête.

Kelt sentait monter en lui un malaise qui ne devait rien au mal de mer. La sueur perlait à son front, coulait le long de son dos. Sa respiration devint plus lourde. Sous la surface de l'eau une ombre coupa la route du bâtiment sous son étrave. Illusion ? Jeu de lumière à la surface mouvante des vagues ? Kelt aimait les ruisseaux joyeux, les torrents impétueux. Il aimait les rivières insouciantes, les fleuves indolents. À la pluie même il trouvait des charmes secrets. Mais dans la mer, l'inexorable aboutissement où tous les cours se diluaient, il percevait avant tout l'amertume de la mort. Quant aux formes blêmes qui se multipliaient dans leur sillage, il pressentait trop bien à quel déchaînement elles préludaient.

L'amiral tendit à Kelt un de ces instruments créés depuis peu, grâce auquel la portée du regard était augmentée, y compris pour un homme sans talent. Le résultat était effectivement stupéfiant. Kelt se serait trouvé sur le pont de la nef qui fonçait sur eux qu'il n'aurait pas distingué plus nettement les squelettes agrippés aux cordages.

— Un stratagème pour nous impressionner, expliqua Oskyr, imperturbable. Quand ils nous auront arraisonnés, tu constateras que leur équipage est constitué d'hommes aussi vivants et vigoureux que toi et moi.

Le malaise de Kelt s'aggravait. À l'image des navires pirates dont les voiles se gonflaient se superposa celle de coques démâtées roulées par de gigantesques lames. Les créatures des abysses écrasaient les membrures entre leurs griffes et emportaient les noyés dans leur domaine. Était-ce donc ce qui était attendu de lui, de donner corps à cette potentialité ? Sa poitrine se dilata. Les mots débordèrent de sa gorge avec l'impétuosité d'une lame de fond :

— Qu'importe le nombre, en vérité, voici ce qu'il en est : l'océan les mettra tous à égalité, proféra-t-il.

L'amiral le toisa avec une grimace où le mépris le disputait à l'animosité. Jusqu'à présent, le prétendu sorcier avait eu la décence de lui épargner ces simagrées. Il le tolérait parce qu'il était l'émissaire de Skilf, donc, malgré ses dénégations, ses yeux et ses oreilles. Le hartl le croyait-il un lâche qui se dérobait au combat ? Oskyr savait qu'il n'avait aucune chance, avec deux malheureux navires, de vaincre un ennemi qui lui en opposerait dix. Mais il était las de se terrer au fond du port. Las d'envoyer des appels qui se perdaient sans réponse. Il lança ses ordres. On ne reculerait pas. Même si la chance de forcer le barrage était quasi nulle, il était décidé à la tenter, plutôt qu'être honteusement pris en chasse en essayant de regagner l'abri des môles tandis que les nefs marchandes, bien trop lentes à la manœuvre pour l'imiter, seraient une fois de plus arraisonnées.

Ce fut le pilote qui attira leur attention sur l'apparition, à l'horizon de la Couleuvre, d'un phénomène étrange. Une barre sombre, agitée de turbulences, mouvante, se formait, plus épaisse, plus menaçante de seconde en seconde. Elle roulait, frénétique, comme si la noirceur des nuages s'accouplait à la pâleur de l'écume apparue, épaisse, à la crête des vagues. Des éclairs la traversaient, sans tonnerre.

— Par les mamelles de Vatna, qu'est-ce que c'est que ça ?

Oskyr avait pâli sous son hâle. De mémoire de marin, on n'avait jamais vu un orage de cette nature. Il glissa un regard en coin sur le diseur de mots. Celui-ci opposait au phénomène un visage impénétrable. Le vent fraîchit d'un coup, bousculant les voilures. Le navire prit une telle gîte que tout ce qui n'était pas solidement arrimé sur le pont fut précipité par-dessus le bastingage.

La formation nuageuse se boursouflait, déconcertante : à l'horizon opposé, en direction de la côte, le ciel affichait les couleurs tendres d'un petit matin radieux. Les vagues se creusaient, gueules monstrueuses ouvertes pour avaler les navires. L'amiral enroula autour de sa taille une élingue dont il fixa l'extrémité à la galerie de la dunette. Kelt entortilla son avant-bras dans un bout pour ne pas être emporté par une bourrasque. Il croisa le regard de Hòggni.

— T'as dit quoi ? grogna le Horsto.

La question de son compagnon se perdit dans le hurlement du vent, tandis que la muraille de ténèbres se ruait sur les navires.

Les gabiers se précipitèrent dans les hunes, défiant la fureur des rafales qui étoufferaient leur cri en cas de chute. Une lame trois fois haute comme le grand mât se dressa devant la proue. Le bâtiment fut soulevé, porté à une hauteur vertigineuse. Il tint un instant l'équilibre sur une frange d'écume, bascula, dégringola la pente.

— Réduisez-moi cette voilure ! gueulait le maître d'équipage.

Nul ne l'entendait. Le crépitement de la grêle sur les toiles tendues tels de gigantesques tambours, la symphonie du vent dans les drisses et les haubans couvraient sa voix dérisoire. Nul ne l'entendait, mais chacun connaissait sa tâche. Impossible de ferler : la toile tendue à se rompre n'offrait aucune prise aux doigts gourds des gabiers ; on abattait à la hache pour ne garder déployées que les voiles d'étai et le petit foc.

Malgré les efforts conjugués des quatre hommes agrippés à la barre, une lame prit le navire par le travers. L'eau s'infiltra par les écoutilles.

— Aux escopes !

Le bâtiment se cabra, recrachant l'eau par tous ses dalots, puis il piqua du nez dans la vague. Derechef, l'eau balaya le pont d'un bord à l'autre, emportant un butin surgi, on ne sait par quel sortilège, des profondeurs de la soute. Les éclairs s'enchaînaient sans discontinuer, jetant leur lumière livide sur le désastre. Les couleurs avaient disparu. Le pont apparaissait comme une tache claire perdue dans une noirceur liquide. Des lambeaux de voiles déchirées claquaient. Les bordés, pris en étau entre des chaos contraires, craquaient. L'un après l'autre, les matelots, transis, tétanisés, abandonnaient la manœuvre pour s'arrimer comme ils le pouvaient à ce qu'ils pouvaient. Des tempêtes, ils en avaient tous essuyé, plutôt deux fois qu'une. Mais rien de comparable avec celle-là. Descendre dans la soute, c'était risquer d'être noyé par un de ces paquets d'eau qui remplissaient brusquement un volume qu'on croyait étanche. Rester sur le pont, c'était s'exposer aux vagues qui, opiniâtres, tentaient de les arracher du mât qu'ils étreignaient convulsivement ou du cordage auquel ils avaient confié leur salut. Les uns serraient les dents à en éclater l'émail, les autres imploraient Vatna que, par flagornerie, ils qualifiaient de bienveillante. Or ce n'était pas le visage souriant de la déesse océane que Kelt distinguait sous les vagues et dans les nuages, mais de hideuses créatures aux contours incertains, des monstres inachevés, des ébauches antérieures au temps des hommes anciens. Au regard de ces géants, le navire semblait un jouet, un fétu. Dans leur tête informe, aveugle, une énorme gueule édentée béait, et la mer se creusait. Recrachaient-ils l'infect breuvage ? La vague enflait.

Oskyr, lui, ne les voyait pas. Il ne quittait pas le beaupré des yeux. Il ne détourna pas le regard même quand la flèche de misaine, brisée net, s'écrasa sur le pont. Une vague balaya l'espar qui, retenu par ses amures, pendit par bâbord, achevant de déséquilibrer le vaisseau.

Celui-ci se mit à tournoyer, engagé dans un tourbillon qui s'ouvrait sous sa quille. Le grand mât, à son tour, se brisa.

— Aux haches ! Aux haches ! hurlait l'amiral.

Si un matelot l'entendit, aucun ne bougea. Oskyr dénoua l'élingue qui l'assurait et se précipita vers l'échelle. Un paquet d'eau l'emporta avant qu'il l'atteigne.

Le navire chavira. Précipité dans une mer tumultueuse, Kelt se débattit pour ne pas se laisser entraîner par le fond. Ses membres s'agitaient sans que sa volonté en coordonne la gesticulation. Dans ce qui lui restait de conscience éperdue, une voix s'insinua : pourquoi résister, ne serait-il pas plus simple, plus sage de s'abandonner à l'inéluctable ? Tu ne retrouveras jamais le chemin d'Urskogar. Alors, à quoi bon continuer à vivre ? Et aussi cette phrase qui avait éclos sur ses propres lèvres : l'océan abolira les inégalités. Lui pour qui au cœur de la Forêt profonde le temps ne s'était pas écoulé au même rythme que de ce côté-ci de la réalité, lui auquel était conféré le don de voir ce que nul autre mortel ne voyait, l'onde amère le ravalait au rang de ce qu'il n'avait jamais cessé d'être, un homme comme tous les hommes, un mortel. Quelque part, n'était-ce pas un soulagement ? Plus d'épreuves, plus de doutes, plus de chagrin… Peut-être. Mais l'animal en lui renâclait et il imprimait à ses bras, ses jambes des mouvements convulsifs. Et quand l'eau sourdit entre ses lèvres crispées, ses membres s'agitèrent de plus belle jusqu'à ce que le haut et le bas cessent de se confondre et qu'il émerge enfin.

L'air pénétra à grands traits dans sa poitrine douloureuse. Un débris heurta durement son épaule. Il tenta de s'y s'accrocher. Ses doigts tétanisés ne répondaient plus. Il se sentit glisser. Sa tête, de nouveau, s'enfonça. On le tira. Sous son dos, il sentit une surface solide, quoique mouvante. Un cordage s'enroula autour de son torse. Il voulait ouvrir les yeux mais le sel brûlait ses paupières. Il distingua tout juste la lumière du ciel, qui tombait droit sur lui pour, à son tour, l'aveugler. L'obscurité s'était donc dissipée ? Une voix familière lui parvint, assourdie par l'eau qui remplissait encore ses oreilles.

— Cette fois, tu as fait très fort, diseur de mots.

Un battement périodique scandait le mouvement de sa poitrine. Il respirait au rythme des vagues qui déferlaient sur les galets. Il hoqueta et vomit un peu d'amertume. Un incendie enflammait sa gorge. Un frisson porta à sa conscience qu'il avait froid.

Il ouvrit les yeux sur un ciel bleu, tourna la tête. Hòggni, assis les bras croisés autour des genoux, fixait l'horizon.

Kelt, à son tour, redressa le buste. Sa vue se troubla. Les larmes noyaient ses prunelles irrités. Il frotta ses paupières. Mal lui en prit : cela revenait à jeter dessous du sable à poignées.

L'océan lui apparaissait comme un crépitement d'étincelles, les éclats qu'arrachait un soleil blanc à la houle apaisée.

— Qu'est-ce que tu vois ? demanda-t-il à son compagnon.

— La tempête s'est calmée. Il me semble apercevoir Gulvìk, de l'autre côté de l'eau.

Ils avaient donc atterri sur la rive droite de l'estuaire.

— Des navires ?

En s'affalant sur la plage les vagues imprimaient un mouvement au sabord arraché à un vaisseau : le radeau sur lequel Hòggni avait attaché son ami. D'autres débris flottaient un peu plus loin ; la prochaine marée les drosserait sur le rivage. Aucune épave importante, aucun marin.

— Je me demande s'il y en a eu d'autres, soupira Hòggni. Des rescapés, je veux dire.

Sa voix était atone, sa langue embarrassée au point que les mots, concassés par un gosier brûlé par le sel, devenaient presque incompréhensibles.

— Comprends-tu pourquoi je répugne à prononcer une parole efficace ? coassa Kelt.

— Ce n'étaient pas les pirates que tu devais envoyer par le fond ?

Deux navires, contre une dizaine. L'issue ne faisait aucun doute. Nécessairement, ils couleraient. Seule la tempête pouvait équilibrer les chances en réservant le même sort aux deux flottes. Sa parole l'avait provoquée. Pas parce qu'il l'avait voulu, mais parce qu'elle avait frayé la voie à une simple vérité. Pourtant, Kelt ne pouvait empêcher ses épaules de s'affaisser, écrasées par le poids du remords. Il faisait beau, ce matin. Le brouillard dissipé, le soleil aurait brillé clair sur une mer à peine formée. S'il avait su retenir les mots du possible derrière ses lèvres closes, les créatures des abîmes ne seraient pas remontées à la surface. Mais cette faculté lui était-elle réellement offerte, ou son désir de croire à un miracle était-il déjà trop fort ? Quoi qu'il en soit, une fois déclenchée, la tourmente avait nécessairement emporté les mêmes conséquences pour tous les navires attardés sur sa route. La réalité s'était peut-être infléchie pour se conformer à sa parole ; mais elle demeurait l'implacable réalité.

— Note que je n'ai pas dit autre chose que : l'océan mettra tout le monde à égalité. Et c'est ce qui est arrivé, je suppose.

— Trop subtil pour moi, grogna Hòggni. J'aurais peut-être mieux fait de te laisser te noyer.

— C'est vrai, excuse-moi, je ne t'ai pas remercié.

— Pas de quoi. En te hissant sur mon morceau de bois, je pensais qu'un mage assez puissant pour créer ce foutoir me permettrait d'arriver à bon port.

— Et c'est le cas !

— Ouais. Sauf que, cette fois, tu as fermé ta gueule et que j'ai été forcé de te pousser en nageant tout le long.

Après un court silence, il reprit :

— Qu'est-ce que j'ai soif. Faudrait trouver de l'eau. Tiens, plutôt qu'un diseur de mots de mes deux, j'aurais mieux fait d'escorter un sourcier. Ça, au moins, ça me servirait à quelque chose.

Kelt en convint. Lui aussi avait la gorge en feu. Mais où puiser l'énergie de se lever ? Ils restaient engourdis, transis, prisonniers d'un corps que le soleil, déjà hivernal, ne réchauffait pas.

— Faut qu'on se remue, dit Hòggni. Sinon, on va crever de froid.

Mais il ne bougea pas. Harassé par l'effort qu'il avait dû consentir pour atteindre la grève, son corps grelottant sous le vent qui plaquait sur lui ses vêtements mouillés ne répondait plus à sa volonté.

Les oiseaux se posaient près d'eux, observaient d'un œil curieux ces intrus. D'abord les goélands. Puis les pétrels, plus hardis. Une striure sombre de leur plumage ajoutait de la cruauté à leur regard. Ils n'osaient pas encore attaquer les naufragés, mais ils avaient senti leur faiblesse et éprouvaient leur capacité de réaction en claquant de leur bec tranchant.

Kelt jeta à l'aveuglette un galet en direction des plus audacieux. La pierre retomba à peine six coudées plus loin. Les oiseaux, ayant désormais la mesure de sa riposte, se rapprochèrent. Il voulut les chasser en criant. Sa gorge se contracta douloureusement et aucun son n'en sortit.

Il avait évité la noyade pour mourir de soif sur la plage, la chair fouillée par le bec avide des pétrels.

— Quelqu'un, prévint Hòggni.

Des secours ou des pilleurs d'épave ?

— Une femme, précisa le Horsto. On dirait qu'elle est seule. Elle nous a repérés. Elle vient vers nous

Elle ne se pressait pas. Elle portait un panier. Sans doute venait-elle chercher du goémon ou des coquillages. À contre-jour, Kelt la distinguait mal. Il retrouvait la vue, mais il peinait encore à maintenir les yeux ouverts, en raison des atroces démangeaisons de ses paupières. Pour lui, la femme n'était qu'une tache sombre qui se mouvait sur le blanc du sable.

Dérangés, les pétrels s'envolèrent à contrecœur en protestant dans leur jargon. Ils ne s'écartèrent que de quelques coudées : ils n'abandonnaient pas tout espoir de bombance.

Consentant un énorme effort, Hòggni réussit enfin à se lever. La femme lui prêta une brève attention, avant de se pencher sur Kelt. Étouffant un cri, elle eut un mouvement de recul. Il ferma les paupières, les rouvrit brusquement, retrouvant, l'espace d'un instant, une vision un peu plus nette.

— Fille-farouche ? C'est bien toi ?

— Bouche-d'or ? Que fais-tu sur cette plage ?

— C'est une longue histoire

— Qu'il racontera plus tard, interrompit Hòggni. Aurais-tu de l'eau pour de misérables naufragés, Fille des étoiles ?

Elle posa le panier.

— Attendez-moi là, dit-elle avant de partir en courant.

Kelt suivit du regard la silhouette indécise qui s'éloignait.

Hòggni en profita pour explorer son panier. Il contenait quelques escargots de mer, une poignée de patelles. Pas grand-chose, mais c'était toujours ça.

— Dis-moi, grommela-t-il, ce ne sont pas des Enfants des étoiles qui t'ont vendu à Skilf ?

Kelt hocha la tête.

— Ceux de son clan, en effet. Pour autant, ce sont les gens les plus accueillants du monde. Je suis certain qu'ils nous aideront.

Le Horsto renifla.

— En attendant, elle ne revient pas. M'est avis qu'il va falloir se débrouiller tout seuls. Tu ne peux vraiment pas tenir sur tes jambes ? Ah, attends, la voilà. Avec une mule.

Les pétrels, désabusés, partirent en piaulant leur déception harceler des mouettes qui rentraient de la pêche.

À la vue de l'outre que transportait la bête, Hòggni se précipita. Fille-farouche le bouscula.

— Lui d'abord !

Elle porta le déversoir aux lèvres craquelées du diseur de mots.

— T'inquiète pas, il y en a assez pour deux, ajouta-t-elle, consciente de s'être montrée sévère avec le Horsto. Mais tu parais en meilleure forme que lui.

Elle tira le récipient en arrière et inonda le visage du naufragé, insistant sur les yeux, avant de le tendre enfin à Hòggni.

La soif reprit Kelt sitôt qu'il cessa de boire. Elle le tiendrait encore plusieurs jours, devina-t-il. Hòggni paraissait décidé à vider l'outre, une peau de chèvre entière qu'il tenait par les pattes.

Kelt regardait Fille-farouche. Il peinait à reconnaître en cette femme aux formes épanouies le chat maigre que, quelques mois plus tôt, il avait laissé les pieds ancrés dans la boue d'un champ de foire. C'était pourtant le même sourire, les mêmes iris couleur de miel, la même tignasse rebelle.

Consciente de sa surprise, elle secoua ses cheveux, adopta une attitude provocante.

— Comment se porte Fière-enclume ? demanda-t-il pour cacher son trouble.

— Bien, il me semble.

— Et Deux-bigornes ?

Le visage de la jeune femme se ferma.

— Oh, celui-là…, grinça-t-elle. Mais toi, comment as-tu échoué sur ce rivage ?

— C'est une longue histoire.

Cette fois, Hòggni était trop occupé pour éviter que tombent les formules rituelles :

— Me la conteras-tu, diseur de mots ?

— Cela dépend de toi.

— Qu'attends-tu en échange ?

— Ton eau m'a payé d'avance. À moins que tu acceptes de danser pour moi ?

Elle repoussa, d'un geste agacé, la mèche de son front. Son regard étincelait.

— Crois-tu que quelques bavardages suffiront pour cela ? Si je t'offre jamais la chaleur de mon ventre, j'exigerai un peu de tendresse et le plaisir qu'un homme peut donner à une femme. Et je ne me contenterai certainement pas d'un de tes boniments !

— Comme tu y vas ! Je parlais seulement de danser.

— Ça, c'est que disaient tes lèvres. Moi, je réponds à tes yeux. Ils tenaient un autre discours.

Kelt voulut protester de son intention. Mais un diseur de mots ne saurait mentir…

— Venez, dit-elle. Essayez de grimper sur la mule. Les chariots sont tout près, derrière les dunes.

Chemin faisant, Varka expliqua la présence des Helgi si loin vers le Sanglier. La pénurie de métal se confirmant, le clan avait décidé que Fière-enclume irait s'approvisionner au Kupstrand, tandis que Coup-précis poursuivrait vaille que vaille son activité au cœur du Solkstrand. Cependant l'expédition avait tourné court ; peu après avoir pénétré au Heldmark, Fière-enclume avait rebroussé chemin.

Avant qu'elle ait eu le temps d'expliquer ce revirement, ils atteignirent le camp installé près d'une petite chute qui leur fournissait en abondance une eau claire. Deux chariots, deux tombereaux, une tente… et bien sûr un foyer : les Helgi profitaient de la halte pour préparer des fers et des soles à âne ; ainsi, lorsque la demande se manifesterait dans un village, ils n'auraient plus qu'à procéder à un ajustement.

— Des forgerons, soupira Hòggni. Dire que j'ai trimballé les morceaux de mon sabre tout ce temps dans mon sac, et quand je tombe sur des artisans capables de le réparer, il gît au fond de la mer avec le reste.

Fière-enclume s'interrompit en apercevant Varka flanquée de deux inconnus, fronça le sourcil. Nous devons avoir bien piètre allure, songea Kelt. Soudain, le visage du forgeron s'illumina d'un large sourire.

— Bouche-d'or ! Si je m'attendais ! Sois le bienvenu, mon ami.

— Ton ami ? Tu es sûr ? Tu m'as vendu, la dernière fois, tu te rappelles ?

— Pourquoi s'en souvenir, puisque l'argent est depuis longtemps dépensé ? D'ailleurs, entre nous, je n'ai pas touché grand-chose de la récompense. Ces salauds l'ont ponctionnée, soi-disant pour payer le dérangement des archers venus te prendre.

— Désolé de ne pouvoir te dédommager de ce manque. J'ai tout perdu dans le naufrage.

— Un naufrage ? Par la queue de Yorn, il faut que tu me racontes cette histoire ! Et celui-là ? Un Horsto, pas vrai ? Naufragé, lui aussi ?

— Sans lui, à cette heure, je servirais de pâture aux poissons.

Fière-enclume frissonna. Il n'aimait pas la mer ni, surtout, les créatures censées rôder dans ses profondeurs.

— Alors qu'il soit le bienvenu, lui aussi.

Hòggni reniflait, au-delà des exhalaisons de la forge, une odeur de cuisine et s'interrogeait sur son origine. Kelt, qui la connaissait, n'en saluait pourtant pas moins.

— Je les ai trouvés sur la plage, expliqua Fillefarouche.

— Tu traînais encore là-bas ? C'est imprudent, je te l'ai déjà dit. On peut y faire de bien mauvaises rencontres. La preuve !

Difficile d'interpréter ces deux derniers mots. Plaisanterie ? Réels reproches ? Malgré son aménité, Fière-enclume avait des motifs de s'inquiéter du retour de Kelt parmi les siens.

— N'aie crainte, je n'ai aucune intention de me venger.

— Sûr ?

— Aussi vrai que tu n'éprouves aucun remords. Car tu estimes n'avoir rien à te reprocher, n'est-ce pas ? En te punissant, je commettrais donc une injustice.

— Bien raisonné, approuva le forgeron.

— Si je l'avais voulu, insinua Kelt, aurais-je attendu tout ce temps pour prononcer une parole efficace contre ton clan ?

Confronté à cette menace à peine voilée, Fière-enclume préféra s'en tenir là.

— Venez, dit-il. Vous avez besoin de manger et de dormir.

Hòggni déchanta devant le brouet que Braise-ardente lui présenta. Elle se réjouissait pourtant d'y avoir incorporé des ingrédients de choix : hérissons, escargots, têtes de poissons, orties, oseille sauvage, un nid de cingli avec ses œufs dont deux non encore éclos, un freux à peine faisandé et, bien sûr, les coquillages que Varka avait ramassé la veille.

Passé le choc que procurait le premier contact avec la gastronomie helgee, Hòggni sut faire abstraction de la saveur inhabituelle du mélange pour ne plus considérer que l'apaisement de son estomac.

— Vous êtes loin de vos routes habituelles, releva Kelt. Fille-farouche m'a dit que tu projetais de te rendre au Kupstrand.

— Je comptais traverser le Heldmark en suivant la côte, mais je suis vite revenu sur mes pas en apprenant que les soldats de Slegur raflent les Enfants des étoiles pour les emmener on ne sait où. Ceux-là nous ont prévenus.

Il désigna un couple dont les visages n'étaient pas connus de Kelt.

— Des Salgi. Leur clan voyage depuis des générations dans le Heldmark. Jamais ils n'avaient vu cela. J'aime encore mieux risquer d'être réquisitionné pour travailler au nouveau pont sur le Stor. Au moins, quand on est requis par Skilf, on sait où on va et pour combien de temps. Alors, je me suis hâté de rebrousser chemin. Je vais rejoindre Coup-précis. Après, on verra bien. Tant qu'on trouve un peu de fer à battre…

Il remarqua que Kelt peinait à tenir ses yeux ouverts. Hòggni, lui, ronflait déjà. Braise-ardente posa une couverture sur lui, en tendit une au diseur de mots.

— Vous bavarderez demain, dit-elle à son compagnon. M'est avis que ces deux-là ne s'envoleront pas dans la nuit !

Un être informe nageait sous lui, la gueule béante. Kelt se sentit irrésistiblement attiré vers le fond. Il ouvrit la bouche pour appeler à l'aide. L'océan s'engouffra dans sa gorge.

La soif l'éveilla.

Une soif qui ne devait rien au rêve. Il avait pourtant bu tout son soûl la veille au soir. Peut-être était-ce le lot des naufragés, cette soif inextinguible, peut-être y était-il à jamais condamné : le prix à payer pour s'être soustrait aux créatures des abysses.

Son regard croisa celui de Varka. Elle lui tendit un gobelet, avant même qu'il en exprimât le souhait.

L'eau était fraîche. Mais surtout, la présence de la jeune fille l'apaisait.

— Tu m'as veillé toute la nuit ?

Elle rit.

— Bien sûr que non, que vas-tu penser ? D'ailleurs la nuit est déjà loin. Braise-ardente m'a dit que les premières paroles que tu prononcerais quand, enfin, tu te réveillerais seraient de demander à boire.

Elle ne l'avait pas veillé, admettons. Mais elle était là à son réveil. Il en était content, sans savoir pourquoi. Non, pas content, rassuré. Solk avait dû éprouver un sentiment semblable quand, après avoir lutté trois jours et quatre nuits pour mater Vísindramadur, il avait reçu de Snorra l'autorisation de rafraîchir sa tête en feu sur sa poitrine nue.

— Hòggni ?

— Il discute avec Fière-enclume. Que comptes-tu faire, à présent ?

Retourner à Gulvìk ? Que l'amiral ait échappé ou non au désastre, il doutait d'y être le bienvenu. Cette tempête soudaine, imprévisible, d'une violence inouïe, comment ne pas croire qu'il entrait un peu de magie dans son déclenchement ? De là à penser qu'il en était responsable, pour ne pas dire coupable, il n'y avait qu'un pas que les familles des marins engloutis franchiraient aisément. Mieux valait rejoindre Solksborg au plus vite. Dans un premier temps, ils pourraient récupérer de la fatigue en voyageant dans les chariots des Helgi.

Une esquisse de sourire illumina le visage de Varka. Où était la Fille-farouche qui s'ingéniait à l'éviter lors de leur première rencontre ?

Courte-tresse, la benjamine de Braise-ardente, dévala la dune avec la souplesse d'un chat.

— Nous avons de la visite, prévint-elle. Des soldats.

Varka se tourna vers Kelt un visage interrogateur.

— Non, protesta-t-il, prévenant sa question. Cette fois ils ne viennent pas pour moi.

Il avait parlé d'un cœur sincère. Mais, tandis qu'il prononçait ces mots, un doute s'insinuait en lui. Il n'y avait peut-être pas que les proches des noyés pour lui réclamer des comptes.

De toute façon, il était trop tard pour détaler. Tout au plus prit-il la précaution de se coucher parmi les oyats, assez près pour que lui parvienne la voix de Fière-enclume saluant le sergent de la patrouille.

Entre les soldats et les Enfants des étoiles, une certaine connivence s'était instaurée. Ne se rejoignaient-ils pas dans le culte de Yorn, le dieu métallique, même si c'était pour des causes bien différentes ? Pourtant, le sergent usa d'un ton peu amène pour s'inquiéter de la présence des forgerons dans ces dunes désertes.

En quelques mots, Fière-enclume les lui exposa. Le sergent, perplexe, marqua une pause, avant d'enchaîner :

— Il y a eu une tempête au large, hier.

— Nous avons aperçu les éclairs. Un fichu orage. Mais ici, pas le moindre vent.

— Vous n'avez vu personne ?

Fière-enclume fronça les sourcils.

Qui aurait-on dû voir ?

— Cette tempête… Elle a causé la perte de nos deux plus beaux bâtiments. Sans compter trois navires marchands. Or, nous avons de bonnes raisons de croire qu'un magicien l'a provoquée. Si c'est le cas, il a pu se transporter sur la côte avant qu'elle se déchaîne…

Il laissa sa phrase en suspens, partagé entre le ressentiment, qui le portait à la vengeance, et la crainte d'avoir à s'emparer d'un homme au si terrible talent.

— Quoi qu'il en soit, conclut-il en tournant son aigreur vers une autre cible, vous ne pouvez pas rester là. Déguerpissez !

Il n'avait aucune raison de chasser les nomades du rivage, mais cela le soulageait de montrer un peu d'autorité. Surtout sans courir de risque.

— Si vous êtes encore là à mon retour, il vous en cuira !

— La journée est déjà avancée, plaida Fière-enclume. Pour lever le camp, il nous faut laisser la forge refroidir avant de la démonter, rassembler notre bagage, effacer nos traces… De grâce, sergent-èr, laissez-nous au moins la nuit. Nous partirons aux premières lueurs.

— Soit, accorda l'homme d'armes, sensible à l'inflexion que le Helg avait donnée au suffixe de respect, qui eût mieux convenu à un bardagh qu'au gradé subalterne qu'il était. Demain matin sans faute, sinon…

La patrouille s'ébranla en direction du rivage sans s'être donné la peine de fouiller les chariots. Kelt s'en réjouit. Il ne savait pas où Hòggni s'était caché et les forgerons auraient eu du mal à justifier la présence d'un Horsto parmi eux. Il se releva et s'en fut rejoindre Fière-enclume.

— Les soldats recherchent un magicien, annonça celui-ci, solennel.

— J'ai entendu, l'interrompit Kelt

— C'est toi, n'est-ce pas ?

— Merci de ne pas m'avoir livré.

— Pour qui me prends-tu ? L'hospitalité des Helgi est sacrée !

Et cette fois, il n'était pas question de récompense, compléta Kelt *in petto*.

— Pour ma gouverne, enchaîna Fière-enclume, c'est vrai ? Tu as soulevé une tempête ?

— Celle qui a failli me noyer, tu veux dire ?

La réponse désarma le Helg, à défaut de le convaincre. Au moins, une chose était sûre : trempé comme Varka l'avait trouvé, le diseur de mots n'avait pas gagné la plage en lévitant. Se souvenant de l'avertissement d'Œil-de-chouette, il lorgna le sol derrière son interlocuteur. Celui-ci n'avait toujours qu'une ombre.

— Je ne veux pas vous mettre en danger, poursuivait Kelt. S'ils reviennent et se montrent un peu plus curieux… Même s'ils ne me connaissent pas, le Horsto et moi, on passerait difficilement pour des Enfants des étoiles.

— À pied, tu seras vite repéré. Reste avec nous jusqu'à Ferja. Une fois sur l'autre rive, tu iras ton chemin et nous le nôtre. Maintenant, excuse-moi. Je dois démonter le foyer.

L'hospitalité des Enfants des étoiles était sans doute sacrée, ainsi que l'avait rappelé Fière-enclume, mais elle n'était pas gratuite. Quand, le soir, tout le clan se réunit autour du foyer, Kelt, qu'ils préféraient appeler par son nom public de Bouche-d'or, savait ce qu'ils attendaient de lui. Braise-ardente lança la narration :

— Nous diras-tu comment, toi que les archers ont arraché à notre amitié pour te mener dans une geôle, tu t'es retrouvé, trempé et tremblant, sur la plage où Fille-farouche t'a découvert ?

— C'est une longue histoire

— Nous la conteras-tu ?

— Cela dépend de vous.

— Qu'attends-tu en échange ?

— Rien que vous ne m'ayez déjà donné : votre hospitalité, votre amitié et… votre loyauté.

— Elles te sont acquises, l'assura Fière-enclume, un peu sèchement : l'humour de Bouche-d'or manquait de légèreté, pour un qui se prétendait sans rancune.

— Dans ce cas…

Et Kelt de narrer son embarquement et son naufrage. Les enfants frémirent à l'évocation des vaisseaux pirates aux manœuvres garnies de cadavres en décomposition, et plus encore quand le conteur décrivit les flots déchaînés dont la noirceur laissait entrevoir les monstres livides qui les hantaient. Puis Kelt décrivit son sauvetage et, la voix vibrant sur le mode de l'épopée, les efforts héroïques déployés par son compagnon horsto, avec un réalisme que Hòggni trouva surprenant, de la part d'un homme qui était resté inconscient jusqu'à ce qu'il l'ait traîné hors de l'eau.

Contrairement à l'attitude qu'elle avait adoptée lors du premier séjour de Kelt parmi les Helgi, Varka ne cherchait nullement à se dissimuler. Au contraire, elle s'était accroupie tout près du conteur et le dévorait des yeux. Lui, tout à son récit, ne paraissait pas s'en aviser. Mais deux hommes, au moins, l'avaient remarqué : Hòggni, auquel l'attrait exercé par son compagnon sur les femmes inspirait toujours du vague à l'âme, et Fière-enclume, qui dissimulait mal sa contrariété.

Quand Kelt eut achevé son récit, le chef du clan se leva et frappa dans ses mains :

— Il est temps de dormir ! décida-t-il

Les enfants, du moins ceux que le sommeil n'avait pas encore terrassés, protestèrent. Dormir ? Déjà ? Sans que personne ait dansé ? Fière-enclume demeura inflexible.

— Vous avez entendu les soldats ? Demain, nous partons à l'aube.

Les gamins protestèrent derechef.

— Et je n'en serai pas fâché, insista Fière-enclume. La mer est un domaine fluctuant duquel à tout moment peut surgir un malheur.

En proférant cette remarque, le Helg ne regardait pas Kelt. Pourtant celui-ci eut cette fois la certitude qu'elle le visait.

Chapitre 12

Le jour se levait à peine que les traces du campement étaient effacées – avec moins de soin, il est vrai, que lorsqu'il s'était agi de dérouter la Visiteuse. Kelt grimpa sur le banc, à côté de Fière-enclume, comme lors de leur premier voyage commun. Le Helg ne protesta pas. Il s'écarta un peu pour lui laisser de la place, bien que le siège fût assez large pour trois. Il répondit à son salut, mais garda les yeux sur le chemin. Les fondrières vicieuses n'y manquaient pas ; toutefois l'attention requise par la conduite de l'attelage n'expliquait pas à elle seule l'humeur sombre du Helg. Regrettait-il d'avoir offert l'hospitalité à un homme une fois de plus recherché par les soldats ?

Un cheval lancé au grand trot les dépassa : Fillefarouche, en habit d'homme et les cheveux rassemblés sur la nuque en chignon, partait en chasse pour agrémenter le gràtyr de quelque gibier. Au passage, elle leur adressa un signe de la main. Fière-enclume étouffa un juron.

— Cours donc ! maugréa-t-il. Et puisses-tu te rompre les os.

Pareille animosité surprit Kelt. Il n'avait rien ressenti de tel entre le chef du clan et la jeune fille lors de son premier séjour parmi les Helgi. La tension de leurs rapports était-elle consécutive à la « trahison » de Deux-bigornes ? L'éclat de Varka quand les archers l'avaient emmené avait surpris Kelt.

Ils parcoururent une lieue en silence, chacun perdu dans ses pensées. Les croassements d'un vol de corneilles tirèrent Fière-enclume de sa méditation.

— Mon arc ! commanda-t-il en se tournant vers l'intérieur du chariot.

Le temps que Braise-ardente le lui tendît, les oiseaux avait pris trop de large pour lui laisser l'espoir de les atteindre.

— D'ici ce soir, j'aurai bien une autre occasion, soupira-t-il. Les corneilles, c'est pas ça qui manque. Il y en a de plus en plus.

— Tant que ce ne sont pas des sriges, plaisanta Kelt, songeant avec répugnance à la chair coriace des charognards.

Fière-enclume ne réagit pas à sa raillerie, si bien que Kelt se demanda si, à l'occasion, une srige ne figurait pas parmi les ingrédients du grätyr.

Par un enchaînement d'idées aisé à remonter, Fière-enclume revint à sa préoccupation première :

— Les patrouilleurs paraissaient nerveux.

— Peut-être avaient-ils des amis parmi les noyés, supposa Kelt.

Fière-enclume exprima ses doutes par une moue.

— Et puis il y a cette histoire de réquisition de tous les forgerons… Toi qui as séjourné au Heldmark, crois-tu que Slegur prépare la guerre ?

— Il ne m'a pas pris comme confident

— Bien sûr que non, bougonna le Helg. Je te demande simplement ton avis.

— Je préfère ne pas le formuler à haute voix.

— Mmm…

— Au Heldmark, j'ai vu beaucoup de soldats. Ils contribuaient à la propagation du nouveau culte.

Kelt lui raconta les exactions dont il avait été le témoin peu après son arrivée dans la commanderie de Slegur.

— Le Dieu unique crache vraiment le feu ? demanda Fière-enclume.

Les soldats partis, tandis que les villageois dépendaient leur chef dont le visage n'était plus qu'un charbon informe, Kelt était allé examiner la statue. La suie noircissait la cavité creusée à la base. Il y avait frotté son doigt, mais avant même de le porter à ses narines, il savait à quoi s'en tenir.

— Le Dieu unique n'est pas Yorn, dit il, devinant la pensée qui avait traversé l'esprit du forgeron. Et il ne se manifeste pas spontanément. Pour susciter la flamme qu'il présente comme la manifestation de l'Unique, le prédicateur utilise un mélange de charbon de bois pilé, de sperme de dragon et de sel de pierre. Les alchimistes l'appellent poudre à nuées. Certains charlatans qui se réclament de mon état s'en servent pour produire la fumée derrière laquelle ils apparaissent ou disparaissent à leur gré.

— Si ce n'était qu'un tour de passe-passe, pourquoi les autres dieux ne se sont-ils pas défendus ?

— Tu as déjà vu un bout de bois combattre ?

Ce propos froissa Fière-enclume. Les Enfants des étoiles ne forgeaient pas d'idoles. Cela ne les empêchait pas d'honorer pieusement le dieu du feu, la divinité de l'air qui est sa parèdre froide, Yorn, le dieu du fer, et sa compagne la déesse noire, qui assure la bonne combustion du charbon, ainsi que Hvità, la déesse de l'eau propice au trempage de l'acier. Sans compter les divinités tutélaires propres à chacun des clans, auxquelles s'ajoutaient quelques autres, adoptées au hasard des errances, à titre individuel ou collectif. Pour rester immatériel, le panthéon des forgerons valait celui accumulé sur les autels des laboureurs. Supposer un seul dieu dans un monde que les désirs et les antagonismes ne cessent de mettre en mouvement paraissait une aberration aux yeux du Helg. Mais, après tout, que connaissait-il de la nature des dieux ? En tout cas, la désinvolture de Kelt à leur égard le chagrinait.

Un coup de sifflet venu de l'arrière le dispensa d'engager la polémique. En se penchant sur le côté, il aperçut un nuage de poussière, au-delà du dernier tombereau.

— Rentre à l'intérieur, ordonna-t-il tandis qu'il se rangeait sur le côté du chemin.

— La patrouille ?

— Probablement.

Les cavaliers arrivèrent bientôt à leur hauteur. Fière-enclume salua le sergent avec un mélange de bonne humeur et de respect.

— Vous voyez, sergent-èr, je vous ai obéi. Encore mille grâces pour nous avoir permis de passer la nuit dans les dunes.

L'autre lui opposa un visage fermé.

— Pour vous remercier de votre compréhension, permettez-moi de vous offrir ceci, ajouta le forgeron en extirpant un tonnelet de sous le siège.

Sur un signe du gradé, un cavalier le récupéra.

— Toujours vu personne ?

Fière-enclume leva les paumes à hauteur de ses épaules en signe d'impuissance. Sur un nouveau signe de tête, les cavaliers s'égaillèrent le long du convoi. Kelt enfila précipitamment une casaque helgee et s'allongea parmi les bagages. Dans l'autre fourgon, Hòggni s'empara d'une cognée avant de se recroqueviller, autant que le permettait sa carcasse, entre deux ballots.

Un cavalier souleva la bâche arrière du bout de sa lance et jeta un coup d'œil circulaire à l'intérieur du chariot. Manifestement, il n'avait aucune intention d'y pénétrer. Si les autres ne manifestent pas plus de zèle, tout ira bien, songea Kelt. Pour autant, les quelques secondes que dura l'examen lui parurent une éternité. La bâche retomba enfin, et avec elle la pénombre.

La patrouille partie, Kelt reprit sa place auprès de Fière-enclume. Le temps de la discussion était passé ; un silence gêné s'installa de nouveau entre eux.

Varka ne tarda pas à reparaître. Arrivée à hauteur du chariot, elle exhiba fièrement deux volpi. Kelt s'abstint d'observer que ces volatiles se substitueraient avantageusement aux corneilles que Fière-enclume avait manquées.

— Tu as vu les soldats ? demanda le chef du clan.

— De loin. Eux ne m'ont pas repérée. Ils paraissaient pressés. Au carrefour qui vient, ils ont pris le chemin du Cerf.

— Va donner le gibier à Braise-ardente.

Elle décocha un sourire à Kelt avant de s'exécuter.

— Ta fille a bien changé, commença Kelt.

— Varka n'est pas ma fille, le coupa Fière-enclume, abrupt.

— Je pensais…

— C'est une orpheline. Elle avait déjà partagé le gràtyr de trois clans quand nous l'avons prise avec nous. Quand elle a choisi de nous suivre, devrais-je plutôt dire. Personne n'a jamais décidé à sa place. Ce n'est pas pour rien qu'on l'appelle Fille-farouche.

Il se tut un moment, avant d'ajouter, sévère :

— Et toi, tu devrais te souvenir que, pouvoir ou pas, tu n'es qu'un thung.

Le carrefour annoncé par Fille-farouche se présenta bientôt. Le chemin emprunté par la patrouille menait à l'entrée de l'estuaire, face à Gulvìk. L'autre, suivant un bras secondaire, remontait vers l'aval. Fière-enclume le choisit, pas mécontent de s'écarter de la route des soldats. Vers le milieu de la journée, le convoi longea un fortin. Dans son ombre, un radeau était amarré, à l'usage des patrouilleurs qui pouvaient ainsi passer d'une rive à l'autre en s'aidant du câble tendu entre elles. Le convoi, lui, devrait poursuivre jusqu'à Ferja pour trouver un bac public. Du haut du chemin de ronde, les sentinelles du fortin les regardèrent passer, indifférentes. Fière-enclume se détendit un peu, sans cependant retrouver sa cordialité.

Demain, décida Kelt, je voyagerai dans un des tombereaux. La froideur de Fière-enclume l'affectait plus qu'il ne l'aurait voulu, sans doute parce qu'il n'en comprenait pas la cause. Quand il avait évoqué la possibilité de les quitter avant Ferja, le Helg s'était fâché : mettre un terme prématuré à son hospitalité serait lui porter affront. Pour autant, il déjoua toute tentative de renouer la conversation.

Le soir, malgré l'apparition de nuages menaçants, on n'invita pas les thungi à prendre place dans un chariot. Quand la pluie commença à tomber, ils se réfugièrent sous un tombereau, avec les chiens.

— Tu as tort de te vexer, dit Hòggni, philosophe. Ces gens-là t'aiment bien, ils n'ont pas hésité à courir des risques pour toi. Mais nous leur faisons un peu peur, je crois. Moi à cause de mon aspect, toi à cause de ce que tu ne leur montres pas.

Le lendemain, comme Kelt l'avait décidé, les thungi s'installèrent dans un tombereau. Nul ne chercha à les en dissuader. Le soir, ils s'éloignèrent du foyer pour passer une nouvelle nuit à l'écart. Mais, contrairement à la veille, ils reçurent une visite.

Discret, Hòggni s'éclipsa en apercevant Fillefarouche : ce n'était certainement pas pour lui qu'elle venait.

— Tu dors avec les chiens, attaqua-t-elle.

— Ce sont de bons compagnons.

Elle approuva ce jugement. Après ce préambule qu'il ne savait comment interpréter, elle hésita, avant de dire, parlant un peu trop vite pour masquer sa gêne :

— Depuis toute petite, j'ai aimé les carrefours. Quel chemin prendre ? Celui de droite ? Celui de gauche ? Quand rien n'oblige, le choix est déjà une aventure. Mais je déteste celui que nous atteindrons demain, car nos chemins s'y sépareront de nouveau.

Sa lèvre tremblait un peu. Elle n'avait plus rien de la sauvageonne, ni de la cavalière agile dont les flèches nourrissaient le gràtyr. Elle semblait une petite fille désorientée. Peut-être était-ce son vrai visage : une orpheline à la recherche d'un attachement.

— Les chemins divergent, puis se croisent, commença-t-il.

Elle posa les doigts sur ses lèvres, pour l'empêcher de parler. Elle s'assit sur le sol, à son côté, les bras pliés sur ses genoux. Elle resta un long moment silencieuse, le regard fixe. Il n'osait interrompre cette rêverie. Elle ne tourna pas les yeux vers lui quand elle dit :

— Sur la plage, l'autre soir, tu m'as demandé de danser pour toi.

— Et tu t'es fâchée.

— Demain je le ferai.

Elle tourna vers lui son visage, que la lune, à son plein, baignait d'une lumière caressante.

— Es-tu prêt ?

Il ne sut que répondre.

— Moi, dès que je t'ai aperçu près du foyer des Helgi, j'ai su. Et même si je refusais de croire l'Aïeule, je savais qu'elle disait vrai.

Elle se leva. Il voulut l'imiter, mais elle prévint son geste.

— Je passerai ma robe rouge et je danserai pour toi. N'approche du foyer que si ton cœur est sincère.

Elle s'enfuit, si légère que ses pas marquaient à peine le sol meuble.

Plus tard dans la nuit, Kelt fut réveillé par l'écho d'une dispute.

La journée était bien avancée. Il fallut parlementer avec les passeurs pour qu'ils consentent à assurer la traversée. Un mauvais prétexte pour obtenir une gratification en sus du péage ? Pas sûr. En tirant sur le câble de halage, ils jetaient sur la surface du fleuve des regards inquiets. L'eau, finirent-ils par expliquer, avait pris au cours des derniers jours une teinte insolite, surtout en cette saison. Kelt eut beau se pencher sur la surface, il ne distingua aucune créature aquatique. Mais les bateliers étaient formels : il se passait des choses la nuit, dans le lit du fleuve. Et c'est avec reconnaissance qu'ils reçurent de Fière-enclume, en guise de récompense, des amulettes censées appeler sur eux la protection de Hvità et veiller à la pureté de l'eau dans laquelle on les plongeait. Eux-mêmes étaient des adeptes de Gangyr, mais on n'est jamais trop prudent.

Au reste, ce n'était pas par dérision que le forgeron leur avait accordé ce don. Lui aussi tint compte de l'avertissement. Au lieu de camper près du fleuve, comme il l'avait projeté, il préféra s'en éloigner un peu. Et c'est de l'autre côté du village qu'à la nuit tombée les Helgi s'installèrent près d'un carrefour.

Il était trop tard pour dresser la tente. Cette nuit encore, on s'entasserait dans les chariots. Fière-enclume et Cendre-grise discutèrent pour savoir si, le lendemain, il serait judicieux d'installer la forge aux abords de Ferja ou s'il valait mieux rejoindre Coup-précis au plus vite. En ce moment, il devait bivouaquer à Eimli. Pendant ce temps, les femmes disposaient les huit pierres du foyer pour y poser le chaudron collectif, dans le ventre duquel le gràtyr attendait d'être réchauffé.

Quand Fière-enclume en approcha, il s'étonna du nombre des bûches entassées auprès d'elles.

— Fille-farouche a suggéré que nous dansions ce soir, expliqua Braise-ardente.

— Et depuis quand en décide-t-elle ?

— J'ai trouvé l'idée bonne. La lune est pleine. Et il est grand temps : nous n'avons pas dansé depuis la veille du jour où Varka nous a ramené le diseur de mots.

— Justement. Il serait plus judicieux d'attendre qu'il nous ait quittés. Ce ne sera pas long. Au matin nos chemins se séparent. Nous avons fait une longue route. Tout le monde est fatigué.

— Vraiment ? Je ne le suis pas, moi. Et Fille-farouche non plus, à ce qu'on dirait.

Il la dévisagea, l'œil rond. Quand elle employait avec lui ce ton à la fois ferme et moqueur, elle n'était pas disposée à céder.

— Ne cherche pas de prétexte, dit-elle encore. Je sais pourquoi tu ne veux pas qu'elle danse.

— C'est un thung ! explosa-t-il.

— Elle ne l'ignore pas. Admettons que tu la convainques de ne pas danser ce soir. Qu'adviendra-t-il les jours suivants ? Tu ne l'empêcheras pas de le rejoindre, si telle est sa volonté. Tu auras différé l'inévitable de quelques heures et perdu son estime.

— Alors, je ne dois rien tenter pour empêcher… ?

— Quoi ? Es-tu l'Axe-divin pour te préoccuper du sort du Monde ? As-tu acquis, en frappant le métal, le don de voir ce qui n'est pas encore ? Plus tu t'opposeras à Fille-farouche, plus tu la précipiteras dans ses bras. As-tu la mémoire si courte ?

Fière-enclume baissa la tête, frappé par ce coup bas : dans sa jeunesse, il avait enlevé Braise-ardente, que son clan aurait préféré voir épouser un autre que lui, plus âgé et plus riche.

— Tu ne peux pas comparer notre situation d'alors à…

— Je t'aurais suivi n'importe où. D'ailleurs, c'est ce que j'ai fait. Rien ni personne n'aurait pu m'en empêcher.

— Mais moi, je ne suis pas un thung ! s'insurgea-t-il.

— Même si tu en avais été un, je t'aurais demandé.

Terrassé par l'argument, il ouvrit la bouche tel un poisson qui s'asphyxie, mais aucun son n'en sortit.

Le repas fut vite expédié. Déjà on déshabillait les instruments des peaux qui les protégeaient. Les deux Salgi se lancèrent les premiers dans la danse, frappant le sol du talon avec rage, comme s'ils écrasaient la tête d'un serpent prêt à mordre. Puis des Helgi se joignirent à eux, Braise-ardente la première. Plus surprenant, Hòggni, emporté par l'euphorie ambiante, s'en mêla. Sa danse racontait un duel ancien, une légende de son pays. Il n'avait pas, tant s'en fallait, la grâce des Enfants des étoiles : au pays d'Horst, la danse des hommes s'apparentait à l'entraînement guerrier. Il y mettait cependant beaucoup de conviction et les grimaces qui soulignaient les sauts les plus audacieux, loin d'effrayer les enfants, les mettaient en joie. Leurs rires à leur tour régalaient le Horsto, qui en rajoutait dans le grotesque.

Fière-enclume ne participait pas à la fête. Front baissé, mâchoire serrée, il ne marquait même pas la cadence en frappant des mains.

Et voici que ce qu'il redoutait arriva. Varka surgit.

Comme annoncé, elle portait sa robe rouge, sur laquelle déferlait sa chevelure lâchée. Elle approcha du foyer et y jeta des bûches, afin que la flamme monte encore, plus haute, plus claire, en crépitant. Son déhanchement, lent d'abord, s'accéléra en même temps que la flamme se tordait. Peu à peu les instruments adoptèrent son rythme. Les autres danseurs s'écartèrent pour lui laisser toute la place, toute la lumière. Ses pieds nus frôlaient le sol sans presque le toucher tant elle enchaînait les pirouettes, avant que ses talons viennent le frapper à coups réguliers pour faire sonner tel un rire les grelots de ses chevilles. Son dos se cambrait au point que ses cheveux balayaient la terre. Ses cuisses rondes crevaient les fentes du tissu. Tandis que son bassin, son torse, ses épaules, sa chevelure ondulaient, que ses bras sinuaient, que ses mains dessinaient dans la nuit des promesses en forme de caresses, elle ne quittait pas Kelt des yeux. Son bustier entrouvert laissait deviner à la faveur d'un ressaut de la flamme des seins dans le sillon desquels coulait la sueur, telle une eau lustrale. Tantôt languissante, tantôt frénétique, Varka dansait le désir qui soulevait sa poitrine et incendiait son ventre.

Soudain, Fière-enclume bondit dans le cercle de lumière. Varka recula, comme si elle venait de marcher sur la queue d'un serpent. Le tambour accéléra son rythme. Le forgeron, à son tour, dansa. Autant Varka était légère, autant lui, volontairement, se montrait pesant. Ses épaules roulaient. La mouvance des flammes soulignait le jeu des muscles dénudés de sa poitrine. Il rejetait la tête en arrière, les yeux exorbités, la moustache pointée vers le ciel, puis ramenait le front en avant, comme s'il allait charger. Varka revenait dans la danse, tournait autour de lui. Ce n'était plus le désir qu'exprimaient ses gestes désormais saccadés, mais le défi. Fière-enclume s'accroupit sans cesser de battre la mesure avec son talon, arrondit le dos, frappa le sol du poing avec sa force de forgeron, imprimant dans la terre la marque de sa colère. Le pied léger de Varka vint effacer ses traces. Il se releva. Chacun de ses pas s'accompagnait d'un coup porté avec l'intérieur du bras sur sa poitrine. L'assistance enchaîna, le tambour donna le tempo. De plus en plus vite, de plus en plus fort. À présent, chaque heurt s'accompagnait d'un râle. Mais, de son côté, Varka ne faiblissait pas.

Nul ne s'y trompait, le diseur de mots pas plus que les autres : ce n'était pas une danse, mais une confrontation, la reprise sur un autre mode de la dispute dont les éclats avaient troublé la nuit. Kelt se savait l'enjeu, et il suivait, fasciné, cette joute engagée dans un langage qui lui demeurait impénétrable. Il éprouva un vertige, la sueur perla à son front. Sa vue se brouilla. Il n'y avait plus deux danseurs, mais deux flammes, l'une rouge, l'autre blanche, qui s'entremêlaient. Il porta les doigts à son menton. Sa voix éclata dans la nuit :

— En vérité, voici ce qu'il en est : la danse du Monde ne se soucie pas de la gesticulation des hommes. Car aucun vouloir humain ne saurait l'interrompre.

Tout se figea : tambours, cordophone et guimbardes se turent, les spectateurs cessèrent de battre la mesure, et Varka, aussi bien que Fière-enclume, s'immobilisa.

Le premier moment de stupeur passé, une rumeur enfla dans l'assistance, mi-apeurée, mi-hostile. Hòggni chercha des yeux ce qui pourrait lui servir d'arme. Après s'être manifesté d'une façon aussi intempestive, Kelt s'était affaissé. Il haletait, comme un coureur qui peine à retrouver son souffle une fois arraché le poteau d'arrivée. La première, Varka réagit. On entendit sonner le grelot de sa cheville, puis celui de son poignet quand elle commença à battre des mains. Alors le tambour, d'abord timide, l'accompagna, puis s'éleva l'aigre mélodie du cordophone.

Tête basse, Fière-enclume rejoignit les siens. Il s'assit pesamment. La sueur huilait ses flancs. Il évita de croiser le regard de Kelt, mais, sous celui, impérieux, de Braise-ardente, il battit la mesure avec les autres quand Varka s'approcha du diseur de mots.

Ses cheveux collaient à son front. Sa danse était devenue langoureuse. Les lèvres entrouvertes, le regard plongé dans celui de l'homme qu'elle avait choisi, elle se promettait de tout son corps.

Elle tendit les mains et Kelt, instinctivement, s'y accrocha. Elle l'attira. Face à elle, dans le cercle formé par les Helgi, Kelt se sentit soudain maladroit. Parler, ça, il savait. Mais danser ! Sans cesser d'onduler, elle l'entraîna au plus près de la flamme. Le laissant planté en pleine lumière, elle se mit à tourner autour de lui, autour des flammes, le souffle rauque, à un rythme de plus en plus rapide, jusque ce qu'enfin elle vint échouer contre son corps. Le visage enfoui dans ses cheveux, tendu par un désir presque douloureux, il referma sur elle ses bras. Elle tremblait contre lui de tout son corps. Il n'osait bouger, s'enivrant aux effluves qui émanaient d'elle, mélange de parfum, de sueur et de désir.

Le cordophone laissa s'égrener ses dernières notes. Restait le battement du tambour, dont le rythme s'apaisait en même temps que celui de leurs cœurs. Avec surprise Kelt constata que, alors qu'il n'avait pas bougé, il était lui aussi essoufflé, comme si la danse de Varka avait puisé dans sa force.

L'assistance se taisait, à l'exception de quelques jeunes filles qui chuchotaient en ricanant. Les visages étaient graves. Beaucoup se tournaient vers Fière-enclume. Celui-ci gardait les yeux rivés au sol.

Enfin, il se leva. Il se dirigea vers le couple. Il ne jeta pas un regard sur Kelt mais reporta toute son attention sur Varka. Son visage exprimait plus de détresse que de reproche, mais Kelt comprit la profondeur de sa désapprobation à la crânerie avec laquelle Varka soutenait l'examen.

— Ainsi, tu maintiens ta décision, Fille-farouche, dit-il d'une voix sourde.

Elle s'adoucit. Et les larmes perlèrent à ses paupières quand elle avoua :

— Je n'ai pas choisi. C'était inscrit dans la chair du temps.

Il fronça les sourcils, perplexe.

— Te souviens-tu de l'Aïeule ? poursuivit-elle. Je t'ai menti en affirmant que le thung avait été la dernière personne à recevoir sa parole.

— Je m'en doutais. Il m'a semblé la voir rôder autour du campement à quelques reprises. Elle était une femme remarquable, de grande connaissance. Disperser ses cendres n'a pas suffi à l'égarer. Sa présence n'avait rien d'hostile. J'ai ressenti, plutôt, du désarroi. Que t'a-t-elle dit ?

— Que mon chemin et celui du diseur de mots ne seraient un jour qu'un seul chemin.

— T'a-t-elle révélé où il mène ?

Elle hésita avant d'avouer :

— La Visiteuse a interrompu son souffle avant.

Ils parlaient à voix basse, comme s'ils craignaient d'être entendus par les autres. Lesquels, évidemment, tendaient l'oreille. Même les jeunes filles, échauffées à l'idée que bientôt elles aussi s'adonneraient à la danse de l'invite, respectaient un silence curieux.

Fière-enclume soupira. Si au bord du gouffre où se mêlent présent, passé et avenir, l'Aïeule avait vu une destinée commune à la Fille-farouche et au diseur de mots, comment s'y opposer ?

Quelles qu'en soient les conséquences.

Une Fille des étoiles unie à un thung, qui plus est impie ! Cela ne pourrait que connaître une fin funeste. Pourtant, résigné, il se tourna vers Kelt et proféra à voix haute les paroles rituelles qu'il appartenait au chef du clan de prononcer dans ces circonstances :

— Cette femme t'appelle pour plus d'une nuit. Répondras-tu à son invitation ?

— Puisqu'elle m'en fait l'honneur, oui, de tout cœur.

— Alors, qu'il en soit ainsi. Souviens-toi que, si tu lui manques, tu manqueras aux Helgi dans leur ensemble. Maltraite-la et tu seras maltraité. Bafoue-la et elle sera vengée.

Avant même que le guide ait retrouvé sa place dans le cercle, Varka entraîna Kelt.

— Fière-enclume paraissait très contrarié, remarqua ce dernier.

— Il n'est pas d'usage, chez nous, qu'une fille exécute la danse d'amour pour un thung.

— Enfreignons-nous une loi ?

— Quand bien même ? Tu en vaudrais la peine à mes yeux. Mais, non, n'aie aucune crainte. Je te l'ai dit : juste un usage.

Kelt se souvenait vaguement d'avoir entendu quelque chose au sujet d'une union telle que celle-ci, une des innombrables superstitions que nourrissaient les Enfants des étoiles, mais il ne se rappelait pas précisément laquelle. Et inutile d'interroger Varka à ce sujet, il savait d'avance qu'elle se déroberait. Dans l'immédiat, elle avait d'autres projets que disserter sur les us et coutumes de son peuple.

— Viens, dit-elle, ce soir nous serons Jarn et Koli.

Près du carrefour, un ru alimentait un bassin. Naturelle, la dépression avait été agrandie et maçonnée. De tels aménagements n'étaient pas rares dans les basses terres du Solkstrand. L'été, ils permettaient aux voyageurs de se rafraîchir tandis que leurs chevaux se désaltéraient dans l'abreuvoir ménagé en aval. La lune se reflétait au centre du bassin, creusant un puits de lumière dans sa noirceur. Varka, lâchant la main de Kelt, y pénétra tout habillée.

L'eau lui arrivait à la taille. Kelt se préparait à la rejoindre ; elle l'arrêta d'un geste. Elle s'accroupit, de façon à immerger ses épaules. Puis elle se releva avec une lenteur calculée, nue.

— Regarde-moi, diseur de mots, rit-elle. Contemple-moi et désire-moi.

Ses cheveux se découpaient en lanières sombres sur son torse, soulignant la rondeur de seins juvéniles, aux tétons roidis par la fraîcheur de l'eau. Elle monta une marche, découvrant ses hanches. L'éclat métallique de la lune emperlait la toison de son pubis, soulignait la rondeur de ses cuisses. Elle émergea enfin tout entière et marcha sur lui, à la fois déterminée et lascive. Elle dénoua la ceinture de l'homme dont les mains brûlantes se posaient sur sa peau fraîche, souleva sa cotte.

— Réchauffe-moi, souffla-t-elle.

Le matin les trouva endormis sur la mousse ponctuée de pulicaires, les membres mélangés sous la même couverture. Elle s'éveilla la première. Sa robe, jetée sur la margelle, était encore humide. Bah ! Elle sècherait sur elle. Après s'être habillée, elle réveilla son amant en le poussant du pied.

— Lève-toi. Sinon, ils seront partis.

Effectivement, les bêtes étaient attelées quand ils rejoignirent le chariot de Fière-enclume. Hòggni puisait dans le chaudron une dernière ration avant que Braise-ardente l'emporte.

— Ainsi, c'est ici que nos routes se séparent, dit Fière-enclume.

Sa voix véhiculait la tristesse, la résignation, l'amertume.

— Nous nous retrouverons peut-être un jour, répliqua Kelt, en forçant un peu sur la bonne humeur. Au hasard d'une errance ou d'un nouveau naufrage !

Sa plaisanterie tomba à plat. Il dut reconnaître en son for intérieur qu'elle n'était pas drôle.

— Et toi, tu pars avec lui ? demanda le forgeron à Varka, dans un ultime espoir de la voir changer d'avis.

— Je pars avec lui, confirma-t-elle. N'ai-je pas dansé pour lui l'invite ?

Fière-enclume hocha la tête et lui tendit un sac de toile.

— Bien sûr. Je demandais ça… Braise-ardente a préparé tes affaires.

— C'était prévu, ça ? souffla Hòggni à l'oreille de Kelt, réalisant que la jeune femme voyagerait désormais avec eux.

— Depuis un bon moment, à ce que j'ai compris, répliqua le diseur de mots, volontairement ambigu.

Varka prit congé de ceux qui avaient été les siens pendant la moitié, ou presque, de son existence. Les uns souriaient, les autres retenaient leurs larmes. Varka demeurait sereine. À la lisière du campement quelqu'un l'observait, dont elle seule percevait la présence : l'Aïeule l'encourageait du regard.

Fière-enclume les regarda s'éloigner jusqu'à ce qu'ils disparaissent au creux d'un vallon. Il attendit pour voir s'ils réapparaîtraient sur l'autre versant, mais non, ils avaient choisi le chemin du fond.

Il leva les yeux vers le ciel. Le firmament était clair. On distinguait juste quelques filaments blanchâtres, très haut.

C'était dit. Varka et Kelt allaient leur chemin, les Helgi le leur. Les premières étapes étaient connues : pour le couple, Solksborg, pour les forgerons, Eimli, où ils espéraient retrouver le reste du clan.

Contrairement à ce que Bouche-d'or pensait, son départ ne soulageait pas le forgeron. Car ensuite… Ah ! Ensuite !

Le diseur de mots avait affirmé : « Aucun vouloir humain ne saurait interrompre la danse du Monde. » Fière-enclume l'avait pourtant tenté. Contre l'avis de Braise-ardente, ce dont il n'avait pas fini d'entendre parler. Pis encore – mais cela il l'ignorait en se lançant dans la danse –, contre l'augure de l'Aïeule mourante. Aurait-il osé s'il l'avait su ? Probablement. Son devoir le lui imposait. Il avait échoué. Normal : on ne peut modifier ce qui est inscrit dans la chair du temps. Mais la grandeur de l'homme tient à ce qu'il ne cesse d'essayer.

Varka avait dansé jusqu'à l'éclosion du désir la danse de l'invite. Qu'y comprenait-il, le thung, malgré son pouvoir ? Rien, sans doute. Il fallait être un Enfant des étoiles pour mesurer quel drame s'était joué cette nuit. L'Aïeule, initiée par la Visiteuse, l'avait avertie. Elle avait dansé en toute connaissance de cause. Ou était-ce au contraire à cause de cette révélation qu'elle avait trouvé le courage de renier son peuple ?

Bien des détails lui revenaient en mémoire, des attitudes auxquelles il avait donné un sens erroné, qui maintenant s'éclairaient : le soin qu'elle avait mis à fuir le diseur de mots après la mort de l'Aïeule, sa détresse, qu'il avait attribué au deuil et qui revêtait aujourd'hui une signification nouvelle, la rancune exagérée qu'elle n'avait cessé d'éprouver à l'égard de Deux-bigornes, le trouble qu'elle manifestait quand, par hasard, quelqu'un évoquait les récits de Bouche-d'or. Et ce qu'il avait lu dans ses yeux quand elle avait ramené les naufragés, ce mélange de désarroi et de triomphe, qui très vite avait laissé place à la détermination. Braise-ardente avait raison. Au premier regard, avant même sa visite à l'Aïeule, Varka avait été unie au thung, aussi unie que le fer au charbon dans une lame d'acier. Elle avait compris le danger. Elle avait tenté de s'y dérober. Mais c'était là une tâche impossible et il lui fallait s'abandonner à sa destinée. En serait-il allé autrement s'il ne lui avait pas demandé de guider le visiteur jusqu'à la tente où se mourait l'Aïeule ?

D'un petit coup de longe sur la croupe de la mule, il donna le signe du départ. On s'acheminait vers des temps incertains. Les cirrus sont des nuages débonnaires. Jolis. Légers comme le pied d'une danseuse. Mais ils augurent d'autres formations, autrement turbulentes.

Chapitre 13

En pénétrant dans la salle où, chaque matin, Skilf tenait son conseil restreint, Élyhora constata l'humeur massacrante de son époux. Sans surprise. Depuis qu'il avait appris la disparition d'Oskyr et le naufrage des deux bâtiments, il oscillait entre la fureur et l'abattement. À sa gauche, Brandur se tassait sous sa houppelande, rentrant le cou au point que sa tête ronde semblait posée sur ses épaules. Élyhora n'aimait pas le domar, moins par esprit de caste – veuve et mère de bardaghi, épouse d'un hartl, elle n'éprouvait que dédain envers les ombraï – que parce qu'il avait commis à deux ou trois reprises l'imprudence de la contredire. Ceci, bien entendu, au cours des premiers conseils auxquels elle fut admise. Depuis, le domar avait compris qu'il valait mieux éviter de telles bévues, mais le mal était fait : elle se défiait de lui. Son salut à Vradh fut plus chaleureux. Le connétable portait une cotte matelassée, comme s'il s'apprêtait à s'entraîner à l'escrime au sortir du conseil. Un jour, songea-t-elle, ce bellâtre viendra en cuirasse. Elle adressa encore un bref signe de tête à l'astrologue et au trésorier. Quelques flatteries avaient suffi pour s'assurer de la bienveillance du premier. Quant au second, inutile de le ménager, il n'occuperait pas longtemps ses fonctions. Skilf suivait au pèg prêt la balance des finances et n'attendait de lui qu'une rentrée régulière de liquidités. La première difficulté lui vaudrait la confiscation de ses biens, assortie du bannissement. S'il avait de la chance ; dans le cas contraire, les sriges goberaient ses yeux.

— Nous n'attendions que vous, dit Skilf.

Prenant conscience qu'elle pouvait interpréter la remarque comme un reproche, il tenta un compliment :

— Vous êtes très en beauté, ce matin.

Elle répondit par un sourire un peu contraint et s'assit, le buste raide, sur le siège laissé vacant à la droite de son époux.

Le trésorier sortit de sa sacoche le mémoire sur les relevés de la dernière octade, ainsi qu'il était de coutume au dernier jour de celle-ci. Il égrenait les chiffres d'une voix monotone, baissant inconsciemment le ton quand les rentrées n'étaient pas à la hauteur de l'attente. Skilf exigeait le détail et procédait lui-même, de tête, au cumul. Élyhora ne quittait pas le trésorier des yeux afin qu'il se sentît surveillé, mais son esprit dérivait vers d'autres horizons. Elle songeait à ses fils, échafaudait des plans pour leur avenir. Les deux aînés avaient hérité de leur père la faconde et l'arrogance. Le plus jeune, au contraire, tenait d'elle un esprit délié et une retenue dont elle avait craint à une époque qu'elle se mue en timidité. Il lui avait depuis démontré qu'elle s'inquiétait à tort. Maintenant, ses fils se trouvaient sous la protection directe du hartl. En attendant mieux. Elle n'avait pas en vain subi toutes les humiliations, surmonté tous les dégoûts qui ne lui avaient pas été épargnés.

L'entrée d'un chambellan interrompit la litanie du trésorier et la tira de sa rêverie.

— Toutes mes excuses, Hartl-èr. Un émissaire du hartl Slegur a apporté ceci.

Il tendit un étui de cuir cylindrique. Skilf considéra un long moment le sceau apposé sur son couvercle avant de le briser. Le chambellan avait annoncé un message de Slegur. Pourtant ce n'étaient pas les armes du Heldmark que figurait le cachet, mais une sorte de lyre : l'emblème de l'Unique. Ce détail laissait le hartl perplexe. Slegur ne lui avait jamais paru un homme disposé à s'effacer, fût-ce derrière un dieu.

Au lieu de briser la cire, il la décolla en prenant soin de ne pas l'émietter. Il ne démêlait pas ce qui lui inspirait cette précaution, sinon que cette empreinte, si Slegur s'engageait résolument dans la voie de la félonie, constituerait peut-être un jour une preuve à charge.

En renversant le cylindre, il en fit tomber une missive. Avant même de commencer sa lecture, il eut un haut-le-cœur : le scribe avait choisi d'employer l'écriture pandee, aux lettres aussi serrées qu'anguleuses. Autant de griffes prêtes à bondir au visage du lecteur. Slegur ne pouvait mieux choisir pour exprimer son inimitié.

De Slegur Skogurs'ar, hartl élu du Heldmark,
à Skilf Oluf'ar,
Salut sous la bénédiction de l'Unique dont le nom véritable ne saurait être écrit ni prononcé !

Sous cette adresse pompeuse, le message brillait par sa concision. Prétextant de la nécessité de lutter contre les pirates, que les vaisseaux solkstrandi s'avéraient incapables de neutraliser, Slegur réclamait un droit de navigation permanent dans la baie de Gulvìk et une autorisation de mouillage dans le port. La signature occupait le reste de la feuille, soit un bon tiers.

Slegur ne précisait pas quelle conduite il adopterait en cas de refus mais, par sa sécheresse, ce bref présentait tout le caractère d'un ultimatum. Ce n'était pas par inadvertance que son signataire avait commis dans l'adresse deux impertinences, d'abord en étalant son titre sans mentionner celui de son correspondant, ensuite en se plaçant sous les auspices d'un dieu qu'on n'honorait pas en Solkstrand.

Il n'était pas question d'accéder à sa demande. Slegur devait d'ailleurs en avoir conscience en la formulant. Cependant, il se savait aussi en position de force, du moins sur la mer.

Skilf tendit la lettre à Élyhora.

— Notre voisin Slegur Skogurs'ar s'impatiente, énonça-t-il à l'intention des autres. Il nous provoque en exigeant de mouiller ses navires dans notre port.

— En exigeant ? s'étrangla Vradh.

— Il demande, corrigea Élyhora.

— En écriture pandee, rappela Skilf.

— Cette fois, il va trop loin ! réagit Vradh. Hartl-èr, laissez-moi lui rappeler la bienséance.

Il se leva, comme si la guerre ne pouvait plus souffrir le moindre délai.

— Rasseyez-vous, Connétable-èr, dit Élyhora sur un ton lénifiant. Asseyez-vous, et réfléchissons ensemble. Pourquoi accorder de l'importance à la fantaisie d'un scribe ? Slegur cherche seulement à nous en imposer…

— Il cherche surtout à s'emparer de Gulvìk ! s'emporta Skilf. Une fois dans le port, quel prétexte invoquera-t-il pour réclamer l'usage de la citadelle ?

L'acrimonie avec laquelle il l'avait rabrouée ne découragea pas son épouse. D'une voix inchangée, elle insista :

— Si telle est votre opinion, et je la partage, il suffit de l'éconduire. Il justifie sa prétention en se référant à notre alliance contre les pirates qui entravent notre commerce ?

Skilf ricana.

— Feignons de le croire, poursuivit Élyhora. Remercions-le pour son zèle. Et alléguons que, nos navires étant retenus à quai en raison du blocus, le port ne peut en accueillir davantage. Ainsi, vous lui opposerez un refus tout en lui permettant de sauver la face. N'avons-nous pas tout intérêt à maintenir cette alliance ? Seuls, nous ne nous débarrasserons pas des pirates.

— Quels pirates ? grinça Skilf. Ceux qui verrouillent le port sont des vaisseaux heldmarki. Même Oskyr, qui n'était pourtant pas un modèle de perspicacité, l'avait compris.

— S'il est l'ennemi que vous dites, réjouissez-vous, Hartl-èr : cette soudaine tempête lui aura causé bien plus de pertes qu'à nous.

L'argument porta. Non qu'il convainquît Skilf : la supériorité numérique de la flotte heldmarkee demeurait écrasante. Mais, tout à sa colère, il n'avait pas pris en considération l'affliction qu'avait éprouvée Slegur à l'annonce du désastre. Elle ne le consolait pas de sa propre consternation, mais cela lui procurait tout de même un petit plaisir.

Vradh ne l'entendait pas de cette oreille. Un instant, il avait cru que son grand-père, excédé, allait lui donner l'ordre que beaucoup de bardaghi, autant que lui-même, attendaient. Et voici qu'une fois de plus le hartl se préparait à se coucher ! Il gonfla la poitrine dans l'intention de prendre la parole, mais, d'un imperceptible signe de tête, Élyhora l'en dissuada.

— Brandur ! Ton conseil ?

Le domar sursauta. Son regard errait d'Élyhora à Vradh. Il n'avait aucun avis autorisé à présenter sur ces questions. Son domaine de compétence, c'était la justice, et accessoirement la collecte d'informations. Et voilà que Skilf lui demandait de trancher entre deux positions dont il ne mesurait pas les conséquences ! Qu'est-ce que le hartl souhaitait entendre ?

— Eh bien, bredouilla-t-il, la paix est précieuse et mérite d'être ménagée. Mais il est peut-être temps, à titre de précaution, de mettre l'armée en alerte.

Il tenta de rentrer un peu plus la tête dans les épaules, sans y parvenir. Skilf le laissa mariner quelques secondes avant de lâcher :

— Excellent conseil, comme toujours.

Se tournant vers son connétable, il lui donna congé d'un coup de menton.

— Mais attention, prévint-il comme Vradh atteignait la porte, pas d'initiative malencontreuse.

Élyhora n'avait exprimé aucun sentiment. Elle se contenta de pincer les lèvres, tandis que le trésorier, à l'invitation de Skilf, reprenait son décompte.

*
* *

— Fille-farouche ? interrogea Hòggni.

Du menton, Kelt désigna un fourré d'où s'élevait le murmure d'une source.

— Elle est à sa toilette.

L'homme-sanglier s'en réjouit : cela lui donnait le temps d'avoir une petite discussion en tête-à-tête.

— Quand nous étions avec les Helgi, elle m'a posé beaucoup de questions à ton sujet.

— Et ?

— Rien. Je suis heureux pour toi. Ne laisse pas passer cette chance. Ne la traite pas comme une hôtesse de passage, elle attend bien davantage. Tu es sûr de vouloir aller à Solksborg ?

— Skilf m'y attend.

— Moi, j'ai prêté allégeance. Le code d'honneur des sabres sans bras exige que je lui obéisse tant que lui ou la mort ne m'auront pas affranchi de cette obligation. Mais toi ? Les patrouilleurs ne te recherchaient pas pour te féliciter, je te rappelle.

— Ils venaient de Gulvìk. Ils réagissaient sous le coup de l'émotion.

— Skilf te soupçonnait d'avoir usé d'un charme pour détruire son pont. Cette fois il a perdu deux bateaux. Et je lui suis soumis. Je ne pourrai pas te défendre s'il s'avérait que les ordres émanent de lui.

— On verra bien. Je ne vais pas me comporter toute ma vie en homme traqué.

— Et s'il continue à t'envoyer vers les huit horizons ? Tu penses à elle ?

— Varka viendra avec moi. N'est-elle pas une errante, elle aussi ?

Hòggni grogna, comme chaque fois qu'il se trouvait à court d'arguments.

— En tout cas je te préviens, ne la maltraite pas ou tu auras affaire à moi.

— Tiens-toi le pour dit, Bouche-d'or ! Un mot de moi et mon gentil sanglier t'assomme !

Hòggni se retourna, confus, sur Fille-farouche qui surgissait des buissons, plus silencieuse qu'une couleuvre. Kelt le tira d'embarras en donnant le signal du départ.

Cinq lieues après avoir quitté les Helgi, ils aperçurent un relais.

— Nous allons savoir si les patrouilleurs gulvìki agissaient de leur propre chef ou s'ils avaient reçu des instructions du hartl, dit Kelt. Qu'est-ce que tu en penses ?

— C'est toi qui décide, grogna Hòggni en jetant un regard circulaire pour évaluer le risque.

— Et avec un peu de chance, nous convaincrons le chef de poste de nous prêter des chevaux.

La cour était déserte et nul bruit ne s'échappait des bâtiments, sinon quelques ébrouements en provenance des écuries. À l'entrée s'élevait l'autel de Hrys, la déesse qu'invoquaient ceux qui se vantaient de lancer leur monture, été comme hiver, à une allure qui rendait toute chute fatale. En passant, Hòggni puisa un gobelet d'eau lustrale, la versa sur les pieds de l'effigie et y ajouta, pour faire bonne mesure, une poignée de son. Hrys ne figurait pas au nombre des divinités honorées à Horst, mais Hòggni l'aimait bien, avec ses seins ronds, sa croupe plantureuse et sa tête de jument.

Écartant Kelt, il pénétra le premier dans la salle commune. Le plafond, soutenu par quatre piliers épais, était surbaissé afin de dégager un plus grand volume au fenil de l'étage. Le jour ne pénétrait que par deux fenêtres étroites et la porte maintenue ouverte au moyen d'une cale. Il y flottait une odeur de fumée et de lard rance. Trois tables parallèles en occupaient la largeur. Dans un coin, un homme somnolait, enveloppé dans une cape malgré la douceur de la température. Son chapeau recouvrait son visage.

Le chef du poste, qui avait aperçu les voyageurs arriver depuis l'écurie, entra dans leur foulée, circonspect. S'il arrivait, exceptionnellement, que de riches patriciens utilisent les services de la messagerie hartlee, ce n'était jamais le cas des Enfants des étoiles. Or, la tenue de ceux-ci ne laissait planer aucun doute sur leur appartenance à ce peuple, même si aucun des deux hommes n'en présentait les caractéristiques physiques. La fille, en revanche, honorait leur réputation. Comme le regard du tenancier s'attardait sur la jeune femme, Hòggni l'apostropha :

— Le nom de Bouche-d'or t'évoque-t-il quelque chose ?

— Peut-être, répondit l'autre, sur le qui-vive.

— Eh bien, le voici, claironna le Horsto. En mission spéciale pour le compte du hartl Skilf Oluf'ar.

— Un légat du hartl ? Quel honneur ! Cependant, je ne vois ici que des forgerons errants.

Si l'autre croyait lui en remontrer avec ses grands airs ! Aucun brigand ne serait assez téméraire pour voler un cheval marqué aux armes du hartl mais, tout de même, cette histoire de mission sentait le fagot ! Insensiblement, il se rapprochait du mur où étaient suspendues les étrivières.

— C'est une longue histoire, commença Kelt.

Hòggni le coupa avant que le diseur de mots se laisse entraîner dans le rituel échange de formules qui l'obligerait à la raconter.

— Service du hartl, je te dis. Nous avons besoin de trois chevaux pour regagner Solksborg au plus vite.

— Vous avez donc un sauf-conduit. Non ? Voilà qui est fâcheux.

— Ça va bien, Orge-d'hiver. Le Horsto dit vrai.

L'homme attablé s'était levé. Sans surprise, les voyageurs reconnurent sous sa cape la livrée d'un courrier.

— J'ai déjà vu le diseur de mots à Solksborg, précisa-t-il.

— Dans ce cas..., céda le chef de poste à contrecœur.

— En revanche, poursuivit le courrier, je ne me porte pas garant pour les autres.

Et, s'adressant à Kelt :

— Si tu as un message à faire parvenir rapidement au hartl, diseur de mots, ce sera pour moi un plaisir de te rendre ce service.

Le courrier, encore très jeune, à la grâce presque féminine, offrait un visage amène. En témoignant en faveur de Kelt, il venait de lui épargner une discussion qui s'annonçait pénible. Alors pourquoi inspira-t-il d'emblée de l'antipathie à Hòggni ? Les courriers s'étaient acquis une solide réputation de morgue envers ceux qui n'appartenaient pas à leur état. L'empressement de celui-ci lui paraissait suspect.

— Je ne lui apprendrai rien qu'il ne sache déjà grâce aux pigeons de Gulvìk, dit Kelt non sans malice : rien n'était plus déplaisant pour un courrier que l'évocation de ces volatiles.

Or, le sourire de son interlocuteur ne se figea pas. Cet homme avait décidé d'être aimable au-delà de la bienséance, remarqua le Horsto.

— Pour vous être agréable, dit le chef de poste, je mettrai une monture à votre disposition. Plus, je ne peux pas. Mon écurie n'est pas bien garnie en ce moment, et on ne peut pas prévoir la demande.

— Ne te mets pas en peine, Orge-d'hiver, s'écria le courrier, je m'en occupe. Mon cheval est reposé. Ce sera un honneur pour moi de le céder au èrdiseur de mots. Je vais le chercher.

— Ça ira, souffla Hòggni à Kelt. Tu prendras Varka en croupe, moi je me débrouillerai pour te rejoindre au plus vite.

Kelt approuva cette suggestion d'un hochement de tête et Varka sourit. La perspective d'être débarrassés de leur chaperon n'était pas pour leur déplaire. Certes, Hòggni savait se montrer discret quand il le fallait, mais ils avaient conscience de sa présence. Un peu plus d'intimité leur convenait.

Ils prirent la route au trot, pour ménager leur monture surchargée. Néanmoins, Kelt ne tarda pas à remarquer une irrégularité dans son allure. De la part d'un cheval issu des écuries du hartl, ce n'était pas normal.

Il mit pied à terre et courut quelques pas sur son flan. Nul doute, l'animal boitait.

— Descends et tiens-le par la bouche.

Il souleva la jambe postérieure droite. L'animal le laissa faire.

— On dirait qu'il est gêné par un caillou coincé sous son fer.

Il essaya, en vain, de le dégager.

— Il faudrait un outil. Nous trouverons ça au prochain village.

Ils repartirent à pied, tirant le cheval par la bride. L'animal boitait plus bas.

— En essayant d'extirper ce caillou, je n'ai réussi qu'à l'enfoncer davantage. Je me demande quand même comment il a pu s'introduire. Le fer n'est pas décloué.

— Regarde ce bouquet d'arbres. N'est-il pas accueillant ? On pourrait s'y arrêter, qu'il se repose un peu.

— À ce train, on n'est pas près d'arriver à Solksborg !

— Tu es donc si pressé ? répliqua Varka en lui caressant l'entrejambe.

Oui, Kelt était pressé. Mais pas au point d'ignorer l'invitation. Ils gagnèrent en riant à l'avance la fraîcheur du couvert. La jeune femme s'étendit dans l'herbe en l'attirant sur elle. Son corps était facile. L'amour paraissait le prolongement naturel de sa danse. Elle mettait dans leurs étreintes une ardeur qui allait au-delà du désir, comme s'il s'agissait pour elle d'un acte de bravoure, un défi lancé à sa destinée. Jamais Kelt ne s'était senti répondre à une si impérieuse nécessité en s'accouplant.

Du moins à une mortelle.

Depuis qu'il avait quitté Urskogar, il avait répondu à la demande d'autres femmes. Quelquefois par politesse, la plupart du temps par envie. Elles lui avaient apporté le plaisir, jamais l'oubli. Varka, réalisait-il, était la première avec laquelle il gardait les yeux ouverts pendant leurs transports.

Leur fièvre assouvie, ils restèrent allongés côte à côte, les yeux dans le vague, tandis que les battements de leurs cœurs retrouvaient une cadence normale. La lumière, filtrée par le feuillage des bouleaux, poudrait le sous-bois d'une dorure aqueuse. Varka la première réagit contre l'engourdissement. Elle se leva sur un coude pour contempler son amant. Elle caressa les lignes blanches qui striaient sa poitrine, écartant les doigts pour faire coïncider ses ongles avec les sillons.

— On dirait les griffes d'un fauve. T'es-tu colleté à un ours, diseur de mots ?

Un ours ? Plût aux dieux qu'il se fût agi d'un animal ! La créature avait surgi de la nuit. On aurait dit que les ténèbres se concentraient pour lui donner forme, si bien qu'elle apparaissait dans l'obscurité comme un regain de noirceur.

Dans ces conditions, il était difficile de dire à quoi elle ressemblait. Elle était une masse, une force brute, l'essence de la sauvagerie. À ce point étrangère à son expérience que l'effroi le paralysa.

Immédiatement Æsa s'interposa entre l'apparition et lui.

— *Dovrod ozsni ogmùn !*

— *Glà, Æsa !*

De quel langage usaient-ils ? Les mots claquaient comme des armes qui s'entrechoquent. Sans savoir d'où lui venait cette intuition – de l'aspect monstrueux de la créature, de la sonorité douloureuse des syllabes crachées plus que prononcées ? – Kelt avait la conviction qu'il assistait à un duel de mages. Les paysans avaient donc eu raison de soupçonner Æsa de sorcellerie ? Mais si c'était le cas, pourquoi ne les avait-elle pas soumis ?

Soudain, la créature bondit, écartant Æsa d'un revers de son énorme patte. Kelt a tout juste le temps d'esquiver les griffes qui se tendent vers lui. Enfin, pas tout à fait. Une brûlure à la poitrine lui apprend que le coup a porté.

Il tire son coutelas. L'acier des vivants sera-t-il efficace contre un spectre ? Celui-ci paraît gagner en densité. Kelt distingue à présent une tête massive, des défenses de sanglier, des yeux de loup, des oreilles de renard que surmonte la couronne d'un cerf. Et de larges pattes prolongées par de longues griffes d'ours.

Il n'a pas le temps de détailler davantage son adversaire. Un nouvel assaut. Il lance sa lame en avant, tout en reculant d'un bond. Pas assez pour éviter de nouvelles déchirures. Lointaine lui parvient la voix d'Æsa, telle une psalmodie :

— *Sistr enarf o sistr enarf endregid ! Sistr enarf o sistr enarf endregid !*

Kelt évite une troisième charge, mais la quatrième lui est fatale. Deux bras puissants l'entourent, l'attirent, la nuit devient plus profonde.

— *Ogao Æsa sistr.*

— *Sistr enarf o sistr enarf halpadrem medsamo !*

Il étouffe, les épaules labourées, les côtes écrasées, les poumons pénétrés par le froid intense que dégage la créature, tandis que s'élève un chant. Il a encore la force de remuer sa lame pour taillader au hasard. Un cri de rage retentit. La pression se relâche.

A-t-il tué la créature de la nuit ? Sa main reste convulsivement serrée sur le manche de son coutelas, mais la bête, ou quoi que c'était, s'est évaporée. Aucun cadavre aux alentours. La tête lui tourne. Le sang englue ses vêtements. Il veut se relever. Retombe lourdement. Et si le monstre avait emporté Æsa ? Un ultime effort. Il redresse la tête. Aperçoit la jeune femme. Elle n'est pas seule. Autour d'elle se pressent d'autres créatures, incroyablement belles : ses semblables. Ce sont elles, songe-t-il, que j'ai entendues chanter. Est-il possible que de simples mots viennent à bout du déchaînement d'une forme qui condense en elle la force brutale des huit horizons ? Æsa est sauve. Il peut se relâcher. Il glisse dans l'inconscience.

Quand il reprend connaissance, il est couché sur une pierre gravée. Æsa se penche sur lui. Il entend les voix de ses compagnes, mais il ne les voit pas. Il ne reconnaît pas ce qui l'entoure.

— Où sommes-nous ?

— Chez moi, en Urskogar, répond Æsa.

Sur ses joues coulent les larmes. Ses lèvres sont salées quand elle les pose sur les siennes, son souffle parfumé quand il pénètre dans sa poitrine pour réchauffer son sang.

— Tu as deviné, répondit-il à Varka. Ces marques, ce sont des griffes d'ours.

— Oh ! Et tu l'as tué ?

— D'autres m'ont débarrassé de mon agresseur avant qu'il soit trop tard, louvoya-t-il. À ce propos, nous devrions penser à repartir.

Le cheval s'était éloigné pour brouter. Kelt, dans sa fébrilité, n'avait pas mis à l'attacher l'application nécessaire. Il s'en approcha doucement. L'animal releva la tête, tendit les naseaux pour le humer. Il fit deux ou trois pas sur le côté, pour marquer son indépendance, mais, habitué à changer de cavalier, il n'alla pas jusqu'à détaler. Kelt lui flatta l'encolure.

— Tout doux, vieux frère. Encore un effort et nous allons te débarrasser de cette saleté qui te gêne.

En ramenant l'animal près de Varka, il entendit une galopade sur le chemin. Quand il atteignit l'orée, il n'aperçut qu'un nuage de poussière. Varka, elle, avait reconnu le courrier qui s'était montré si serviable.

— Il paraissait pressé. Je ne sais pas s'il m'a vue.

— Curieux. Au relais, il ne semblait pas chargé d'un message.

— Un pigeon en a peut-être apporté un.

Kelt fit la moue : les volatiles n'avaient pas besoin d'intermédiaires pour atteindre leur destinataire.

Varka se mit en selle et se pencha pour aider Kelt à monter en croupe. Il entoura sa poitrine de ses bras et plongea le nez dans ses cheveux.

Comme ils passaient devant un chaos d'éboulis, un carreau d'arbalète frôla le cheval qui, paniqué, se cabra. Kelt glissa de la croupe. Deux gaillards armés de bâtons surgissaient de leur cachette. L'un d'eux saisi le cheval au mors. Varka se jeta sur lui. L'autre fonça sur Kelt en faisant tournoyer son gourdin. Des gueux qui cherchaient à voler le cheval ? Kelt comprit son erreur quand le courrier, monté, se dévoila à son tour.

Le glaive trancha net le bâton du paysan, que Kelt parvint à frapper à la tempe avec la garde. Le courrier, sabre au clair, se précipitait sur lui. Une galopade, dans son dos, lui fit redouter un nouvel assaillant. Il se jeta à terre. Un cavalier passa en trombe.

Hòggni ?

L'engagement fut bref. Le courrier vida les étriers au premier choc. Le Horsto fit volte-face, se rua sur le croquant aux prises avec Varka. Il ne lui laissa aucune chance. L'agresseur de Kelt s'enfuyait à toutes jambes. Hòggni le rattrapa, l'accrocha sous le bras et vint le jeter devant Kelt, qui avait tout juste eu le temps de se relever. L'homme tomba à genoux.

— Pitié, Èrto-èr. C'est le èr-courrier. Il nous a obligés…

Hòggni lui décocha un coup de pied dans la tête pour le réduire au silence. Le délaissant, Kelt se pencha sur le courrier. Le Horsto n'avait disposé que d'un gourdin pour l'abattre mais, à l'évidence, il en avait fait bon usage. Poitrine défoncée, le messager respirait avec la plus grande peine. Toute couleur avait quitté son visage fin. Ses narines se pinçaient. Il paraissait encore plus jeune qu'au relais.

— Pourquoi ? demanda Kelt.

Les yeux clairs du moribond revêtirent une dureté métallique. Plus que des paroles, il émit un borborygme.

— Tu… sorcier… devrais pas approcher… hartl…

— C'est pour protéger Skilf que tu as voulu m'éliminer ? insista Kelt.

Le courrier grimaça. Un hoquet le secoua. Un flot de sang emplit sa bouche, déborda sur son menton.

— Ça, ça va pas l'aider à parler, grogna Hòggni en sautant à terre.

Il souleva le buste du blessé. Le garçon toussa une ou deux fois. Sa tête dodelina sur le côté.

— C'est ce que je disais. Il est mort.

Le paysan qui s'était précipité sur Fille-farouche aussi. Les lacérations de son visage témoignaient de la vigueur avec laquelle la jeune femme s'était défendue. Hòggni avait achevé la besogne en l'assommant.

— Et lui, qu'est-ce qu'on en fait ?

Du pouce, le Horsto désignait le paysan agenouillé. Kelt en eut pitié. Deux croquants dans leur champ, requis par un courrier du hartl pour l'aider à tendre son embuscade… Ils n'avaient pas eu le choix. Maintenant, il était inoffensif. Il ne cherchait même pas à se sauver. Le tuer ne servirait à rien.

— Mon cheval a besoin de soins, dit-il. Tu nous mèneras à ton village et si je suis content de toi, je te laisserai la vie.

Le paysan roulait des yeux affolés, ne semblant pas comprendre ce qu'on lui demandait.

— Tu as entendu ? gronda Hòggni. Mon compagnon est un sorcier puissant. Si tu veux éviter que les champs s'assèchent et que les toitures de ton village s'enflamment, tu serais bien inspiré de lui obéir.

Tandis que le malheureux protestait de son dévouement au èr-magicien, Hòggni ramassa le sabre du mort, le soupesa. L'arme était beaucoup plus courte et légère que celles auxquelles il était habitué mais, en attendant de trouver mieux, elle ferait l'affaire.

Les paroles du messager résonnaient dans la mémoire de Kelt. Ainsi, on pouvait le haïr pour un pouvoir qu'il était loin de maîtriser. S'ils savaient !

— Orge-d'hiver t'a donné un cheval, finalement ?

— Tu plaisantes ? Je partais sur vos traces, mais quand je me suis aperçu que le courrier empruntait la même direction que vous deux et qu'il semblait soudain très pressé alors que nous l'avons trouvé oisif, j'ai trouvé ça bizarre. Donc je suis revenu sur mes pas. Tu sais que je peux me montrer persuasif quand je m'en donne la peine.

— Tu l'as tué, lui aussi ?

— Juste un peu bousculé.

— Alors, à cette heure, il a donné l'alerte. Voler un cheval dans un relais du hartl ! On va avoir tous les archers sur le dos. Ne perdons pas de temps. Seul Skilf peut nous tirer de là.

Varka était déjà en selle sur la monture du courrier.

L'arrivée du paysan poussé devant les cavaliers créa une certaine émotion dans le hameau. Le cheval fut vite débarrassé du caillou qui le blessait – il ne faisait aucun doute pour Kelt que le courrier l'avait volontairement coincé sous le fer pour les ralentir afin d'être sûr de les rattraper.

Ils disposaient désormais de trois bonnes montures. Ils devaient à l'avenir éviter les relais, mais, même en n'empruntant que des chemins secondaires, le trajet ne durerait pas deux jours.

Le paysan ne les quitta pas des yeux jusqu'à leur disparition au détour du chemin, passé le gué des gorets. Alors seulement il s'autorisa à respirer normalement. Près de lui, une femme pleurait : la veuve de son compagnon d'infortune. Ils étaient partis tous les deux ce matin, insouciants, pour lever les collets avant d'entamer leur journée ; la chance leur avait souri. Ils avaient ramassé deux grignoteux et un lièvre. Mais la chance est capricieuse comme un chat d'Ykur, qui se frotte à vos jambes pour mieux vous décocher un coup de griffes. Ils s'étaient trouvés au mauvais endroit au mauvais moment, mêlés à une querelle qui ne les concernait pas ; et Ifar, son ami d'enfance, était mort.

Une alouette s'éleva dans le ciel clair. À l'apogée de son envol, elle s'immobilisa et se mit à chanter, indifférente au chagrin des hommes dont les cultures la nourrissaient.

Tous ces gens qui s'agitaient, dont beaucoup portaient un collier de servage… Ce bruit… Ces bousculades, quand un cavalier ou une charrette se frayait un chemin parmi les piétons… Même la foire de Norg, qui était ce que Fille-farouche connaissait de pire en matière de cohue, ne l'avait pas préparée à cela. Elle contemplait, les yeux écarquillés, les façades peintes, aux fenêtres vitrées, les étals bien remplis, les autels des carrefours garnis d'offrandes. Elle respirait avec peine. Les façades étaient trop hautes, les rues, pourtant élargies, trop étroites à son gré. Elle était une errante, une fille des chemins ouverts. La ville l'oppressait plus qu'elle ne l'émerveillait. Hòggni comprit son malaise. Il se porta à sa hauteur, l'encouragea : on ne resterait pas longtemps, on reprendrait bientôt la route. Elle en voulut un peu à Kelt qui marchait devant, dans le sillage du courrier, de ne pas se montrer aussi attentif.

Heureusement, ils arrivèrent bientôt à destination. La cour du palais de Godròn, avec sa charmante fontaine, la réconforta. Certes le ciel paraissait lointain, encadré qu'il était par de hauts murs mais, au moins, il y avait un peu de verdure.

Le garde n'escorta pas Kelt jusqu'à l'audience, mais le conduisit dans l'aile opposée. Une antichambre meublée en bois de roncier, aux murs peints à fresque, précédait l'appartement du hartl. La chambre était, elle, entièrement couverte de boiseries sculptées. Le feu qui brûlait dans la haute cheminée suffisait à la chauffer. On avait néanmoins installé trois braseros pour former une barrière symbolique entre le lit où, malade, le hartl reposait et le visiteur. Élyhora siégeait sur un fauteuil capitonné de velours. Sa présence ne surprit pas le diseur de mots. Il se murmurait à Gulvìk que le hartl ne décidait plus rien sans la consulter.

— Eh bien ! M'expliqueras-tu ce qui est arrivé ? s'écria Skilf du fond des fourrures dans lesquelles il disparaissait, en guise de réponse au salut de Kelt. Ne devais-je pas remporter une victoire sur l'eau ? À cause de toi, j'ai donné ordre à Oskyr d'appareiller. Et voilà le résultat !

— J'ai dit, pour être exact, que de l'eau viendrait la victoire. Et il en sera ainsi, car il s'agissait d'une parole efficace. Mais je ne sais ni où ni quand. Avez-vous des nouvelles d'Oskyr ?

— Il me faudrait pour cela des yeux et des oreilles chez les poissons !

Une quinte de toux l'interrompit.

— Tu parles bien, Bouche-d'or, mais je me demande parfois à quoi servent tes discours s'il faut interpréter chaque mot de chacune de tes phrases !

Derechef, la toux le secoua. Élyhora se précipita pour redresser ses oreillers.

— Calmez-vous, Hartl-èr, mon époux. Il est néfaste de vous mettre dans des états pareils. Rappelez-vous les prescriptions de votre apothicaire.

Skilf émit un hoquet.

— Celui-là ? Je ferais mieux de le pendre plutôt que de le payer ! Au moins, cela distrairait la populace. De toute façon, il crèvera avant moi.

Il avait pris soin de choisir un thérapeute plus âgé que lui, bien décrépit. Ainsi avait-il l'impression réconfortante de mieux se porter que celui qui le soignait.

— Je t'avais envoyé auprès d'Oskyr pour que tu jettes un sort aux navires du blocus ! rappela Skilf quand il récupéra son souffle.

Kelt baissa la tête. Non par résipiscence, mais par lassitude. Combien de fois devrait-il répéter qu'il n'était pas un magicien de l'espèce qui prospère dans les récits du temps révolu des hommes anciens ?

— Prétendras-tu que tu n'es pour rien dans la catastrophe ? Des témoins affirment que le ciel était limpide jusqu'à ce que tu prononces certaines paroles.

— Des témoins ? Je suis heureux d'apprendre que Hòggni et moi ne sommes pas les seuls rescapés.

— Dois-je déduire de leurs déclarations que la perte de mes navires t'incombe ? accusa Skilf.

— Dois-je vous rappeler que j'étais à bord de l'un d'eux ?

— Qu'est-ce que cela prouve ? Comme par hasard, tu es l'un des rares à avoir échappé à la fureur des flots !

— J'en remercie davantage la force de celui que vous avez chargé de veiller sur moi que le hasard.

— Celui que… ? Ah, le Horsto.

— Sans lui, j'aurais connu la même fin qu'Oskyr. Je suis un piètre nageur.

Skilf quêta du regard le concours d'Élyhora, mais elle gardait les yeux sur la fumée des braseros. Le malade s'en serait volontiers passé – il en était rendu à moins redouter les manigances du diseur de mots que ces émanations irritantes –, mais Élyhora avait insisté. Revenue sur son siège, elle gardait les doigts entrelacés et, à la position de ses jambes sous sa robe, on devinait qu'elle croisait aussi les chevilles. Malgré les rites de conjuration et les amulettes dissimulées dans les replis de sa robe, elle demeurait tendue.

— Éclaire-moi, grinça Skilf. À quoi me sert un magicien qui s'avoue incapable de veiller à son propre salut ?

Kelt soupira.

— De moi, vous attendez trop, Hartl-èr. La Vérité choisit parfois de s'exprimer par ma bouche. Encore une fois, cela ne fait pas de moi un de ces sorciers à la mode des anciens, dont les sortilèges suffisaient à repousser une armée. De même que je n'ai pas provoqué l'effondrement du Storbir, de même je n'ai pas le pouvoir de déchaîner les éléments.

Il en était convaincu. Pourtant… Ces spectres monstrueux qu'il avait aperçus entre deux eaux tandis qu'ils soulevaient les vagues et creusaient les abîmes où les vaisseaux s'engouffraient, qui les avait convoqués en cet endroit ? Il ne pouvait mentir, mais était-il à l'abri de ses propres erreurs ?

Skilf se pencha vers un meuble à tiroirs intégré à la tête de son lit. Élyhora se précipita pour l'aider à en extraire un étui scellé.

— À tout le moins, tu es un bon observateur. J'ai lu le rapport que tu as dicté à Vaszbok avant ton départ pour Gulvìk. Je n'en ai guère appris sur le Dieu unique, mais tu as achevé de me convaincre que Slegur prépare un mauvais coup. J'ai une autre mission à te confier. Va trouver mon fils Oddi. Remets-lui ceci.

Il lui tendit l'étui.

— Les messages que j'envoie à l'Axe-divin restent sans réponse. Peut-être Oddi saura-t-il l'intéresser à notre sort. Tu l'accompagneras. Il n'a rien d'un orateur, tandis que toi… Eh bien, ton nom public n'est-il pas Bouche-d'or ?

— Mes compagnons ?

— La Fille des étoiles agira comme bon lui semble, répondit Élyhora à la place du hartl. Le Horsto, lui, rejoindra l'armée de Vradh.

Les instructions données par son époux la remplissaient d'aise. Quelques phrases disséminées sans en avoir l'air dans la conversation avaient porté leurs fruits. Cette fois, elle éloignait non seulement le sorcier, mais aussi l'héritier direct du hartl. Le chemin était long jusqu'au Dàstrand. Très long. Il se passerait tant de choses d'ici à ce que ces deux-là en reviennent !

Chapitre 14

— Encore un carrefour que je n'aime pas, déclara Fille-farouche.

Leurs routes se séparaient là, au bord du Premier Plateau. Depuis Solksborg, Kelt et elle cheminaient à pied, tirant par la bride les chevaux que Skilf leur avait prêtés : il ne s'était pas montré aussi généreux avec le mercenaire.

— Pourquoi ne restes-tu pas avec nous ? Un homme de plus ou de moins, dans une armée, qui le saura ?

— J'étais un sabre sans bras avant de prêter allégeance à Skilf Oluf'ar. Grâce à lui, je peux de nouveau assumer ma destinée de guerrier. Alors j'exécuterai l'ordre que j'ai reçu : me mettre au service de Vradh et le protéger, comme je l'ai protégé, lui, précisa-t-il en désignant Kelt.

Fille-farouche soupira. Le devoir, l'honneur… Incroyable, cette manie des hommes de se contraindre pour des chimères.

— Tu vas me manquer, gentil sanglier, dit-elle.

Elle s'efforçait d'être mutine, mais sa voix s'étrangla. Hòggni la considéra avec gravité.

— Sans doute cela vaut-il mieux, mâchonna-t-il. À toi, désormais, de veiller sur lui. Je sais qu'il ne perd pas au change.

— À moi aussi tu manqueras, dit Kelt.

Il desserra la boucle de sa ceinture.

— Prends ça, dit-il en tendant son glaive au mercenaire.

Hòggni secoua la tête.

— Il est trop petit pour moi. Et il te sera plus utile que jamais, par les temps qui courent. Dis-moi seulement, diseur de mots, nous reverrons-nous ?

— Ne sommes-nous pas des amis ?

— Alors, si j'emporte cet espoir, je pars le cœur léger.

Sans prolonger davantage les adieux, il se mit en route. Ils le suivirent longtemps des yeux. Il ne se retourna pas.

Kelt leva le nez vers le ciel où roulaient des nuages menaçants. À cette croisée des chemins, il avait le choix entre deux routes. Toutes deux se dirigeaient globalement vers le Cerf, mais celle de gauche s'infléchirait bientôt vers l'Aigle pour rejoindre Vegamòt, sur le Deuxième Plateau. De là, la route pour Kalsborg où il était censé trouver Oddi passait par son Laxdal natal. Celle de droite le mènerait à Skardvegur, d'où il gagnerait le col du Murmel. En cette saison, l'un et l'autre itinéraire comportaient des incertitudes.

Varka perçut son hésitation.

— Qu'importe le chemin, si nous le parcourons ensemble ?

Ses lèvres souriaient avec tendresse. Mais dans ses yeux, il lisait un défi. Sous la douceur de Varka transparaissait toujours la pugnacité de Fillefarouche, et peut-être était-ce d'abord cela qui, chez elle, l'attirait.

— Qu'importe, en effet, soupira-t-il en tirant de sa poche le dé d'orientation.

Cela faisait bien longtemps qu'il ne l'avait pas utilisé. Comment réagirait-il, si le dé ne lui désignait pas l'une des deux directions que lui proposait le carrefour ? Renoncerait-il à sa mission ? Le lancerait-il à nouveau ?

Il ne connaîtrait jamais la réponse, car le dé choisit par deux fois le chemin du Cerf. Le sort en était jeté. Ils gagneraient l'Ortmark en empruntant le col du Murmel. La nostalgie, il s'y abandonnerait une autre fois. D'ailleurs, le sort choisissait l'itinéraire sinon le plus court, du moins le plus sûr : situé à une altitude moins élevée que le Laxdal, le Murmel restait ouvert plus longtemps.

Jusqu'à Skardvegur, le trajet demeura aisé. Puis la pente devint plus rude. Depuis qu'ils avaient quitté le bassin du Stor pour gagner les Hautes Terres, Kelt s'inquiétait moins d'être agressé, se persuadant que l'embuscade que lui avait tendue le courrier était l'acte isolé d'un serviteur un peu trop zélé. Ici, la perte de la flotte ne chagrinait personne, à supposer que la nouvelle soit parvenue aussi loin. Néanmoins, il avait préféré ne pas recourir aux relais. Aussi ménageaient-ils leurs montures. Le dernier tiers de la montée, franchement escarpé, ils le franchirent à pied, tirant par les rênes les bêtes qui trébuchaient sur les cailloux.

La pluie les surprit quelques cent cinquante aunes sous le col. Une pluie drue, mêlée de neige fondue. Ils courbèrent l'échine, serrèrent les dents et poursuivirent leur chemin sur un rythme plus soutenu. Si tel était l'adieu que leur adressait le Solkstrand, pourquoi s'attarder ?

Le versant opposé se situait en territoire ortmarko. Dans cette commanderie, ils ne connurent qu'averses et grisaille. Ce n'est qu'en pénétrant dans le Jolàstrand, après avoir franchi la Vilondao, qu'ils bénéficièrent d'un temps plus clément. Ils obliquèrent vers le Renard pour gagner Kalsborg. Là, ils apprirent de la bouche d'un scribe plus voûté qu'un cellier à fromages qu'Oddi était parti quelques octades auparavant pour les monts Gamalbok. La voix du vieil homme vibrait de déférence en prononçant ce nom.

Pour les voyageurs, cela signifiait un détour de cinq à six jours.

À mi-parcours, le profil caractéristique d'un tertre surmonté d'un bosquet retint l'attention de Kelt. Une paysanne, le dos courbé sous un fagot de branches mortes, venait à leur rencontre. Elle leur jeta un regard méfiant, comme si elle craignait qu'ils la dépouillent de son butin. Varka la salua sans obtenir de réponse en retour.

— Dites-moi, Èrin-fagotière, la héla Kelt, ne trouve-t-on pas sur ce mamelon une pierre des hommes anciens ?

— Peut-être bien, grommela-t-elle sans tourner les yeux dans la direction qu'indiquait le doigt de l'étranger.

Elle le jaugea, avant d'ajouter :

— En quoi cela t'intéresse ? Tu n'en es pas un.

— En effet, mais…

— Dans les temps, des gars de chez nous y sont allés, dans le bois maudit. On n'a rien retrouvé d'eux. Pas même un os. La pierre les aura bouffés. C'est mal, de déranger le passé.

— Ce malheur est arrivé de ton vivant ?

— Par ma foi, non. Dans les temps, j't'ai dit.

Elle donna un coup d'épaule pour repositionner son fardeau et reprit son chemin, tête baissée.

— Elle a raison, dit Varka. Laisse donc aux hommes anciens ce qui leur appartient.

Il ne s'aperçut pas que des larmes emplissaient ses yeux : il regardait vers le bosquet. Elle les essuya du revers de la main.

— N'est-ce pas les honorer que maintenir leur souvenir ?

— Leur mémoire n'est pas celle des Enfants des étoiles, s'obstina-t-elle, boudeuse. Vas-y si tu y tiens tant ! Je garderai ton cheval.

Arrivé en haut de la pente, il ne perdit pas de temps à chercher une hypothétique trouée dans le roncier qui gardait l'orée, mais se fraya un passage avec son glaive. La clairière centrale était si exiguë que le monolithe l'occupait presque tout entière. Il paraissait encore plus ancien que tous ceux sur lesquels il s'était allongé. Il fallait toute son expérience pour deviner l'image des huit animaux symboliques. Au centre, l'effigie du Dà n'était plus qu'un vague relief qui se confondait avec les cicatrices dont la pluie et le vent avaient couturé la roche. Kelt la caressa du bout des doigts. Un rayon de soleil oblique l'éclaira brièvement, révélant un dessin qui tenait plus de l'interprétation que de l'intention du sculpteur. Kelt y lut une femme qui dansait.

D'une manière ou d'une autre, avait dit l'Aïeule.

Et si la formule ne concernait pas le chemin mais l'aboutissement ?

D'une manière ou d'une autre…

C'était une évidence. Hòggni avait eu raison de lui conseiller d'abandonner. Depuis des saisons, il poursuivait un rêve à jamais révolu sans trouver dans cette quête qu'amertume et tristesse. Le cœur des hommes est-il à ce point vulnérable qu'il laisse le passé empoisonner le présent, quand bien même tout lui rappelle que rien ne saurait durer ?

Et le présent, *son* présent, se nommait Varka.

Hòggni, encore, lui avait dit, peu avant leur séparation :

— Tu as de la chance de l'avoir. Et elle au moins appartient au Monde.

Il ne l'avait pas entendu. Il était incapable de l'entendre. Et voilà que…

La pierre des hommes anciens venait de lui ouvrir une porte. Pas celle à laquelle il s'était attendu, mais qu'il franchissait sans arrière-pensée.

Jamais il n'oublierait Æsa. Mais il devait songer à elle comme appartenant au passé, avec la conviction qu'on ne parcourt jamais deux fois le même chemin.

D'une manière ou d'une autre…

Évidemment !

Il tourna le dos à la clairière et redescendit en courant vers celle qui l'attendait à côté des chevaux.

Nerveuses, les bêtes tendaient le naseau pour humer l'averse qui commençait à tomber. Si bien qu'il ne sut voir si l'eau sur les joues de Varka était de la pluie ou des larmes.

L'ermitage de Skriftbjarg s'accrochait sur toute la hauteur de la falaise, soit quelque dix toises, de part et d'autre de la cascade qui l'alimentait en eau. Les échelles et les passerelles qui reliaient entre elles les loggias suspendues à flanc de rocher dessinaient un labyrinthe duquel seule une longue pratique conférait la maîtrise. L'affaissement de quelques façades livrait le secret de l'ermitage : des grottes, à l'origine naturelles mais complétées par des forages ultérieurs, abritaient les précieux manuscrits qui avaient assis la réputation de Skriftbjarg.

Protégé des vents dominants par l'escarpement, ce lieu où des Sachants issus des huit horizons vivaient à l'écart des vicissitudes du Monde pour se consacrer à l'étude l'était aussi des tribulations de l'histoire par son inviolabilité consacrée. Bien que l'ermitage fût situé sur la commanderie du Vinstrand, son hartl n'avait pas autorité sur ses occupants, qui ne reconnaissaient que celle de l'Axe-divin.

Oddi Skilf'ar avait acquis un rang élevé dans la hiérarchie des Sachants, ce qui lui valait d'occuper une des niches proches du sommet de la falaise. Une novice tout juste pubère guida les voyageurs à travers le dédale des échafaudages, après que Kelt eut déposé son glaive et Varka son arc et son carquois. Aucune arme n'était admise à Skriftbjarg, de crainte que les controverses philosophiques qui s'élevaient fréquemment à l'occasion de l'exégèse des textes anciens s'achevassent dans le sang, tant il est vrai que la sagesse n'exclut pas la passion.

La partie basse de la falaise accueillait les huit basiliques, dans lesquelles s'échangeaient idées et leçons, et les scriptoriums, où les néophytes étaient admis à recopier les livres anciens et les érudits à coucher leurs théories par écrit pour enrichir le fond. Dans les bibliothèques des étages supérieurs, la couleur des reliures distinguait les ouvrages « vrais », dont l'expérience avait corroboré les enseignements, des conjectures dont l'utilité était avérée pour donner à l'infinie diversité du Monde une cohérence permettant de la supporter mais fondées sur des postulats. Les premiers, couverts de rouge, étaient infiniment moins représentés que les seconds, vêtus de noir. Tout le travail des érudits visait à en augmenter le nombre. Force était pourtant de constater que leurs efforts n'aboutissaient le plus souvent qu'à un nouvel ouvrage de la deuxième catégorie. Ou, pis encore, au déclassement d'un titre rouge en reliure noire. Prudemment, après des octennies d'âpres, voire sanglants débats, les livres qui traitaient des dieux ou des mondes sous-jacents dont certains illuminés affirmaient l'existence étaient reliés de blanc, échappant ainsi à la critique des Sachants.

À mi-hauteur, au-dessus des dortoirs, la pente s'infléchissait, de sorte qu'on avait pu aménager de petites terrasses. Seuls les initiés de haut rang pouvaient prétendre à la jouissance de ces jardins de méditation. L'estime dans laquelle ses pairs tenaient Oddi lui valait ce privilège, aussi les émissaires de Skilf durent-ils emprunter une multitude d'échelles pour se hisser jusqu'à lui.

Ils débouchèrent enfin sur un jardinet qu'embaumaient deux houppets pourpres. Près d'une vasque dans laquelle les cingli venaient boire, un couple de novices élaboraient une structure complexe avec des jonchets couverts de symboles ésotériques sur un disque de pierre noire. Il se dégageait de la forme une harmonie que les ajouts, loin de compromettre, exacerbaient. Avant de poser un nouvel élément, ils se concertaient longuement.

À l'autre extrémité de la terrasse, couvert d'une simple chasuble malgré la fraîcheur de l'air, Oddi s'entretenait avec un vieillard guère plus couvert.

Il était difficile d'imaginer un homme aussi différent de Skilf que l'était son fils, mais aisé de comprendre pourquoi les bardaghi, férus d'exploits physiques, répugnaient à envisager l'accession de ce dernier au hartolat. Deux yeux de chouette éblouie inscrivaient sur son visage rond une désarmante naïveté. Ses doigts boudinés, qu'il croisait sur une panse rebondie, n'étaient pas taillés pour serrer la poignée d'un sabre.

— Une Enfant des étoiles et un thung, souffla-t-il en avisant les visiteurs. Voilà qui est intéressant...

— Le èr-hartl Skilf Oluf'ar m'a dépêché auprès de vous, Oddi-èr, dit Kelt d'une voix un peu plus sèche que ne l'aurait voulu le protocole.

Oddi tendit une main molle vers le sauf-conduit que le diseur de mots produisait à l'appui de son affirmation.

— Un pigeon m'a prévenu de votre visite. Bien que mon père ne voie pas en moi un successeur crédible, il tient à me tenir informé des affaires de la commanderie. Il m'a donc avisé de ses craintes et de la mission qu'il entend me confier. Et, vous le constatez, j'ai quitté Kalsborg pour me mettre en route aussitôt.

— Mais pas en direction du Dàstrand.

— Tous les chemins y mènent, n'est-ce pas ? Je vous accorde que j'ai effectué un détour. Il me semblait nécessaire de vérifier certains détails dans les chroniques avant de me présenter devant la Dàsten. N'est-il pas étrange que l'Axe-divin, qui tire sa légitimité des dieux ancestraux, laisse se répandre un culte nouveau sans réagir ? Que t'en semble, diseur de mots ?

Il y avait un tel décalage entre les préoccupations de Skilf, immédiates, concrètes, et celles, métaphysiques, de son fils que Kelt se demanda pourquoi le hartl avait choisi un si piètre ambassadeur pour plaider sa cause auprès de la Suprême Souveraineté.

Oddi pointa le doigt vers la construction que les novices, sans prêter attention aux nouveaux venus, continuaient d'échafauder.

— N'est-ce pas beau ? Et solide en apparence. Or, il suffit de retirer un seul jonchet pour que tout s'effondre. Encore faut-il bien le choisir. Veux-tu t'y essayer, diseur de mots ?

— Je ne suis pas venu pour jouer, répliqua Kelt sans chercher à dissimuler son agacement.

— Et toi, Fille-farouche ?

Varka s'avança, tira résolument un bâtonnet de la base. L'édifice se tassa imperceptiblement, sans s'écrouler.

Oddi se leva pour examiner la structure de plus près et choisit à son tour. La structure s'affaissa sur elle-même.

— Dommage, dit Varka. C'était joli.

— Oui, mais défectueux.

— Ils avaient dû mettre des heures et des heures à la construire.

— Bien sûr. Néanmoins, ils ne doivent pas s'attrister de sa disparition. Ils sont sur le chemin. La première étape : apprendre à renoncer. La seconde : détruire efficacement.

— Et quand apprend-on à construire ?

— Tout le temps. Voilà pourquoi l'initiation peut durer toute une vie. Un délai trop long aux yeux de certains. Alors ils renoncent. Ou ils s'égarent dans l'exploration de voies hasardeuses.

— Pourtant ce sont des novices qui ont bâti ce que le Sachant a détruit, releva Kelt.

— L'aurais-je sapé aussi facilement, si la forme en eût été pleinement achevée ? Seule la perfection mérite de durer plus qu'un battement de cils.

Le reste ne persiste dans l'existence que par la complaisance des dieux.

Ou l'inertie de la matière, ou l'opiniâtreté du vivant, songea Kelt, sans toutefois l'exprimer. La tournure que prenait la conversation l'exaspérait. Ce qui n'échappa pas à Oddi. D'un geste emprunt d'onction, mais que les novices reçurent comme un ordre, il leur donna congé. Le vieillard resta pour ramasser les bûchettes, les rassemblant en tas après un tri dont lui seul percevait la clé.

— Mon père t'a envoyé au Heldmark parce qu'il était curieux d'avoir l'avis d'un diseur de mots sur le Dieu unique, attaqua Oddi dès que la tête du dernier novice eut disparu du haut de l'échelle.

Ce n'était pas une question. La voix d'Oddi était grêle, sans que cela nuise à son autorité. L'homme avait l'habitude d'être obéi. Contrairement à tant de bardaghi, il n'en tirait pas une satisfaction particulière. Il trouvait cela normal, sa nature le voulait ainsi.

— Je constate que vous êtes bien renseigné, Oddi-èr.

— On prétend que ce dieu accomplit des prodiges.

— Au Heldmark, je n'ai pas vu autre chose que quelques charlataneries à base de poudre à nuées.

— La poudre à nuées, hmm... Sais-tu que Kredfast Skin'ar, qui est le promoteur de la nouvelle religion, est un diseur de mots, comme toi ?

— Un diseur de mots, mais pas de mon état, précisa Kelt. Il est alchimiste, à ce qu'on murmure.

— La rumeur ne ment pas. À ce propos, laisse-moi te présenter Agni. Cet honorable érudit guida les premiers pas de Kredfast dans la recherche des secrets de la matière au temps où ils appartenaient tous deux à la mesnie du hartl Slegur.

À son nom, le vieillard abandonna sa tâche pour saluer d'une inclinaison de la tête.

— Un Heldmarko ? s'inquiéta Kelt.

— En effet. Il est aussi, quoi qu'il s'en défende, mon conseiller.

Il partit d'un rire franc.

— Ne sois pas surpris. N'est-ce pas de son ennemi qu'on apprend le plus ?

— Je ne suis pas votre ennemi, Oddi-èr, et vous le savez bien, je ne suis l'ennemi de personne, protesta le vieillard.

— Alors, quand Slegur aura rompu la trêve, cela fera de toi un banni.

Kelt rebondit sur cette remarque :

— Vous pensez donc la guerre inévitable, Oddi-èr ?

— Pas toi, diseur de mots ?

Kelt serra les lèvres, inquiet des conséquences que pouvait emporter cette question trop directe, mais nul vertige ne le saisit. C'était d'ailleurs inutile, la Vérité s'était déjà manifestée. Sa vision d'une armée engloutie hantait ses nuits.

— Si Slegur ne nourrissait que l'ambition de rattacher un morceau du Solkstrand à sa commanderie, peut-être pourrions-nous en faire l'économie, enchaîna Oddi. Mais, qu'il en soit conscient ou non, il est engagé dans un autre combat.

— Le Dieu unique ?

Oddi hocha la tête.

— L'Axe-divin, ne l'oublions pas, reçoit sa légitimité des dieux en personne. Que ceux-ci soient déchus et…

Il ouvrit largement les mains.

— Vous ne croyez donc pas à la pertinence d'une démarche auprès de l'Axe-divin, releva Kelt.

— Ce n'est pas tant le Solkstrand qui est menacé que l'ordre du Monde. Dans ces conditions, comment expliquer le silence de la Souveraineté Suprême, sinon par sa volonté assumée ? Je conçois que la rivalité de deux hartli se disputant quelques arpents au bord du Monde ne soit pas de nature à ébranler la Dàsten. L'écho d'un mur qui s'effondre, s'il émeut les occupants de la maison, se perd avec la distance. Mais que ce culte nouveau ne l'inquiète pas, voilà qui m'échappe. Je n'exclus pas que la Souveraineté Suprême sache son temps révolu, que sa passivité soit le prélude d'une ère nouvelle. Voilà pourquoi je me rendrai au Dàstrand en ta compagnie. Bien sûr, je n'aurai pas l'audace d'interroger l'Axe-divin à ce sujet. Mais peut-être qu'une réflexion de sa part m'éclairera.

Ayant achevé son tri, Agni rangeait les jonchets dans quatre étuis de marqueterie.

— Ce soir, poursuivait le Sachant, soyez mes hôtes. Nous partirons demain. Notre voyage sera pénible, je le crains : il y a de meilleures saisons pour voyager. Au moins, nous marcherons vers l'Aigle, c'est-à-dire vers moins de rigueur.

En annonçant le départ pour le lendemain matin, Oddi avait omis de préciser que les préparatifs étaient déjà bouclés. Outre des chevaux de rechange, le convoi comportait une voiture à deux roues emportant une vingtaine de pigeons, des provisions et des couvertures. Trois mules transportaient le reste de leurs bagages. Deux néophytes originaires du Lyorgmark les escorteraient jusqu'à cette commanderie.

Oddi avait abandonné la chasuble brodée au profit d'une casaque molletonnée d'où émergeaient des bottes épaisses. Kelt et Varka acceptèrent sans manières les manteaux de selle qu'Oddi leur offrit. Amples, doublés de fourrure, ils offriraient la protection contre l'hiver qui manquait à leur équipement.

Avant que la falaise soit hors de portée de vue, Kelt se retourna. La vision lui tomba dessus sans avoir été annoncée par les prémices habituelles, si bien qu'il aurait pu croire que l'incendie ravageait réellement Skriftbjarg si les flammes n'avaient revêtu la forme de monstrueux oiseaux de proie. Ses doigts se portèrent à ses lèvres.

— En vérité, proféra-t-il, il n'est de mémoire que le temps n'efface.

Oddi surprit ces paroles, sans en mesurer la portée.

— Eh, bien sûr ! s'écria-t-il. C'est pour remédier à cet état de chose qu'on écrit des livres.

— Pour persister dans son être, professait Agni, chaque chose a besoin de sa vàarma, une énergie qui lutte contre la dispersion qui la menace. Or il est possible de la libérer, afin qu'elle s'unisse à une autre vàarma par exemple. Cela transforme la chose, voire la détruit, mais génère de la force. Nous la ressentons sous les espèces de la chaleur, de la lumière ou de la densité.

Dès les premiers jours, Oddi imprima le rythme de leur course. Malgré sa corpulence, il se révélait un cavalier de bonne tenue et très résistant. Les voyageurs changeaient de monture toutes les heures, ce qui permettait aux bêtes de soutenir un trot rapide sans s'épuiser. La chevauchée commençait au lever du jour et il n'était pas rare qu'ils aient parcouru près de vingt lieues quand la nécessité pour les chevaux de se nourrir mettait un terme à l'étape.

En raison de son âge avancé, Agni voyageait dans la carriole. Quand Varka, fidèle à son habitude, galopait en avant pour chasser, Kelt rejoignait parfois l'alchimiste, volontiers bavard, sur son banc.

— Les forgerons, de tout temps, ont eu l'intuition de cette vérité. Le charbon a plus de vàarma que le fer, aussi lui confère-t-il davantage de force en s'unissant à lui.

— Qu'en est-il de l'homme ? demanda Kelt.

— Ce principe vaut pour les animaux, aussi bien. Leur vàarma circule dans leur corps avec leurs humeurs, à commencer par la plus prestigieuse d'entre elles. L'expérience nous l'apprend : quand un être vivant perd son sang, il devient froid. Ses membres sont privés de leurs forces et de leurs mouvements. Il s'éteint. Ses chairs se liquéfient, ses tendons ne tiennent plus ses os, qui se dispersent.

— Et les dieux ?

Agni grimaça.

— Celui qui n'est pas un dieu est-il légitime pour rien affirmer concernant leur nature ?

Cette réponse ressemblait à une échappatoire, mais elle pouvait tout aussi bien révéler chez le vieil alchimiste un scrupule à porter à son crédit. Kelt ne l'en tint pas quitte pour autant.

— Sans doute pas, rebondit-il. Pourtant beaucoup ne s'en privent pas. À commencer par ton disciple Kredfast.

— Kredfast Skin'ar a quitté le chemin droit de l'expérimentation où je l'ai engagé, celui que doit suivre quiconque se réclame de notre état, pour s'égarer dans les marécages aventureux de la spéculation. Encore une fois, si une chose ou un être persiste dans son existence, c'est en proportion de la vàarma qui maintient sa cohérence. Les dieux ont davantage de pouvoirs que les hommes. Leur longévité est telle qu'ils nous paraissent éternels. Toutefois, comme en tout existant, leur vàarma refroidit avec le temps. Ils sont donc appelés à se dissiper un jour. Que deviendra le résidu d'énergie que leur mort libérera ? C'est arrivé à ce point de la réflexion que Kredfast a laissé son imagination s'enflammer. De même que le cuivre fusionne avec l'étain pour engendrer le chantant airain, de même, prétend-il, les vàarmaï des dieux ont vocation à se fondre en une seule, forte de tous leurs pouvoirs, d'où jaillira un monde régénéré. Or, au terme d'un calcul astrologique auquel lui seul confère un sens, il affirme le temps venu.

— Une ère nouvelle ?

— Un *Monde* nouveau ! Dans son esprit, l'Unique ne succède pas aux dieux. Il *est* l'ensemble de tous les autres, l'expression d'une vàarma éternelle, d'une puissance sans précédent.

— Toi, qu'en penses-tu ? demanda Kelt.

Le Heldmarko inspira longuement avant de répondre.

— Le charbon, je le connais bien : il noircit mes doigts depuis tant de saisons ! La rouille les rougit, le fer au sortir du creuset les brûle, le fil du couteau mord leur pulpe. De toutes ces propriétés de la nature, je peux parler en certitude. Peut-être aurai-je la chance, à force d'interroger la matière, d'en apprendre davantage sur les combinaisons qui forment le Monde et de découvrir les principes fondamentaux que masque sa complexité apparente.

Mais sur la cause ultime, qui est au commencement de la chaîne, ou le sens à accorder à tout ce fatras, je ne saurais m'exprimer doctement. Voilà pourquoi je préfère me taire, plutôt qu'ajouter à la cacophonie des théories ineptes. Il y a déjà bien trop de livres noirs à Skriftbjarg.

Kelt n'eut pas la cruauté de relever que le vieil alchimiste n'avait pas davantage vu la vàarma que le visage d'un dieu. Sans doute y a-t-il un horizon au-delà duquel le doute n'est plus supportable.

Derrière eux, les pigeons roucoulaient dans leurs cages. Soudain, Agni se plia sur son banc. Ses traits se décomposèrent. Kelt saisit les rênes.

L'alchimiste respira un grand coup.

— Ce n'est rien, assura-t-il d'une voix atone. Une douleur dans les reins. Cela m'arrive de temps en temps.

— Veux-tu que nous nous arrêtions un peu ?

Agni secoua la tête.

— Notre chemin est assez long comme ça. Dépêchons-nous d'avancer pendant que le temps nous le permet. D'ailleurs, ça passe.

— Juste un peu. Oddi ne formulera pas d'objections à ce que…

Agni grimaça. Malgré ses dénégations, la douleur était toujours vive.

— Pour moi, maintenant, chaque heure compte. Je ne suis pas sûr d'arriver au bout. J'aimerais… J'aimerais tant contempler le visage de l'Axe-divin.

Il se tut, songeur.

Quand il reprit la parole, il répéta, incongrûment, la phrase qu'il avait proférée là-haut, dans le jardin de méditation d'Oddi :

— Je ne suis l'ennemi de personne.

Un autre moment de silence, ponctué d'un tressaillement imperceptible à chaque élancement, puis :

— J'ai toujours nourri l'espoir que cela ferait de moi l'ami de tous. Ça a été très dur d'admettre que je me trompais.

Il soupira.

— Pourtant, rien ne serait plus merveilleux que la confusion de toutes les vàarmaï.

Sans doute, songea Kelt. Mais pendant que nous pérorons sur les principes du Monde, une guerre se prépare.

— Ne répète pas à Oddi ce que je t'ai dit. Que je ne suis pas certain d'aller jusqu'au bout. Il s'en voudrait de ne pas m'avoir laissé à Skriftbjarg.

— Tu l'aimes beaucoup, n'est-ce pas ?

— Un jour, il étonnera le Monde.

Il y avait quelque chose de touchant dans l'enthousiasme de cet homme déjà âgé envers son... Son quoi, au fait ? Kelt n'avait pas encore démêlé si le mot qui convenait était maître ou disciple.

— S'il ne me le demande pas, il n'y a aucune raison pour que je le lui dise.

Agni hocha la tête.

— Cette fois, c'est sûr, la crise est passée. Tu peux me rendre les rênes.

Chapitre 15

Chaque jour, la clarté venait plus tôt, la nuit tombait plus tard. Ils avaient quitté le Solkstrand à l'automne et ils marchaient vers le printemps. Ils n'en prirent tout d'abord pas conscience. Ils avaient connu la pluie qui achevait de dénuder les arbres, le gel qui verglaçait les chemins et engourdissait les ruisseaux, la neige qui scellait les yeux et bouchait les narines, la caresse mortelle de la bise et l'angoisse du brouillard qui amortissait leurs voix et s'acharnait à les égarer. La plupart du temps, ils bivouaquaient à découvert, enroulés dans leur manteau de selle, près d'un feu qu'il leur fallait entretenir toute la nuit. À peine Oddi avait-il consenti une halte prolongée dans une auberge de l'Àsmark, quand le blizzard s'était mis à souffler si fort que les mules chargées de leurs bagages en perdaient l'équilibre. Cette ascèse, dont Kelt se serait volontiers passé, lui paraissait indispensable pour qui projetait de se présenter devant l'Axe-divin.

Les néophytes les avaient depuis longtemps quittés pour rejoindre les leurs, pas fâchés de pouvoir enfin se reposer. Oddi avait refusé l'hospitalité qu'ils leur offraient pour ne pas s'écarter de son chemin.

Les étapes, bien sûr, s'étaient quelque peu écourtées à mesure que la saison avançait, davantage pour épargner les bêtes que les hommes. Quand le ciel était découvert, Oddi se dirigeait selon les étoiles. Sinon, il s'appuyait sur une impressionnante mémoire de ses lectures. Le voyage était pour lui une épreuve, dont un réel amaigrissement révélait les stigmates. Jamais il ne se plaignait. Plus d'un bardagh qui le brocardait n'aurait pas supporté ce qu'il subissait sans broncher. Agni n'était plus que l'ombre de lui-même. Il ne parlait plus guère. Le jour, il somnolait. La nuit, il dormait. Quand il émergeait de sa torpeur, c'était pour souffrir. Ils n'avaient perdu qu'un cheval. Oddi avait choisi une race résistante, dont le poil formait l'hiver une toison épaisse. Les pigeons, en revanche, avaient payé un lourd tribut. Peut-être n'en resterait-il aucun pour porter à Skilf la nouvelle de leur arrivée à Dàsborg.

À supposer qu'eux-mêmes y parviennent un jour ! À mesure qu'il chevauchait, traversant des paysages dont la variété le remplissait de stupéfaction, Kelt prenait conscience de l'étendue du Monde. Le conflit qui opposait deux petites commanderies perdues tout là-bas, sur l'horizon du Sanglier, était-il plus préoccupant qu'un accès de fièvre dont le malade s'émeut quand il le saisit et auquel il ne songe plus une fois l'alerte passée ? Au pire, Slegur s'emparerait de la rive droite du Stor et les revenus de Skilf se trouveraient amputés du produit d'une région fertile. Et puis ? En quoi l'équilibre du Monde se trouverait-il compromis par cette péripétie ? Il comprenait à présent le scepticisme d'Oddi sur la pertinence de leur ambassade auprès de la Suprême Souveraineté.

Cette tiédeur connaissait une autre cause, que les conversations, le soir, auprès du feu, avaient révélée. Oddi n'était pas indifférent au sort du Solkstrand, mais il lui était égal que le hartl s'en nommât Skilf Oluf'ar ou Slegur Skogurs'ar. L'important était que les récoltes fussent assez abondantes dans le bassin arrosé par le Stor pour nourrir la population, les montagnes assez riches en minerai pour satisfaire les artisans, les forêts en bon bois solide pour construire des charpentes et des navires de pêche. Les hartli passaient. Les bardaghi passaient. Les cultivateurs passaient. La terre demeurait.

C'est au Tréstrand que le printemps éclata dans toute sa splendeur. Dans le ciel où ne s'attardaient plus que quelques nuages débonnaires, le soleil dispensait une lumière dorée. Les arbres en fleurs rivalisaient de couleurs pour attirer à eux les insectes bourdonnants. Les oiseaux lançaient leurs avertissements mélodieux à leurs congénères en recherche d'une femelle ou d'un territoire. Les kæfi, encore abrutis par le sommeil de l'hibernation, se laissaient ramasser sans résistance par Fille-farouche. Les loaï se regroupaient pour migrer vers le Sanglier et les chevaux de l'expédition abandonnaient leur bourre aux épines.

Comme le chemin des voyageurs traversait un vallon emperlé de fleurs exubérantes, une musique parvint à leurs oreilles. Ils aperçurent bientôt deux femmes qui jouaient de la flûte. Les notes s'envolaient, rapides, légères, pour former une mélopée répétitive, comparable au gazouillis d'un ruisseau jouant avec les galets. Elles leur tournaient le dos pour faire face à une rangée d'arbres aux troncs bigarrés. Leurs tenues et leur concentration – pas une ne se tourna en entendant les cavaliers – suggéraient l'exécution d'un rite.

— Ces femmes sont des trésoneeï, expliqua Oddi. Elles consacrent leur existence au développement harmonieux des racines. Le Tréstrand est fier de ses léntraï : on n'en trouve nulle part ailleurs.

— Même pas en Urskogar ?

Kelt se mordit les lèvres. Depuis qu'il avait renoncé à se coucher sur la pierre des hommes anciens, la Forêt profonde avait cessé de hanter ses nuits. Pourtant la question lui avait échappé.

— La Mère des forêts ? Eh bien, je suppose qu'on y trouve tous les arbres du Monde, et bien d'autres. Mais je ne saurais le vérifier : elle s'étend là où vivent les Cinq Preux, les dirseï et les hommes anciens. Dans nos rêves. Ah ! Voilà Fille-farouche.

Varka les attendait en effet à l'ombre d'un arbre en fleur. À son habitude, elle avait pris de l'avance, moins pour chasser – les innocents kæfi assureraient leur subsistance les deux ou trois jours prochains – que pour le plaisir de galoper dans le soleil. Elle sauta en selle et vint se placer à leur hauteur. Si légère qu'on aurait dit que le cheval, à son tour, dansait. Kelt aurait aimé que cette paisible journée n'eût jamais de fin.

Quelque part dans les Björsfal, une armée se préparait à franchir des cols avant de dévaler sur la plaine du Stor.

Troisième partie

Élyhora

Chapitre 16

Contrairement à son grand-père, Vradh ne tenait pas les bâtisseurs – des ombraï ! – en très haute considération. Les gloires du Solkstrand, celles dont les exploits avaient nourri ses rêves d'enfant, s'étaient illustrées en prenant des villes, en les pillant, voire en les rasant. Pas en les érigeant. Il y avait dans l'ambition que nourrissait Skilf de marquer son hartolat par un embellissement de Solksborg quelque chose de besogneux. Elle n'aboutissait qu'à un travail obscur, lent, sans panache, alors qu'il suffisait d'une seule bataille pour immortaliser son nom dans les annales !

Pourtant, devant le Storbir, le connétable ne pouvait se défendre d'une admiration mêlée de fierté. Une fois achevé, ce pont serait un exemple pour les autres commanderies. Beaucoup d'ouvriers avaient déjà trouvé la mort sur le chantier, surtout cet hiver, quand aux accidents s'était ajoutée une épidémie de grippe. Près de mille, prétendait-on. Un chiffre sans doute exagéré, mais, à tout prendre, cela n'en faisait que deux ou trois par jour. Un tribut raisonnable au regard du résultat. C'est pourquoi Vradh refusait de prêter l'oreille à ceux qui lui recommandaient de démanteler l'ouvrage avant que l'ennemi s'en empare. Le pont précédent avait résisté au fleuve pendant dix générations, et peut-être serait-il encore debout si son gardien s'était montré un peu plus digne de son nom public. Celui-ci promettait d'en tenir le double. En démolir ne fût-ce que quelques piles serait manquer de respect à son protecteur, le dieu Gangyr. Alors, les conseillers se divisèrent. Au moins, insistaient les uns, il fallait démonter les échafaudages et les arceaux de charpente sur lesquels s'appuyait le tablier provisoire. Les autres faisaient remarquer qu'un pont se franchit dans les deux sens, et qu'ils en auraient besoin pour talonner l'ennemi, une fois repoussée sa tentative de traverser le Stor. Vradh écoutait volontiers les derniers, car ils ne doutaient pas de sa victoire. Tout au plus concéda-t-il au parti de la prudence d'accumuler des fagots dans les structures de bois : on les embraserait si l'ennemi avait l'indécence de vouloir utiliser le pont.

Les frileux n'insistèrent pas. On savait le connétable ombrageux. L'approche du combat le rendait plus terrible encore. Comme beaucoup de bardaghi, il était impatient d'en découdre. Il lui en coûtait déjà assez d'aborder sur une position défensive la bataille qui inscrirait son nom dans l'histoire. Il s'y résolvait, puisque ainsi l'exigeait l'orthodoxie militaire. Mais il ne voulait en aucun cas laisser supposer qu'il redoutait l'affrontement. Il est pénible d'être le descendant d'un homme méprisé par sa propre caste. Enfant, Vradh Odd'ar en avait fait la triste expérience. Il comprit bien vite que son père, avec ses muscles mous, ses gestes maladroits, était la risée des bardaghi. Son érudition, son intérêt pour la glose des textes anciens et la spéculation philosophique ne comptaient pour rien au regard de son incapacité à fendre un fagot d'un coup de sabre ou à percer de la lance le ventre d'un plastron. Certes, Vradh descendait aussi du hartl Skilf Oluf'ar, auquel les hauts faits n'avaient pas manqué dans sa jeunesse, mais ce dernier avait gâché sa renommée en négociant des traités honteux, allant jusqu'à concéder à ses voisins des terres que leurs armes n'avaient pas conquises en échange d'une paix illusoire. Un marché de dupes, car les faibles n'inspirent pas le respect : tôt ou tard, quelqu'un des bénéficiaires de leurs largesses indues ne manque pas d'exiger davantage.

Cet homme aurait pu être Resnar Snærs'ar, le hartl d'Ulsfeld. Il avait obtenu le droit de pêche exclusif, moyennant loyer, dans le delta de la Laxao, arraché à sa commanderie cinq générations plus tôt par le hartl Gülin-le-Braillard et placé sous le protectorat de Gulvìk. Depuis, le poisson qu'on servait à sa table laissait en bouche un goût d'amertume, quand bien même il provenait de la haute mer. Ou bien Arrild : à maintes reprises les hartli du Gullstrand avaient fait valoir leurs prétentions sur le versant de la Couleuvre des monts Rautfjoll. Voire Jörm qui, se sentant à l'étroit dans sa commanderie, se souvenait d'un temps pourtant fort lointain où elle dominait la totalité des Hautes Terres.

Ce fut Slegur.

Pas étonnant. À force de piétiner la merde de leurs caprebiques, les Heldmarki avaient fini par en être pétris. Rien de bon à attendre de cette engeance, surtout pas le respect de la parole donnée !

S'il nourrissait un solide mépris pour ses voisins du Sanglier, Vradh leur était reconnaissant de l'occasion qu'ils lui offraient de redonner du lustre à l'honneur de sa lignée. Il avait à vrai dire été surpris de se voir placé par son grand-père à la tête de l'armée solkstrandee. Querelleur, bretteur hors pair, il était plus porté sur le corps à corps, où il excellait, que sur la stratégie. Les exploits des Cinq Preux avaient davantage nourri son imagination que les Dix Principes du Sage Guerrier ou la Tactique des Huit Rusés. Pourtant dès que, averti du franchissement des Björsfal par l'armée heldmarkee, il avait conduit ses troupes sur la rive gauche du Stor, Vradh ne doutait pas de remporter la victoire. Il avait pour lui le bon droit, donc le soutien de Rétel et de Gorth, sans parler de la bienveillance de Gangyr, alors que Slegur ne pouvait compter que sur ce dieu nouveau dont personne n'avait jamais éprouvé la puissance, un dieu novice, en quelque sorte, que Gorth balaierait aussi aisément qu'il avait fauché les cavaliers de Zwergur en s'incarnant dans Skarpur, le sabre du Preux Slatmadur.

D'ailleurs, pour la rencontre qui s'annonçait, nul besoin d'un plan complexe. Jusqu'à présent, après avoir violé la frontière sans, au mépris des usages, avoir au préalable exposé ses buts de guerre, Slegur n'avait rencontré sur sa route qu'une faible résistance. Sa progression sur un terrain plat avait été rapide. Le Stor, dont la crue du printemps gonflait les eaux, représentait pour lui le premier obstacle sur la route de Solksborg. Son mouvement indiquait qu'il avait choisi de traverser le fleuve à l'endroit où, en s'élargissant, le courant perdait de son impétuosité. C'est-à-dire, précisément, la courbe où l'on bâtissait le nouveau pont. Or les Solkstrandi tenaient la hauteur qui dominait le méandre. Outre que cette position donnait à Vradh une vision sur tout le secteur, elle avantageait ses archers rangés sur la pente. Entre la berge et la première ligne, qu'un parapet levé en hâte protégeait d'une riposte, s'étirait une langue de terre d'une quarantaine de coudées. Si d'aventure des ennemis prenaient pied sur la rive, la cavalerie, fonçant dans ce couloir, les repousserait à l'eau.

Slegur, sans doute, avait conscience de ses faiblesses. En tout cas, il ne paraissait pas pressé d'engager les hostilités. C'était d'ailleurs un souci pour Vradh : que se passerait-il s'il renonçait à franchir le fleuve et se contentait d'occuper la rive droite ? Le connétable n'y croyait pas ; ce serait, pour un Heldmarko, montrer trop de bon sens. N'empêche, depuis quatre jours Slegur campait sans chercher à traverser, ni même menacer la barbacane isolée au bout du pont, dont les murs tout jusque achevés abritaient un avant-poste solkstrando.

Devant ses officiers, Vradh paradait : l'envahisseur temporisait, n'était-ce pas la preuve qu'il n'osait pas se frotter à lui ? Il écartait d'un revers de main l'objection selon laquelle, si Slegur ne s'était pas aventuré dans le lit du fleuve, il ne levait pas le camp pour autant. Un camp qui, de jour comme de nuit, était en proie à une agitation frénétique. Car, au fond, il enrageait d'avoir affaire à un timoré assez stupide pour lui laisser le loisir de renforcer ses lignes et d'aménager le terrain. Certes, que sa simple vue suffise à décourager l'ennemi augmentait son prestige. Mais il aspirait à bien davantage. Une vraie bataille. Un massacre. La déroute de l'envahisseur, plutôt que son recul. Honorerait-on Solk, génération après génération, si le dragon Vísindramadur s'était présenté à lui la queue entre les pattes au lieu de se débattre trois jours et quatre nuits avant d'accepter le licol ? Si le loup Sýnklærnar avait baissé ses deux têtes pour quêter les caresses d'Ulricr, qui se souviendrait de ce Preux ? L'histoire ne s'écrit pas avec de l'encre, mais avec du sang.

Pour un peu, il aurait pris l'initiative, comme certains bardaghi, encore plus fougueux que lui, le lui suggéraient. Mais, dans ce cas, ce serait à lui de franchir le fleuve, se mettant en position de faiblesse. Si Slegur comptait là-dessus, il courait au-devant de la déception.

La nuit, la rive opposée se couvrait de mille feux. Leur quantité n'impressionnait pas le connétable. Il n'était pas homme à se laisser leurrer par cette vieille ruse qui consiste à multiplier les foyers pour démoraliser l'adversaire en lui laissant supposer des effectifs plus importants qu'ils ne le sont en réalité.

Quand Vradh revint à sa tente, un roucoulement l'accueillit. Il saisit le pigeon par les ailes et détacha le rouleau fixé à sa patte. Il le déplia fébrilement, espérant un message d'Élyhora. Ah ! Le regard qu'elle lui avait jeté lorsqu'il avait pris congé pour rejoindre son armée ! Quand, par mégarde, elle l'avait appelé Hartl-èr, il avait entendu dans cette méprise une double promesse.

Hélas, le message émanait de Skilf. Le vieux s'impatientait et lui demandait des comptes ! Ou plutôt il lui en fournissait : chaque jour de bivouac coûtait presque un million de sèki au trésor ; il convenait donc d'en finir au plus vite.

Vradh crispa le poing. En finir, il ne demandait pas mieux ! Il s'empara d'un vase et procéda à une lustration. Un filet d'eau puisée dans le Stor coula le long de la statuette de Gangyr. Elle était l'œuvre d'un de ces artistes modernes, qui ne se contentaient pas de reproduire la forme conventionnelle mais jugeaient bon de l'assouplir par un mouvement lascif. Vradh déplorait cette mode décadente et le culte de la nouveauté que Skilf avait laissé s'installer aux dépens des valeurs traditionnelles. Quand il accéderait à son tour au hartolat, il mettrait bon ordre à tout cela en coupant les doigts des artistes s'éloignant trop des canons anciens !

— Ô Gangyr ! implora-t-il. Inspire à mon ennemi la folie de franchir le fleuve.

De même que le Stor était dans la paix la principale richesse de la commanderie, de même il serait dans la guerre son meilleur allié. Élyhora le lui avait dit, en lui prodiguant mille conseils avant son départ : le diseur de mots de Skilf a été formel, avait-elle martelé, la victoire viendra de l'eau.

Sur l'autre rive, retranché avec la garnison de la barbacane, Hòggni aussi trouvait le temps long. Lui aussi voyait les feux de l'ennemi mais, contrairement à Vradh, il n'en imputait pas le nombre à un subterfuge. Il avait été témoin de la préparation du Heldmark à cette guerre, et il n'aurait pas été surpris d'apprendre que Slegur avait reçu des renforts du Bjorstrand, voire de l'Ulsfeld.

— Eh bien, le sanglier ? On rêve à ses amours ? Tu ferais mieux de dormir. Dans notre état, on ne sait jamais quand une nouvelle occasion se présentera.

Le capitaine avait passé l'âge de combattre, à en juger par la blancheur de ses cheveux et la profondeur des rides qui barraient son front. Il n'appartenait pas la caste des bardaghi. Issu du Fjarlegur, il était un mercenaire, comme Hòggni. Sans doute cette condition ne comptait-elle pas pour peu dans la sympathie qu'il éprouvait pour le Horsto.

— Quand ils attaqueront, les ordres sont de tenir le plus longtemps possible. Il est plaisant, le connétable ! Trente hommes dans un castelet inachevé contre toute une armée !

Il formulait un simple constat, sans peur ni acrimonie. Lui, il n'attendait rien de cet affrontement, surtout pas la gloire. Il se battrait, au besoin il mourrait, parce qu'il avait juré allégeance à un hartl étranger. Un bardagh peut changer de camp sans perdre la face pour peu qu'il réponde à une noble motivation, puisque, tout bien considéré, le hartl qu'il sert n'est pas d'une extraction plus élevée que la sienne. Mais un mercenaire ne saurait renier son serment sans perdre l'honneur – et toute perspective de trouver un nouvel engagement.

— Si nous sommes sur le point de céder, tu iras témoigner auprès du connétable que Cœur-d'airain s'est battu jusqu'au bout.

— Pourquoi moi ? protesta Hòggni, comprenant que le capitaine cherchait à lui ménager une échappatoire.

— Parce que tu es le plus habile au sabre. Tu en auras peut-être besoin, de l'autre côté, pour te frayer un passage jusqu'à lui.

Comme Hòggni ouvrait la bouche pour protester, il ajouta, cassant :

— Et parce que c'est un ordre.

Hòggni ravala son orgueil. Le capitaine lui offrait une chance de survie. Il n'était pas homme à négliger cette opportunité. Dans son métier, on s'attend à une visite prématurée de la mort. Elle n'est pas pour autant la bienvenue. Et que lui importait cette position pour laquelle le connétable n'était pas disposé à perdre plus de trente hommes ? Voilà ce que lui dictait la raison. Mais il était ainsi constitué que le choix du capitaine le vexait.

Depuis la rive, Slegur contemplait les prémices de ce nouveau pont que les Solkstrandi jetaient sur le Stor. En toute objectivité, il devait reconnaître que l'ouvrage n'usurpait pas les éloges étonnés qui n'avaient pas tardé à atteindre les commanderies voisines. Tôt ou tard, parce que tel est le sort de tous les ponts, le fleuve en viendrait à bout. Mais, cette fois, cela lui prendrait des siècles, voire des millénaires.

S'il avait choisi cet endroit pour traverser, ce n'était pas qu'il comptait utiliser le pont : quelque spacieux que fût son tablier, il constituait un goulot d'étranglement facile à défendre. Mais, avant de mettre le siège devant Solksborg, il tenait à affronter l'armée solkstrandee en rase campagne pour lui porter un coup fatal. Or, jamais Skilf n'accepterait de perdre une nouvelle fois le Storbir. Et la configuration du fleuve à cet endroit, le profil de ses rives, plates et étendues, servaient ses desseins.

Dans cette partie de son cours, en effet, le Stor prenait ses aises. Dans un lit élargi par la crue, il roulait un flot égal, s'accordant un répit avant d'enchaîner plusieurs rapides et une chute dont, en période de hautes eaux, la violence faisait trembler les rives. Les bâtisseurs du pont savaient combien ce calme était trompeur – plus d'un avait payé la leçon de sa vie. Sous une surface unie au point de refléter le ciel comme un miroir, des courants capricieux agitaient les profondeurs : le Stor somnolait, il n'avait rien perdu de sa force ni de son humeur ombrageuse. Un observateur attentif s'en avisait en remarquant les remous qui cernaient les piles.

Or Slegur était un observateur attentif.

Quand il avait investi le chantier, celui-ci était abandonné depuis peu. Çà et là, dans les forges, on trouvait des braises encore chaudes. Il les fit immédiatement raviver. Et bientôt la rive du Stor retentit des bruits qu'elle connaissait depuis trois saisons. Ce n'était pas, en effet, la crainte d'affronter l'armée du Solkstrand qui y retenait Slegur. La halte répondait à une nécessité : coudre des milliers de peaux afin d'en confectionner des flotteurs, assembler en radeaux madriers et planches transportés jusque-là sur des chariots, et surtout préparer les traits ardents qui feraient entendre la voix de l'Unique sur le champ de bataille et lui assureraient la victoire.

Au-dessus du camp tournoyaient les faucons. Slegur se méfiait des espions. Faute d'être certain d'en avoir purgé le campement, quitte à torturer quelques innocents au passage, il comptait sur les rapaces pour intercepter d'éventuels pigeons voyageurs. Bientôt, son secret serait éventé. Mais, jusqu'à l'issue de l'affrontement qui se préparait, il tenait à le préserver.

Avant de se blottir dans le ventre de la Couleuvre, le soleil ensanglantait le ciel. Les pierres du pont se teintaient elles aussi de traînées rougeâtres, comme si elles anticipaient sur les combats. Ainsi paré, projetant une ombre épaisse, l'ouvrage était encore plus impressionnant. Et il devenait presque effrayant de songer que la voix de l'Unique avait assez de puissance pour en saper les piles et en effondrer les arches. Jusqu'alors, Slegur s'était réjoui de la puissance de la poudre fusante dont l'Inspiré avait arraché le secret à la matière. À l'idée que ses alchimistes lui fournissaient le moyen d'anéantir en moins d'une demi-journée des mois de labeur acharné, il éprouvait un vertige qui, s'il demeurait proche de l'ivresse, se nuançait d'inquiétude.

Il tenait en laisse un fauve dont il n'était pas certain qu'il fût apprivoisé.

Au reste, Slegur n'envisageait pas de détruire le Storbir. Au contraire, le pont serait le joyau du Heldmark après l'annexion de la fertile plaine du Stor. Le premier, car il en jetterait d'autres par-dessus le maître-fleuve : le Bâtisseur Godròn, qui ne manquait ni de talent ni d'ambition, en peaufinait déjà les plans.

Dans son dos retentit le claquement sec de deux hallebardes qui s'entrecroisent. Il se retourna.

— Laissez passer, ordonna-t-il aux gardes. Eh bien, Köttur-èr, où en somme-nous ?

Quand le transfuge lui avait offert ses services, le premier réflexe de Slegur avait été la méfiance. Certes, en lui amenant le Bâtisseur du Solkstrand, Köttur rendait des gages qui excluaient, de prime abord, une ruse. On savait Skilf retors, mais pas au point de se mettre ainsi en danger. Cependant, ceux qui trahissent leurs maîtres inspirent la suspicion, quelque raison qu'ils invoquent pour se justifier. Que dire, alors, quand ils n'en avancent aucune, sinon la détestation de leur maître ? Et puis il y avait ce masque derrière lequel le kwigar se réfugiait en permanence ! Un jour qu'ils étaient seuls, Slegur exigea de Köttur qu'il se découvrît. Confronté à son visage martyrisé, il comprit que la haine qui animait le kwigar le consumait déjà quand il avait prêté allégeance à Skilf. Elle se ravivait, intacte, chaque matin, quand il posait sur sa honte un couvre-face sur lequel, par défi ou par dérision, se lisait la sauvagerie. Ceux qui avaient éveillé cette haine étaient tombés sous ses coups avant qu'il quitte à jamais son Orkdal natal pour rallier les kwigari, mais ni cette vengeance ni l'enseignement moral dispensé par la secte ne l'avaient apaisé. Car la honte demeurait, à jamais inscrite dans sa chair. Elle se nourrissait, cette haine, d'un regard de travers, d'un geste jugé irrespectueux. Et, présentement, elle était dirigée contre le hartl du Solkstrand. Tôt ou tard, pensa Slegur, elle se retournera contre moi, qui ai commis la faute, inexcusable aux yeux de Köttur, de l'avoir mis à nu. Mais ce jour n'était pas venu : aussi longtemps que le kwigar avait besoin de lui pour se venger de Skilf, il se montrerait dévoué. Pour mieux se l'attacher, Slegur le plaça à la tête de la phalange du Freux, l'une de ses meilleures. Et pour faire bonne mesure, il lui confiait aujourd'hui la conduite de la traversée du Stor. La première vraie bataille depuis le début de l'invasion. Il savait Köttur excellent tacticien, comme tous les hommes-chats. Skilf serait d'autant plus affecté par la défaite de ses troupes qu'il la devrait à un homme qui avait longtemps été son assujetti. Par ailleurs, cette nomination ne manquerait pas de susciter de la jalousie parmi ses propres officiers ; une animosité qui lui serait bien utile, le jour où il jugerait opportun de se débarrasser du kwigar.

— Tout est prêt, Hartl-èr, annonça Köttur.

Slegur hocha la tête.

— Depuis que nous sommes sur ce rivage, je ne me lasse pas d'admirer ce pont. N'est-il pas magnifique ?

Köttur resta de marbre.

— Ce n'est pas moins haïr son ennemi que lui reconnaître ses mérites, fit observer Slegur.

— Godròn est un excellent architecte, grinça Köttur.

— Bien sûr. Accordons au moins à Skilf Oluf'ar de ne pas avoir rechigné à la dépense. Ce qui, dans son cas, lui arrachait les entrailles. Mais revenons à des considérations plus pratiques. Que les hommes se reposent cette nuit. Ils l'ont mérité et ils auront besoin de leurs forces demain. Nous mouillerons les radeaux à l'aube. Avec un peu de chance, il y aura du brouillard, comme tous ces jours derniers.

Le kwigar esquissa une inclinaison du buste. Slegur lui trouvait l'échine bien raide pour un homme-chat.

Les premiers boulets lancés par les balistes heurtèrent la barbacane au point du jour, tandis qu'une grêle de pierres percutait le crénelage : les murs étaient assez bas pour rester à portée des frondeurs.

— Ils attaquent ! Tous à vos postes !

En rejoignant le sien, Hòggni jeta un regard sur le fleuve, d'où montaient des sons mal étouffés. Des armes s'entrechoquaient, des chevaux piaffaient et hennissaient, des roues grinçaient, on traînait de lourdes charges. Cependant, il ne voyait rien : comme chaque matin, une brume épaisse encoconnait le lit du fleuve. Elle se lèverait d'un coup, sitôt que le soleil se serait hissé par-dessus l'horizon. Mais, en attendant, on n'y voyait pas à trois pas. Cœur-d'airain fit sonner du cor pour signaler l'attaque de la barbacane à l'autre rive.

Son alarme ne surprit pas Vradh. Le son se propage loin sur l'eau et les guetteurs avaient donné l'alerte dès les premiers bruits suspects. Grimpés sur les mâts d'observation, ils tentaient d'apercevoir un mouvement sur le fleuve tandis que, derrière les levées de terre, les hastaires et les archers adoptaient la position de combat.

Après cette poussée de fièvre, le silence retomba sur le fleuve. L'attente se prolongeait, interminable.

La brume s'allégeait, aspirée par un ciel qui blanchissait. Les guetteurs se crevaient les yeux à fouiller sa pâleur, ne sachant pas bien à quel niveau situer la surface du fleuve. Et leurs cris jaillirent, à l'unisson, quand se dessinèrent les formes noires des radeaux.

Ils avaient alors traversé la moitié du fleuve, sans avoir perdu leur alignement. Ils avançaient, lentement, inexorablement, au rythme que leur imposaient les huit rameurs qui, à l'arrière, protégés par un mantelet de bois couvert de peaux fraîches, godillaient de concert, tandis que d'autres, sur le bord droit, luttaient contre la dérive que leur imposait le courant.

La première surprise était leur nombre. Ils formaient un front beaucoup plus large que ce à quoi s'attendait Vradh, convaincu que la bataille se jouerait sur la maîtrise du pont. À croire que Slegur avait décidé de faire passer toute son armée sur un seul rang. En hâte, le connétable ordonna à ses aides de camp d'étirer le dispositif. Cela le fragilisait, il en avait conscience, mais un contournement par les ailes serait bien plus dangereux.

— Et promettez la mort à quiconque cédera un pouce de terrain !

Les radeaux n'étaient plus qu'à cinq perches de la rive quand les archers reçurent l'ordre de tirer. Les cordes grincèrent. Un instant de silence, puis le vrombissement de centaines de flèches lancées vers le ciel. Arrivées à l'apogée de leur vol, elles formaient un nuage sombre sur le ciel bleuissant. Tirées trop long, la plupart retombèrent dans l'eau, sans pour autant se perdre : derrière les radeaux suivaient des nageurs soutenus par des flotteurs. Ils étaient destinés à compléter, si le besoin s'en faisait sentir, l'équipage des esquifs, afin qu'aucun ne prît de retard sur les autres. L'eau se teinta de rouge.

Mieux ajustée, la deuxième salve atteignit sa cible. Un roulement, semblable à celui d'une grêle, s'éleva des boucliers levés, dont plus d'un fut percé. Les pavois s'écartèrent pour laisser les tireurs embarqués riposter et, le coup parti, se rapprochèrent pour former un toit. Deux volées de projectiles se croisèrent et de nouveau retentit le sinistre crépitement.

Les radeaux avançaient toujours. La brume était à présent assez ténue pour que l'on vît se profiler un deuxième rang.

Sur la rive, les bardaghi peinaient à contenir la fougue de leurs montures. Les chevaux n'avaient de commun avec les élégants destriers des parades que le nom. Leur garrot s'élevait au-dessus d'une taille humaine. Les jambes épaisses, l'encolure massive, la croupe énorme, elles étaient des bêtes sans grâce, au galop lourd, incapables de vitesse. Mais, une fois lancée, leur masse faisait merveille sur un champ de bataille. Ils bousculaient avec un égal bonheur tous les obstacles, les corps comme les abris de fortune. Le rostre de leur caparaçon augmentait le pouvoir de pénétration de leur poitrail. Les fers de leurs sabots enfonçaient casques et cuirasses. D'un seul mouvement de la tête, ils assommaient les imprudents qui tentaient de les saisir au mors, ou les déchiraient au moyen des crocs d'airain ajustés à leur chanfrein. Du haut de leur selle, les bardaghi, à coups de fléau, de sabre, de hache ou de lance, achevaient la besogne avec non moins d'élan.

Si les passes d'archerie n'avaient pas arrêté les radeaux, on en mesurait les effets. Malgré les efforts des rameurs, l'alignement des embarcations se relâchait. Les cavaliers se ruaient à la rencontre des plus avancées. Mais les esquifs s'arrêtèrent à quelques perches de la rive, en dépit du danger que cette immobilité présentait pour leurs occupants. Ceux-ci se calfeutraient derrière leurs lourds boucliers de siège et un curieux assemblage dont l'avant de toutes les embarcations était pourvu. Ce n'était ni un mantelet ni une machine de guerre connue, plutôt une sorte de râtelier accueillant sur plusieurs rangs superposés des tubes de l'épaisseur d'un bras. S'il s'agissait d'un nouveau type de falarique, on ne distinguait aucun système de propulsion. Dépités, les cavaliers constataient que nul ennemi ne sautait à l'eau pour tenter de débarquer. Les flèches pleuvaient, hérissaient les boucliers levés, on entendait parfois un cri d'agonie, des injures, mais les radeaux restaient en panne, dans l'attente des autres. Pressés d'en découdre, les cavaliers poussèrent leurs montures dans l'eau.

C'est alors que les tubes qui avaient piqué leur curiosité se mirent à cracher des flammes. Les bardaghi n'eurent pas le temps de s'étonner de ce qu'elles étaient dirigées vers l'arrière : en émettant un sifflement effrayant, les projectiles les frappèrent de plein fouet, projetant hommes et cavaliers jusque dans les rangs des archers.

Une deuxième salve, tirée de plus loin, survola la cavalerie, semant la panique par ses sifflements, et s'écrasa parmi les hommes à pied. Au sol, certains des cylindres achevaient de se consumer en tournoyant, vomissant une flamme blanche. D'autres explosaient, éparpillant les corps sur plusieurs coudées. Les hastaires lâchèrent leurs lances, les archers abandonnèrent leurs positions. Pour ajouter à la confusion, les chevaux, tournant le dos au danger, se précipitaient sur eux, piétinant au passage talus et parapets. Affolés, désorientés, ils se cabraient, ruaient, écrasaient sous leur poids ceux qui avaient eu le malheur de tomber dans la bousculade. L'un de ces chevaux était encore monté, mais son cavalier n'avait plus de tête, emportée sans doute par l'un de ces engins de terreur. Celui-là n'était pas le moins terrible. Partout, de la fumée. Partout, des détonations. Partout, des éclairs. En détalant dans le plus complet désordre, les fuyards se souvenaient que l'Unique dont les Heldmarki brandissaient la bannière était surnommé par eux le dieu tonnant.

La barbacane aussi subissait le feu de cette arme nouvelle. La salve obligea les défenseurs à se tapir derrière les merlons. Prélude à un assaut plus classique, elle ne fut pas répétée.

— Aux fourches ! cria Cœur-d'airain à la vue des échelles apportées au pas de course par les assaillants.

Si ce que le capitaine appelait les flèches ardentes n'avait guère entamé la maçonnerie contre laquelle elles s'étaient écrasées, elles avaient plongé les défenseurs dans une stupéfaction qui engourdissait tout esprit combatif. Au moins cinq d'entre eux avaient trouvé la mort en tombant du chemin de ronde sous l'effet de l'effroi, tandis que les assaillants, eux, se sentaient portés vers la victoire par ces engins inconnus. À un contre dix, on ne les repousserait pas longtemps.

— Hòggni ! ordonna le capitaine. Prends le cheval et fais ce qui est prévu.

— Choisis-en un autre, rugit l'homme-sanglier. Moi, je reste !

— As-tu une raison particulière de mourir aujourd'hui ? Non ? Alors, obéis. Il faut couper le pont !

Hòggni jeta un regard sur le fleuve. De partout les flèches ardentes s'élevaient et, au terme d'une parabole lumineuse, retombaient dans les rangs solkstrandi, tandis que les combattants du Heldmark prenaient pied en nombre sur la rive sans que la cavalerie, complètement désorganisée, s'y oppose. Plantant dans le sol la base effilée de hauts boucliers de siège, ils formaient des carrés hérissés de lances dans l'attente de leurs propres cavaliers, portés par la troisième vague de radeaux. Quelques bardaghi solkstrandi ayant réussi à maîtriser leurs montures les lançaient contre ces fortins de fortune. D'aucuns réussirent à enfoncer la ligne de boucliers avant de s'effondrer, percés par dix lances, accomplis dans cet exploit inutile censé asseoir leur réputation.

— Va, l'encouragea le capitaine. Et si tu es raisonnable, ne te contente pas de franchir le pont. Adieu mon ami, que Gorth te préserve.

Il s'empara d'une fourche et se précipita sur l'échelle qui venait d'accrocher le rempart. Las, le premier assaillant s'encadrait déjà dans le créneau. Un javelot stoppa net l'élan de Cœur-d'airain qui tomba à la renverse. En deux enjambées, Hòggni fut sur l'agresseur. Il abattit son sabre. La lame fendit le casque de cuir, la boîte crânienne et s'enfonça d'une paume dans la cervelle. Cependant, le Horsto n'essaya pas à son tour de repousser l'échelle. Il se rua sur l'escalier. Un cheval sellé attendait au pied. Hòggni l'enfourcha et le lança au galop sur le pont. Au passage, il ramassa les deux torches enflammées dès le début de l'attaque.

Les rênes entre les dents, un flambeau dans chaque main, Hòggni surgit tel un démon du Huelgast. Des étincelles crépitèrent sous les fers du cheval quand ils martelèrent le pavement qui couvrait en partie la première arche. Puis les madriers du tablier provisoire résonnèrent tel l'orage. Sans ralentir, Hòggni boutait le feu aux tampons enduits de résine semés tout au long du pont. Les flammes gagnaient les fagots accumulés dans les échafaudages, se propageaient aux cintres, couraient le long du tablier enduit de poix, semblant se lancer à la poursuite de l'incendiaire.

Un carreau d'arbalète effleura Hòggni. Il lâcha les torches, se coucha sur l'encolure de sa monture. Il arrivait au milieu du pont, là où la portée était la plus large. Le tablier de fortune se réduisait à quelques planches disjointes. Poussé par l'incendie qui enflait derrière lui, le cheval s'y engagea sans hésiter. Hòggni dégagea ses pieds des étriers. L'arrière-train de sa monture chassa. Hòggni sauta avant qu'elle tombe. Sa poitrine heurta rudement une poutre. Le souffle coupé, il s'y agrippa.

Le ronflement des flammes dominait le fracas du champ de bataille. Le sinistre miaulement des flèches ardentes traversait la clameur des cors, couvrait les cris des combattants et le fracas des armes. Sous Hòggni, l'eau noire charriait corps et débris. Il se rétablit sur le longeron qui avait arrêté sa chute. Il devait s'enfuir, gagner la pile avant que l'incendie provoque l'effondrement de la charpente. Il se hissa en haut du cintre. Les flammes l'y avaient précédé. Il courut tandis qu'elles grandissaient. À peine eut-il atteint la pile centrale qu'une partie de l'échafaudage s'abîma dans le fleuve.

Dominée par le socle de la future statue de Gangyr, la plate-forme empierrée avait stoppé la progression de l'incendie. Hòggni se retourna. Derrière lui, le pont brûlait. La fumée masquait la barbacane.

Hòggni tira son sabre et courut vers la rive gauche.

Au débouché du pont, la bousculade était à son comble. Ceux qui fuyaient les flèches ardentes se heurtaient à ceux qui, rameutés par leurs officiers, s'étaient ressaisis et retournaient au combat. S'y ajoutaient les fantassins des ailes qui se recentraient et quelques bardaghi montés qui avaient enfin réussi à se regrouper. Hòggni s'empara d'un cheval dont le cavalier avait été jeté à bas. Il chercha, sans la trouver, la bannière de Vradh. Il sabra un dos, trancha un poignet qui se levait. Une flèche de feu s'abattit près de lui. En sifflant, elle cracha une fumée épaisse. Sa monture fit un écart en hennissant de terreur. Il évita de justesse de vider les étriers, mais eut toutes les peines à maîtriser la bête qui renversa au passage des combattants des deux camps.

Tout restait encore possible. Les flèches ardentes étaient effrayantes, mais se révélaient d'un usage délicat dès lors que les combattants étaient au contact. Le nombre jouait encore en faveur des défenseurs. Mais l'amer poison du découragement refroidissait leurs cœurs. Avec dépit, Hòggni constata que les soldats mettaient plus d'entrain à se replier qu'à tenir la position. Un parti heldmarko tentait d'approcher le castelet. Deux cavaliers solkstrandi se précipitèrent. À la chimère qui ornait son heaume, Hòggni reconnut en l'un d'eux un membre de la famille Visdar. L'autre appartenait au clan vassal des Skridlari. Ils avaient commencé à jouer de la lance, quand une flèche de feu percuta le cheval du Visdar. Littéralement soulevée de terre, la lourde bête retomba sur un groupe de combattants aux prises. Au passage elle bouscula l'autre cheval qui s'écroula à son tour, écrasant son cavalier dans son effort pour se remettre sur pattes. Hòggni, sabre levé, se rua sur les Heldmarki qui achevaient les blessés et en tua trois avant que son cheval, atteint par une lance, s'écroule à son tour.

Dominant le tumulte, les cors émirent un long cri s'achevant en trémolo : le signal de la retraite. Hòggni jeta un cri de dépit. Il songea à la garnison de la barbacane, sacrifiée pour rien, à Cœur-d'airain, qui aurait pu devenir son ami. Vradh abandonnait le terrain alors même que toute l'armée de Slegur n'avait pas traversé le fleuve, que la mêlée commençait à peine et que l'ennemi ne pourrait plus utiliser son arme secrète sans risquer d'atteindre les siens. La bataille n'avait duré qu'une demi matinée.

Hòggni aperçut un cavalier heldmarko qui poussait sa monture dans sa direction et courut sus à lui. L'autre n'eut pas le temps d'esquiver : le sabre s'immisça le long de la cuisse, enfonça les mailles de l'articulation et pénétra dans le bas-ventre. L'homme-sanglier chercha un nouvel adversaire à combattre. Il ne vit que des fuyards, pressés de répondre aux ordres de retraite. Ne pas les suivre, c'était courir le risque de se retrouver isolé. Il ne pouvait remporter à lui seul une bataille que le connétable refusait de mener. Il sauta sur le cheval de l'homme qu'il venait de tuer et tourna le dos au fleuve.

Des couards ! Rien que des lâches, amollis par trop d'octennies de paix ! Et des traîtres ! Après les flèches ardentes, la plus grande surprise de Vradh avait été de voir nombre de ses cavaliers, surtout ceux de l'aile droite, faire défection. Non seulement ils n'avaient pas repoussé les ennemis qui prenaient pied sur le rivage, leur permettant de faciliter l'arrivée de la deuxième vague en consolidant leur position, mais encore d'aucuns, et non des moindres, s'étaient rangés à leur côté. Sur l'aile gauche, les clans demeurés loyaux et ceux qui manifestaient l'intention de se rallier à l'ennemi s'étaient battus dans ses propres lignes !

Comment, avec tous les espions entretenus par son grand-père, ce complot n'avait-il pas été éventé ? À moins que… Dans sa rage d'avoir été aussi lamentablement joué par son ennemi, le connétable en venait à soupçonner tout le monde de malveillance envers lui. Y compris le hartl. Skilf était bien assez tordu pour avoir souhaité cette défaite afin de l'empêcher d'accéder au hartolat ! Élyhora, en évoquant la mission confiée à Oddi, ne lui avait-elle pas soufflé dans l'oreille de se garder du vieux, moins confiant en ses talents guerriers qu'en une douteuse démarche auprès de l'Axe-divin ? Il avait écarté cet avertissement d'un rire, l'attribuant aux alarmes d'une épouse infidèle. Mais confronté au désastre, il regrettait d'avoir négligé l'avertissement.

Il en voulait également à Slegur pour l'emploi d'une arme déloyale. Est-ce ainsi que se comporte un bardagh ? Un hartl ! Cet enculeur de brebis n'avait aucun honneur, comme tous ceux de sa race !

Il se vengerait ! Il avait perdu une bataille, parce qu'il avait été trahi et que l'ennemi avait usé de moyens ignominieux, infâmes ! Il ne se laisserait pas jouer une seconde fois. Quand il aurait gagné cette guerre, il obligerait Skilf à bouffer les tripes merdeuses de Slegur avant de le précipiter du haut de la tour du Silence !

Il éprouvait même un peu d'amertume envers Élyhora, parce qu'elle avait osé envisager la défaite. Néanmoins, il suivrait son ultime conseil. Si Skilf pensait le voir revenir dans son giron la queue entre les pattes, il se trompait lourdement.

Hier, il avait un ennemi. Aujourd'hui il en avait deux. Et pour les vaincre, il lui fallait éviter l'anéantissement, se replier sur une position tenable – en l'occurrence le Premier Plateau, où il avait passé l'hiver dernier.

Les cors répercutèrent ses ordres, propageant l'effarement parmi ses officiers, le soulagement chez les hommes de troupe.

Lui-même se préparait à décamper quand une flèche de feu tomba sur sa tente.

Chapitre 17

Sur la rive gauche du Stor, les récupérateurs amassaient les armes arrachées aux cadavres. Ils en formaient des tas après les avoir triées selon leur espèce et leur origine. Les armes heldmarkeei seraient redistribuées telles quelles. Celles qui avaient appartenu aux Solkstrandi seraient fondues, afin que la combativité qui les hantait ne se retourne pas contre les vainqueurs. Çà et là, une fumée noire se tordait au-dessus d'un bûcher funéraire dont les flammes dévoraient avec un égal appétit les dépouilles des hommes et des chevaux grossièrement équarris.

Le plaisir de Slegur était un peu gâché par l'avis de ses charpentiers, selon lesquels il n'était pas possible de rafistoler le pont assez rapidement pour lui permettre de le franchir triomphalement. Tant pis. Il le traverserait le Stor dans une barge, comme initialement prévu.

— Vous m'accompagnerez, Godròn-èr, lâcha-t-il.

— C'est trop d'honneur, protesta l'interpellé.

— Ne mésestimez pas vos mérites, Èr-Bâtisseur, persifla Kredfast.

Plus que le regard méprisant que lui opposait le stratège Mader, hostile à l'usage des armes nouvelles, l'ironie dont se chargeait l'intervention de l'Inspiré froissa Godròn. Contrairement à ce que Kredfast pensait, il ne surestimait pas son apport – il s'était contenté de faciliter le travail des artificiers en ajoutant aux râteliers un mécanisme permettant d'ajuster aisément l'angle de tir –, ni ne s'illusionnait sur la postérité : elle retiendrait le nom du seul hartl Slegur Skogurs'ar, et non le sien, ni celui des alchimistes qui, au péril de leur vie, avaient dosé la poudre à nuées afin de la rendre apte à propulser les traits ardents. Pour rester dans la mémoire des générations futures, il comptait davantage sur la dédicace qui, selon la promesse de Slegur, serait gravée sur la pile centrale du pont et dans laquelle, parmi les bonnes actions dont il convenait de rendre grâce au Dieu unique, figurerait l'inspiration qu'il avait dispensée au Bâtisseur Godròn Skeid'ar.

Bien que l'accès à la berge opposée fût libre depuis des heures, les radeaux continuaient à assurer des allers et retours. Les uns transbordaient chariots et bêtes de bât chargés de bagages, des chevaux de rechange et même des troupeaux dont les Heldmarki ne pouvaient envisager une totale absence, les autres emportaient les corps des ennemis dont on se débarrassait en les jetant à l'eau sans se préoccuper de savoir s'ils respiraient encore.

Afin d'éviter de croiser l'une de ces funèbres embarcations, Slegur fit sonner du cor. Aussitôt, tous les radeaux gagnèrent la rive la plus proche.

Douze hommes poussèrent à l'eau la barge du hartl, alourdie par des balustres en forme de lyre et un dais drapé aux couleurs du Heldmark. L'esquif s'élança, majestueux, sur le fleuve. Arrivé au tiers de sa course, cependant, un des arbalétriers de l'escorte lança l'alarme : un tronc d'arbre, affleurant à peine, arrivait par leur travers. Les godilleurs redoublèrent d'énergie. Ils se croyaient hors de danger quand, entraîné par un courant capricieux, l'arbre pivota pour venir heurter l'arrière de l'esquif. Le choc jeta deux rameurs à l'eau. L'un parvint à s'agripper à une perche que, malgré les vociférations du sergent, un camarade lui tendait. L'autre fut emporté. Les arbalétriers avaient toutes les peines à maintenir les chevaux affolés. La barge commença à dériver en tournoyant. Les godilleurs s'échinaient à rétablir la trajectoire, mais l'esquif, trop lourd, répondait mal. Il heurta violemment la pile centrale. Un cheval tomba à son tour dans le fleuve, entraînant deux soldats dans sa chute.

Le choc déséquilibra Slegur, qui s'affala sur le plancher. Avec l'aide de Kredfast et de l'astrologue, il se releva précipitamment. Pourvu que la confusion qui régnait sur la barge ait masqué sa chute aux soldats amassés sur la rive !

— Mauvais présage, grogna-t-il. Gangyr se manifeste.

— Au contraire, rectifia l'astrologue, toujours prompt à rassurer son maître. En vous rapprochant du socle de sa statue, d'une manière un peu brutale, il est vrai, il vous manifeste son intérêt. S'il avait voulu vous nuire, il vous aurait englouti.

— Cessez ces divagations ! éructa Kredfast, englobant dans sa colère l'astrologue et son maître. Gangyr n'est qu'une superstition archaïque. Seul mérite notre dévotion le dieu auquel nous devons rendre grâce pour cette merveilleuse et rapide victoire !

— La devons-nous à l'Unique, ou à la poudre dont vous avez chargé les traits fusants ? demanda Slegur.

Les rameurs avaient enfin maîtrisé la rotation de la barge et la poussaient vers la rive d'où s'élevaient des hourras.

— L'Unique m'a inspiré cette invention, rappela Kredfast. Et c'est sa voix qui retentit dans la poudre fusante pour semer l'effroi chez l'ennemi.

Le radeau accosta un peu en aval du pont. Köttur se porta au-devant de son nouveau maître. Slegur lui consentit une accolade publique. Au grand déplaisir de Mader. Certes, le kwigar avait été désigné comme maître de combat, mais c'était lui, le stratège, qui avait établi l'ordre et le plan de bataille ; dans son indignation, il oubliait que Skilf avait dû insister pour déployer les traits fusants ; lui-même préconisait d'utiliser des arbalétriers, dont il avait l'expérience, plutôt que cette innovation mal maîtrisée.

— Il faut talonner Vradh avant qu'il prenne trop d'avance, conseilla Köttur. Harceler ses arrières. Une armée en déroute est facile à décimer.

Slegur fit la moue.

— Les hommes qui ont combattu sont fatigués et une bonne partie de la réserve est encore sur l'autre rive. Sans parler des bagages. On se bat mal le ventre vide.

Mader enchérit :

— Vradh a reculé trop tôt. Son armée est encore forte. Ne nous tendrait-il pas un piège ?

Köttur ricana :

— C'est lui prêter plus d'intelligence qu'il n'en a. Mais vous avez raison Mader-èr, il dispose de trop d'hommes. C'est pourquoi il faut anéantir au moins son arrière-garde. Plus il perdra d'effectifs, moins il sera en capacité de contre-attaquer.

Slegur secoua la tête.

— Je préfère ménager mes troupes. Laissons-le fuir comme le couard qu'il est ! Il sera toujours temps d'achever ce que nous avons commencé aujourd'hui.

— Qu'ils se dispersent et s'évanouissent comme les faux dieux se disperseront et s'effaceront devant l'Unique, qui nous a accordé la victoire afin que la vérité se répande ! prédit Kredfast.

— Gloire à l'Unique ! s'écrièrent, par réflexe, les officiers dressés à la nouvelle étiquette imposée par le hartl.

Köttur ne partageait pas cette façon de voir. L'intervention divine avait été moins décisive que l'effroi jeté par les traits fusants. Contrairement à ce que pensait Slegur, trop prompt à mésestimer l'adversaire, le repli de Vradh ne s'expliquait pas par la lâcheté. Le connétable était au contraire un homme hardi, voire téméraire, mais totalement dépourvu d'imagination. Sa lenteur d'esprit l'empêchait de réagir à la surprise et de dresser à l'improviste de nouveaux plans. Mais on s'habitue à tout. La deuxième fois, la surprise ne jouerait pas. Ceux qui l'avaient suivi lui resteraient fidèles.

— Vradh fuit vers l'Aigle, dit Mader. Il laisse ainsi la route de Solksborg ouverte. Profitons de cette faute. Marchons sur la cité et ne donnons pas tête baissée dans le traquenard qu'il nous dresse.

— Mader-èr est sans aucun conteste un homme sage, mais il ne connaît pas Vradh Odd'ar comme je le connais. Les traits fusants, la trahison de ses bardaghi l'auront assommé. En outre, il est peut-être blessé ; c'est du moins ce que nous a affirmé un transfuge.

— Je partage l'avis de Èr-Mader, intervint le maître de cavalerie Eidar. En apprenant la déroute des Solkstrandi, il se pourrait que Resnar soit tenté de marcher sur Solksborg. La frontière de sa commanderie n'en est guère éloignée. S'il y arrivait le premier, il vous faudrait alors l'affronter ou partager avec lui une conquête due à votre seule gloire.

Ils avaient raison tous les deux, mais voir l'armée heldmarkee camper sous les murs de Solksborg n'était pas ce à quoi aspirait Köttur. Pas tout de suite !

— Hartl-èr, déclara-t-il, les paroles de vos conseillers sont sensées et je partage leur impatience de saisir l'opportunité inattendue qui vous est offerte. Laissez-moi trois phalanges, et je vous livrerai Solksborg.

— Avec seulement trois phalanges ? s'étonna Mader. Ridicule !

Köttur ignora l'interruption.

— Les meilleures : la mienne, celle de Snoggur et celle d'Atò. Pendant ce temps, je vous en conjure, rassemblez vos forces, talonnez Vradh et détruisez-le avant qu'il atteigne les hauts plateaux.

— Les Terres Hautes ? Pourquoi reculerait-il autant ? Ce serait nous abandonner tout le bassin du Stor !

— C'est pourtant là qu'il va chercher refuge.

— Tu parais bien sûr de toi, Solkstrando ! l'apostropha Mader, accusateur.

Le regard que lui jeta le kwigar le dissuada de s'engager plus avant dans le persiflage. Köttur n'était pas homme à laisser mettre publiquement sa loyauté en doute.

— Je le suis, dit-il, glacial.

Et pour cause : il n'était pas étranger à l'aberrante décision du connétable. Mais cela, il n'était pas question de l'avouer, pas plus que de révéler de quelle alliance de choix il bénéficiait dans le camp adverse.

Tandis que ses lieutenants se comportaient comme des coqs se disputant le haut du fumier, Slegur réfléchissait. La direction empruntée par Vradh demeurait pour lui un mystère, mais cette aberration lui ouvrait une perspective à laquelle il n'avait osé rêver. En franchissant la frontière, il espérait annexer la rive droite du Stor. Franchir le fleuve, menacer Solksborg devaient lui permettre de négocier en position de force. On n'en était plus là ; tous les espoirs étaient désormais permis, notamment la prise de la cité. Cela valait la peine de réviser tout son plan de campagne au pied levé.

Restait à savoir s'il pouvait accorder sa confiance à Köttur à ce point.

— Comment comptes-tu investir Solksborg avec si peu d'hommes ? demanda-t-il.

— Je n'ai pas parlé de siège. Je vous ai seulement promis de vous livrer la ville.

— Et sa citadelle ?

— Bien sûr. Je suis un kwigar. Pour moi un combat qui se prolonge est un combat à moitié perdu. Frapper vite et fort avant que l'ennemi comprenne ce qui lui arrive, telle est ma manière. Elle n'a pas mal réussi aujourd'hui, il me semble.

Mader fit mine de réagir à cette usurpation. Slegur le retint du geste, avant de lâcher :

— Köttur-èr, ta phalange aura l'honneur d'ouvrir la marche. Snoggur et Atò t'accompagneront avec la leur.

Snoggur frappa du poing sa poitrine en un salut sonore. Réticent à se placer sous le commandement d'un transfuge, Atò ne l'imita pas.

— Si tu préfères que le Èr-hartl désigne quelqu'un d'autre à la tête de ta phalange…, insinua Köttur.

— Il suffit ! gronda Slegur. Vous partirez sans retard. N'emportez que les armes. Les bagages viendront plus tard. Köttur-èr ! Tu as ma confiance. Trahis-la, et tu mourras. Souviens-toi que tu m'as promis la citadelle. Échoue, et tu mourras tout aussi bien.

Se tournant vers Mader :

— Dès que possible, vous enverrez des troupes vers le Cerf sous l'Aigle. Leur mission : flanquer Vradh et l'empêcher de venir à la rescousse de Solksborg en nous prenant à revers. Je reste ici, jusqu'à ce que toute l'armée soit passée. Après quoi je me rendrai à Solksborg. Prise ou non.

Mader s'inclina.

— Qui sait ? ricana Slegur. Le hartl Skilf est un homme enclin à la négociation. Nous éviterons peut-être un nouveau bain de sang.

— L'essentiel, trancha Kredfast, est qu'il renonce au culte des dieux anciens et reconnaisse la puissance de l'Unique.

— Cela va de soi, sourit Slegur.

Chapitre 18

Selon la légende, avant l'apparition des hommes anciens, une gigantesque pierre du ciel avait traversé le Monde de part en part. Des alchimistes contestaient la possibilité d'un tel cataclysme, alléguant que le choc aurait provoqué son éparpillement ; d'autres au contraire estimaient que la chaleur dégagée par la collision l'avait modelé en étant à l'origine des éléments. Ni les uns ni les autres n'apportaient la moindre preuve convaincante de leur opinion. Une chose était sûre néanmoins, il existait, au-delà des monts Fridasfjall et de la plaine d'Yfir, une dépression circulaire qui passait pour la cicatrice laissée par l'impact. En son centre le ciel se reflétait sur les eaux toujours paisibles d'un lac alimenté par des sources souterraines. En son milieu émergeait l'île considérée comme le centre parfait des huit horizons, où résidait l'Axe-divin.

Plus qu'une ville, Dàsborg, la cité qui entourait le lac en huit cercles concentriques séparés les uns des autres par des canaux, apparaissait comme une extension du palais. Aucun rempart n'avait jamais ceinturé cet ensemble de pavillons noyés dans une végétation luxuriante : qui serait assez fou pour compromettre l'équilibre du Monde ?

Vues du haut de la crête, les tuiles vernissées des toits composaient une déclinaison de couleurs soigneusement agencées. Huit radiales, matérialisant chacune un horizon, convergeaient vers le lac. Saisis d'un pieux respect, les voyageurs contemplèrent longuement la cité. On n'apercevait aucun mouvement sur les larges avenues, aucune embarcation sur les canaux. Pénétrer en ce lieu, n'était-ce pas le profaner, bousculer un ordre établi pour l'éternité, introduire du mouvement là où seule siérait l'immobilité ?

— Le perturbateur, c'est Slegur, décida soudain Oddi.

Et bien que chacun menât sa réflexion en son for intérieur, Kelt et Varka comprirent quel avait été le cours de sa pensée. Sans un mot, pour ne pas ajouter au sacrilège qu'ils avaient l'impression de commettre par des paroles vulgaires, ils suivirent leur compagnon qui avait engagé sa monture sur le chemin de la descente.

Ils respectèrent ce mutisme pendant toute la traversée de l'étendue caillouteuse, parfaitement plane, qui séparait le pied de la falaise du canal extérieur. Seuls les sabots des chevaux troublaient un silence épais, pesant. C'est avec soulagement qu'ils atteignirent le pont en arc qui leur permit de franchir le canal extérieur.

De près, la cité offrait un spectacle moins enthousiasmant. Dans la tranchée stagnait une eau verte d'où émanaient le coassement des grenouilles et des remugles de vase. Les pavillons qu'ils entraperçurent à travers une végétation abandonnée à son exubérance présentaient d'évidents symptômes de décrépitude.

Ils atteignirent le deuxième pont, les épaules écrasées par un inexplicable accablement, sans avoir distingué la moindre trace d'activité humaine. Comme ils s'engageaient sur son tablier, une brise se leva, porteuse d'effluves légères. L'eau se dissimulait sous une couche épaisse de lentilles vertes, dans laquelle des créatures sinueuses dessinaient des sillages noirs.

La cambrure prononcée du pont leur dissimula d'abord la femme assise en tailleur au milieu de la voie. Aucune ride ne marquait son visage, pourtant son regard était celui d'une personne qui a déjà beaucoup vécu. Le symbole du Sanglier ornait son crâne, rasé au-delà des tempes.

Elle se leva à leur approche.

— La paix de Gangyr sur vous, voyageurs du Solkstrand !

Plus qu'un salut, la formule valait avertissement. Elle savait d'où et, en eurent-ils l'intuition, pourquoi ils venaient. Ils se présentèrent néanmoins, précisant qu'ils apportaient un message du hartl Skilf Oluf'ar et sollicitaient une audience de la Suprême Souveraineté.

— Une audience ? sourit-elle. Bien sûr. Tous les voyageurs qui importent leurs tourments de ce côté de la falaise nourrissent un tel espoir. Certains ont l'innocence de penser qu'ils révéleront des événements inconnus de l'Infinie Sapience, d'autres l'audace de croire qu'ils influenceront le cycle éternel. Pourquoi, appartenant à l'horizon du Sanglier, arrivez-vous par le Loup ?

Kelt se tourna vers Oddi. Celui-ci, perdu dans l'observation des tuiles faîtières du pavillon le plus proche, s'efforçait d'identifier les personnages fantastiques qu'elles dessinaient contre le ciel. À l'évidence, il n'avait aucune intention de prendre la parole.

— Si nous avons commis une entorse à l'étiquette en usage ici, n'y voyez que pure ignorance, Èrteeèrin, plaida Kelt.

La femme tatouée sourit avec l'indulgence qu'on accorde à un enfant coupable d'une bourde.

— L'ignorance ne saurait rien excuser en ce lieu. Mais soyez sans inquiétude. Il s'agit d'une erreur, non d'une faute. La Dàsten ne tremblera pas pour si peu.

— Est-il d'autres bévues dont nous devons nous garder ?

— Oui : l'impatience.

Elle tourna les talons. À l'exception d'Agni, cloué sur son banc par l'épuisement, ils descendirent de cheval afin de la suivre sans la dominer.

Plus ils se rapprochaient du centre, plus les canaux qu'ils traversaient s'éclaircissaient. Sans l'avoir encore vu de près, Kelt devinait que le lac devait être d'une limpidité sans pareille.

À mesure de leur progression, les pavillons revêtaient meilleure apparence, la végétation se disciplinait pour former des jardins, d'abord brouillons, puis d'un ordonnancement plus élaboré. Les oiseaux firent leur apparition. Plus exactement, ils entendirent leurs chants. En revanche, ils ne distinguèrent aucun être humain, en dehors de leur guide. Où étaient passés les huit mille huit cent quatre-vingt-huit habitants censés peupler Dàsborg ?

Passé le troisième canal, la femme tatouée bifurqua dans un chemin tout juste assez large pour livrer passage à la charrette. Quand le motif du Sanglier apparut sur les tuiles faîtières des bâtiments qu'ils longeaient, les voyageurs comprirent qu'ils arrivaient à destination. Effectivement, leur guide leur désigna bientôt un pavillon. Si nombre de symboles semés sur les piliers qui soutenaient ses huit toits imbriqués leur étaient familiers, d'autres renvoyaient à des principes inconnus d'eux.

La femme tatouée s'éclipsa en répétant :

— L'impatience. Voilà l'erreur.

Le pavillon était vaste, ouvert sur tous les côtés. Dans ce qui ressemblait à un vestibule, surélevée d'une coudée, une dalle présentait les symboles cardinaux. L'image du Sanglier se distinguait des autres par une taille double. Bien que la dalle fût ronde, elle évoquait les pierres des hommes anciens. Cependant, le Dà n'y figurait pas et l'éclat de ses couleurs, la précision des gravures trahissaient une facture récente. Au-delà, des claustras délimitaient des espaces intérieurs. Dans un bassin central, alimenté par un jeu de gouttières ménagées dans l'imbrication des toits, nageaient huit poissons, identiques par leur forme mais dont les écailles variaient du blanc au noir en passant par toutes les nuances entre le cuivre et l'or. Des oiseaux avaient construit leur nid dans le fouillis de la charpente, qu'ils animaient de leurs incessants va-et-vient. Le mobilier se réduisait à quelques nattes, quelques tables basses, et une forêt de consoles portant les effigies des dieux les plus fréquemment honorés dans les commanderies du Sanglier. La lyre de l'Unique n'y apparaissait pas. Toutefois, l'une de ces consoles, la plus haute, la plus centrale, demeurait vide. À eux d'y imaginer la divinité de leur choix. Ou d'y voir la reconnaissance de leur droit de n'en honorer aucune.

Ils trouvèrent des fruits et du poisson dans une corbeille posée à même le sol. Dans le jardin attenant croissaient des plantes qui leur étaient familières. Le Sachant avança l'idée que les jardins reproduisaient, à leur échelle, la variété du Monde.

Le premier soin d'Oddi fut d'envoyer un message à son père. Seul un couple de pigeons avait survécu à l'épreuve. Il hésita. La femelle couvait. Il la choisit néanmoins. La distance qu'elle devrait parcourir excédait celle qu'on demande habituellement à ces messagers ailés. Les mâles se posent quand baisse le jour ou quand la faim les appelle vers le sol. Les femelles, elles, ne s'accordent de repos qu'à la limite de leurs forces, et celle-ci serait d'autant plus pressée de revenir qu'elle s'inquièterait pour son nid.

L'oiseau prit son essor, traça quelques cercles dans le ciel avant de s'élancer vers le Sanglier. Il survolerait des plaines, des forêts, des montagnes. Il lui faudrait échapper aux rapaces, résister à la fatigue. Parviendrait-il à destination ?

Et surtout : reviendrait-il ?

La femme au crâne marqué du Sanglier les avait mis en garde contre l'impatience. Ils n'en manifestèrent donc pas, supputant que l'attente à laquelle on les soumettait constituait une sorte d'épreuve. Mais, à vrai dire, seul Oddi n'en éprouvait pas. Ils dissipèrent l'ennui en explorant les alentours. Les pavillons voisins ne différaient du leur que par quelques nuances à peine perceptibles : la place d'un alignement de pilier, la couleur d'une cloison, l'inclinaison d'un toit… Des détails trop insignes pour ne pas avoir été longuement réfléchis, mais ils ne disposaient d'aucune clé pour en déchiffrer les codes. Tous étaient vides. Désespérément vides. Pourtant, des gens entretenaient nécessairement les jardins. On renouvelait chaque jour leurs provisions. Kelt s'embusqua deux nuits de suite, avec pour seul résultat que le panier fut déposé à un endroit qu'il ne pouvait voir de son poste de guet. Il renonça. Au reste, pourquoi s'en inquiéter ? On ne leur manifestait aucune hostilité.

La toux d'Agni ne se calmait pas, bien au contraire, et la douleur ne le lâchait plus.

— C'est ma vàarma qui se disperse, affirmait-il à l'issue d'une quinte.

Oddi tentait de le soulager avec des décoctions de simples issues du jardin. Varka dansait pour lui. Kelt, bien qu'il sût que les paroles efficaces ne concernaient jamais le sort d'un individu précis, surveillait son langage.

L'oiseau messager revint onze jours après son départ. Il annonçait l'offensive de Slegur et la défaite subie par Vradh sur la rive du Stor.

Ce soir-là, la danse de Varka exprima la tristesse.

Peu à peu, Kelt apprenait à déchiffrer le langage de ses gestes. Et lui venait l'idée que, si la Vérité avait choisi de s'exprimer dans sa bouche par des mots, elle s'emparait du corps de Varka quand celle-ci se mettait à danser.

Or, ce jour-là, tandis que le bassin réfléchissait l'image de la danseuse, Kelt vit l'eau se troubler. Les paisibles cyprins revêtirent une apparence monstrueuse, tandis que les vagues, débordant la margelle, se répandaient dans toute la pièce, devenaient une boue crayeuse d'où émergeaient des formes à peine humaines. La fange, de l'ocre pâle, vira au rouge. La poitrine de Kelt se serra. La nausée familière brouilla sa vision. Les mots montèrent dans son gosier, l'égratignant de sonorités rugueuses :

— En vérité, voici ce qu'il en est : la guerre ne connaît qu'un vainqueur. Mort est son nom. Même celui qui survit demeure à jamais marqué de son sceau.

Parmi les silhouettes que la boue muait en fantômes hagards, Varka continuait de danser. Son corps inspiré figurait la fureur, la douleur, le désespoir. Son souffle devenait rauque, mais ses chevilles tourbillonnaient encore et encore. Elle s'écroula, secouée de sanglots. Dans la vision de Kelt, les silhouettes s'affaissaient à leur tour. La boue, devenue noire, les absorbaient. Il lâcha encore :

— Les imbéciles s'en prévalent. Les autres agonisent leur vie durant.

Le bassin retrouva sa sérénité. Kelt se pencha sur Varka. Elle reniflait à petits coups, sans parvenir à maîtriser ses pleurs. Oddi les observait, décontenancé. Le plus terrible était que le diseur de mots n'avait pas reconnu les abords du Stor : le massacre révélé par son hallucination restait à venir.

Le lendemain, la femme tatouée vint mettre un terme à leur attente.

Bien trop tard. On n'évite pas la nuit, quand on a été le témoin du crépuscule.

Chapitre 19

Blême, les lèvres serrées au point de ne plus former qu'un trait, Skilf tournait en rond sous l'œil effaré du commandant de la garnison, Gunnar, et de son lieutenant, Reggin-le-Boiteux. Les ridicules afféteries des boiseries volaient en éclat sous l'effet de sa colère. Il fallait que sa rage fût à son comble pour qu'il s'en soit pris à ses chers pigeons : rencognée dans l'embrasure d'une fenêtre, retenant son souffle, Élyhora ne pouvait détacher le regard des deux tas de plumes aux cous brisés répandus sur le tapis. Leur faute ? Avoir apporté la mauvaise nouvelle. Elle n'osait pas un mouvement, renvoyée par l'emportement du hartl, d'ordinaire si maître de lui-même, à un passé douloureux. Son deuxième époux était un vieux débris qui sentait le rance et l'urine, mais au moins ne la frappait-il pas. Jusqu'à présent, du moins.

Skilf avait deux motifs de colère. D'une part, Slegur avait utilisé une arme nouvelle ; or aucun de ses espions, qui lui coûtaient pourtant une fortune, n'avait été capable de l'avertir de son existence. À croire que ses yeux étaient bigles et ses oreilles bouchées ! D'autre part, non content de fléchir devant l'ennemi et de lui laisser le champ libre pour une traversée confortable du Stor, Vradh, au lieu de replier ses troupes sur Solksborg, les entraînait vers l'Aigle avec l'intention proclamée de gagner les Terres Hautes. Aucun obstacle ne s'interposait désormais entre Slegur et la cité.

Le Heldmarko, bien sûr, ne laisserait pas s'envoler une telle chance ! Déjà Skilf avait été averti que des cavaliers approchaient, en avant-garde de troupes à pied.

Un pigeon se posa sur le bord de la fenêtre en chuintant son roucoulement caractéristique. Élyhora se hâta de détacher le message avant qu'il subisse le sort de ses prédécesseurs. Sa mission accomplie, l'oiseau s'envola rejoindre le toit du colombier d'où ses congénères l'appelaient.

— Eh bien ? s'impatienta Skilf. Quelle autre catastrophe ?

— Le relais d'Endalòk rapporte le passage de cavaliers ennemis.

— Endalòk ? Déjà ? Précise-t-il combien ?

— Trois cohortes de quatre-vingts. Avec des attelages de six chevaux.

Certainement ceux qu'on lui avait signalés. Ils progressaient vite. Très vite, sans se soucier de l'écart qu'ils creusaient entre eux et les piétons de la phalange. Une opportunité ? Skilf hésitait. Ils étaient peu nombreux, mais il lui restait encore bien moins de bardaghi éprouvés ou en âge de soulever une arme. Devait-il envoyer des troupes à pied à leur rencontre ? Il jeta un œil dubitatif sur Gunnar. Dans son jeune temps, il aurait pris lui-même la tête de ses cavaliers, foncé sur l'ennemi sans se soucier de sa supériorité numérique, il l'aurait bousculé, assuré du soutien de Gorth, de Rétel et même d'Othar ! Non, se reprit-il aussitôt avec amertume. En ce temps-là, il n'aurait pas eu besoin de combattre, car Slegur n'aurait pas eu l'audace de rompre la trêve.

Alors ? Contre-attaque ? Préparation du siège ?

Il se tourna vers Élyhora. Elle laissait son regard errer vers le Renard, comme si, au-delà de la cour, il pouvait percer les pierres du rempart. La lumière caressait sa joue, blondissait ses cheveux. Son visage, dont les bandeaux d'une coiffure sage soulignaient l'ovale, n'exprimait rien. L'imminence d'une attaque ne l'effrayait apparemment pas. Cette impavidité inspira une idée au hartl : s'il envoyait les soldats de la garnison à l'extérieur de la cité, pourquoi ne pas confier la défense des murs aux femmes ?

Mais à qui donner le commandement de la chevauchée ? À qui accorder sa confiance, quand on a été desservi par l'indiscipline de son propre descendant ?

Il opta pour la prudence. Accepter le siège était le meilleur moyen de gagner du temps, en attendant le succès de l'ambassade confiée à Oddi. Ce qui ne l'incitait pas à abandonner son idée, au contraire. Plus il alignerait de défenseurs, plus l'ennemi peinerait à emporter les murs de la ville de vive force.

— Armez les femmes, ordonna-t-il.

Gunnar sursauta à cet ordre incongru.

— Et alors ? s'emporta Skilf, à qui la réaction du commandant n'avait pas échappé. Chez les hommes anciens, les épouses combattaient auprès des époux, les sœurs au côté des frères, les mères devant les fils ! Les bras des femmes d'aujourd'hui sont plus faibles ? La belle affaire ! Leur pugnacité compensera cette infériorité, car il s'agira de défendre leurs foyers et de protéger leurs enfants.

Quand Gunnar eut quitté la pièce, soulagé de se soustraire à l'humeur massacrante du hartl, Skilf se dirigea vers Élyhora. Elle ne lui laissa pas le temps de parler :

— Sage décision, Hartl-èr, dit-elle. Puis-je requérir une faveur ? Vous avez gardé dans votre armurerie le sabre de Svein Olfrid'ar, n'est-il pas vrai ?

— Mon ordre ne vous concernait pas, Élyhora-èrin.

— N'avez-vous pas rappelé que l'épouse se devait jadis de combattre auprès de l'époux ? Sommes-nous à ce point éloignés des hommes anciens que nous ne saurions pas suivre leur exemple ? Ou me considérez-vous indigne de votre mérite ?

Il ne put que se rendre à cet argument.

— Dans ce cas, précisa-t-elle, j'aimerais porter ce sabre.

Skilf hocha la tête ; sans qu'il démêlât pourquoi, ce caprice auquel il lui fallait céder le contrariait.

— En attendant, préparez-vous. Nous devons quitter cet hôtel pour regagner la citadelle.

Au fond, il n'était pas mécontent de la retrouver, malgré les courants d'air et les marches désormais bien hautes pour ses genoux. Passé les premiers jours, le luxe prétentieux de la demeure avait cessé de l'amuser pour l'irriter. Tout cet argent gâché dans l'ostentation aurait été bien plus utilement dépensé dans l'entretien du Storbir !

L'ennemi avait négligé les deux portes principales de la ville, bien fortifiées, pour se concentrer sur celles dont le renforcement n'était pas achevé. Il s'était même attaqué aux poternes, bien que ces accès étroits se prêtassent d'autant plus mal à une invasion qu'elles débouchaient sur des ruelles tortueuses faciles à verrouiller. Cependant, ces attaques sur les points faibles de la muraille obligeaient Skilf à disperser les défenseurs sur toute la longueur du rempart.

À l'encontre de tous les usages, les assaillants n'avaient pas préparé le siège en creusant des tranchées et en terrassant des plates-formes pour les machines de jet. Cela signifiait qu'ils n'avaient pas l'intention de s'éterniser sous les murailles. La faiblesse des effectifs engagés le confirmait. Si Vradh avait la bonne idée de revenir vers Solksborg, il n'en ferait qu'une bouchée, mais cet imbécile persistait dans sa manœuvre absurde ! Dommage que le projectile qui avait tué son aide de camp ne lui ait causé que quelques brûlures au bras, ainsi qu'il avait eu la bêtise de s'en glorifier dans un de ses messages !

Les premières flèches ardentes furent tirées de nuit, pour mieux impressionner la population. Passant bien au-dessus du crénelage, elles s'écrasaient un peu partout dans la cité. L'une d'elles tomba sur un toit de chaume du quartier de la porte du Sanglier : le premier incendie éclata dans la cité. Il s'en alluma quelques autres. Cependant, à considérer les choses froidement, les flèches ardentes ne se révélaient pas beaucoup plus efficaces que les classiques balles de poix enflammées que lançaient naguère les catapultes. Peut-être au contraire l'étaient-elles moins, car beaucoup tombaient sans fuser ni exploser. Mais leur nouveauté et le sinistre sifflement qui accompagnait leur descente frappaient la population d'épouvante. On ne songeait qu'à les fuir, au lieu de se précipiter sur leurs points de chute pour circonscrire les foyers naissants avant qu'ils prennent de l'ampleur.

Or, le pire restait à venir. À la porte du Tétra et à celle de l'Aigle, l'ennemi usa d'un stratagème qui remettait en cause les enseignements des guerres passées en matière de défense d'une ville assiégée. Au lieu d'avancer un bélier, les soldats poussèrent devant eux un fardier chargé de barriques sur lequel flottait non l'étendard du Heldmark, mais celui du Dieu unique. La précipitation avec laquelle ils s'en éloignèrent après l'avoir avancé contre la porte fut saluée par les lazzis des défenseurs embusqués derrière les merlons, convaincus que la grêle de flèches avec laquelle ils avaient accueilli les assaillants les éloignait du pied de la muraille. Leur joie ne dura pas. Un grondement formidable, plus éclatant que le tonnerre, ébranla le rempart : la voix de l'Unique.

Les battants de la porte, arrachés à leurs paumelles, s'affaissèrent. La herse elle-même fut endommagée. Flèches ardentes et traits d'arbalète en écartèrent les défenseurs, tandis que des cavaliers convergeaient vers ces points faibles.

Se ressaisissant, les défenseurs se portèrent en masse sur les portes disloquées. Dans la cohue, nul ne prêta attention à un parti de bardaghi qui se coula par les ruelles jusqu'à la porte du Renard. Au reste, pourquoi les femmes qui la gardaient se seraient-elles inquiétées de ce qu'elles prirent pour un renfort ?

Elles tombèrent sous le fer des patriciens avant de comprendre ce qui leur arrivait. Au signal lancé depuis le crénelage de la porte, une dizaine de cavaliers ennemis foncèrent sur les vantaux qui s'entrebâillaient. À leur tête chevauchait un homme dont les traits disparaissaient sous un masque de cuir repoussé.

Alertés par des appels de cor, les défenseurs oscillèrent entre deux attitudes : se porter à la rencontre de ceux qui avaient pénétré dans la cité ou maintenir leurs positions. En se divisant, ils perdirent toute chance de repousser l'assaut. Les deux portes prises d'assaut tombèrent à leur tour.

La populace affolée reflua vers la citadelle, gênant le repli des soldats qui, répondant aux ordres de Skilf, s'y regroupaient. La place patibulaire se remplit ; un cordon d'arbalétriers interdisait l'accès à la passerelle jetée au-dessus du Sykur à ceux qui ne portaient pas d'armes. Le hartl se préparait à subir un siège, pas question d'en aggraver les conditions en admettant dans ses murs des bouches inutiles. Révulsée par cette iniquité, la plèbe se retourna contre les soldats. Ceux-ci se défendirent, taillant dans le vif pour se frayer un passage, mais les émeutiers avaient pour eux et le nombre et des combattantes qui, réalisant la situation, se rangeaient à leur côté. Qui ne mourait pas sous la lame périssait étouffé, dans une presse si compacte que les morts restaient debout. Sur le point d'être débordés, les arbalétriers refluèrent en coupant la passerelle derrière eux.

En pénétrant aussi rapidement dans la cité, les Heldmarki remportaient une victoire inédite dans les annales. Mais rien n'était perdu, du moins Skilf voulait-il le croire. La citadelle était en capacité de supporter un long siège : citernes et silos étaient pleins. La profondeur du Sykur interdisait l'usage de l'arme démoniaque qui avait forcé les portes de la première enceinte, aussi bien que celui, plus classique, des tours de siège. La hauteur des murs, les lauzes des toits rendaient inefficaces les flèches ardentes. Embusqué sur son aire, Skilf avait tout loisir d'attendre l'armée que l'Axe-divin ne pouvait manquer de dépêcher pour ramener le parjure à résipiscence.

Tout de suite après avoir franchi la porte du Tétra, Köttur s'était précipité vers l'hôtel de Godròn. Il n'eut guère à attendre avant de recevoir la nouvelle qu'il attendait : ceux des soldats qui n'avaient pu s'enfermer dans la citadelle rendaient les armes. La population, sidérée par la vitesse avec laquelle la cité était tombée, s'en remettait à sa mansuétude.

— Félicitations, Köttur-èr, claironna Atò. Je dois avouer que, lorsque tu as affirmé devant Slegur pouvoir lui livrer la cité avec une troupe aussi réduite, j'étais sceptique. Aussi bien t'étais-tu gardé de nous dire que tu bénéficiais de complicités dans la place, et que les portes s'ouvriraient d'elles-mêmes ! Enfin, comme on dit, c'est le résultat qui compte !

Le commandant de la troisième phalange était un homme d'âge mûr, dont la silhouette s'empâtait. Ses compliments ambigus masquaient mal qu'il crevait de rage devant ce succès. Après cela, la position de Köttur auprès de Slegur était assurée. Peut-être finirait-il l'année dans la peau d'un stratège : Mader se faisait vieux et le hartl ne lui laissait jouer dans cette campagne qu'un rôle subalterne.

Köttur n'ignorait rien de la piètre estime dans laquelle le tenaient les officiers de Slegur. À leurs yeux, il demeurait en premier chef un félon. Ils n'auraient pas vu d'un mauvais œil un échec qui aurait abattu son caquet d'une manière définitive. Il éprouvait une immense satisfaction à les décevoir.

D'autant qu'il n'allait pas s'arrêter là.

Se tournant vers Nyr, dont il avait fait son aide de camp, il ordonna :

— Qu'on incendie les maisons. Je veux que ce soir il ne reste plus de la cité que des cendres. Tous ceux qui tenteront de s'y opposer seront jetés dans le Sykur.

Atò sursauta.

— Comment ? C'est insensé. La cité ne se défend plus. Slegur sera furieux.

— N'est-ce pas à moi qu'il a confié la tête de cette expédition ? gronda Köttur.

— Ce n'est pas une raison pour… pour… Je ne permettrai pas cette forfaiture…

Il hoquetait.

— Calmez-vous, Atò-èr. Vous êtes tout rouge. Ma parole, vous frôlez l'apoplexie. Une petite saignée vous fera le plus grand bien.

Atò sentit la lame pénétrer dans sa poitrine avant de réaliser la menace contenue dans le propos du kwigar.

Rapide, efficace, définitif.

Köttur considéra un instant le corps du gros homme. Qu'est-ce qu'il croyait, cet imbécile ? Lui aussi, il était fier. Lui aussi, il avait le sens de l'honneur. Mais son honneur lui commandait seulement de remporter la victoire, sans égard pour les moyens employés. Ou plutôt en respectant l'esprit des kwigari : rapide, efficace… Définitif ? Y a-t-il jamais rien de définitif, sinon la mort ? Peut-être est-ce pour cette raison qu'elle fascine autant les hommes.

— Où est Snoggur ? demanda Köttur.

La dernière fois qu'on avait vu le commandant de la deuxième phalange, il dirigeait le massacre d'une population jugée un peu trop turbulente, non loin de la place patibulaire.

— Il serait bon qu'il disparaisse, lui aussi. Qui sait de quelle manière tendancieuse il présenterait ma victoire à Slegur ?

— Snoggur n'est qu'une brute sans états d'âme, plaida Nyr. Contrairement à Atò, il ne s'est pas ému de passer sous votre autorité.

— Peut-être. Mais même les brutes ont besoin de se faire valoir et la jalousie est mauvaise conseillère. Cette victoire est *ma* victoire ! Quelque chose à redire contre cela ?

Nyr secoua la tête. Avec sincérité. Il ne comprenait pas toujours les décisions de Köttur, mais il ne doutait jamais de leur fondement.

— Bien, occupe-t'en. Sans pour autant négliger d'incendier la cité. Commence par ce palais. Godròn m'en voudra beaucoup, mais cela n'a plus d'importance maintenant.

Nyr hocha la tête, vaguement déçu. Il avait caressé l'espoir de vivre un jour en maître dans ce lieu où il avait connu bien des vicissitudes. Il se consola en songeant au désespoir du Bâtisseur et saisit la torche que lui présentait un soldat.

Köttur n'attendit pas les premières flammes pour s'engouffrer dans le sous-sol. Le vaste cellier, encore à moitié vide, reposait sur des colonnes épaisses, antérieures à la construction de l'hôtel. À la troisième travée, Köttur trouva ce qu'il était venu chercher. Dans la pénombre, la porte en trompe-l'œil se confondait avec la pierre. Elle ouvrait sur un escalier à vis, tout juste assez large pour lui livrer passage. Il débouchait sur un corridor à peine moins étriqué. Un rat détala, affolé par l'intrusion. On entendait l'écoulement de l'eau bien avant d'atteindre le déversoir.

Parmi les améliorations apportées par Skilf à la cité figurait le grand égout, qui acheminait les eaux usées jusqu'au fossé de la citadelle d'où, suivant le lit d'un torrent tari depuis des siècles, elles se déversaient dans le Svéro. Köttur commença par suivre, en courbant le dos, un petit collecteur. L'eau fétide arrivait à mi-hauteur de ses bottes. Köttur se dirigeait sans hésiter dans ce labyrinthe, dont il avait mémorisé les détours grâce au plan dressé par Godròn. À chaque embranchement, le canal s'élargissait et le niveau montait un peu plus. Heureusement, quand la puanteur devint insupportable, le chenal était assez large pour qu'un petit trottoir lui épargne de patauger plus longtemps.

Arrivé à proximité du débouché, il distingua un reflet dans l'obscurité. Il éteignit sa torche en la plongeant dans l'eau. Il ne s'était pas trompé. Il approcha avec précaution, les mains en avant. Il heurta un obstacle : la grille qui précédait le dernier bassin. Il l'explora à tâtons, trouva le portillon. Il était ouvert. À présent, il apercevait les deux hommes, à la lueur de leur lanterne.

Il les approcha tellement silencieusement qu'ils ne s'avisèrent pas de sa présence avant qu'il pénètre dans le cercle de lumière.

— Je vous salue, Èrto-èri, et grand merci d'honorer ce rendez-vous !

— Salut à vous, Köttur-èr, répondirent en chœur Elstur et Tveir, les fils de Svein.

— Comment se porte votre mère ?

— Elle a hâte de vous voir.

— Je n'en doute pas. Pourtant, nous attendrons la nuit pour traverser le fossé. Inutile de compromettre notre succès en nous dévoilant prématurément.

Quand Köttur jugea l'obscurité suffisante, il s'engagea dans le Sykur. Il leva la tête. Sur son socle rocheux, la citadelle paraissait inaccessible. Pourtant ses bâtisseurs avaient ménagé une échappatoire à ses illustres occupants. Percés dans l'épaisseur de la muraille, d'étroits boyaux desservaient une poterne ouvrant sur le fossé. Un redan habile noyé dans la végétation dissimulait cette issue. Personne ne connaissait ce secret, à l'exception du hartl, qui ne le transmettait à son successeur que sur son lit de mort. Aucun plan n'en rendait compte. Le Bâtisseur lui-même était censé l'ignorer. Mais Godròn, avec son œil d'architecte, n'avait pas manqué d'être intrigué par certaines anomalies dans l'épaisseur des murs. Il avait découvert le réseau et, à l'insu de Skilf, l'avait exploré sans savoir que, bien plus tard, il en dévoilerait l'existence à ses ennemis, moitié pour préserver sa vie, moitié pour le punir de l'avoir spolié.

Une pénombre rougeâtre baignait le Sykur. Un épais nuage de fumée masquait le ciel du crépuscule, sur lequel se reflétait la lueur mouvante de l'incendie.

— Par ici, Köttur-èr, l'invita Tveir.

Des cadavres semaient le fond du ravin : les malheureux poussés dans l'abîme par la cohue ou la malignité des soldats. Le plus étrange était le silence. Là-haut, les flammes grondaient, les soudards vociféraient, les victimes hurlaient. En bas, on n'entendait que le chuintement de la chouette et le glapissement du renard. Et aussi les échos de mastications immondes, qui vrillaient les nerfs.

— Pressons-nous, insista Tveir Svein'ar.

En présence d'une moisson de charognes, les sriges n'avaient aucune raison de s'attaquer aux vivants. Mais la sinistre réputation des volatiles aux ailes parcheminées et dont la face évoquait un visage humain défiait la logique.

Du haut de la tour su Silence, Skilf assistait, désemparé, à la destruction de la ville basse. Encore plus incompréhensible que la rapidité avec laquelle l'ennemi y avait pénétré ! Le feu se propageait si vite qu'il était évident que les incendiaires ne s'accordaient pas le temps de piller les maisons. Slegur espérait-il obtenir ainsi sa reddition ? Sanctionnait-il sa propre impuissance en détruisant ce qu'il savait ne pas pouvoir conserver longtemps ?

Restait qu'après un tel désastre Skilf se demandait si la victoire aurait encore un sens. Il avait consacré sa vie à établir la paix, et la paix n'était plus. À embellir la cité, et il n'en resterait bientôt plus qu'un amoncellement de pierres calcinées.

En se remémorant les décisions qu'il avait prises dans les dernières heures, il ne regrettait pas d'avoir interdit l'accès de la citadelle à ceux qui ne pourraient combattre. Tant mieux si les Heldmarki s'embarrassaient de prisonniers – ce qui à présent lui paraissait des plus douteux –, tant pis s'ils passaient la population au fil de l'épée ! Elle n'avait qu'à mieux se défendre ! Peut-être aurait-il dû envoyer ses cavaliers à la rencontre des assaillants, comme il en avait caressé l'idée. Mais avec quel résultat, à un contre dix ? Non, le vrai coupable de ce désastre était Vradh.

— Si ce dégénéré n'avait pas eu l'idée idiote d'emmener les débris de son armée dans les Hautes Terres au lieu de venir défendre Solksborg, nous n'en serions pas là ! Les Hautes Terres ? Vraiment ? Quand l'ennemi est à nos portes ? Même un roquet rentre à sa niche quand il prend un coup de pied au cul !

— Nous sommes d'accord sur un point, mon époux : ton petit-fils est un jobard, dont la stupidité n'a d'égal que l'arrogance. Mais l'idée de se réfugier sur le Premier Plateau ne vient pas de lui.

Skilf sursauta en entendant la voix d'Élyhora. Il avait donné instruction de ne laisser personne, pas même elle, le déranger. Seul Brandur y était autorisé : il fallait bien que quelqu'un supporte sa colère ! Et voilà que, non contente d'avoir ignoré sa volonté, Élyhora lui imposait ses deux aînés ! Il n'aimait ni le ton ironique qu'elle avait employé, ni le sourire mauvais qu'elle affichait sous un regard glaçant. Il n'appréciait pas davantage qu'Elstur et Tveir se présentent devant lui en tenue de combat, casque en tête et sabre sur le dos ! Ce n'était certainement pas leurs exploits sur les remparts de la cité qui les y autorisaient ! Et elle, que signifiait son accoutrement ? Elle portait sa robe de deuil, que, sur son ordre, elle avait remisée à peine une octade après la crémation de Svein Olfrid'ar. Par-dessus, elle avait noué ceinture et baudrier.

Jusqu'alors, Brandur avait subi en tremblant les vociférations de son maître. L'expression du hartl lui laissait craindre pire. Il se recroquevilla. Une goutte de sueur se fraya un chemin jusqu'à son menton, où elle tremblota avant de tomber.

— Qu'est-ce que cela signifie, femme ? demanda Skilf, livide.

Il parlait de son intrusion. Elle crut qu'il l'interrogeait sur ses dernières paroles, auxquelles, sous le coup de l'indignation, il n'avait pas prêté attention.

— Que je lui ai moi-même suggéré de retraiter dans les Hautes Terres au cas où l'ennemi franchirait le Stor. Une défaite tout à fait prévisible, soit dit en passant. Savez-vous que le tiers de vos bardaghi ont quitté le champ de bataille sans dénuder leur sabre ? Quand ils ne l'ont pas tourné contre vous ! Ne soyez pas surpris si vos espions ont minimisé leur exaspération et omis de vous informer de la conjuration. Vous les payez trop mal pour qu'il ne soit pas aisé de les corrompre. À ce propos, je suis désolée d'ajouter une mauvaise nouvelle à celles qui vous accablent. Pour circonvenir votre petit-fils, je n'ai eu qu'à écarter les cuisses ; pour les autres, en revanche, ce sont vos coffres bien-aimés que j'ai dû ouvrir en grand, avec la complicité de votre trésorier ; le pauvre, il s'inquiétait tant pour sa vie…

Insensiblement, Brandur s'écartait de Skilf. Èrin-Élyhora parlait trop crûment. Une manière d'humilier son époux qui ne laissait rien augurer de bon pour l'avenir de celui-ci. D'autant que d'autres bardaghi armés pénétraient dans la pièce.

Skilf non plus ne se berçait pas d'illusions.

— J'admire ta loyauté envers Svein Olfrid'ar, ironisa-t-il. Après tout ce que tu m'as confié sur la façon dont il te traitait…

— Je me moque bien de ce porc ! Si encore tu l'avais tué en duel, ou jugé, peut-être t'aurais-je été reconnaissante de m'en débarrasser. Mais tu as affirmé qu'il avait pratiqué le lokarth, ce qui impliquait qu'il avait fauté contre l'honneur. En ternissant sa mémoire, tu as compromis l'avenir de mes fils. Je ne pouvais laisser un tel affront impuni.

— Tu as eu mille occasions de me tuer pendant mon sommeil.

— T'enfoncer dans le corps le stylet avec lequel tu as assassiné Svein aurait été un sort trop doux. Je voulais que tu assistes à ce spectacle : l'œuvre de ta vie réduite en cendres. Qu'est-ce que cela t'inspire, vieillard ?

Comment avait-il pu, à son âge, se laisser prendre au piège d'une femelle ? Brindis se serait bien moquée de lui ! Ses épaules s'affaissèrent.

— Et pendant tout ce temps…

— Je suis une femme patiente, le coupa-t-elle. Quand je vois ta tête, je me dis que cela en valait la peine.

Elle n'élevait pas la voix, quand bien même elle proférait avec gourmandise des propos blessants, et cet apparent détachement était plus cruel encore que la duplicité que ses paroles révélaient. Skilf sentit un mascaret de haine le submerger. Il y puisa un regain de vigueur. Il voyait sa fin, mais il la refusait de tout son être. Pas encore ! Pas maintenant ! Non qu'il eût peur, il avait atteint un âge où craindre la mort est ridicule. Simplement, il voulait disposer d'un répit suffisant pour châtier cette femme qui s'était autorisée à le duper ! Pis encore, à le déconsidérer à ses propres yeux.

Il haussa la voix, s'adressant aux bardaghi – il en dénombrait à présent une bonne vingtaine, sans compter les fils d'Élyhora :

— Rien n'est perdu ! La cité est tombée, soit. Mais enlever la citadelle, c'est une autre affaire. Cette femelle cherche à vous abuser en prétendant avoir inspiré la manœuvre de Vradh. Tout était convenu entre lui et moi. Après avoir regroupé ses forces et obtenu des renforts, mon petit-fils reviendra prendre l'ennemi à revers. En ce moment même, son père Oddi est au Dàstrand. L'Axe-divin ne laissera pas la félonie triompher !

— Peut-être bien, Hartl-èr, mais vous ne serez plus là pour le voir ! grinça une voix familière.

Les bardaghi s'écartèrent pour laisser passer l'homme qui venait de les rejoindre. Skilf pâlit en apercevant le masque de cuir.

— Je crains qu'il ne soit plus tard que vous ne pensez : parle-t-on encore de siège quand l'ennemi est dans la place ? Comme vous le voyez, ceux qui, il n'y a pas très longtemps, étaient mes pairs et compagnons m'y ont introduit, comme ils m'ont ouvert les portes de la cité.

En un clin d'œil, Skilf se retrouva au centre d'un cercle de sabres. Dans un geste dérisoire, il tira le stylet de sa manche. Au moins se donnerait-il la superbe de s'être défendu plutôt que se laisser saigner comme un porc.

— Je le veux vivant ! prévint Köttur.

Le cercle s'élargit un peu. Furieux, Skilf s'avança. Les bardaghi qui lui faisaient face eurent le réflexe de relever leur lame pour éviter qu'il s'y embroche. Un coup de poing à la tempe mit fin à sa tentative de finir dignement.

On le releva, on le désarma, on lui lia les mains derrière le dos. Le sang ruisselait de son arcade sourcilière éclatée, s'incrustant dans les rides de ses joues. On poussa devant lui Brandur, rattrapé de justesse alors qu'il tentait de s'éclipser pendant que la capture de Skilf accaparait l'attention des conjurés.

— Vous vouliez nous quitter, Domar-èr ? ronronna l'homme-chat. Laissez-moi auparavant vous présenter l'individu dont vous allez instruire le procès. Si vous le voulez bien, naturellement.

— Avec plaisir, Köttur-èr, bredouilla Brandur. Avec grand plaisir.

Reprenant ses esprits, Skilf se débattit :

— Tuez-moi ! Ayez au moins ce courage !

— Inutile de me provoquer. Si cela ne tenait qu'à moi, les sriges du ravin récureraient déjà vos os. Mais, pour l'instant, il est préférable de tenir le conseil des Soixante-quatre à l'écart de nos affaires. Tant que vous vivrez, Hartl-èr, quelle raison aurait-il de se réunir, n'est-ce pas ?

— L'Axe-divin ne permettra pas…

— D'ici à ce que la Souveraineté Suprême lève une armée, la paix règnera de nouveau au Solkstrand. Pourquoi l'Infinie Sapience s'inquièterait-elle du sort d'un vieillard ?

Skilf injuria les bardaghi qui l'entraînaient, dans l'espoir que l'un d'eux, piqué au vif, le frappe à mort. Rien n'y fit. On le traîna jusqu'aux cachots de l'avant-cour.

— Un client pour toi, gardien !

Le geôlier sortit de la niche où il sommeillait. Dans la pénombre, Skilf ne distinguait pas ses traits, mais cela n'était pas nécessaire pour deviner, au ricanement qui secouait ses épaules, sa malveillance.

Skilf fronça le nez. Il n'avait jamais mis les pieds dans ses geôles. La puanteur qui se dégagea du cachot quand le gardien en ouvrit la porte acheva de le persuader que Godròn avait menti en l'assurant qu'elles étaient salubres.

Les archers coupèrent les liens qui l'entravaient et le poussèrent sans ménagement. Il tomba sur les genoux. Ses bras n'eurent pas la force de le retenir, et son front porta sur le sol.

Le gardien ne suivit pas les archers quand ils se retirèrent. Il approcha sa lanterne de son visage et attendit que Skilf se fût péniblement remis sur ses pieds pour demander :

— Vous me reconnaissez, Hartl-èr ? Autrefois, je gardais votre pont sur le Stor. L'ancien, je veux dire.

Oh ! Vous n'avez commis aucune impiété : puisque les dieux ne m'ont pas condamné, vous avez ouvert la porte de mon cachot. Mais en faisant de moi un geôlier, vous avez tout de même trouvé le moyen de me garder en prison.

Le pont. À la réflexion, c'était depuis son effondrement que tout avait commencé à se déliter.

— Donc, poursuivait le gardien, me voici.

Il approcha la lanterne de Skilf.

— Et *vous* voici.

Il saisit une cruche et la projeta dans la figure du hartl. On entendit un craquement. Skilf retomba le cul par terre.

— Ça, Hartl-èr, ça a été mon cadeau de bienvenue, quand tu m'as fait enfermer ici. Il était juste que je te le rende. Ne me remercie pas, c'est de la part de Lok, un voleur qu'on appelait Queue-de-lézard. Ainsi, tu te souviendras de son nom.

Waard n'était pas foncièrement méchant. Mais, parfois, quand on a passé des mois à remâcher sa rancœur, un peu de sauvagerie, ça soulage.

Chapitre 20

Depuis la tour du Silence le regard embrassait les derniers vallonnements des Grænlinn, au-delà des fumées qui s'élevaient toujours des ruines de la cité. Une ligne grise s'y découpait sur le ciel indécis du crépuscule : l'armée de Slegur. Le lendemain matin, elle serait aux portes de Solksborg. Des portes, Köttur n'en était pas peu fier, qu'elle trouverait largement ouvertes.

— Préparons-nous, Élyhora-èrin, à accueillir dignement le vainqueur.

— Vous voulez dire notre hôte, corrigea Élyhora.

Köttur hocha la tête, patelin.

— C'est bien ainsi que je l'entendais, Èrtee-èrin. Mais sans doute serait-il plus habile de le maintenir encore un peu dans l'illusion.

Elle lui sourit en songeant que, décidément, elle n'aimait pas cet hypocrite. Tout le monde supposait qu'il cachait une cicatrice sous son couvre-face. Et si, tout simplement, il préférait opposer à ses interlocuteurs la rigidité inexpressive d'un masque pour dissimuler ses émotions ? Il avait trahi Skilf ; il se préparait, d'une certaine manière, à trahir Slegur en lui permettant, à elle, de lui confisquer sa victoire. Elle n'avait même pas eu à le persuader. C'était lui qui, par l'intermédiaire de Vradh, lui avait proposé ses services. Il y avait trop de haine en lui. Elle suintait par tous ses pores, avec d'autant plus de virulence qu'il ne savait contre qui la diriger, convaincu de valoir mieux que les maîtres qu'il servait. Dans le fond de ses yeux, même lorsqu'il donnait l'apparence de la plus humble soumission, brillait une étincelle qu'Élyhora connaissait pour l'avoir rencontrée dans le regard de Svein Olfrid'ar. Et, depuis son veuvage, dans son propre miroir.

Si, des remparts, les occupants de la citadelle apercevaient l'armée en marche, Slegur, de son côté, observait la cité du haut d'une colline. Et ce qu'il découvrait l'atterrait. Köttur lui avait envoyé le plus succinct des messages : « Engagement tenu ». Il ne parlait pas d'incendies de cette ampleur. Selon Mader, le coupable ne pouvait être que Skilf, qui avait préféré livrer Solksborg aux flammes plutôt que la lui laisser prendre. Slegur ne partageait pas cet avis. Skilf était trop attaché à ses possessions pour ne pas les défendre jusqu'au bout. Les traits fusants se seraient montrés trop efficaces ?

— Dois-je donner l'ordre de la halte ? s'enquit Mader.

Les soldats aussi observaient les lourdes volutes roulant au-dessus de la cité. Contrairement à leur hartl, qui voyait sa prise partir en fumée, ils s'en réjouissaient : pas besoin de se battre pour y pénétrer.

— Quelle halte ? répliqua Slegur. On poursuit, à marche forcée. Quant à moi…

Confiant à Mader la conduite de l'armée, il s'élança, avec pour seule escorte une cinquantaine de cavaliers. Tous de haut rang, à l'exception des porte-enseigne. Plus ils approchaient, plus il se confirmait que toute la ville basse brûlait. Or, les abords ne ressemblaient en rien à ceux d'une ville assiégée. S'il y avait eu des combats, rien n'en témoignait. Les cadavres avaient été enlevés. Inconcevable, dans un laps de temps aussi court !

L'unique pont franchissant le Svéro demeurait intact. Aucune troupe ne le gardait : Köttur ne redoutait pas de contre-attaque. Paradoxalement, Slegur en éprouvait de la contrariété.

Il y avait tout de même des soldats à proximité de la porte du Tétra. Au vu des étendards déployés par les arrivants, le jeune patricien qui les commandait se porta à leur rencontre.

— La victoire est totale, Hartl-èr, brailla-t-il, aussi faraud que s'il avait pris la cité à lui seul. Bienvenue dans votre nouvelle ville !

— Köttur ? Où est-il ?

— Dans la citadelle, Hartl-èr, répondit le jeune homme dont l'enthousiasme, douché par la colère qui vibrait dans la voix de Slegur, était soudain tombé. Elle aussi est prise. Mais je vous déconseille d'y aller maintenant, c'est une…

D'un coup d'éperon rageur, Slegur emporta sa monture. À sa suite, les cavaliers franchirent la porte en trombe.

— … véritable fournaise, là-dedans, acheva le bardagh, pourtant certain de ne pas être entendu.

Les fenêtres crevées vomissaient des flammes sonores. Un vent brûlant plaquait contre les imprudents des grêles de suie grasse. Des toits s'effondraient, projetant des gerbes d'étincelles qui ourlaient de vermeil le noir des nuages de fumée. On n'y voyait pas à deux toises. Seule la pente de la rue qui montait vers la citadelle les assurait de suivre la bonne direction. De temps en temps une silhouette humaine se découpait, saugrenue, sur le rougeoiement de l'incendie. D'où surgissait-elle ? Dans quel abri trouvait-elle refuge quand, l'instant d'après, elle disparaissait ? Les yeux pleuraient, les gorges s'irritaient. Les cavaliers retenaient leur souffle. Couchés sur l'encolure de leurs chevaux, ils éprouvaient les plus grandes peines à les maîtriser. Les sabots des bêtes glissaient sur un tapis de cendres brûlantes. Les porte-enseigne lâchèrent les étendards, dont la soie s'enflammait. N'y tenant plus, quelques-uns, se voyant distancés, rebroussèrent chemin. Slegur s'entêtait, porté par la colère que ce spectacle ne pouvait qu'aviver. La caresse ardente des bourrasques chargées d'escarbilles, le fracas des effondrements, les tourbillons de feu qui barraient son chemin, rien ne l'arrêtait. Le temps semblait s'étirer. Chaque pas du cheval exigeait du cavalier un effort colossal. En atteignant enfin la place patibulaire, les cavaliers connurent un répit. Les hautes façades de la Halle de justice formaient écran et la préservaient de l'incendie.

Le castelet contrôlant l'accès à la citadelle, herse baissée, était à peine gardé. Sur l'injonction d'un porte-enseigne, le sergent d'armes envoya quérir un officier, lequel, reconnaissant le hartl, ordonna en tremblant de libérer le passage. Il portait pourtant les couleurs du Solkstrand.

Réveillé en hâte, Köttur rejoignit Slegur dans la cour. L'air, chargé de fumée, y était à peine plus respirable qu'à l'extérieur.

— Bienvenue à Solksborg, Hartl-èr, s'écria Köttur. Je ne vous attendais…

— Dans les ruines de Solksborg, tu veux dire ! tonna Slegur. Je t'avais chargé de l'investir, pas de la réduire en cendres.

— Il est vrai que la ville basse connaît un sort funeste, répondit froidement Köttur. En revanche, je vous livre la citadelle intacte, et cela seul importe pour la suite de cette campagne. Considérez en outre que vos troupes n'ont pas souffert les désagréments d'un long siège. Vous connaissez comme moi le prix de la guerre. Réjouissons-nous d'en avoir été dispensés.

— Certes, reconnut Slegur. Je suppose que je devrais t'être reconnaissant de la rapidité avec laquelle tu as mené cette affaire. Mais pourquoi l'avoir détruite ?

— C'était la contrepartie à payer pour sa reddition.

— Qui l'exigeait ?

— Moi !

Dans cette femme portant le deuil en blanc, sabre au dos, qui s'avançait flanquée de deux bardaghi en tenue de combat, Slegur n'aurait su dire ce qui l'impressionnait le plus. De taille moyenne, agréable dans sa banalité, elle dégageait une autorité telle qu'il ne lui était pas nécessaire d'élever la voix pour être entendue.

— Hartl-èr, permettez-moi de vous présenter Élyhora Sig'ir Skilfmaggi et ses deux fils, Elstur et Tveir Svein'ari, intervint Köttur.

— Soyez le bienvenu sous mon toit, Hartl-èr, dit elle. Considérez-vous comme mon hôte aussi longtemps qu'il vous plaira.

Ce n'est qu'après l'avoir remerciée que Slegur réalisa l'énormité du piège que, par cette simple phrase, elle lui avait tendu.

À peine Slegur avait-il gagné les appartements mis à sa disposition qu'Élyhora sollicitait une audience privée. Il éprouva la tentation de la lui refuser, pour affirmer une supériorité mise à mal devant témoins à leur premier échange. Elle ne lui en laissa pas le temps, forçant le passage. Deux serviteurs l'accompagnaient, portant l'un un plateau de salaisons, l'autre une carafe de vin de Gudomlisk, un breuvage quasi inconnu dans les commanderies du Sanglier.

Elle s'installa à la table et, tandis que les esclaves se retiraient, elle invita Slegur à l'y rejoindre. Elle versa elle-même le vin. Il ne s'assit ni ne saisit son verre.

— Je suis désolée de ne pouvoir vous offrir un logis plus confortable. Ces vieilles forteresses ont été conçues pour des hommes plus rustres que nous.

— Je suis un bardagh, je mène une guerre. Croyez-vous que je me soucie de confort ? D'ailleurs, si ce logement ne me convient pas, j'en trouverai un autre. J'ai pris cette ville…

— Reconnaissez plutôt que je l'ai livrée à l'un de vos lieutenants. Mais, si vous préférez vous prévaloir de la victoire, je serai, quant à moi, d'une parfaite discrétion sur ce point. Asseyez-vous et buvez. Mais surtout écoutez-moi.

Il n'y avait dans son ton ni arrogance ni agressivité. Pas davantage elle n'exprimait la soumission, ni ne cherchait à séduire.

— Nous pouvons, ou plutôt nous devons, nous entendre, poursuivit-elle. Vradh Skilf'ar est persuadé de devenir le prochain hartl, en lieu et place de son père. D'un autre côté, Köttur a une revanche à prendre sur la vie et recevra le soutien d'une bonne partie des bardaghi du Solkstrand s'il en brigue le hartolat.

— Ils ne lui font donc pas grief de sa trahison ?

— Elle n'a rien d'ignominieux, puisqu'elle résulte d'une conception de l'honneur certes exacerbée, mais qu'ils partagent. Mieux, son attitude a réveillé la nostalgie du temps où seul cet honneur valait loi. Quant à votre armée, il lui a épargné la peine de prendre la citadelle de vive force, ce qui, n'en doutez pas, lui vaut dans ses rangs une grande popularité.

Elle porta son verre à ses lèvres, lui laissant le temps de digérer tous les sous-entendus de cette analyse avant d'insister :

— Ce qui vous fait non pas un mais deux adversaires potentiels, reprit-elle : Vradh et lui. Mais ces deux chasseurs courent le même lièvre. Pourquoi ne pas les laisser s'affronter ? Quand l'un d'eux aura éliminé l'autre, votre problème sera simplifié.

— Le hartolat ? C'est bien à quoi vous pensez ? À ce propos, qu'est-il advenu de Skilf Oluf'ar ?

— Hélas, je crains que mon vieil époux se soit enfui avant que la ville tombe. Vous l'avez constaté vous-même : le haut siège est inoccupé.

— Si je vous entends bien, vous comptez sur moi pour évincer Vradh et Köttur, enfin, celui des deux qui survivra à leur confrontation. Au profit de qui ?

— Rien n'empêche une femme d'administrer une commanderie, sourit Élyhora. Et si les scribes de Skriftbjarg exhument de leurs archives un quelconque artifice affirmant le contraire, eh bien… j'ai deux fils en âge de présenter leur candidature aux Soixante-quatre.

L'impudence tranquille d'Élyhora laissa d'abord Slegur sans voix. Puis il éclata de rire.

— Pensez-vous, Élyhora-èrin, que j'ai pris le risque de défier l'Axe-divin pour satisfaire vos ambitions, qu'elles soient personnelles ou maternelles ?

Elle prit le temps de se resservir en vin avant de dire, comme si la question attendait une réponse :

— Votre atout, Hartl-èr, a été la rapidité. Vous avez pris tout le monde de court, Skilf aussi bien que vos alliés, que vous avez ainsi réduits à la portion congrue. Mais pensez-vous que l'Axe-divin va vous laisser annexer une commanderie entière – et pas n'importe laquelle, celle de Solk ! – sans réagir ? L'histoire montre que la Suprême Souveraineté tolère les petites querelles de voisinage, les chamailleries pour quelques arpents frontaliers. Mais, cette fois, il s'agit de bien davantage. Rattacher le bassin du Stor au territoire heldmarko et réduire le Solkstrand aux seules Hautes Terres, pour autant que vous vous en contentiez, n'est pas anodin : l'équilibre des marches du Sanglier s'en trouverait modifié.

Slegur serra les lèvres. Cette mimique imperceptible n'échappa pas à Élyhora, qui poursuivit, d'une voix devenue caressante :

— Je vous sais trop intelligent pour imaginer que vous n'en avez pas conscience. D'ailleurs, si vous avez pris le risque de défier la Souveraineté Suprême, c'est que vous visez bien davantage que l'extension du Heldmark.

Slegur se contracta. Cette femme était donc une sorcière, pour lire ainsi en lui ?

— Une armée combattant sous la bannière d'un hartl n'a aucune chance contre la coalition que lui opposera l'Axe-divin, poursuivait-elle, implacable. La situation serait différente si ce conquérant réunissait plusieurs commanderies non pas sous son étendard, ce qui est inenvisageable, mais sous celui d'une entité supérieure. Un principe transcendant qui rejetterait les divinités locales dans les limbes de la superstition et rendrait du même coup caducs les rites d'équilibre auxquels on se livre dans le

Dàstadir. Un principe qui sapait l'autorité suprême de l'Axe-divin…

Tour à tour insidieuse, ironique et séductrice, cette femme qu'il avait d'abord jugée banale fascinait Slegur autant qu'elle le glaçait. Heureusement, elle avait montré le défaut de sa cuirasse :

— Si moi ou l'un de mes fils succédons à Skilf Oluf'ar, nous reconnaîtrons le Dieu unique. Par conséquent l'autorité de celui qui s'est donné pour mission sacrée d'en répandre la vérité. Je sais qu'une partie du Bjorstrand est déjà convertie à ce nouveau culte et que Resnar est votre allié. D'autres se rallieront à cette cause. Votre fulgurante victoire peut laisser penser que l'armée du Solkstrand est faible, mais je puis vous assurer qu'il n'en est rien. Bien commandée, renforcée par le retour des bardaghi qui ont manqué au descendant de Skilf, elle constituerait pour vous un atout précieux, au lieu de devenir une épine plantée dans votre talon. Et, surtout, songez à la difficulté de nourrir plusieurs milliers d'hommes et à l'avantage que présentent les greniers du Solkstrand.

— Ne sont-ils pas à moi en tout état de cause ?

— Il vaudrait mieux pour tout le monde qu'ils demeurent intacts. Or les richesses de ce monde sont périssables. Ainsi, vous avez pris cette ville, pourtant vous n'en tirerez pas le moindre revenu.

Il la considéra, aussi froidement qu'il le pouvait. Elle n'était pas laide. Était-elle belle pour autant ? Pourquoi, en sa présence, se sentait-il aussi gauche ? Du fond de son esprit montait un avertissement. S'il ne passait pas immédiatement cette femme au fil de son sabre, tôt ou tard il capitulerait devant elle.

— Mais vous devez être épuisé, Slegur-èr, dit-elle en se levant. Réfléchissez à mes paroles. Elles sont le reflet d'un cœur qui vous est désormais dévoué. Et, pour vous, la seule option valable.

Slegur s'éveilla en sursaut, le corps baigné de sueur, la poitrine oppressée. La jeune femme couchée à son côté émit un gémissement. Celle de droite. L'autre n'avait pas bronché. En se levant, il les découvrit. Dans la lumière blafarde du petit jour, il observa leur corps élancé, ferme, harmonieux. L'une brune, l'autre châtain. Quelle était l'intention d'Élyhora en poussant ces jeunesses dans sa chambre ? Lui complaire ? La détourner d'elle ? Ou s'informer sur ses pratiques avant de formuler une demande ?

Pour la millième fois, il se demanda ce qui l'attirait en elle. Pour la millième fois, il se dit que cette femme était vénéneuse, mais que ses propos n'étaient dénués ni de perspicacité ni de sagesse. Les bardaghi de la conjuration s'étaient ligués contre Skilf Oluf'ar. Pour autant, accepteraient-ils l'autorité d'un hartl étranger ? Sans doute s'accommoderaient-ils plus volontiers de Köttur, mais combien de temps pourrait-il garder l'homme-chat sous sa coupe avant qu'il se montre rétif ? Tandis qu'Élyhora avait besoin de lui pour finaliser le projet qui lui tenait le plus à cœur : instaurer une nouvelle dynastie au profit de ses fils.

Il versa dans une cuvette l'eau parfumée d'une aiguière et se frotta le visage. Sous ses paumes, une barbe rêche crépita. Le poil repoussait aussi sur son crâne. Il convoquerait le barbier dans la journée. Pour l'heure, il avait une autre préoccupation, que la place occupée dans ses pensées par Èrin-Élyhora ne dissipait pas. Si l'ablution avait fini de le réveiller, si son angoisse s'éloignait, les images de son rêve ne cessaient de le tourmenter.

Tiré de sa somnolence par la sortie inopinée du hartl, le factionnaire de garde devant sa porte rectifia la position. Il fit mine de l'escorter, mais Slegur l'arrêta du geste : il n'allait pas plus loin qu'au bout du corridor. Sans s'annoncer, il pénétra dans la chambre de Kredfast.

Le zélateur du Dieu unique ne dormait pas. Penché sur son écritoire, une plume à la main, il se consacrait à son grand œuvre : coucher par écrit toutes les révélations surgies dans son esprit tandis qu'il s'employait à extraire la vàarma des métaux nobles.

L'Inspiré, ainsi qu'il aimait qu'on l'appelle, se leva avec une lenteur calculée. En qualité de hartl, Slegur avait droit à son respect mais celui-ci, de son côté, ne devait jamais oublier qu'il s'adressait au porte-parole de l'Unique.

— Il est bien tôt, Hartl-èr. Vos catins, je le constate, ne vous ont pas épuisé.

— Ne sois pas envieux, il ne tient qu'à toi d'en avoir autant. Il suffit de le demander à notre prévenante hôtesse.

Kredfast pinça les lèvres. Levant la plume qu'il tenait encore à la main, il précisa :

— Le temps des hommes leur est compté trop chichement pour le gaspiller en vain. D'autres tâches m'incombent.

Slegur renifla. Il se méfiait tout autant des individus qui repoussaient les plaisirs que de ceux qui s'y livraient avec excès. Voire davantage, car il était aisé de s'attacher les seconds, tandis que les premiers se permettaient de juger jusqu'à leur hartl ! Néanmoins, il avait encore besoin de Kredfast et force lui était de constater que la rigueur laborieuse de celui-ci n'était pas une simple façade.

— Que puis-je pour vous être agréable, Hartl-èr ? demanda l'Inspiré.

Comme pour son salut, le ton de sa voix se partageait entre une déférence de circonstance et la roguerie que confère la fréquentation d'un dieu.

— Un rêve me trouble, avoua Slegur.

— Les rêves sont souvent le truchement dont use l'Unique pour communiquer sa volonté aux mortels, pontifia Kredfast.

— Dans ce songe, une femme venait me trouver et, pointant son index sur ma poitrine, elle réclamait : « Rends-moi mon fils ! » Alors je suis sorti de la ville avec elle. Mais, au-delà des murs, je n'ai rencontré ni l'aridité des causses heldmarki ni les paisibles Grænlinn. Nous pataugions dans la boue, au sein d'une vallée dominée par des aiguilles noires et hostiles. Et je disais : « Il est là, reprends-le. » Or de cette fange épaisse, aussi sombre que la roche qui l'entourait, surgissait une troupe innombrable. Des milliers de soldats, qui tous portaient sur le visage le masque de la mort. La boue emplissait leurs yeux, dégoulinait de leur bouche. À leur tour, ils tendaient vers moi un doigt accusateur. Puis ils s'ébranlèrent. Je voulais tourner bride, mais mon cheval ne pouvait fuir : il s'était enlisé lui aussi.

Kredfast ferma les yeux, serra la base de son nez entre le pouce et l'index, la main gauche à demi levée, comme pour prévenir toute interruption tandis qu'il s'ouvrait à une voix que lui seul pouvait entendre. Enfin, il la laissa retomber. Ses paupières se soulevèrent sur un regard devenu fiévreux. D'une voix blanche, il proféra :

— Ce que vous appelez boue, je le nomme limon. De ce limon lèvera une moisson sans pareil. Ceux que l'on croyait morts ressuscitaient, ils vous désignaient pour chef : peut-on mieux dire que vous êtes l'élu, celui qui redonnera vie à toute chose, celui que le Dieu unique a choisi pour devenir l'axe du Monde régénéré. Ne le décevez pas !

Slegur sentit sa poitrine s'alléger.

— Grand merci pour tes éclaircissements. Je te laisse à ton ouvrage, en m'excusant de l'avoir interrompu. Quant à moi je retourne à mon lit : je ne veux pas laisser penser à notre hôtesse que je néglige ses attentions.

Kredfast ne réagit pas à cette précision malicieuse. Alors qu'il avait la main sur la poignée de la porte, Slegur se ravisa :

— À propos, le Dieu unique..., est-il mâle ou femelle ?

L'Inspiré ne cacha pas la surprise indignée que lui procurait la question.

— L'Unique échappe à nos catégories..., commença-t-il.

— Néanmoins tu en parles toujours comme s'il s'agissait d'un homme, releva Slegur. Les femmes t'ont-elles à ce point porté tort que tu les dédaignes avec une telle constance ? Crois-moi, tu devrais essayer de te faire demander plus souvent, ça te détendrait.

Il tira la porte derrière lui et regagna sa chambre de fort bonne humeur. L'interprétation de l'Inspiré l'avait rassuré. Pour un temps. Pour plus de sûreté, il consulterait aussi son astrologue.

Chapitre 21

Élyhora avait échangé sa tenue de deuil contre une robe bleue brodée de motifs dorés dessinant des éclairs, en accord avec sa fureur. Elle déboula en plein conseil de guerre, sabre sur le dos.

— M'expliquerez-vous ? vociféra-t-elle, faisant l'économie des saluts respectueux dus au vainqueur.

— Laissez-moi seul avec notre hôtesse, ordonna Slegur à la dizaine d'officiers présents.

Son calme contrastait avec l'agitation de la femme qui jusqu'ici avait démontré en toute occasion sa grande maîtrise d'elle-même. Mader hésitait : le hartl n'était pas armé, et Élyhora renvoyait l'image d'une de ces guerrières qui accompagnaient le Preux Slatmadur dans son expédition contre le démon Zwergur.

— Vous aussi, Stratège-èr ! insista Slegur, plus sec.

Quand les membres de son conseil eurent quitté la pièce, il descendit du haut siège pour rejoindre Élyhora de l'autre côté de l'auge à feu. Il s'assit sur un banc et l'invita à l'imiter, ce qu'elle refusa. Il s'employait à imprimer à chacun de ses gestes un calme qui avivait la fureur d'Élyhora. Il avait un plan en tête, elle se trouvait prise à contre-pied.

Exactement l'inverse de leur première rencontre, songea-t-il, amusé.

— J'attends ! s'impatienta-t-elle. Je vous ai livré les clés de Solkstrand ! Je me suis confiée à vous. Je vous ai proposé une alliance. Je vous croyais loyal. Je pensais qu'il existait une certaine estime entre nous !

— Et je m'en félicitais. Je constate, hélas, que vos sentiments à mon égard ont évolué. Quant aux miens, je peux vous assurer de leur constance.

Élyhora serra les dents. Slegur se moquait d'elle, c'était évident. Elle avait conscience de l'attrait qu'elle exerçait sur lui. Elle avait cru pouvoir en jouer, mais cela ne suffirait pas. Il n'était pas homme à se laisser manœuvrer à l'instar d'un Vradh, voire d'un Köttur, dont les ressorts étaient apparents. Pourtant, contre toute évidence, elle ne voulait pas croire qu'elle avait perdu la partie. Question de justice : la vie lui devait une revanche. Rétel l'avait exaucée une première fois, il ne l'abandonnerait pas. Elle reprit, en se contenant :

— Slegur-èr, vous êtes un bardagh…

Il l'interrompit du geste avant qu'elle lui serve un discours rance sur le code de l'honneur. Par considération pour elle. Il n'avait aucune envie de la voir se ridiculiser, quand dans les renseignements que ses espions avaient recueillis sur son passé et les motifs qui l'avaient conduite à la trahison, dans la maestria avec laquelle elle avait mené sa vengeance contre Skilf et même la duplicité dont elle usait à son égard pour l'amener à servir ses fins, il ne cessait de trouver de nouveaux sujets d'étonnement, et pour tout dire d'admiration.

— Allons aux faits, trancha-t-il. D'où vient cette colère que je déplore ?

— Les faits, vous les connaissez mieux que moi ! Ce matin, vos hommes d'armes se sont emparés de mes fils.

— Ce n'est que cela ? Un malheureux quiproquo. J'avais donné des ordres pour qu'ils ne recourent à la force qu'en toute dernière extrémité. Malheureusement, vos garçons ont le sang vif, comme il se doit quand on est de bonne branche. Ils n'ont pas accepté l'invitation qui leur était présentée de séjourner au Heldmark. Craignant que j'en sois contrarié, mes hommes ont insisté. Il y a eu, je le reconnais, quelques échanges un peu virils. Mais rassurez-vous, vos enfants ne sont pas blessés. Contrairement à plusieurs de mes soldats.

— Au Heldmark ? Vous voulez dire que vous les traitez en otage ?

— Ils seront aussi bien traités que je le suis grâce à votre sens de l'hospitalité.

— Dans ces conditions…

— Simple précaution, la coupa-t-il avant qu'elle ne prononce des paroles définitives. En des temps aussi troublés que ceux que nous traversons, il est malheureusement nécessaire d'en prendre, surtout à la veille d'un changement de dynastie.

Il marqua un arrêt, pour lui laisser le temps de s'interroger sur cette révélation. S'inquiéter peut-être. Peut-être espérer.

— À ce propos, vous serez satisfaite d'apprendre que je me sens très enclin à adhérer à votre proposition. La disparition de votre époux prive le Solkstrand de sa tête. Et moi, je n'ai personne avec qui négocier une trêve avant que nos deux armées se massacrent mutuellement. Présentez votre candidature au hartolat. Mes alliés et moi vous appuieront auprès des Soixante-quatre. Vous ne voulez vraiment pas vous asseoir ?

Élyhora prit place face à lui, en redressant le buste pour compenser un peu leur différence de taille.

— J'ai fait vérifier ce que vous m'avez dit, poursuivait Slegur. Mes scribes sont formels : aucune charte ne s'oppose à ce qu'une femme dirige une commanderie. On ne connaît aucun précédent, mais puisque les temps changent…

— Où sont mes fils ?

— À présent ? En route pour le Heldmark. N'est-il pas souhaitable qu'ils fassent plus ample connaissance avec leurs voisins ? Leurs conseils n'en seront que plus avisés quand ils rejoindront la mesnie de leur mère, devenue la hartlee du Solkstrand.

Élyhora rougit en l'entendant prononcer ce titre.

— Ah, évidemment, il reste un obstacle à lever. Il ne saurait y avoir deux hartli pour une même commanderie. Le Conseil pourrait s'émouvoir de l'ignorance où nous sommes du sort de Skilf Oluf'ar.

— J'ai dépêché des courriers un peu partout pour m'en enquérir, mentit Élyhora. Peut-être nous renseigneront-ils. Bien entendu, s'il est encore vivant…

Slegur écarta l'hypothèse d'un geste rassurant. En décampant, Skilf avait démontré son incapacité à exercer sa charge ; les dieux consolent les vaincus, ils abhorrent les lâches et les parjures. Le nouveau comme les anciens.

— Sitôt que vous aurez acquis une certitude, manifestez-vous. Discrètement. Ce n'est pas tant Skilf que je redoute que son petit-fils. Si Vradh apprend qu'un malheur est arrivé au hartl, il revendiquera la succession. Tant qu'il est à la tête d'une armée en déroute, ses chances sont minces de persuader les

Soixante-quatre de sa valeur, mais sait-on jamais ? Il est essentiel de le prendre de court. Ensuite, eh bien, nous sommes d'accord, n'est-ce pas ?

— J'ai votre parole de bardagh que mes fils…

—… seront traités comme s'ils étaient les miens, Hartlee-èrin.

Il avait mis dans cette affirmation une réelle conviction. Elle hocha la tête en songeant que Slegur, auquel on avait connu trois épouses, n'avait pas de descendance.

Et quel homme sensé ne rêverait pas d'avoir des fils tels que ses garçons ?

Parmi les nombreuses servitudes de l'état de geôlier figure l'obligation de passer ses jours et ses nuits dans un corridor puant sur une paillasse tout aussi infestée de vermine que celles des prisonniers. Tout le temps qu'il avait moisi dans une geôle, Waard avait étouffé de haine impuissante envers ses gardiens. Occupant aujourd'hui leur place, il comprenait mieux leur humeur massacrante et leur penchant vicieux à se divertir aux dépens des prisonniers. Renverser leur nourriture juste avant qu'ils s'en emparent en feignant un geste maladroit n'améliorait en rien leur propre sort mais les rassurait sur leur condition : il y avait plus mal lotis qu'eux. Waard n'en était pas encore rendu à cette extrémité, et s'il ne commettait pas la faute de fraterniser avec les occupants des cachots, du moins se faisait-il un point d'honneur de ne pas ajouter à leurs tourments – en assénant un coup de cruche au hartl il avait agi sous le coup d'une impulsion passagère pour laquelle il n'était pas loin d'éprouver des remords. Quelquefois, même, il se repentait de l'intransigeance qu'il avait manifestée dans son ancien état de gardien de pont. Un peu moins de raideur lui aurait épargné bien des avanies. Waard ne s'apitoyait pas sur lui-même. Il ne s'était jamais abandonné à ce vice, même gamin, quand le piège à renard que Fromm, las de voir ses œufs rapinés, avait installé dans son poulailler avait broyé ses doigts, mais il se reprochait d'avoir manqué de discernement au point de défier un sorcier pour quelques pègi. Et cela pour le compte d'un hartl qui ne lui en avait su aucun gré, et qui, aujourd'hui, contribuait à empester l'air qu'il respirait !

Le seul avantage que Waard avait sur les prisonniers, outre qu'il mangeait à sa faim, était une lanterne sourde. Elle éclairait mal et le relent de son huile de poisson ajoutait à la pestilence des lieux, mais au moins le lumignon lui apportait-il un peu de réconfort, voire lui permettait d'écraser de temps en temps une punaise trop gavée de sang pour se carapater.

Il venait justement d'en occire une quand deux coups violents ébranlèrent la porte de la geôle. Celle-ci n'était pas censée s'ouvrir la nuit. Cependant, échaudé par l'expérience, Waard courut se renseigner sur la raison de ce vacarme avant d'appliquer le règlement à la lettre. Les archers qui se glissèrent dans le corridor sans attendre qu'il ait ouvert le vantail en grand lui enjoignirent de leur livrer Skilf Oluf'ar.

— Qui le réclame à cette heure ? demanda Waard, sa méfiance avivée par la hâte avec laquelle les deux hommes étaient entrés, comme s'ils craignaient d'être vus.

— Èrin Élyhora, répondit le plus grand sur un ton de défi.

La lueur de la lampe creusait ses joues maigres et accrochait son nez courbe. Waard l'avait déjà vu. Le sergent appartenait bien à la garnison de la citadelle.

— Tu vas le chercher, oui ou non ? gronda son acolyte.

Waard se dirigea vers le cachot, d'un pas lent pour se donner le temps de réfléchir. Les deux hommes n'étaient pas tranquilles, cela se sentait. Il ferait mieux de s'assurer de leurs ordres. D'un autre côté, ils étaient deux, et armés… C'était le moment de se souvenir des conséquences possibles d'un excès de zèle. Il tira le verrou de la cellule où gisait le hartl déchu. Malgré son exiguïté, il ne le repéra pas tout de suite. Affaibli au-delà de ce qui était normal en si peu de jours, Skilf ne parvint à se lever qu'avec l'aide du gardien. Quand il se mit en marche, Waard dut le tenir pour lui éviter d'être entraîné par le poids de ses chaînes.

Le sergent au nez busqué considéra le prisonnier avec suspicion, hésitant à reconnaître dans ce vieillard squelettique à la démarche titubante celui qu'il n'avait aperçu qu'en grand apparat.

— C'est bon, grommela-t-il enfin à l'intention de Waard, on te le ramènera plus tard. Et souviens-toi : tu ne nous a pas vus.

Ils agrippèrent le prisonnier chacun sous un bras, maudissant le rayon de lune indiscret qui, à l'instant où s'ouvrait la porte de la prison, filtrait entre deux nuages.

L'obscurité retomba sur le corridor, rendant Waard à sa routine. Il n'avait fait que son travail. On ne pourrait rien lui reprocher. Les archers étaient mandatés par une personne investie de l'autorité.

Enfin, ils le prétendaient. Il n'était pas tranquille. La discrétion des hommes d'armes, leur nervosité…

Revenant sur ses pas, il entrebâilla la porte et glissa un œil au-dehors. Il repéra les deux sbires juste au moment où ils introduisaient le prisonnier dans un bâtiment. Ses soupçons se confirmaient. Ils ne l'avaient pas amené au logis des maîtres, où résidait Èrin-Élyhora, mais dans le commun des cuisines, une bâtisse trapue assise sur deux étages de celliers. Difficile d'imaginer Èrin-Élyhora donnant audience à son époux devant les fourneaux ou entre deux barriques de salaison et un sac de farine ! Organisait-elle son évasion ? Peu probable, puisque, selon ce qui se rapportait, c'était elle qui l'avait fait enfermer.

Au comble de la perplexité, Waard referma la porte en maudissant sa curiosité. Sa nuit était définitivement compromise et cette fois les punaises n'y seraient pour rien. Furieux, il balança sa semelle dans la porte d'un dormeur dont les ronflements traversaient l'épaisseur du bois. On devrait interdire aux prisonniers de s'évader dans le sommeil quand l'insomnie guette leur gardien !

Jusqu'à présent, Skilf avait respiré par réflexe, sans jamais penser au bonheur que procurait une bonne goulée d'air frais chargé des senteurs nocturnes. Aussi savourait-il de traverser la cour après ces jours à macérer dans les miasmes du cachot. Il ne s'illusionnait pas sur ce qui l'attendait. Les manières furtives des soldats qui l'entraînaient en ignorant ses questions, la cour incongrûment vide étaient autant d'indices qu'il ne pouvait méconnaître. Quelque injuste que lui parût la sentence, il l'acceptait. Il n'était pas une articulation de son corps qui ne le torturât en permanence. Si le séjour dans le cul-de-basse-fosse avait aggravé le mal, il ne l'avait pas provoqué. Au moins la mort lui épargnerait-elle l'impotence.

D'ailleurs, il se tromperait en se croyant innocent : il avait commis une faute.

— Pardonne-moi, murmura-t-il entre ses dents, s'adressant à Brindis.

Elle était morte et lui encore vivant. Mais pour si peu de temps qu'il pouvait sans ridicule renouer le dialogue qui lui avait tant manqué.

Quand Élyhora avait formulé sa demande, il en avait été flatté. Certes, il n'était pas assez fat pour imaginer que son corps décati provoquait la moindre attirance chez cette femme plus proche de sa jeunesse que lui du terme naturel de son existence. Mais enfin elle n'y était pas obligée : de lui, elle avait déjà reçu promesse de protection pour elle et ses rejetons, et il la consultait volontiers avant de prendre une décision, ce qui n'avait pas manqué d'accroître son prestige auprès des patriciens. Qu'elle sollicitât une plus grande intimité caressait sa vanité. Et puis, au moment où son corps le lâchait, il ne lui déplaisait pas non plus d'administrer à ses assujettis, à commencer par les bardaghi de sa mesnie, la preuve de sa verdeur – même si dans l'alcôve celle-ci avait le plus grand mal à s'exprimer.

Son pied buta sans que les archers s'en émeuvent. Ils ne le soutenaient plus, ils le portaient. Skilf s'en contraria. Comprenaient-ils que son corps le trahissait, ou s'imaginaient-ils qu'il défaillait à l'idée qu'ils allaient l'assassiner ? S'ils savaient quel soulagement ce serait ! Il n'emporterait qu'un regret : partir en sachant que ce crime resterait impuni. Mais, après tout, que lui importait qu'Élyhora jouît des fruits de sa victoire ? Il ne devait s'en prendre qu'à lui d'avoir armé la main qui le poignardait aujourd'hui. S'il était une leçon que la vie lui avait apprise, c'était bien que chaque individu joue sa partie aux dépens des autres et qu'on ne peut être trahi que par ses proches.

Ils pénétrèrent dans le cellier. Bon, cela signifiait que son exécution aurait lieu dans le Sykur. Il avait lui-même montré à Élyhora le passage secret qui, depuis le saloir, y descendait, afin qu'elle pût s'enfuir au cas où la citadelle menacerait de tomber.

Les archers le lâchèrent. Il s'effondra. Celui qui semblait avoir autorité sur l'autre le poussa du pied.

— Debout, charogne !

Skilf réunit ses dernières forces pour se relever sans aide. Il toisa le soudard qui, sous la brûlure de son regard, sentit son assurance se fissurer.

— On dit : Charogne-èr ! ironisa le vieillard. Ou, mieux, Hartl-èr. Car je suis toujours le hartl de cette commanderie et le resterai jusqu'à ce que tu fasses ton sale travail de boucher !

La tirade déconcerta le soldat.

— Maintenant, conduis-moi où l'on t'a demandé de me mener.

Sans attendre, il se dirigea vers le saloir. Ce n'est qu'arrivé à proximité de la futaille qui dissimulait le départ d'un étroit escalier s'enfonçant dans le sol que Skilf s'aperçut qu'un troisième larron s'était joint à eux. L'exécuteur ? Il portait une masse dans une main, dans l'autre des tenailles à longues branches.

Les trois hommes avaient-ils conscience d'avoir été initiés à un secret qui, pour eux, ne pouvait que se révéler mortel ?

Le sergent alluma une torche. Il fit mine de s'engager dans l'étroite ouverture, quand Skilf le retint. Il passa le premier. Il n'avait pas descendu dix marches que son pied glissa sur la pierre humide. Il se sentit partir en arrière et sut que cette chute ne connaîtrait jamais de fin. Sa dernière pensée fut pour Oddi, ce fils trop mal aimé parce que différent de ce qu'un hartl attend de son rejeton. Pourvu qu'il réussisse à convaincre l'Axe-divin d'intervenir ! Que Slegur ne profite pas de son infamie ! Son crâne heurta l'arête d'une marche. Il perdit connaissance.

L'archer qui le suivait manqua trébucher sur son corps. En pestant, il l'enjamba.

— On dirait qu'il a son compte.

— Tant mieux, répliqua l'autre. C'est toujours un sale boulot de moins. Quoi qu'il en dise, je suis un soldat, pas un boucher.

Il se saisit de la chaîne qui entravait les chevilles du hartl et reprit sa descente en le traînant, tel un ballot. Le corps ne pesait guère. À chaque degré, sa tête rebondissait avec un bruit mat. La plaie de son occiput teintait la pierre d'écarlate.

Tout en bas, ils se heurtèrent à une épaisse porte de chêne. Deux madriers la barraient, interdisant son ouverture depuis l'extérieur. Son étroitesse ne livrait passage qu'à une personne à la fois. L'homme aux outils ôta les barres, mais aucun d'eux ne se décida à ouvrir la porte.

— Toi, passe le premier, ordonna le sergent.

— C'est vous les braves ! Moi on ne me demande pas d'être courageux.

— Si tu n'avances pas, je t'enfonce ma lame dans le cul, acheva le second archer.

— Au moins, on pourrait le préparer ici, céda l'autre, vaincu par la pertinence de l'argument.

Il se pencha sur le corps du hartl et entreprit de cisailler les rivets de ses chaînes. Au premier coup, il sursauta. Le vieillard démontrait une résistance surprenante : bien que présentant l'inertie d'un cadavre, il gémissait encore. Le tâcheron enveloppa sa tête avec plusieurs lés de cuir. Les ordres d'Élyhora étaient formels, la dépouille devait rester identifiable.

À la troisième couche, les geignements cessèrent.

— Maintenant, ouvre cette porte !

Pénétrer de nuit dans le domaine des sriges, quand bien même ils leur offraient un cadavre en pâture, leur apparaissait comme la phase la plus risquée de la mission. Ils saisirent Skilf qui sous les bras, qui par les pieds et le portèrent en hâte à quelques coudées de là, sans s'inquiéter des écorchures que leur infligeaient les ronciers derrière lesquels se dissimulait la poterne.

Avant de se replier, ils tailladèrent le corps afin que l'odeur du sang attire les sriges. Il fallait qu'elles aient dépecé le cadavre avant le petit matin. La précaution était inutile. Ils n'avaient pas regagné leur abri que les charognards lançaient à grand renfort de cris stridents l'appel à la curée.

Une première bête s'abattit sur la dépouille, plantant profondément ses serres dans la chair afin d'y injecter le suc qui, en accélérant la putréfaction, rendrait plus digeste cette viande trop fraîche pour son estomac délicat. Elle l'examina, déçue de ne pas repérer les yeux, ce mets de choix auquel son statut de femelle dominante l'autorisait à prétendre. Tout autour, les autres membres de la nichée se posaient, attendant qu'elle les autorise à approcher.

Qui se serait penché à ce moment sur l'obscurité du Sykur aurait pu entendre un bruit lugubre : le claquement de dents des sinistres volatiles exprimant leur impatience.

Chapitre 22

Waard se retournait sur sa paillasse. Les archers tardaient à ramener le prisonnier. Beaucoup trop, pour une simple entrevue. Et si, le secret éventé, ils avaient livré Skilf au nouveau maître des lieux ?

Mais alors pourquoi les cuisines ?

Tout ce mystère n'augurait rien de bon quant au sort qui attendait le hartl déchu. Waard n'éprouvait aucune commisération pour le vieillard, mais on avait confié ce prisonnier à sa garde, ce qui engageait tout de même sa responsabilité. Qu'après l'avoir jugé on le décapite, on le pende ou on l'écartèle, passe encore. Mais qu'on l'arrache à sa prison pour l'occire en catimini, c'était une autre affaire !

Très vite, Waard cessa de s'interroger sur la situation de Skilf pour se préoccuper de la sienne. Tout bien considéré, il avait livré un prisonnier sans prendre la précaution de vérifier les ordres du sergent d'armes. En pleine nuit, qui plus est ! Si Slegur n'était pas à l'initiative de l'enlèvement, comment réagirait-il s'il venait à apprendre que, tandis qu'il prenait ses quartiers dans le logis des maîtres, son ennemi était caché à quelques aunes seulement ?

La lanterne vacilla, à l'instar de son courage. Il releva la mèche pour vivifier la flamme. Il obtint plus de lumière, mais l'angoisse qui accélérait les battements de son cœur ne s'en trouva pas dissipée pour autant.

Au petit matin, il prit une décision. Quitte à affronter le courroux de Slegur, autant prendre les devants. Cela prédisposerait peut-être le hartl à l'indulgence.

Bien entendu, on ne le laissa pas approcher de la chambre où reposait le conquérant. Les gardes, en le refoulant, tordaient le nez : la puanteur de la prison collait à ses hardes, à ses poils, à sa peau. Il insista, non pas pour qu'on dérange le hartl si tôt matin, mais pour qu'on le laisse attendre son réveil. De guerre lasse, un sergent l'autorisa à s'encoigner dans le redan d'une archère, à condition qu'il n'en bouge pas. Par l'étroite ouverture se faufilait un filet d'air glacé, qui présentait l'avantage de dissiper un peu son odeur.

Avant de quitter la tiédeur du lit, Slegur contempla la jeune fille encore endormie. Celle-ci était très jeune et très blonde. Élyhora veillait à renouveler sa compagnie ; autrement dit, à éviter que s'installe une complicité entre les demoiselles et lui.

Dans l'antichambre, ses plus proches conseillers l'attendaient : le stratège Mader, la mine renfrognée, l'intendant Bokhald, l'astrologue Laeknir et bien entendu celui qui ne s'éloignait jamais bien loin de lui, le zélateur du Dieu unique, Kredfast. Il entendrait les rapports des deux premiers en déjeunant. Slegur était doué d'une forte constitution, ce qui impliquait un solide appétit. Cependant, même pour un mangeur tel que lui, les victuailles qui garnissaient la table étaient exagérément abondantes. Élyhora tenait à démontrer que les réserve de la citadelle lui auraient permis de supporter un très long siège, une manière de souligner qu'il ne devait sa présence dans ces murs qu'à son bon vouloir.

Avant que Mader prît la parole, Kredfast se leva – une entorse à l'étiquette de plus en plus fréquente, ce qui ajoutait à la mauvaise humeur du stratège.

— N'est-il pas grand temps de s'intéresser aux autels des Solkstrandi ? Dans cette citadelle même, on trouve encore…

— Laissons-les s'obstiner dans l'erreur encore un peu, trancha Slegur.

— Ne redoutez-vous pas, Hartl-èr, que l'Unique se lasse de vos atermoiements ?

— Et ?

— Loué soit-il, il vous a gratifié d'une prompte victoire ! Cependant, l'armée de Vradh n'est pas anéantie.

Mader redressa la tête, prêt à saisir l'occasion de se lancer dans une diatribe stigmatisant l'incurie de Köttur, mais Kredfast ne lui en laissa pas le loisir.

— Le soutien de l'Unique pourrait vous manquer, s'il choisissait de vous rappeler à votre devoir envers lui, poursuivit l'Inspiré. N'oubliez jamais que, s'il a posé son onction sur votre poignet, il attend de vous que vous propagiez son culte !

— Comment l'oublierais-je, quand son apôtre ne cesse de me rabaisser en attribuant mes victoires à sa bienveillance plutôt qu'à mes mérites ?

Piqué au vif, Kredfast se cabra, narines pincées, doigts tremblants.

— Rassieds-toi ! gronda Slegur. Tu joueras les puceaux outragés plus tard, devant un autre public. Et vous autres, mangez ! Nous sommes entre nous, ici. Les simagrées ne sont pas de mise !

Kredfast s'exécuta, livide. Quand il était venu trouver son hartl pour l'entretenir de ce qu'il appelait lui-même son illumination, peu après lui avoir montré les merveilles qu'on pouvait attendre de la poudre fusante en modifiant un peu sa composition, Slegur lui avait prêté une oreille attentive. Aussi pensait-il l'avoir convaincu. Mais par la suite Slegur, tout en encourageant la diffusion de la doctrine, s'était montré moins pieux qu'il l'aurait souhaité. Au point que le soupçon empoisonna le cœur de l'Inspiré : la dévotion du hartl était-elle sincère ou avait-il sauté sur l'occasion de défier l'Axe-divin en devenant le champion d'un principe nouveau ? Kredfast regrettait à présent d'avoir cédé à Slegur, quand celui-ci lui avait demandé d'enseigner le secret de la poudre fusante à certains de ses officiers. Il s'était privé ainsi d'un moyen de pression plus concret que l'anathème.

— Des nouvelles de Köttur ? interrogea Slegur en se tournant vers Mader.

— Il nous promet un prochain triomphe, comme d'habitude, mais rien ne vient, grinça le stratège. L'armée de Vradh a amplement eu le temps de se reformer sur le Premier Plateau.

Il n'était pas reconnaissant à Slegur d'avoir épargné ses rhumatismes. Au contraire, il ne lui pardonnait pas d'avoir désigné un homme bien plus jeune que lui pour diriger la campagne qui devait parachever la victoire. Comme il ne pouvait tourner son amertume contre le hartl, il ne manquait pas une occasion de critiquer ou de railler le kwigar. Il ne put déverser sa bile, ainsi qu'il s'y apprêtait : un homme d'armes pénétra dans la salle, coupant court à son réquisitoire.

— Mille pardons pour cette intrusion, Hartl-èr.

De nombreuses cicatrices hachaient la trogne du maître-arbalétrier. Il avait lancé la formule de politesse d'un ton qui frisait la désinvolture. Pour autant, Slegur ne doutait ni du respect ni du dévouement du vieux soldat. Il donnerait sa vie pour sauver celle de son hartl. Combien, parmi ceux qui partageaient sa table, en seraient capables ?

— Si tu te l'es permise, c'est que tu as un motif sérieux, dit-il. Je t'écoute.

— Un homme demande à vous parler. En personne, il insiste là-dessus. Le gardien des geôles de la citadelle.

— Des geôles ? Skilf acceptait donc de nourrir des prisonniers ? Je le voyais plus enclin à les trucider sur place pour économiser une charge supplémentaire.

Mader et Laeknir s'esclaffèrent à cette mesquinerie. Kredfast demeura imperturbable. On pouvait lui reprocher bien des défauts, mais pas la flagornerie.

— Et que me veut le gardien des geôles solkstrandeei ?

— Soi-disant qu'il a des révélations.

— Qu'il entre. Il parlera devant mes conseillers, pour lesquels je ne saurais avoir de secrets.

— C'est que…

Il lorgnait sur la table, embarrassé.

— Eh bien ?

— Il pue comme une haleine de srige.

— Les cadavres aussi. Cela ne m'a jamais empêché de festoyer après une bataille.

Le soldat inclina la tête et se retira. L'individu introduit dans la foulée parut contrarié de trouver le hartl en compagnie.

— Parle, sans te perdre dans les détails, lui intima Slegur en mordant dans une cuisse d'oie confite. Et d'abord, qui es-tu ?

— Mon nom public est Pieux-servant. Le hartl Skilf m'a confié la garde des prisonniers qu'il maintenait dans ses cachots en attendant qu'ils passent devant le domar. Ou le bourreau, c'est selon. Ça, bien sûr, avant qu'il y tâte lui-même.

Slegur recracha une bouchée à demi mâchée pour ne pas s'étrangler.

— Tu veux dire que Skilf Oluf'ar est prisonnier, ici, à Solksborg ?

— Oui, enfin, il l'était.

Waard, constatant que sa révélation avait ferré le hartl, retrouvait un peu de l'assurance qui l'avait abandonné quand il avait pénétré dans la pièce.

— Jusqu'à cette nuit, précisa-t-il.

Et il déballa toute l'histoire, depuis l'arrestation de Skilf – sur les ordres d'Élyhora avec l'aide de ses fils et de Köttur, à ce qu'on racontait ! – jusqu'à son mystérieux transfert dans les communs.

Slegur partit d'un rire tonitruant. Oh oui ! Ce petit bout de femme que d'aucuns trouvaient insignifiant était admirable !

Quand il eut retrouvé son calme, il demanda :

— Je suppose qu'on exigeait de toi la plus grande discrétion. Et que c'est pourquoi tu as attendu aussi longtemps pour me livrer une information aussi importante.

La sueur inonda le front, le dos et les aisselles de Waard.

— Si fait, Hartl-èr.

— Pourtant, aujourd'hui, tu as décidé de trahir ce secret. Pour quelle raison ?

Waard prit une profonde inspiration. Son cœur s'emballait au point que sa lourde carcasse s'en trouvait ébranlée. La peur l'inspira.

— Même en l'état où il se trouve réduit, Skilf Oluf'ar demeure mon hartl. Et vous seul pouvez éviter, s'il n'est pas trop tard, qu'un malheur lui arrive.

Slegur prit ses conseillers à témoin :

— Voyez comme cet homme est admirable : sa loyauté est ainsi tournée qu'il admettait de traiter son maître comme de la canaille mais qu'il s'inquiète assez de son sort pour prendre le risque de s'avouer devant moi complice d'une tromperie à mon égard !

Waard avait l'esprit trop embrouillé pour donner un sens à cette phrase. Il en retint la menace contenue dans les derniers mots. Dans quel pot de merde s'était-il encore fourré ? Le sort des petites gens est-il donc d'être broyés chaque fois qu'ils approchent des grands ?

— Pareille abnégation mérite reconnaissance, enchaîna le hartl. Émets un vœu. Si ce n'est de t'emparer de mon bouclier, de mon cheval ou de mon sabre, je te l'accorderai.

Waard écarquilla les yeux, n'osant croire à sa bonne fortune. Non content de ne pas le punir, le hartl entendait le récompenser ! Les mots se coincèrent dans sa gorge, dont ne sortit qu'un incompréhensible gargouillis.

— Allons ! le bouscula Slegur. Presse-toi, avant que je me ravise et considère que, somme toute, tu m'as tout d'abord manqué de respect !

— Hartl-èr, je n'ai pas toujours été gardien de prison. Autrefois, c'est un pont que je gardais. J'aimerais, enfin, si cela vous convient, si vous l'estimez possible, j'aimerais quitter ce cloaque et retrouver mon état.

— Voilà un souhait bien raisonnable. Et facile à exaucer. Quel pont m'as-tu dit ?

— L'ancien Storbir, Hartl-èr.

— Celui qui s'est effondré ? Décidément, tout ce qu'on confie à ta garde disparaît, on dirait ! Je me demande si je ne serais pas mieux avisé de reprendre ma parole.

— N'en faites rien, Hartl-èr. Pour le hartl Skilf, je ne dis pas, j'aurais dû être un peu plus vigilant. Mais le Storbir, je n'y suis pour rien… Tout est de la faute du diseur de mots, celui qu'on appelle Bouche-d'or !

— Ne crains rien. Ce qui est dit est dit, quand le nouveau pont sera achevé, tu en deviendras le gardien.

Waard faillit défaillir à cette annonce. Il se serait contenté d'un pont médiocre, sur un affluent secondaire. Et Slegur lui offrait le plus beau jamais construit ! Se confondant en remerciements, il reflua précipitamment vers la porte avant que le hartl change d'avis.

Quand il eut disparu, Slegur empoigna la cuisse d'oie qu'il avait abandonnée, se ravisa pour saisir une pomme dans laquelle il planta des dents encore solides, bien que chaque saison l'éloignât de la jeunesse. Puis il se tourna vers ses conseillers :

— Voilà un homme heureux qui ne cessera de chanter mes louanges aux voyageurs qui emprunteront le pont.

— Il faut tout de suite envoyer les archers sur la trace de Skilf, s'écria Mader.

— Ne te donne pas cette peine ! Il m'est avis que nous ne tarderons pas à avoir de ses nouvelles. Et je peux te prédire qu'elles seront mauvaises.

Chapitre 23

— Hartl-èr, je suis porteuse d'une triste nouvelle.

Sous le baudrier qui soutenait le sabre dont elle ne se séparait plus, Élyhora portait de nouveau une robe blanche. Pour autant, elle n'affichait aucun signe de l'affliction qui, en principe, accompagne le deuil.

— Laissez-moi deviner. On a retrouvé Skilf Oluf'ar ?

— Une des corvées chargées de rassembler les restes des malheureux qui ont été précipités dans le Sykur lors de l'incendie de la ville basse a retrouvé sa dépouille. Les sriges l'ont outragée, néanmoins aucun doute n'est possible.

— Allons voir ça ! Je suis désolé d'imposer cette épreuve à une épouse aimante, mais je tiens à ce que vous m'accompagniez.

Elle ignora le sarcasme.

— Je serai donc témoin de votre jubilation, répliqua-t-elle, acide, en le précédant.

On avait allongé le corps dans la salle d'audience, sur les hauts sièges, après en avoir, comme l'exigeait l'usage, démonté les dossiers. Dans l'auge à feu, on avait répandu des cendres froides. Un drap couvrait ce qu'il restait du hartl.

D'après son relief, on devinait qu'il en manquait beaucoup. La face, seule découverte, demeurait intacte bien que maculée de sang. Un rictus narquois tordait les lèvres du mort, comme s'il se moquait de l'ennemi qui se penchait sur lui. Slegur détourna le regard du cadavre pour le poser sur la veuve.

— Ainsi, on l'a trouvé ce matin, à moitié dévoré par les sriges ?

— En effet.

— Une chance qu'elles aient épargné son visage. Sinon, nous ne pourrions pas avoir de certitude. Pourtant, ne dit-on pas qu'elles commencent leur festin par les yeux ? Sans doute les dieux du Solkstrand n'ont-ils pas permis qu'il soit attenté à la dignité d'un si haut personnage.

Élyhora se raidit imperceptiblement, sur ses gardes. L'ironie de Slegur n'était pas gratuite.

— Un homme remarquable, poursuivait-il, dont la charogne, au bout de tous ces jours, pue moins que le gardien de ses geôles.

Le sous-entendu n'échappa pas à Élyhora.

— Soit, céda-t-elle. Je vous ai caché certains… détails. Comprenez-moi. J'ignorais en quelles dispositions vous seriez à mon égard, même après que je vous aurai livré Solksborg. J'avais besoin d'une garantie. Ou d'une monnaie d'échange, comme il vous plaira de le considérer.

— Votre complice était avisé de la présence de votre époux dans sa propre prison ? Vous savez, le kwigar qui nous a présentés.

Dans l'ignorance de ce que Slegur savait, Élyhora joua la carte de la vérité.

— Köttur Hund'ar ? Il a assisté à son arrestation.

— Vous paraissez dans les meilleurs termes avec celui à qui j'ai confié la poursuite des opérations militaires.

— Et pourquoi non ? Ne lui ai-je pas ouvert les portes de la cité ?

— Sous condition de ne pas me la livrer intacte.

Elle baissa la tête, telle une gamine prise en faute, sans remarquer que cette attitude trop humble agaçait son interlocuteur.

— Je n'avais nulle intention de vous porter tort, plaida-t-elle. C'est Skilf que je voulais atteindre. Ne voyez dans ce caprice que la vindicte d'une femme attachée à l'honneur de sa famille, auquel il avait attenté. Sans doute ai-je eu tort de m'emporter. Mais telle est ma nature : je suis rancunière.

C'était le moins qu'on pût dire. Du moins si on croyait à sa contrition, ce qui n'était pas le cas de Slegur. De quoi était capable une femme qui qualifiait de caprice l'incendie d'une ville ?

— Quoi qu'il en soit, eut-elle le front d'ajouter en relevant le menton, le résultat est là. Que Skilf ait trouvé la mort lors de l'incendie de Solksborg, un peu plus tard en chutant alors qu'il essayait de fuir ou en n'importe quelle autre circonstance, quelle importance ? L'essentiel est que plus rien, désormais, ne s'oppose à *notre* plan.

Elle avait prononcé ces derniers mots avec l'accent d'une amante. Seconde erreur.

— Plus rien en effet, ricana Slegur.

Élevant la voix, il lança à la cantonade :

— Qu'on dresse un bûcher funéraire dans la grand-cour. Que les honneurs dus à un hartl soient rendus à Skilf Oluf'ar. Je ne tolérerai pas la moindre manifestation d'hostilité ou de raillerie à son égard.

Revenant à Élyhora :

— Plus rien, répéta-t-il. Mais ne vous avisez plus jamais de me cacher quelque chose, ou de me manquer en quelque façon. Rappelez-vous que, moi aussi, je peux éprouver de la rancœur. À propos, qui d'autre a assisté à la capture de Skilf Oluf'ar ? Qui d'autre connaissait sa présence dans cette enceinte ?

Elle livra les noms, sans omettre ceux de ses fils.

Chapitre 24

— Le Monde, dit Oddi, enfin, ce que nous appelons le Monde, est la partie émergée d'un ensemble plus vaste, une sphère condensée par le froid qui tourne autour du feu qui la réchauffe, comme Varka, le soir, danse autour du foyer.

C'était l'un de ces paradoxes dont il se montrait friand. La conversation avait commencé sur la raison pour laquelle les géographes considéraient le Dàstadir comme le centre du Monde, et aucun des trois n'aurait été capable de restituer par quels méandres ils en arrivaient à cette conception provocante.

— Si tu dis vrai, nous devrions tomber en nous éloignant du centre.

— Agni répondrait que la vàarma du Monde empêche sa dispersion et nous attache à lui. On peut aussi penser qu'il est si vaste que, localement, il paraît plan.

— Tu ne dis rien, diseur de mots ?

Kelt, en effet, préférait ne pas prendre position. Il redoutait d'aboutir à une catastrophe, en forçant la réalité à se conformer à une opinion érigée soudain au rang de vérité. Il se cacha derrière une banalité qui n'entraînait pas de conséquences :

— Je dis qu'il y a souvent une différence entre l'apparence et ce qui est.

De crainte qu'elle ne se satisfasse pas de cette dérobade, il enchaîna :

— Je vais voir si Agni n'a besoin de rien.

L'état de l'alchimiste n'avait cessé d'empirer. Il ne se levait plus guère. Sa peau se parcheminait, ses narines se pinçaient. Une sueur fébrile sourdait de son front chaque fois qu'une toux sèche déchirait ses poumons et usait un peu plus ses dernières forces.

Kelt poussa un gobelet entre les lèvres tremblantes. Agni avala deux gorgées, mais refusa le fruit que le diseur de mots lui proposait.

— Quand ma vàarma se sera dissipée, murmura-t-il, tu devras veiller sur Oddi.

Il ferma les yeux. Sa respiration, à défaut d'être profonde, devint plus régulière. Kelt se leva avec précaution, pour ne pas le réveiller. Une quinte s'en chargerait. En attendant, le vieillard oubliait sa souffrance.

— Elle vient, annonça Oddi quand il le rejoignit.

— Qui ?

Il songeait à la Visiteuse.

— La femme tatouée, répondit Varka en désignant une ombre qui se glissait entre les claustras.

— La patience est un leurre, affirma Kelt. Nous sommes venus de loin dans l'espoir que l'Axe-divin retiendrait le bras de Slegur Skogurs'ar. Mais nous avons trop tardé, le sang des hommes a déjà rougi les eaux du Stor.

La rancœur qu'il exprimait n'émut pas la femme tatouée. Elle laissa tomber, dédaigneuse :

— Aucun de vous, même toi, diseur de mots, n'est indispensable au maintien du Monde. Se débattre permet à celui qui se noie de survivre un peu. Mais, au final, il s'enfoncera dans l'eau noire avant d'avoir appris à nager.

Varka s'apprêtait à répliquer vertement, quand Oddi la coupa dans son élan.

— Verrons-nous l'Axe-divin ?

— Bien que, dans son omniscience, l'Infinie Sapience connaisse déjà la raison de votre venue, elle vous fera la grâce de vous écouter. Permettez-moi de vous présenter le hemsend Herd.

Jusqu'à présent dissimulé derrière un claustra, un homme surgit, tel un histrion à l'annonce de son entrée en scène. Les symboles des huit horizons répartis autour de son crâne entièrement rasé, les huit tresses qui animaient une barbe qui virait au blanc, les passements rehaussant sa tenue révélaient un dignitaire. Mais il n'était pas l'Axe-divin ! Kelt ne consentit aucun effort pour cacher sa déception.

Sans s'en inquiéter, le nouveau venu s'allongea sur la dalle frappée des symboles cardinaux, en veillant à placer sa tête sur celui du Sanglier. Ainsi étendu sur le dos, bras et jambes écartés, il complétait le schéma archétypal par l'image du Dà brodé sur sa chasuble à hauteur de son nombril. Il ferma les yeux, tandis que la femme tatouée, s'accroupissant à son côté sur une sellette d'ivoire, saisissait son poignet dans la main gauche et ouvrait la paume droite vers les visiteurs.

— Maintenant, parlez, ordonna-t-elle.

Interloqué, Kelt se tourna vers Oddi. Celui-ci manifestait la même inertie que lors de la première rencontre avec la femme tatouée. Irrité par cette attitude autant que par le cérémonial qui, à ses yeux, n'avait qu'une finalité, les maintenir éloignés de la Souveraineté Suprême, Kelt s'insurgea.

— C'est à l'Axe-divin que le fils du hartl Skilf Oluf'ar est venu délivrer son message.

— Aussi la Souveraineté Suprême vous écoute-t-elle, répondit la femme. Par l'intermédiaire du hemsend.

Kelt allait répliquer, quand Oddi se décida enfin. En quelques phrases brèves, il rappela la situation et sollicita l'envoi de secours pour le Solkstrand. Il usait d'un ton neutre, dénué de passion. Terne. Déjà résigné à essuyer un refus.

Kelt bouillait intérieurement. Pourquoi la Vérité ne se manifestait-elle pas ? Pourquoi sa langue n'était-elle pas en train de prononcer la parole efficace qui limiterait, à défaut de l'empêcher, le massacre dont il avait eu la vision ?

— Tu as parlé, constata la femme tatouée quand Oddi se tut. L'Infinie Sapience t'a entendu. À présent…

Elle sursauta, surprise de voir le hemsend se redresser. Le dignitaire ouvrit les paupières, tourna ses yeux révulsés vers Varka, pointa sur elle un doigt agité d'un tremblement convulsif. La femme tatouée se leva à son tour. Déséquilibrée, la sellette tomba. La femme fixait tantôt le hemsend, tantôt celle qu'il désignait. Varka, effrayée par le regard aveugle du truchement, recula d'un pas. Kelt se rapprocha d'elle.

Held se laissa retomber sur la dalle, bave aux lèvres. Décomposée, la femme tatouée respirait bruyamment, comme si elle reprenait sa respiration après un effort trop important pour sa cage thoracique. Elle clignait des yeux et sa voix était peu assurée quand elle dit :

— L'Axe-divin t'admet dans le Dàstadir, en sa Sublime Présence.

Varka consulta ses compagnons du regard. Elle sourit à tout hasard, incertaine d'avoir saisi ce que les paroles de la femme signifiaient. Allaient-ils entrer en contact avec l'Axe-divin sans plus passer par l'intermédiaire du hemsend ? Celui-ci émergeait de sa transe. Il considéra Varka avec un mélange d'étonnement et de considération.

— J'aurai l'honneur d'être votre guide, Fille des étoiles, annonça-t-il en posant les mains sur son front, à la mode des nomades.

Malgré ce gage de révérence, il intimait un ordre. Varka ne savait si elle devait se réjouir du privilège qui lui était accordé ou s'en inquiéter. En elle, la fille farouche se cabra :

— Je suis très honorée, mais notre ambassade se compose de quatre personnes.

— C'est vous que l'Infinie Sapience désire rencontrer. Néanmoins vos compagnons pourront vous accompagner jusqu'au Dàstadir. Ensuite, la décision relève de la Suprême Souveraineté et d'elle seule.

Varka avait dit : quatre. En fait, ils ne seraient que trois. Agni était désormais trop faible pour se lever. Oddi hésitait à l'abandonner.

— Je le veillerai, décida la femme tatouée.

Au prix d'un effort insurmontable, l'alchimiste leva la main vers son ami. Tous comprirent qu'il s'agissait d'un adieu.

Laissant les chevaux au pavillon, ils gagnèrent la rive du lac en empruntant non une radiale mais l'un des innombrables sentiers qui couraient dans les jardins. Une fois de plus, les voyageurs purent constater le parfait ordonnancement de la végétation. Se disciplinait-elle d'elle-même pour parvenir à de telles harmonies ? En ce lieu, tout était possible.

Une embarcation attendait près de la rive, sans amarres. L'eau était si transparente qu'il était difficile de distinguer la ligne de flottaison.

Ni voile ni avirons : l'esquif s'éloigna lui-même du rivage dès qu'ils eurent embarqué, sans troubler la sérénité de la surface ni tracer de sillage.

Kelt avait eu raison de supposer une absolue limpidité aux eaux du lac. Très vite, les galets multicolores du fond laissèrent place à l'image d'un ciel nocturne. Pourtant, au-dessus de leurs têtes, il faisait grand jour.

La nacelle se rangea le long d'un ponton. Huit femmes tatouées les attendaient.

Ou plutôt elles attendaient Varka, qui se vit entourée, couronnée de fleurs, parfumée. À son vêtement jugé trop fruste on substitua une robe tissée avec des toiles d'araignées sikeei. Chacun de ses mouvements irisait l'étoffe.

Le cortège traversa plusieurs cours cernées par des portiques. Il semblait que chaque colonne, chaque pilastre avait été taillé dans un matériau différent, de même que, sur les toitures, chaque tuile se distinguait des autres par une couleur unique. Il se dégageait néanmoins de l'ensemble un équilibre et une harmonie sans faille. À quelque endroit qu'on se trouvât, les perspectives, appuyées par des jeux de miroir, convergeaient vers le Dàstadir, le centre des centres, à l'intérieur duquel se dressait la Dàsten sur laquelle, nuit et jour, l'Axe-divin veillait à la cohésion du Monde.

De l'extérieur, le pavillon assis sur un tertre et surmonté d'une coupole tranchait par sa sobriété avec le reste du palais. Huit portes perçaient le mur circulaire dépourvu de parement. Chacune correspondait à un horizon, mais nul signe gravé dans le grain serré de leur bois ne le rappelait.

L'huis tourna sans bruit sur des gonds bien graissés à l'approche du cortège.

L'intérieur surprenait par ses dimensions. L'habileté des architectes conférait aux volumes une ampleur que ne laissait pas prévoir l'enceinte extérieure. Là encore le dénuement prévalait. Rien, dans le décor, ne venait détourner l'attention des trois pierres dressées sous la lumière de l'oculus qu'occupait l'Axe-divin.

Les psalmodes regroupés en cercle autour de la Dàsten n'interrompirent pas leur chant monotone, la singlà, dont le rythme synchronisé sur la respiration du Monde, obtenu par la récitation en canon des noms de toutes les divinités, favorisait sa communion avec la Souveraineté Suprême.

Held et les hemsendi qui s'étaient joints à la procession s'arrêtèrent au seuil. Les femmes tatouées franchirent trois rangs de psalmodes pour s'agenouiller parmi ceux du cinquième.

— Approchez, émissaires du Solkstrand.

Impossible de déterminer si la voix qui s'élevait derrière la fumée des lourds brûle-parfums de bronze appartenait à une femme ou à un homme.

— Qu'on nous laisse seuls, ordonna l'Axe-divin.

L'injonction devait être inhabituelle : il y eut un peu de flottement parmi les psalmodes sur lesquels un silence incongru s'appesantit. Puis chacun emprunta l'horizon auquel il était consacré. La salle se vida en quelques secondes.

Les fumées se dissipèrent d'un coup, dévoilant la Sublime Présence. Par réflexe, Varka baissa les yeux. Mais, la curiosité aidant, elle ne tarda pas à relever le regard sur la comanifestation.

Elle fut surprise par sa taille ordinaire. Et médusée par son androgyne beauté.

Ses compagnons demeuraient tout aussi interdits qu'elle, pénétrés par le souffle de cet être réputé assurer la cohésion du Monde, frémissants sous le feu de ses prunelles aux tons fluctuants. Ils auraient été surpris de savoir leur émoi partagé.

Ainsi, songeait Gydja, c'étaient eux. Un gros homme timide, un diseur de mots qui, effarouché par son talent, s'y empêtre et une flamme vive qui ignore le sien. Il a suffi que le hasard fasse se croiser leurs chemins pour que frémisse la Dàsten…

Elle ne tremblait pas encore, il était trop tôt pour cela, mais un jour, à cause de ces trois-là, elle vacillerait. Et ces lourdauds de hemsendi, se trompant comme d'habitude dans l'interprétation des Signes, attribueraient le séisme aux agissements erratiques de quelques bretteurs ambitieux. Ils chercheraient à écraser du talon des escarbilles sans voir que déjà l'incendie avait éclaté dans leur dos.

Mais cela, ce serait au Parfait des Parfaits, à l'Absolu né pour les éclipser, de s'en débrouiller !

— Approche, Fille-farouche !

Elle obéit, sans crainte ni espérance, comme anesthésiée par la caresse de son regard.

— Danseras-tu pour moi ?

La requête prit Varka au dépourvu.

— S'il te plaît, insista la Suprême Souveraineté.

La Helgee avait déjà vu un sourire semblable, sur le visage d'une vieille femme. Il avait accompagné une partie de son enfance. Il avait scellé des paroles terribles, quand, dans l'ombre de la Visiteuse, l'Aïeule avait tracé son chemin. Le pied de Varka se souleva malgré elle. Et elle dansa.

Elle dansa le désarroi qui s'était emparé d'elle ce soir-là. Elle dansa sa révolte et la détestation dans laquelle elle avait tenu le voyageur qui la promettait à une destinée funeste. Elle dansa le déchirement de la séparation, la joie des retrouvailles, l'élan qui la poussait vers le diseur de mots. Elle ne cacha pas la détresse que lui avaient procurée les révélations arrachées à Hòggni, ni sa jalousie, ni sa hargne à triompher d'un souvenir. Elle dansa la langueur et la fureur de l'amour, le triomphe des corps possédés par le désir, la douceur de s'endormir dans la tiédeur de l'autre, le plaisir que procure au-delà des mots la sonorité d'une voix. Elle dansa le grain, le fumet d'une peau, le goût d'une humeur. Elle dansa le désordre, l'agitation, l'ouragan, la tempête. Elle dansa l'amour.

Et tandis qu'elle dansait Gydja comprit pourquoi rien ni personne dans ce monde n'empêcherait la Dàsten de trembler.

Rien. Personne. Pas même deux comanifestations.

Alors, pour la première fois depuis la nuit des temps, l'Axe-divin éclata d'un rire qui, partout, provoqua l'essor des oiseaux, affola les bêtes au fond de leurs terriers et mit en branle les troupeaux. Un rire qui dépassa les limites du Monde pour retentir jusqu'en Urskogar.

Là, une créature d'ombre rejeta en arrière sa tête couronnée de cornes et lança un long brame.

Varka, genoux et mains au sol, haletait, le souffle consumé par la fougue de ses mouvements. La sueur collait à son corps l'étoffe devenue diaphane. Alors on vit cette chose inédite, incroyable : l'Axe-divin s'éloigna de la Dàsten et lui tendit la main pour l'aider à se relever. Se tournant vers les deux témoins de cet événement :

— Je vous accorde à chacun une question, dit-il.

Le visage d'Oddi reflétait son déchirement. D'un côté, il pouvait obtenir de la Suprême Sapience la réponse à l'une des innombrables interrogations qui se bousculaient la nuit dans sa tête ; de l'autre, il y avait sa mission.

— Viendrez-vous au secours du Solkstrand ? choisit-il de demander.

— Arracher à leur foyer des innocents que ne concerne en rien le bassin du Stor, leur infliger bien des souffrances, les confronter avant leur heure à la mort pour une péripétie qui ne compromet pas l'ordre du Monde ? Cela en vaut-il la peine ?

— Slegur ne cherche pas seulement à s'emparer des terres et piller les richesses d'un voisin. En prêchant un culte nouveau, il veut s'emparer des esprits pour mieux asservir les corps.

— Patience. Le mal est circonscrit. S'il s'étend, il sera temps de réagir.

Oddi voulut argumenter, mais l'Axe-divin détourna le regard pour le plonger dans celui de Kelt.

— Où se situe Urskogar ? interrogea celui-ci.

— Là où tu n'es pas. Là où tu n'aurais jamais dû être. Là où, par ta faute, le temps passe désormais plus vite.

La voix ambiguë de l'Axe-divin n'avait rien perdu de son égalité, mais Kelt y perçut un soupçon d'irritation. La question avait surgi d'elle-même, et maintenant il était trop tard. Kelt ne pouvait détacher le regard des iris aux teintes fluctuantes de la comanifestation. Il n'avait connu qu'une personne avec des yeux semblables, et c'était une dirse.

Mais l'étrange regard se déroba.

— Et toi, Fille-farouche ? Quelle est ta question ?

— Comment serait-on libre, si on ne peut échapper à sa destinée ? demanda-t-elle les larmes aux yeux : la question de Kelt l'avait foudroyée.

Un sourire mélancolique tendit les lèvres de Gydja. Ce doute qu'elle exprimait, combien de fois ne l'avait-il pas taraudé ?

— Il est piquant que tu me poses une question à laquelle ta danse vient de répondre. Le destin existe, Fille-farouche, parce que rien ne peut empêcher que d'une cause découle un effet. Et non l'inverse. Jamais un effet n'a provoqué sa cause. Du moins, dans ce monde.

Les brûle-parfums dégageaient à nouveau des fragrances épaisses.

— Et cela vaut aussi pour toi, diseur de mots, ajouta Gydja en reprenant place sur la Dàsten.

Arrivé au sommet de la pente, Oddi se retourna pour contempler Dàsborg une dernière fois. Les toits qui émergeaient des ramées composaient des figures semblables aux jets de sable coloré grâce auxquels les vaticinatrices de Brusandsborg prétendent déchiffrer l'avenir – pratique que dénoncent, avec la dernière énergie, les astrologues et les géomanciens.

Kelt, au contraire, poussa son cheval en avant. Varka conduisait la charrette, dans laquelle reposait la dépouille d'Agni.

Ils l'avaient découverte à leur retour. Avant de s'éclipser la femme tatouée avait procédé à la toilette rituelle, telle qu'on la pratiquait au Heldmark.

En témoignaient l'amulette glissée entre ses gencives édentées et la cordelette de laine qui joignaient ses poignets et ses chevilles.

La mort de l'alchimiste ne les avait pas surpris. Il avait lui-même annoncé que sa vàarma était sur le point de se disperser. Son cadavre en contenait encore juste assez pour maintenir sa forme pendant quelques jours. Puis commencerait le pourrissement de la chair. Sans se concerter, ils tombèrent d'accord sur l'incongruité – la profanation ? – que constituerait un bûcher funéraire à Dàsborg. Il fallait pourtant bien que les discrets mais réels habitants du lieu en dressent un de temps en temps. Mais les étrangers ne se sentaient pas légitimes à troubler la sérénité de la cité palatiale par la crémation d'un des leurs.

Ils avancèrent encore une lieue avant de trouver un emplacement qui leur parut convenir. Ils ramassèrent le petit bois dans un bosquet proche. Les bûches, ils les avaient trouvées au bord de la radiale. On les avait rassemblées là, de toute évidence, à leur intention. Ils les amassèrent autour de la charrette.

Les flammes s'élevèrent rapidement. À travers elles, on devinait un noyau plus sombre. Déjà ratatiné de son vivant, le corps d'Agni ne tarda pas à disparaître.

Oddi paraissait très affecté par la perte du vieillard.

— Je n'aurais pas dû lui demander de m'accompagner, soupira-t-il quand ils se furent remis en route. Il n'avait plus la force d'entreprendre un tel périple.

— Il voulait tant voir l'Axe-divin.

— Il n'aura aperçu que l'ombre d'un hemsend derrière une cloison d'osier.

Varka était de sombre humeur. Elle partit en chasse. Du moins fut-ce le prétexte qu'elle invoqua pour s'isoler. Elle trouva un peu de réconfort dans le galop du cheval. Elle ne lassait pas de ces courses où elle faisait corps avec sa monture, s'abandonnant au plaisir animal de sentir le vent dans ses cheveux, le mouvement de la bête entre ses cuisses. Cependant, ce jour-là, elle ne parvint pas à se défaire entièrement de sa tristesse. Kelt savait se taire. Hòggni savait garder un secret. Mais, elle, elle avait eu l'habileté d'arracher au Horsto, sans en avoir l'air, des bribes de confidences. En les mettant bout à bout, elle avait finit par reconstituer l'histoire du diseur de mots.

Bien sûr, elle n'était pas jalouse de la dirse. Peut-on l'être à l'encontre d'une créature appartenant à un monde en principe inaccessible aux mortels ? Æsa appartenait au passé de Kelt, et cela, elle n'y pouvait rien changer. Elle, la Fille-farouche, emplissait son présent. Ce décalage constituait à la fois un désavantage et une force. D'ailleurs, Kelt avait cessé de prononcer le nom de l'autre pendant son sommeil. Et il avait traversé un nombre considérable de commanderies sans plus y rechercher les pierres des hommes anciens. Vraiment, elle n'avait aucune raison d'être jalouse.

Sinon que la seule question qu'il avait posée à l'Infinie Sapience concernait la forêt hantée par sa rivale !

Un grignoteux coupa sa route. Sans ralentir sa monture, elle lui décocha une flèche et le manqua.

Un jour, Hòggni lui avait dit : « Il t'aime, c'est certain, mais il a une épine plantée dans le cœur.

Et chaque fois que ce cœur bat pour toi, il saigne un peu à cause d'elle. »

Était-ce une consolation ? Le Horsto lui manquait. Pourquoi était-elle tombée amoureuse du diseur de mots, et non du « gentil sanglier » ainsi qu'elle le surnommait souvent par taquinerie ? La trogne porcine du Horsto apportait à cette question purement formelle une réponse évidente, à défaut d'être avouable. Elle préférait penser, avec l'Aïeule, que telle était sa destinée. Avant Kelt, elle coulait des jours tranquilles auprès de ceux qui étaient devenus les siens. Elle croyait connaître son avenir. Elle s'était résignée à devenir la bru de Braise-ardente. Sans enthousiasme, mais sans dégoût. Deux-bigornes en valait bien un autre et, à la façon dont il la regardait, elle avait vite compris qu'il danserait sur sa musique. Et voilà que la vieille, sur son lit de mort, lui avait ouvert un autre chemin. Elle le trouvait bien rocailleux. Enfin quoi ? Pour se sécher, le thung aurait pu gagner n'importe quelle auberge ! Mais non. Il avait fallu qu'il choisisse le foyer des Helgi !

Après avoir manqué un volpi, elle renonça à la chasse. Trop nerveuse.

— Tu rentres bredouille, Fille-farouche ? s'étonna Oddi. C'est bien la première fois depuis que nous avons quitté Skriftbjarg.

— Aucune importance, affirma Kelt. Nous avons des réserves pour deux ou trois jours.

Quand les archers avaient emmené Bouche-d'or, à la foire de Norg, elle avait cru mourir, comme s'ils lui arrachaient un morceau d'elle-même. Alors elle s'était raccrochée aux paroles de l'Aïeule. La vieille avait le don, elle ne parlait pas en vain. Encore moins au moment de rejoindre le grand tout où chacun apporte son lot de vices et de vertus. Dans ces cas-là, la Visiteuse accorde à ceux dont les mérites l'emportent sur les fautes la vision du creuset où le passé et le présent s'unissent pour enfanter l'avenir. Et quand elle l'avait revu, échoué sur la plage, elle n'avait plus combattu contre elle-même. Elle ne comprenait pas bien comment articuler cette reddition avec le propos de l'Axe-divin sur la destinée. Mais elle savait ce qu'elle avait voulu, sur cette plage battue par les vagues, ce qu'elle voulait encore, et son corps conservait la mémoire de chacun des pas qu'il avait dansé au pied de la Dàsten.

Mettant une sourdine à son ressentiment, elle se jeta dans les bras de Kelt, plaqua ses lèvres contre les siennes avec une telle fougue qu'un goût de sang emplit sa bouche.

— Oublie-la, diseur de mots, souffla-t-elle à l'homme interloqué par cette fureur. J'ai dansé pour toi l'invite, je t'ai demandé et tu es venu à moi. Nous sommes les Jorn et Koli d'une ère nouvelle. Je ne la laisserai jamais te reprendre !

Chapitre 25

Le sol crayeux, constellé d'herbes lépreuses, devenait blafard sous un ciel de cendre. Le vent forcissait, au point que les hampes des étendards ployaient, tandis que leur soie claquait comme un fouet. Les hommes se penchaient pour résister aux rafales. Vradh s'en réjouissait. Soufflant en direction de l'ennemi, il allongerait le tir des archers et, voulait-il croire, réduirait la portée et la précision des flèches ardentes. Cette fois, la surprise ne jouerait pas. Pour autant, tous redoutaient l'arme nouvelle à laquelle ils attribuaient le désastre du Stor. Les chevaux avaient, eux, un autre motif de nervosité : la pénombre prématurée. La lumière devenait de plus en plus crépusculaire. La nuit tombait en plein milieu de la matinée. Le ciel revêtait une couleur uniforme. Il n'était plus qu'un bloc compact, sans nuances, la matière indifférenciée dont les huit forces animales avaient pétri le Monde avant de lui insuffler les orients.

L'armée de Vradh occupait une éminence, dominée par un mamelon où le connétable et sa garde rapprochée avaient pris position. La pente qui y menait n'était guère escarpée mais sillonnée de profondes ravines propres à gêner une charge de l'adversaire. À supposer qu'il se résolve à attaquer. Pour l'heure, les troupes de Köttur se maintenaient hors de portée des archers. Des feux s'allumèrent, d'autant plus visibles que l'obscurité s'épaississait encore.

Enfin, Köttur se décida.

Comme prévu, l'assaut commença par un tir nourri de flèches ardentes. La plupart, contrariées par le vent, s'écrasèrent avant d'atteindre les premiers rangs. Les autres se dispersèrent, perdant de leur efficacité. Beaucoup tombèrent sans exploser. Cependant, leur portée restait supérieure à celle des archers. L'ennemi resta sur ses positions : Köttur préparait une deuxième salve. Sans doute serait-elle mieux ajustée. Contre cette menace, une seule parade : la mobilité.

Les cors sonnèrent la marche en avant. Au mépris des usages, Vradh abandonnait l'avantage du terrain pour prendre l'initiative de l'assaut. Avant même que ses archers aient lancé leur première volée, ses piétons dévalaient la pente.

Pressée d'en découdre, la cavalerie s'ébranla à son tour. Les ravines, qui apparaissaient au début de la rencontre comme un avantage pour les Solkstrandi, devenaient dans ces circonstances autant d'embûches. Les plus audacieux y lançaient leur monture, au risque de casser leur élan ou, pire, de se rompre le cou dans une chute. Les autres les contournaient, en rangs resserrés que gênait leur propre piétaille. Ils n'hésitèrent pas à désorganiser les rangs en forçant le passage.

Un gigantesque éclair fendit le ciel, jetant une lumière livide sur la vague qui déferlait. Répondant à l'inversion des rôles que lui imposait Vradh, Köttur ordonna d'adopter des positions défensives avant le choc. Le fracas du tonnerre, à ce point puissant que le sol en trembla, couvrit les appels de ses hérauts.

Une goutte s'écrasa devant Vradh, grosse comme le poing, prélude à une cataracte. Les nuages, accumulés sur une épaisseur formidable, se vidèrent d'un coup, mêlant la grêle et des flocons aux trombes d'eau. Les dos ployaient sous ce déluge glacé. Le sol n'avait pas le temps d'absorber la masse liquide qui le submergeait.

Quand les combattants entrèrent au contact, ils avaient de l'eau bien au-dessus de la cheville. Elle se mêlait à la craie pour former une boue blafarde. Le sol se dérobait sous les semelles. Les chevaux glissaient, entraînant dans leur chute les cavaliers alourdis par leur armure. Ravines et dépressions se muaient en torrents, en lacs. Y choir, c'était se noyer dans une fange froide, et l'on y tombait souvent, il n'était pas besoin pour cela de blessure.

Les éclairs s'enchaînaient à une telle cadence qu'ils jetaient sur la mêlée une lueur permanente. Continu aussi était le roulement du tonnerre qui couvrait les cris des combattants, le hennissement des chevaux, l'aboiement des chiens de guerre et perturbait la transmission des ordres. À Hòggni, affecté à la garde rapprochée du connétable, ce déchaînement en évoquait un autre : la tempête si mystérieusement levée sur la flotte pirate. Si le diseur de mots n'avait pas été si loin, le Horsto lui aurait sans hésiter imputé cet orage. De cendreuse, la boue devenait rougeâtre. Il en surgissait des formes fantomatiques, soldats des deux camps confondus dans la même lividité. D'ordre de bataille, il n'était plus question. Chacun ferraillait pour défendre sa peau, se démenait pour ne pas se coucher dans la fange. Souvent, ce n'était qu'après s'être défait d'un adversaire qu'on s'avisait qu'il portait la même livrée. Les bardaghi qui essayaient de se regrouper pour une charge en étaient empêchés, autant par les accidents du terrain que par les hastaires qui dressaient des hérissons sur leur chemin, tandis que les chiens attaquaient leurs montures aux pattes.

Dans cette confusion, Vradh avait tout de même un motif de satisfaction. L'ennemi était contraint de renoncer aux flèches ardentes : si la pluie et le vent perdaient de leur vigueur, les combattants étaient désormais tellement imbriqués les uns dans les autres qu'elles s'avéraient inopérantes.

Depuis son promontoire, le connétable essayait de jauger la situation, mais les deux armées ne formaient désormais plus qu'une mêlée grouillante. Les cavaliers, définitivement débandés, sabraient les piétons qui profitaient de leur éparpillement pour tenter de les désarçonner. On aurait dit autant d'écueils battus par la tempête. La boue masquait les couleurs. Les rares étendards que le vent n'avait pas arrachés étaient devenus indéchiffrables à distance. Tout au plus devinait-on à des remous plus violents la ligne des affrontements. Elle se rapprochait dangereusement de Vradh.

Une flèche ardente, la première depuis des heures, déchira le ciel au-dessus du mamelon, beaucoup trop haute, mais bien dirigée.

— Connétable-èr, l'ennemi vous a repéré, s'écria son porte-enseigne. Vous devriez vous mettre à l'abri !

Pour toute réponse, Vradh lui asséna du plat de son sabre un coup qui fit sauter la charnière de son couvre-face. Ce blanc-bec le prenait pour un lâche ? Pourtant, il avait raison. D'autres tirs convergèrent vers sa position. Inefficaces, car mal ajustés, mais cela montrait que la pluie n'était plus assez serrée pour gêner les artificiers.

— Connétable ! Par le Cerf !

Le compagnon avait à peine lancé son alerte qu'une flèche lui crevait l'œil. Egg-le-Contrefait, le porte-écu de Vradh, eut tout juste le temps de lever son bouclier pour empêcher que le connétable connût un sort semblable ; dévié par le bord du pavois, le trait alla se perdre un peu plus loin. D'autres membres de la garde rapprochée eurent moins de chance. Autour de Hòggni, deux tombèrent, mortellement frappés, avant qu'une flèche pénétrât dans sa cuisse. Il en brisa la hampe et la poussa pour faire ressortir la pointe.

Une dizaine de cavaliers accouraient. Délaissant leurs arcs, ils tirèrent le sabre. Ils n'arboraient pas leurs étendards de selle, mais Vradh reconnut les emblèmes de leurs casques : ils comptaient au nombre de ceux qui l'avaient trahi sur le Stor.

Furieux, le connétable se précipita sur les félons. Hòggni eut juste le temps d'empoigner la crinière de son cheval. Le traître qui, reconnaissant Vradh, se rua le premier sur lui ne vit pas le mercenaire. Cela lui valut de perdre le bras, tranché net à hauteur du coude. Tandis que le reste de la garde rapprochée arrivait à la rescousse, Hòggni se débarrassa d'un second adversaire en saisissant son cheval au mors. Pour se dégager, la bête donna un violent coup d'encolure et se cabra. Déséquilibré, son cavalier glissa à terre ; il touchait à peine le sol que le sabre du Horsto trouvait le défaut de son gorgerin.

Le combat cessa très vite. Seize bardaghi gisaient au sol. Ivre de rage, Vradh forçait son cheval à piétiner les visages de ceux qui l'avaient déserté sur le Stor. Hòggni s'intéressa enfin à sa blessure. Si elle ne s'infectait pas, elle serait vite guérie mais, pour l'heure, elle saignait abondamment. Il déchira la tunique d'un mort enduite de glaise pour s'en faire un pansement.

À peine l'eut-il noué que sonna une seconde alerte.

Cette fois, les assaillants étaient plus nombreux. Les couleurs de leurs étendards de selle étaient vives. Mauvais signe : ils n'avaient pas encore combattu, ou alors bien peu. L'intervention d'une réserve confirmait que l'aile droite était contournée.

Le porte-étendard de Vradh sonna du cor pour appeler des renforts. Échauffé, le connétable, loin d'envisager un repli, lança un défi aux cavaliers qui accouraient avant de se porter à leur rencontre. Ce qui restait de la garde le suivit.

Cette fois, Hòggni n'avait pu s'accrocher à la monture du connétable. Il n'eut cependant pas longtemps à courir. Les compagnons de Vradh devaient lutter contre la hardiesse qui le conduisait à s'exposer plus que de raison autant que contre l'acharnement de ses agresseurs.

Soudain, Vradh se cabra, avant de s'affaisser. Hòggni distingua l'empennage d'un carreau d'arbalète à la jointure du cou. Le porte-écu bondit sur la croupe de son cheval. Né avec une jambe plus courte que l'autre, Egg sut très tôt qu'il ne courrait jamais aussi vite que les autres ; alors il devint meilleur cavalier. Il maintint Vradh en selle tout en maîtrisant sa monture affolée. Trois compagnons formèrent rempart, tandis qu'il évacuait son maître. Un ennemi se précipitait sur sa gauche. Ramassant une lance plantée dans le sol, Hòggni l'arrêta dans son élan en lui défonçant corselet et sternum. Il évita de justesse la charge d'un bardagh, non sans lui infliger au passage une blessure à la cheville. Comme les autres membres de la garde, il se rua en avant, pour fixer le plus grand nombre possible d'ennemis tandis que le porte-écu fuyait avec le connétable inconscient.

Hòggni parvint à désarçonner un nouvel adversaire. Alors qu'il se penchait pour l'achever, un violent coup sur la tête le priva de connaissance.

La clameur s'est éloignée. Dans le ciel, quelques traînes de nuages effilochés, sanglants, sur fond de ciel jaune. Et le soleil. Énorme. Écarlate.

Rouge aussi la boue séchée qui encroûte les cadavres. Quelques sonneries de cor. Lointaines. On se bat encore quelque part. Mais ici, en ce point précis, à ce moment précis où il reprend connaissance, tout est paisible. On n'entend même pas les sons coutumiers des fins de bataille : les plaintes des blessés, les râles de ceux qu'on achève, le bourdonnement des mouches qui affluent par essaims, le piaillement des sriges querelleuses, le glapissement des chiens-fouisseurs… L'orage a tout emporté.

Hòggni se remet sur pied, à grand effort. Un élancement dans sa jambe droite, alors qu'il s'y appuie, lui remet sa blessure en mémoire. Dans sa tête, chaque battement de son cœur se répercute douloureusement. Il porte la main à sa nuque. Contact rugueux du sang séché qui englue ses cheveux. Il cherche son casque parmi les débris envasés. Le trouve. Le ramasse. Le couvre-nuque pend, détaché de la cervelière défoncée. Probablement un coup de hache ou de fléau porté par un cavalier. Souris à ta chance, mercenaire, un autre serait mort sur le coup.

La tête lui tourne. Sa vue se trouble. Ses jambes flageolent. Le sol l'aspire : la boue ne renonce pas volontiers à ses proies. De tous les cadavres qui l'entourent, ceux des chevaux lui paraissent les plus tragiques. Qu'avaient-elles à faire, ces pauvres bêtes, des querelles des hommes, elles dont les rêves se peuplaient seulement de prairies grasses et de juments réceptives ? Déjà leur ventre gonfle. Il aperçoit, indistincts, des fantômes errant parmi les corps inertes : les égorgeurs, venus achever la besogne. Son poing se serre sur une absence de sabre.

— Eh ! En v'là un. Pas trop amoché, on dirait !

— T'es sûr que c'est pas un démon ? T'as vu sa gueule ?

À défaut de lame, il lui reste les poings. Il les abat, formidables, sur un visage épaissi par la craie, donnant ainsi le signal de la curée. Le voile devant ses yeux d'incarnat devient pourpre. Ils s'accrochent à lui comme des limiers à un gibier forcé.

Une douleur cuisante le ramena à la vie. Il crut d'abord à une blessure et s'offusqua qu'elle lui scie le dos. Le claquement proche d'un fouet le renseigna sur l'origine de la brûlure qui l'avait réveillé.

Comme ses compagnons d'infortune auxquels une chaîne le reliait, il se leva. Il s'était évanoui au couchant, il se réveillait à l'aurore. Dans l'intervalle, on l'avait traîné dans ce secteur où l'on rassemblait les prisonniers pour poser des anneaux à son cou, ses poignets et ses chevilles. Des élancements traversaient son crâne avec une désespérante régularité, mais il retrouvait une vision à peu près nette. Il le regrettait presque, tant le spectacle qui s'offrait à lui l'affligeait. Il avait toujours éprouvé le plus grand mépris pour les charognards chargés de nettoyer les champs de bataille. Partout, des bûchers répandaient le relent écœurant de la chair qu'on brûlait, hommes et chevaux mêlés. Les molosses, qu'on n'avait pas encore délestés de leur collier à pointes, se dépêchaient de prélever leur dîme sur les corps en attente de crémation.

On procédait à présent au tri des prisonniers, alignés à coups d'étrivière. Un marchand d'esclaves passait dans les rangs. Au premier regard, il jaugeait l'état des blessés. S'il pointait son gourdin vers le bas, le prisonnier était aussitôt égorgé. À charge pour ceux qui l'entouraient de le soutenir afin qu'il ne les entraîne pas dans sa chute. Il n'entrait aucune cruauté dans ces exécutions menées d'une main experte. L'intérêt du maquignon était de récupérer le plus de marchandise possible. Elle serait facile à écouler : Slegur avait une ville à reconstruire. Mais son œil expert savait distinguer ceux qui survivraient des autres, dont les plaies, trop profondes ou trop mal placées, finiraient par se gangrener. À ceux-là, le couteau précis de l'égorgeur épargnait une agonie atroce.

Et puis il y avait les autres, esquintés mais encore valides, qu'on entraînait à l'écart, Hòggni se demandait pourquoi.

La brute se planta devant lui. Il grimaça.

— Un Horsto, grogna-t-il, exprimant ce dégoût désabusé qu'inspire au négociant une camelote invendable.

On appréciait les Horsti pour leur force et leur endurance, mais ils étaient surtout réputés cabochards, rétifs à l'autorité qu'ils ne s'étaient pas librement choisie et, en définitive, inemployables. Celui-ci, en outre, présentait deux blessures ;

mauvais, cela : les clients rechignent à acheter des fruits talés.

— Tourne-toi !

Il examina la plaie du crâne. L'entaille laissait voir l'os, mais celui-ci ne semblait pas enfoncé. Pas étonnant, avec cette engeance !

— Tu es loin de chez toi. Que fais-tu dans l'armée de Vradh Skilf'ar ?

— Je suis un bras armé. J'appartenais à la garde rapprochée du connétable.

— Ah oui, ricana le maquignon. Dans ce cas, tu n'as plus d'emploi. Celui que tu protégeais est mort à l'heure qu'il est !

— Alors je suis de nouveau un bras sans tête.

Le commerçant réfléchissait. Il ne tirerait rien du mercenaire en tentant de le vendre comme esclave. En revanche, avec un peu d'astuce, il entrevoyait une possibilité de gratter un petit bénéfice.

— Que dirais-tu de changer de camp ?

Le Horsto souffla par les narines en affichant une expression si terrible que son interlocuteur recula d'un pas.

— J'ai été vaincu, gronda Hòggni. Ma vie ne m'appartient plus. Mon honneur, si.

— Tu ne veux plus te battre ?

— Mon état m'interdit d'entrer au service de l'ennemi de mon ancien maître. Et je ne serai pas esclave.

Le maquignon haussa les épaules.

— Dommage, grommela-t-il.

Le gâchis l'horripilait, mais il n'avait pas de temps à perdre avec des questions auxquelles il n'entendait rien. Cette histoire d'honneur, par exemple. L'égorgeur se rapprocha. Il n'attendait qu'un signe.

Cependant, le marchand ne se résolvait pas à une perte sèche. Se retournant sur son homme de main :

— Mets celui-là avec les rebuts, ordonna-t-il. Méfie-toi quand tu retireras sa chaîne. Il a l'air résigné, comme ça, mais ça reste un Horsto.

Le nervi exhiba, avec un sourire en coin, son nerf de bœuf. De quoi mater n'importe quel rebelle ! La suite lui montra son erreur.

À peine libéré de l'entrave, Hòggni bouscula les gardes-chiourmes qui l'entouraient, envoya son pied dans l'entrejambe du sbire qui, sous le coup de la douleur, lâcha son fouet, envoya bouler un soldat d'un redoutable coup de tête… Une pluie de horions s'abattit sur lui. Il ne fallut pas moins de six hommes pour le maîtriser. Ils ne le relâchèrent que lorsqu'il fut de nouveau enchaîné à un autre prisonnier.

— Gloire à l'Unique ! s'écria Kredfast.

Slegur haussa le sourcil. Il venait à peine d'apprendre la victoire de Köttur par le message d'un pigeon que déjà l'Inspiré en était informé ! À croire qu'il bénéficiait réellement d'une relation privilégiée avec un dieu. Ou qu'il entretenait son propre réseau d'informateurs.

— Ne l'avais-je pas prédit ? L'Unique ne vous avait-il pas accordé la grâce de voir en rêve vos soldats couverts de boue mais triomphants ?

Slegur en convint, même si son rêve lui avait surtout montré des cadavres.

— Grâce soit rendue à l'Unique !

— Grâce lui soit rendue, reprit Kredfast, avec une ferveur qu'il aurait aimé percevoir dans la voix du hartl. Ne serait-il pas bienséant de le remercier en répandant enfin son culte en Solkstrand ?

Mader dispensa Slegur d'une réponse en le rejoignant à son tour.

— Vous m'avez envoyé quérir, Hartl-èr ?

— Le kwigar a battu ce bâtard de Vradh en rase campagne. Les rescapés cherchent refuge dans les profondeurs de la montagne. Je veux que ce problème soit résolu avant que la mauvaise saison entrave nos mouvements. Laisse-moi ce qu'il faut d'hommes pour contrôler la citadelle et rends-toi là-haut avec le reste de la garnison pour prêter main-forte à Köttur.

Le stratège pâlit.

— Vous me placez sous les ordres du maître de bataille ?

— Au contraire, il s'agit de le contrôler. J'ai promis à Èrin-Élyhora de soutenir sa candidature au hartolat. Ta grimace me montre combien l'idée de confier la gestion d'une commanderie à une femme paraît saugrenue. Nombre de bardaghi penseront comme toi et je ne voudrais pas que, Vradh mis hors jeu, Köttur se sente pousser des ailes. Je ne saurais récompenser sa victoire en lui retirant le titre qui est le sien. Rien ne m'empêche, en revanche, de te nommer connétable, ce qui le placera, lui, sous ta responsabilité.

Cette fois, la face de Mader vira à l'incarnat.

— S'il regimbe, si tu t'aperçois qu'il travaille les bardaghi au corps pour qu'ils se révoltent, fais le nécessaire. Surveille particulièrement ceux qui ont déserté les rangs de Skilf Oluf'ar.

Mader se retira, hésitant entre l'humble expression de sa loyauté reconnaissante et la martialité exigée par son nouveau rang.

— Sage décision, Hartl-èr, commenta Kredfast. Puisque vous nommez un connétable, je déduis que vous renoncez à vous rendre en personne dans les Hautes Terres.

— Je dois me consacrer à asseoir l'autorité d'Èrin-Élyhora. Et, bien entendu, à l'aider à répandre la vraie foi parmi ses assujettis quand le hartolat du Solkstrand lui sera confié.

La bataille était gagnée. Vradh était hors de combat – d'aucuns le disaient même mort mais d'autres, peu nombreux il est vrai, soulignaient que nul n'avait pissé sur son cadavre. Les éclaireurs lancés sur les traces des fuyards rapportaient que, pressés d'atteindre le Deuxième, voire le Troisième Plateau, ils se repliaient dans le plus complet désordre, abandonnant bagages et armement pour mieux détaler.

Dans les rangs de Köttur, le bruit courait avec une insistance croissante que, cette fois, on n'aurait guère le temps de récupérer de la fatigue du combat : on reprendrait bientôt la route pour exterminer ces couards avant qu'ils se barricadent dans des positions inexpugnables.

Pour se distraire et oublier les nouvelles souffrances qui les attendaient, les vainqueurs avaient improvisé des lices avec des pavois de siège. S'y affrontaient les prisonniers que les maquignons leur livraient. Ils n'étaient pas bien flambants : les marchands d'esclaves se débarrassaient de cette manière des invendables, mais les malheureux mettaient d'autant plus d'ardeur à s'entretuer que la liberté était promise à qui remporterait dix victoires de suite. On se passionnait pour ces joutes pathétiques, on pariait sur les chances des uns ou des autres. Les suppôts des marchands empochaient les mises.

Un concert de moqueries, d'insultes, mais aussi d'applaudissements et de sifflets enthousiastes salua l'arrivée du Horsto. Appartenant à une race vilipendée autant que redoutée, il ne pouvait que susciter un mépris haineux. D'un autre côté, il promettait un spectacle relevé : un mercenaire horsto ne s'encombrerait pas de scrupules et n'hésiterait pas à massacrer ses compagnons d'armes de la veille. Les premiers paris s'engageaient. Les uns proposaient de le pousser sans délai dans la lice, les autres préféraient attendre un peu : reposé, le Horsto serait encore plus combatif. Et puis, plutôt que lui jeter du tout-venant en pâture, autant se laisser le temps de sélectionner des adversaires pas trop amochés, qu'ils aient un peu de ressources pour se défendre.

— On pourrait aussi lui donner à bouffer, s'écria un soldat en lui jetant à la face un fond de soupe froide.

Le geste passa pour une bonne plaisanterie. Le Horsto devint la cible de projectiles divers.

— Attendez, je vais chier, sûr qu'il va aimer ça, gloussa un farceur en s'accroupissant.

Trouvant dans sa rage un regain d'énergie, Hòggni bouscula ceux qui avaient eu la mauvaise inspiration de s'approcher un peu trop. Malgré ses entraves, tous reculèrent et plus d'un tira son arme de son fourreau.

— Assez !

La voix avait tonné, semblant tomber du ciel, avec une telle autorité que chacun se figea sur place. Elle provenait d'un bardagh qui parcourait le champ de bataille pour évaluer les pertes. Et pas n'importe lequel ! Le reconnaissant au masque de cuir qui enveloppait son visage, les hommes rectifièrent la position. Même ceux qui n'appartenaient pas à la phalange du Freux connaissaient la réputation du kwigar Köttur. Sa visite les enchantait d'autant moins qu'ils l'avaient visiblement contrarié en quelque manière, ce qui n'était pas de bon augure pour leur longévité. À leur grand soulagement, il oublia ses griefs pour s'adresser au prisonnier.

— Toi ! On se connaît, il me semble. N'es-tu pas le bras sans tête qui a eu le front de me défier lors de la Sentence par les armes de cet abruti de gardien de pont ?

— Tu as bonne mémoire, rétorqua Hòggni.

Köttur le toisait du haut de sa monture, un majestueux alezan brûlé. Le mercenaire soutint son regard. Les yeux du kwigar se portèrent sur la lice. Quand ils revinrent à Hòggni, ils brillaient d'un éclat mauvais.

— La revanche, sanglier ? Sans décorum, sans public, sans règles. Rien que toi et moi. Sous le regard du Dieu unique cette fois, pour changer ! Hein, qu'en dis-tu ?

— Pourquoi pas ? Je t'ai déjà vaincu une fois.

— Et tu as cru malin de m'épargner !

— Je ne commettrai pas deux fois la même faute, promis !

— Non, car je ne t'en donnerai pas l'occasion.

Hòggni souffla bruyamment par les narines en haussant les épaules.

— Rien que toi et moi ? À armes égales ?

— Un combat loyal.

Plutôt que porter ombrage à l'ensemble des bardaghi présents ce jour-là sous les murs de Solksborg en tuant, lui, un plébéien, l'un des leurs, Hòggni avait préféré se faire un seul ennemi. Depuis, il attendait la confrontation avec celui qu'il avait humilié en toute connaissance de cause. Il était loin d'imaginer de telles circonstances, mais cela lui convenait : s'il mourait, au moins aurait-il payé sa dette.

— D'accord. Rien que toi et moi.

Un des collecteurs se crut autorisé à manifester un enthousiasme hors de propos à l'annonce de ce duel et, plus grave encore, à lancer les paris. Une flèche mit un terme à sa bévue en même temps qu'à sa vie.

Köttur rangea son arc dans l'étui de selle, mit pied à terre, tendit les rênes de son cheval au premier soldat venu.

— Toi, dit-il à un héraut, passe-moi ton cor. Et vous deux, détachez le Horsto, si vous n'avez pas peur qu'il vous arrache le nez avec ses crocs.

Les soldats obéirent, non sans réticence. Hòggni fit un bond en avant en grondant. Ils reculèrent, effrayés.

— Au lieu de t'amuser à effaroucher ces pleutres, choisis tes armes, dit Köttur en désignant les amas.

Hòggni connaissait son adversaire. S'il n'emportait pas la décision dès les premières minutes, le kwigar allait temporiser pour l'éprouver. Alors autant s'alléger. Il négligea le casque et, plutôt que s'encombrer d'un bouclier, il préféra enrouler une lanière de cuir autour de son bras. Puis il se rendit auprès du tas où s'accumulaient les sabres. En connaisseur, il en soupesa trois avant de se décider. L'arme, bien sûr, n'était pas aussi légère et équilibrée que celle qu'il portait à leur première rencontre, et il aurait aimé pouvoir en aiguiser le fil, mais elle était convenable ; sans doute avait-elle appartenu à un bardagh membre d'un clan important. Dans le tas, il trouva aussi un coutelas à un seul tranchant, du modèle de ceux dont les fantassins se servaient pour trancher les sangles et les étrivières.

Fidèle à ses habitudes, Köttur arborait son arme d'hast. À sa ceinture pendait un glaive. Considérant que son adversaire négligeait de protéger sa tête, il ôta lui aussi son casque.

Ce n'était plus le sergent qui maintenait l'alezan, mais l'affranchi ulmo Nyr, promu aide de camp au début de la campagne. Il lui confia le cylindre de commandement qui permettait de circuler parmi toutes les phalanges et apposa son sceau sur un sauf-conduit. Élevant la voix, il s'adressa à la cantonade :

— Vous avez vu ce qui arrive aux insolents qui imaginent que l'on peut parier sur la victoire de son maître de bataille ! Je ne suis pas venu pour amuser la piétaille. Alors, que tous tournent le dos à la lice ! Si l'un de vous a le malheur de glisser un regard vers elle, je lui arracherai les yeux et la langue.

S'adressant plus particulièrement à Nyr, il précisa :

— Il s'agit d'un duel à mort. Quand il sera achevé, le survivant sonnera du cor. Celui-là, quel qu'il soit, montera sur ce destrier. Il sera libre d'aller où il veut et nul ne le pistera. Quant à celui qui restera à l'intérieur, pas d'honneurs funèbres pour lui ! Que les sriges lui bouffent la cervelle et que les corbeaux dispersent ses os !

Nyr se troubla. Sans être initié à tous les rites des kwigari, il savait une telle infamie réservée à ceux d'entre eux qui avaient manqué à leur serment. Ce qui le confondait le plus, c'était que Köttur envisageait la possibilité d'être vaincu par un Horsto blessé et s'en punissait à l'avance.

En compagnie d'un sergent, il accompagna les duellistes jusqu'à la lice. Quand le bouclier déplacé pour leur livrer passage fut remis en position, il se dépêcha de rejoindre les soldats. Köttur ne plaisantait pas en promettant de châtier les curieux, et leur intimité ne l'exempterait en rien.

— Avant que nous nous battions, puis-je solliciter une grâce ? demanda Hòggni.

— Encore ? Ne t'ai-je pas déjà accordé beaucoup en te permettant, toi qui es de basse extraction, de défendre ta vie contre moi ? J'aurais pu tout aussi bien te faire écarteler.

— Je combats, moi, à visage découvert, s'entêta Hòggni.

La morsure d'un fouet n'aurait pas davantage surpris Köttur. Avant qu'il ait eu le temps de répondre, Hòggni précisa :

— Si tu me montres le tien, je sais que tu ne m'épargneras pas. Je ne suis sans doute qu'un bras armé, un vulgaire mercenaire issu du peuple. Cela ne m'empêche pas de respecter, moi aussi, un code d'honneur.

Köttur ricana.

— Je t'aurais tué, de toute façon. Mais après tout…

Plantant son arme dans le sol pour libérer sa main droite, il délaça son masque. Horsto tressaillit. Il s'attendait à une cicatrice laissée par un vilain coup reçu au combat. Or le nez et les lèvres du bardagh avaient été tranchés avec une netteté qui révélait le travail du bourreau.

— Satisfait ? grinça Köttur. Au temps des hommes anciens, les Preux frappaient les esprits par leur beauté. Même les monstres de ce temps-là, à leur manière, étaient beaux. Les choses ont bien changé. Vois le couple que nous formons, moi, la face de cadavre, toi, avec ta hure !

— S'il est si bien assorti, pourquoi nous massacrer ?

— Tu l'as dit toi-même : aucun être vivant ne peut se vanter d'avoir vu mon visage et prétendre survivre longtemps.

— Pas même celui qui t'a fait cela ?

— Quand je te sortirais les boyaux du ventre pour les répandre sur le sol, ta mort sera plus douce que ne l'a été la sienne.

Il n'avait pas achevé sa phrase que, saisissant la hampe de son arme, il se fendait. D'instinct, Hòggni para de la gauche. La faux glissa sur le coutelas, mordit le cuir dont il avait protégé son bras. L'arme tournoya. Cette fois, ce fut la pointe que Hòggni évita de justesse. Le kwigar sauta sur le côté avant qu'il ait le temps de contre-attaquer, tenta un coup de taille.

Il était clair que Köttur avait changé de tactique. Il entendait conserver l'initiative des assauts, acculant son adversaire à bâcler sa défense sans pouvoir enchaîner. À ce jeu, Hòggni ne résisterait pas longtemps avant de commettre l'erreur que guettait l'homme-chat. Il devait impérativement reprendre l'ascendant.

Facile à dire ! Le kwigar bondissait de-ci de-là, alternait la taille et l'estoc, lui interdisait de l'approcher assez pour que le sabre devînt une réelle menace pour lui.

Hòggni profita de ce qu'une charge un peu longue déséquilibrait Köttur pour se jeter à terre. Une roulade l'amena aux pieds du kwigar. Il tendit le bras. Le sabre rencontra le vide : l'homme-chat s'était écarté. Pour la première fois, pourtant, il n'enchaîna pas mais s'accorda un répit pour souffler. Hòggni en profita pour se relever.

Les duellistes respiraient bruyamment. La sueur brûlait leurs yeux. Hòggni sentait sa cuisse palpiter de plus en plus douloureusement. Il n'osait vérifier si la blessure s'était rouverte. Le kwigar fit mine de porter un coup de face, avant de donner à son geste plus d'ampleur. Hòggni avait anticipé la manœuvre. Son sabre sonna contre la faux. Il se jeta en avant. La pointe du coutelas frôla la poitrine de Köttur, mais, en bout de course, le Horsto ne put appuyer son coup, ni éviter le pied que le kwigar, au terme d'une pirouette, lui envoya en pleine mâchoire.

Un goût de sang emplit sa bouche. Il avait reculé de trois pas, mais réussi à maintenir son équilibre. Il para une nouvelle botte. Pour éviter la faux, il lui fallait tantôt sauter au-dessus, tantôt se baisser. Pour esquiver la pointe, il effaçait son torse, écartait avec son sabre, bondissait en arrière. Il avait cependant conscience que ses gestes devenaient plus lourds, moins spontanés et, cette fois, la ruse n'y était pour rien. Sa jambe blessée répondait avec du retard, comme engourdie. Köttur, au contraire, cabriolait avec la même légèreté.

— Le sanglier, ne le force-t-on pas avec un épieu ? rugissait-il en cherchant à enfoncer sa pique dans la chair du Horsto.

Il faillit y parvenir, par trois fois. Mais, par trois fois, Hòggni trouva l'énergie de détourner la pointe tout en parant le glaive de Köttur.

Depuis combien de temps durait le duel ? L'un et l'autre en avaient perdu le compte. Les bottes s'enchaînaient à une telle cadence que ce qui leur paraissait une éternité pouvait n'avoir duré que quelques minutes. Ils ne réfléchissaient plus. N'éprouvaient plus ni haine ni angoisse. Leur corps décidait pour eux. Leur corps, devenu le simple prolongement de leurs armes.

Pour mesurer l'écoulement du temps, Hòggni n'avait que sa fatigue. À cette aune, la fin – *sa* fin ! – était proche.

Les taches rouges maculaient la blancheur du sol. Le sang coulait le long de la jambe du Horsto, mais aussi des estafilades que l'un et l'autre devaient à des esquives qui avaient manqué d'ampleur. Aucune blessure n'avait jusqu'à présent été décisive, mais leur fréquence augmentait.

Hòggni asséna sur la hampe un coup formidable. Elle se brisa, hélas pas assez près de la douille pour priver Köttur de sa faux. Le kwigar empoigna son glaive de la main droite. Dans la gauche, il tenait sa haste raccourcie, dont il se servirait désormais comme d'une brette.

D'un geste preste, Hòggni inversa ses armes : désormais, il tenait son sabre dans la main gauche, le coutelas dans la droite. Il n'était maladroit ni de l'une ni de l'autre. Et il espérait, par ce changement, déstabiliser Köttur.

Le kwigar déçut cet espoir. Peu lui importait l'escrime de son adversaire, il parait toutes les bottes avec la même aisance.

Quand il commit l'erreur de se découvrir en poussant un coup d'estoc avec la faux.

Lâchant le coutelas, Hòggni saisit la poignée de son sabre à deux mains, pour donner plus de force au coup qu'il asséna sur la tête de son adversaire. Mais celui-ci, au tout dernier moment, interposa son glaive. Les deux lames sonnèrent, puis celle de Hòggni se brisa juste sous la garde. Le Horsto bondit en arrière. Furieux, il jeta la poignée inutile au sol. Elle tomba non loin du débris de la pique de Köttur.

Celui-ci prit le temps de consolider son assiette. Il respirait avec effort. Il n'avait pas l'habitude des échanges aussi longs, contraires à l'escrime qu'il pratiquait. Allons, ce ne serait plus long, maintenant. Désarmé, le Horsto était désormais à sa merci. Il imprima à la faux un balancement qui n'était pas sans rappeler la danse de l'aspic prêt à mordre.

Portant son regard par-dessus l'épaule de son adversaire, Hòggni tonna :

— Le bardagh a dit : pas de témoins !

Par réflexe, Köttur tourna la tête. Réalisant son erreur, il n'acheva pas son geste. Mais il était déjà trop tard. Hòggni, roulant à terre, avait ramassé la pique brisée et s'en servait comme d'une javeline.

La pointe pénétra à la base du cou avec une telle force qu'elle disloqua les vertèbres.

Quand il se pencha sur le visage du mort, Hòggni lut la surprise dans ses yeux écarquillés.

— Désolé pour la manière, grommela Hòggni, mais ceux que tu appelles les gens de basse extraction sont enclins à privilégier l'efficacité au panache. Pour eux, c'est juste une question de survie.

Posant le pied sur le menton de Köttur, il arracha la pique et la jeta loin du corps. Des larmes se mêlèrent à la sueur qui inondait son visage. Un flot de bile incendia son arrière-gorge. Ses jambes flageolaient, ses bras tremblaient. Mille coupures, qui ne l'avaient pas tourmenté aussi longtemps qu'il se battait, lui rappelaient combien la défaite avait été proche.

Quand il se décida enfin à bouger, sa jambe se déroba. Il tomba lourdement. Le sang engluait ses braies. Du bout des doigts, il appuya sur la plaie rouverte, pour en extraire les humeurs pernicieuses. Puis il avisa le cadavre de son adversaire et sourit :

— Je t'ai eu quand même, murmura-t-il.

Il s'appuya sur la pique qui avait mortellement touché pour se relever. De la gorge de Köttur, le sang avait cessé de jaillir ; désormais, il sourdait par la nuque. Le sol l'absorbait à mesure.

Combien de temps Hòggni aurait-il encore tenu ? Tant que l'excitation du combat l'habitait, il n'avait pas éprouvé ce harassement qui l'écrasait maintenant. L'aurait-il trahi au milieu d'un engagement ? Il ne le saurait jamais. Il s'en réjouissait, car cela signifiait qu'il avait mis à temps un terme au combat.

Son stratagème ne lui inspirait aucun remords. Chez les Horsti, on ne méprise pas la ruse, plus économe en vies humaines que la force.

Claudiquant, il se dirigea vers le cor. Chemin faisant, il aperçut le masque abandonné par le kwigar. Posant à terre son genou valide, il le ramassa et revint le lacer sur le visage du mort. Quelle qu'ait été la faute qui lui avait valu autrefois la marque d'infamie, le bardagh méritait qu'on l'oubliât.

Il revint vers le cor. Il prit son temps pour l'emboucher. Le temps de retrouver assez de souffle pour sortir le son net et décidé d'un mugissement taurin, et non le geignement plaintif d'une chevrette. Le temps d'être certain de ne pas s'écrouler devant les soldats. Puis il réalisa que plus il attendrait, plus ses forces l'abandonneraient.

Il passa la langue sur ses lèvres sans parvenir à les humecter. Il prit une profonde inspiration et jeta tout ce qui lui restait d'énergie dans la sonnerie.

Si Nyr éprouva de la surprise en découvrant le vainqueur, il ne la manifesta pas. Sans un mot, il tendit à Hòggni le sauf-conduit sur lequel son maître avait apposé son sceau avant de pénétrer dans la lice.

Hòggni rassembla tout ce qui lui restait de force pour se hisser sur l'alezan. Quand il s'assit, un voile noir brouilla sa vue. Il crispa la main sur le pommeau pour ne pas tomber. Nyr s'était rendu compte de ses difficultés mais n'avait pas jugé utile de l'aider.

— Si tu peux..., commença Hòggni.

Un vertige le saisit. Il s'interrompit, prit deux ou trois inspirations profondes avant d'achever sa phrase :

— Ses instructions concernant la dépouille du vaincu... Personne ne te reprochera de lui désobéir sur ce point.

Il s'éloigna, au pas tout d'abord. La consigne avait été passée, ou bien les soldats reconnaissaient l'alezan ; toujours est-il qu'ils s'écartaient. D'un serrement de genoux, il lança sa monture au petit trot, comme à la parade. Il n'y avait en cela aucune provocation de sa part : il n'aurait pas supporté un train plus rapide.

L'affranchi le regarda partir. Puis il se dirigea vers la lice. Le bardagh avait été bien inspiré d'interdire les paris, parce qu'il aurait tout misé sur lui. Comme quoi, décidément, les Horsti étaient de rudes gaillards ; heureusement que l'armée de Vradh n'en avait pas compté une phalange. Un sergent d'armes troubla sa méditation.

— Capitaine ? Que convient-il de prévoir pour le maître de combat ?

— Démontez la lice. Et laissez le corps sur place. Conformément à sa volonté, les bêtes se chargeront de lui.

Le sergent esquissa un sourire. Cet ordre lui convenait. Le kwigar n'exerçait pas depuis longtemps le commandement de sa phalange, mais cela avait suffi à y asseoir son impopularité.

— Mais avant cela, enchaîna Nyr, je vais tout de même aller voir quelle saloperie il cachait sous son masque.

Chapitre 26

Le trajet du retour, bien que ne présentant pas plus de facilité que l'aller, leur parut plus rapide. L'impression n'était d'ailleurs pas entièrement illusoire. Sans la charrette, ils avançaient plus vite. En quittant Dàsborg, Oddi avait lâché la pigeonne. Il y avait peu de chances qu'elle les retrouve à son retour, puisqu'ils se seraient éloignés de son point de départ. Oddi attendit tout de même quelques jours avant de libérer le mâle, dont il avait pendu la cage à ses fontes.

— Va, dit-il en lançant l'oiseau. Va la rejoindre.

— Crois-tu qu'il va la retrouver ? demanda Varka.

— Je l'espère. Sinon il se laissera mourir. Ces oiseaux sont fidèles à leur compagne, leurs femelles le sont à leur nid. C'est ce que les anciens ont observé et nous usons de ces dispositions à nos fins.

Peut-être les dieux agissent-ils avec nous comme nous traitons les pigeons, songea Varka. Ils jouent de nos sentiments pour arriver à des fins qui nous échappent. Elle ne s'en ouvrit pas à Oddi. L'érudit n'aimait pas qu'on spécule sur les agissements des dieux, auxquels il ne croyait guère plus que Kelt – la différence étant qu'il se reconnaissait ignorant tandis que le diseur de mots se montrait plus radical.

C'est au Lyorgmark que leur parvinrent les premiers échos des événements qui secouaient le Solkstrand. On y parlait d'une bataille menée par des hommes de craie. On était incapable de dire qui l'avait remportée. Puis les choses se précisèrent à mesure qu'ils se rapprochaient de la commanderie. Arrivés au Vinstrand, ils savaient l'essentiel : la victoire de Slegur, la mort de Skilf et la disparition de Vradh.

— Alors mon chemin s'arrête là, dit Oddi. De toute façon, j'ai toujours su que ma place est à Skriftbjarg.

— L'ermitage des Sachants est trop proche du Solkstrand. Crois-tu que Slegur va courir le risque de te laisser vivre ?

— Pourquoi non ? Je ne représente pas un danger pour lui.

— Je le sais. Mais, lui, le sait-il ?

Oddi dirigea les paumes de ses mains vers le ciel.

— Je serai en sécurité parmi mes pairs. Skriftbjarg est un lieu sacré. Slegur ne s'y attaquera pas.

La vision qu'il avait eue de la falaise en proie aux flammes s'imposa au diseur de mots. Cela ne voulait pas nécessairement dire que l'incendie serait dû aux soldats – de fait, il n'en avait vu aucun – mais une catastrophe guettait les manuscrits de Skriftbjarg et, probablement, ses scribes. Quand aurait-elle lieu ? Il lui était impossible de le savoir.

— Les temps changent, dit-il. Promets-moi une chose : si une quelconque armée s'approche du Vinstrand, abandonne sans délai ta retraite et fuis ! Fuis n'importe où dans la direction opposée. Retourne au Dàstrand. Deviens un hemsend, ou tout ce que tu veux. Mais ne reste pas accroché à cette falaise !

— Tu t'inquiètes pour rien, mon ami. Mais je t'en fais serment. Et toi ? Où te conduisent tes pas ? Pourquoi n'entreriez-vous pas, Varka et toi, en noviciat ?

Pourquoi pas, en effet ? Sinon que Kelt n'imaginait pas Fille-farouche se plier à la longue discipline qui l'attacherait en fin de compte à une écritoire.

— Désolé, il te faudra désormais veiller seul sur toi. Nous, nous restons des errants.

Au Tétra du village de Logar coule la rivière Koparà. En la remontant, Oddi atteindrait Skrifbjard. En la traversant, ses compagnons se rapprocheraient du Solkstrand. Ils ne gardèrent que deux chevaux et une mule ; Oddi emmena le reste de leur cavalerie.

— Encore un carrefour néfaste, releva Varka.

— Cette nuit, dit Kelt, j'ai rêvé d'Ivalo.

Pour la première fois depuis qu'il avait quitté le village où il avait vécu ses jeunes années. Du moins, pour autant qu'il s'en souvînt, car il conservait rarement au matin la mémoire de ses songes.

Dans sa prime enfance, la haute vallée du Laxdal et quelques villages proches d'Ivalo représentèrent pour lui tout l'univers. Puis, par Erlog, un vieillard auquel on reconnaissait le talent d'interpréter la forme des nuages, il apprit qu'il n'en était rien, qu'il existait d'autres vallées, que de vastes terres plates s'étendaient au-delà des sommets qui avaient toujours barré son horizon, que les colporteurs qui les visitaient parfois ne surgissaient pas du néant pour s'y fondre avec leurs marchandises mais passaient d'un bourg à l'autre, que des villes comptaient plus de maisons qu'il y a de pierres au pierrier.

L'enfant qu'il était alors n'avait aucune raison de douter des paroles d'un homme qui avait voyagé dans sa jeunesse. Il interrogea tout de même les colporteurs. Ils confirmèrent ses allégations, non sans ajouter des détails fantastiques pour le plaisir de voir les yeux du gamin s'agrandir – et aussi, comprit-il plus tard, impressionner sa mère. Ces fables agaçaient Erlog. Le Monde, selon lui, recelait assez de merveilles pour qu'il soit inutile d'y rajouter des fadaises.

Des contes ? Peut-être. Mais tellement riches en promesses qu'on avait envie de les croire. D'ailleurs, si le Monde était aussi vaste qu'Erlog le prétendait, il ne pouvait tout avoir vu. Alors on négligeait les avertissements de ce briseur de rêves pour prêter une oreille complaisante aux récits des affabulateurs, qui en profitaient pour placer un peu de leur marchandise.

Et quand ils étaient repartis, emportant leur lourde hotte, on se répétait les monstres et les merveilles du pays d'en-bas, sans se douter que les hâbleurs, loin d'ici, ébahissaient leurs habitants en leur contant les chimères et les prodiges auxquels on s'exposait en côtoyant les sommets.

Par respect pour Erlog, Kelt, lui, refusait de les croire. Aussi n'éprouvait-il aucun scrupule à déformer leurs paroles et y ajouter des inventions de son cru avant de les resservir à ses camarades. À sa première prise de nom, son sourire lui avait valu d'être appelé Bouche-d'or. Son art de captiver ses compagnons par la parole lui valut de conserver ce sobriquet à la deuxième, puis à la troisième prise de nom public.

En ce temps lointain, ses mensonges n'emportaient aucune conséquence, sinon que, bien qu'il conservât sa lucidité et fît sans peine la part de l'exagération, ils lui promettaient un monde auprès duquel les pâturages du Laxdal commençaient à paraître bien fades. Devenu un adulte, il regardait de plus en plus souvent les arêtes qui dominaient sa vallée avec l'œil que pose le prisonnier sur l'enceinte qui le confine.

Erlog, bien sûr, reconnut les symptômes d'un mal qu'il avait contracté dans sa jeunesse.

— Il est temps, dit-il un jour au jeune Bouche-d'or, d'aller vérifier par toi-même ce qu'il en est.

Et il lui remit, avec une mimique de conspirateur, un dé dont les faces affichaient les symboles des huit horizons.

— Quand tu hésiteras sur la direction à prendre, lance le dé. Lui saura.

Au naïf que le jeune homme était encore, l'objet parut un trésor, tant par sa matière inconnue de lui que par le pouvoir que lui prêtait le néphomancien. Erlog dut insister pour qu'il ose s'en saisir. Quand il referma la paume sur lui, il ressentit une douce tiédeur, ce qui accrut encore son émoi.

— Ce dé, un bâton pour te soutenir dans les passages difficiles et dissuader les détrousseurs, une besace pour ton viatique et une houppelande pour couvrir tes épaules : voilà tout ce dont tu as besoin. Le reste, il faudra te débrouiller pour l'acquérir au fur et à mesure. Je ne m'inquiète pas à ce sujet, ne t'appelles-tu pas Bouche-d'or ? Souris, sers-toi de ta langue en veillant à n'en user qu'à bon escient et tout ira bien.

Ainsi en alla-t-il. Un matin de printemps, il quitta son village sur la promesse de revenir au bout de quelques saisons, enrichi de souvenirs. Lui qui, depuis des années, ne rêvait qu'au départ, il éprouvait un peu de tristesse à l'idée d'une si longue absence. Ce n'était pas seulement sa mère, sa maison, sa vallée qu'il abandonnait, mais aussi son enfance. Un jour, il retrouverait les unes, mais l'autre s'éloignait irréversiblement. Il souriait en répondant aux saluts – Bonne route, reviens-nous vite ! Je reviendrai, pas d'inquiétude, je reviendrai ! – mais son sourire avait quelque chose de forcé. Erlog, après avoir longtemps scruté les nuages, lui avait prédit un long cheminement.

Y eut-il parmi les jeunes filles qui l'encourageaient une qui guetta son retour plus de huit saisons ? S'étonna-t-on de ne pas le voir revenir ? S'en inquiéta-t-on ? Parlait-on encore parfois de lui, à la veillée ? Erlog regretta-t-il jamais de lui avoir donné le dé d'orientation ?

— Cette nuit, dit-il, j'ai rêvé d'Ivalo.

Il ne se rappelait pas les détails. Seulement que son corps d'adulte était soulevé par son enthousiasme d'enfant, et aussi de s'être senti heureux. Maintenant qu'il était réveillé, son souvenir se teintait d'un peu d'amertume. Les visages de son rêve, à supposer qu'il les revît, seraient aujourd'hui bien altérés.

— Pourquoi n'irions-nous pas ? proposa Varka. Là ou ailleurs… J'aimerais connaître le pays où tu es né.

Waard ne l'avait pas reconnu, Braki, si. Qu'en serait-il des autres ? Avec eux, vivant parmi eux, il ne pourrait jouer longtemps sur les mots, ainsi qu'avec la servante.

— Si tu hésites, n'as-tu pas dans ta poche de quoi te tirer d'embarras ? suggéra Varka.

Kelt y porta la main. Ses doigts effleurèrent le dé. Une chance – un risque ? – sur huit. La toute première fois qu'il l'avait lancé, le dé lui avait désigné non le chemin relativement aisé du Solkstrand mais la voie escarpée des défilés qui débouchaient sur le Gullstrand. La neige encombrait encore le col. Il s'y enfonça jusqu'à mi-jambe. Seule la peur du ridicule – encore jeune, il y était sensible – l'empêcha de rebrousser chemin.

Sur l'autre versant, ce fut pire. Chacun de ses pas précipitait une coulée de neige sur la pente. Il considérait avec inquiétude les paquets détachés qui se fracassaient et laissaient derrière eux une longue cicatrice blanche. Qu'une plaque plus instable se dérobe sous sa semelle et il serait à son tour précipité dans l'abîme. Avec cela, désormais privé des repères que constituaient les aiguilles dominant le col, il redoutait de s'écarter de la piste. Néanmoins, son inquiétude restait en deçà de la peur. La montagne était une maîtresse impitoyable, mais elle lui avait toujours été favorable. Et puis le dé d'Erlog ne pouvait l'avoir entraîné vers la mort, lui qui avait le Monde à découvrir. Il était loin de se douter que ses pas le conduiraient au-delà du domaine des humains, jusqu'en Urskogar. C'était hier. C'était il y avait bien longtemps. Son apparence était un leurre.

— J'aimerais connaître le pays où tu es né, dit Varka. J'aimerais connaître les tiens.

Un risque sur huit ! Il lança le dé en espérant qu'il l'emmènerait loin des Terres Hautes. L'objet du hasard se montra impitoyable. Les dieux meurent quand on ne croit plus en eux, mais leurs fantômes jouent parfois des tours cruels à ceux qui les ont délaissés.

Le Rautfjoll, à l'automne, est incertain. Une nuit de neige suffit à bloquer les cols les plus élevés. Kelt préféra jouer la prudence en consentant un détour qui lui permettrait d'atteindre le Troisième

Plateau à partir du Gullstrand, et de là le Laxdal. Ils n'étaient pas si pressés d'atteindre leur destination, Varka parce que rien ne lui convenait mieux que cette errance en compagnie de Kelt, lui parce qu'il continuait à s'interroger sur l'accueil que lui réserverait Ivalo.

La chance marchait à leur côté. Si l'air devenait vif, surtout le matin, le ciel restait clair. Sur les pentes, les mélèzes et les beiki roussissaient. Les ovlaines profitaient des dernières octades de pâture pour se gaver d'une herbe à laquelle une floraison tardive donnait un arôme inédit. Pour lutter contre le froid, quand viendrait la mauvaises saison, elles n'auraient que leur pelage et la couche de graisse qu'elles se constituaient ; agglutinées les unes contre les autres, dans un état proche de la torpeur, elles subiraient les assauts du gel, de la neige et du vent en puisant dans cette réserve.

Sur ce versant, les gens continuaient à vivre en paix. Comme les bêtes, ils se préparaient à affronter l'hiver en procédant aux ultimes réparations des toits, en achevant d'accumuler du bois, en complétant leurs réserves grâce à la cueillette des arnoteei et au ramassage des svèti. La plupart préféraient ignorer ce qui se passait de l'autre côté de la ligne de crête. Çà et là, en traversant les hameaux, les voyageurs aperçurent la lyre du Dieu unique, quelquefois incongrue sur un autel où trônaient encore les effigies d'autres divinités.

Un soir, ils invitèrent un colporteur à partager leur repas : Varka avait été assez heureuse pour abattre un ràdh. L'homme venait du Solkstrand. Tandis que la viande laquée de baies de blàbehr écrasées tournait sur une broche, il leur raconta ce dont il avait été le témoin. En faisant la part de l'exagération de son récit – Kelt accordait peu de foi à sa description des dragons que les sorciers des enculeurs de brebis avaient introduits dans leurs rangs, ni au détail des pratiques cannibales auxquelles ils s'étaient livrés au soir de la bataille des hommes de craie –, il parvint à se faire une idée de la situation. Il n'avait pas été bien inspiré de vouloir passer par le Troisième Plateau car, après avoir été battus sur le Premier et pourchassés sur le Deuxième, les débris de l'armée de Vradh s'y regroupaient.

— Ils tiennent les hauteurs de la combe de Svarkettel, précisa le colporteur.

Kelt préférait éviter de donner dans les retranchements d'une armée en campagne. Il y avait moyen, en grimpant jusqu'aux pâturages de Bordjurt, de contourner par le haut le débouché de la passe, qui reliait le Deuxième Plateau au Troisième, jusqu'aux Stigi, un enchaînement de vires qui, tel un escalier de géants, descendaient jusqu'au talweg de Skar. Ensuite, ce serait facile. Deux jours de marche vers l'horizon de la Couleuvre, deux cols sans difficultés et ils atteindraient le Laxdal.

— Ils sont comme dans une forteresse assiégée, là-haut, commentait le colporteur. Les Heldmarki auront du mal à les déloger.

Sauf que l'hiver ne permettrait ni aux assiégeants ni aux assiégés de se maintenir. Sur le Deuxième Plateau, la neige dépassait souvent une perche de hauteur. Alors le Troisième...

Comme ils entamaient leur festin, un flocon se posa sur la main du diseur de mots. Il leva les yeux vers le ciel. Le couvert nuageux n'était pas uniforme. Des étoiles scintillaient par ses déchirures. Quelques flocons voletaient. Ce n'était qu'un prélude. Bientôt, sur les sommets, la neige tomberait plus serrée, obstruant les cols. Ou ils passaient dans les prochains jours, ou ils devaient chercher un asile pour l'hiver chez les Gullstrandi.

Au matin, le colporteur se harnacha. Outre la hotte qui écrasait son dos, il portait deux balluchons pendus à un bâton qui lui barrait le corps à hauteur de l'estomac.

— Prends la mule, lui proposa Kelt.

— Je n'ai pas de quoi la payer, Èr-voyageur.

— Je te la donne. Elle te sera plus utile qu'à nous : pour gagner les estives, nous emprunterons des chemins trop escarpés, même pour elle. De toute façon, à supposer qu'elle y parvienne, nous serions obligés de l'abandonner en abordant les Stigi.

Le colporteur le fixait avec des yeux ronds, n'osant croire à sa bonne fortune, tandis que Varka partageait le reste de la viande. Il fouilla dans ses ballots et sortit ce qu'il avait de plus précieux, un couteau emmanché de corne de brun-laineux, pour l'offrir à Kelt. À Varka, il attribua deux rubans d'apparence banale mais qui, affirma-t-il, la protègeraient de la morsure des serpents si elle les nouait autour de ses chevilles. Ayant, par cet échange, rendu le don de la mule irréversible, il soulagea son cœur en conseillant :

— Ce serait mieux que la Fille des étoiles n'aille pas au Solkstrand. Slegur rafle tous ceux de son peuple et les expédie au Heldmark.

— La guerre, supposa Kelt. Il a besoin de forgerons.

— À ce qu'on dit, il les envoie plutôt gratter la terre pour en extraire de grandes quantités de sperme de dragon. Ce serait dommage qu'une belle fille comme toi meure la peau et les poumons brûlés par la poussière jaune, sous prétexte que le dieu du feu est favorable aux tiens.

Il accrocha ses sacs au bât. Il délesta sa hotte, mais repassa les bretelles autour de ses épaules. D'abord, il ne savait pas comment la fixer sur la mule. Ensuite, il la portait depuis si longtemps qu'il n'imaginait pas marcher sans rien sur le dos.

Quand il se fut éloigné, Varka remarqua :

— Tu as fait un heureux.

— Je paie une dette. Je dois à des hommes de son état d'avoir franchi les limites de mon village. Et à l'un d'eux d'être né.

Ils couvrirent les cendres du feu qu'ils avaient allumé la veille, emplirent les fontes.

— Il serait peut-être plus sage de tenir compte de son avertissement, dit Kelt.

— Alors nous ne serions plus des errants, mais des déracinés. Pourquoi Slegur veut-il extraire le sperme de dragon ?

— Il entre dans la composition de la poudre à nuées. Selon Agni, ce mélange intéressait beaucoup Kredfast. Et, toujours selon lui, il serait utilisé pour les armes nouvelles qu'évoquaient les messages qu'Oddi a reçus du Solkstrand.

— On ne change rien, se buta Fille-farouche. Si les soldats viennent, ils auront du mal à me prendre !

Kelt hocha la tête. Dans sa tentation de renoncement, il entrait un peu de lâcheté. Il serait toujours temps, si les sbires de Slegur s'approchaient du Laxdal, de fuir par l'Ortmark.

— Allons, dit-il.

Chapitre 27

En échange de leurs chevaux, les voyageurs obtinrent des bergers de Blondyr une couverture en peau d'ovlaine, deux camisoles de la même toison, des jambières et des bonnets fourrés, ainsi que les services d'un jeune pâtre qui les guida sur les pentes de l'Eystrautfjoll. Arrivés au pied de la Brekka, le gamin récupéra les montures, désormais inutiles. Sur ce versant, l'itinéraire menant aux pâturages de Bordjurt, enchaînant les pierriers et les escarpements par endroits tellement raides qu'on avait dû tailler des marches dans la roche, était tout juste praticable par les caprebiques et les ovlaines.

Le guide leur fournit encore quelques indications, leur recommandant d'amorcer l'ascension sans tarder afin d'atteindre avant l'obscurité un abri aménagé un peu plus haut où ils passeraient une nuit relativement confortable. S'ils le quittaient aux aurores, ils pourraient bivouaquer la nuit suivante sur la Dalle aux écritures.

Avec un bagage réduit au strict besoin, ils se lancèrent à l'assaut de la montagne.

Le refuge signalé par le pâtre, une baume fermée par un mur de pierres sèches, n'avait pas été occupé depuis le printemps. Un couple de hètli y avait aménagé son nid. Le mâle parada, fourrure hérissée, en découvrant ses petites dents aiguës tandis que la femelle exprimait sa contrariété par des cris stridents. Constatant que les intrus n'étaient ni impressionnés par ces démonstrations, ni menaçants, ils se calmèrent, se contentant de manifester leur indignation devant autant de sans-gêne par des couinements étouffés. Ils donnèrent de nouveaux signes d'excitation quand les premières flammes s'élevèrent du feu allumé à l'entrée de l'abri, mais leur curiosité les porta à s'approcher. Ils s'assirent pour contempler le foyer, dont la lumière se reflétait dans leurs grands yeux couleur de nuit. Et quand Varka leur jeta quelques bribes de viande, ils décidèrent d'admette que ces humains partagent leur repaire jusqu'au matin.

Ceux-ci n'abusèrent pas de leur hospitalité. Ils décampèrent dès les premières lueurs du jour. La femelle s'approcha du foyer. Les flammes ne pétillaient plus entre les trois pierres. À leur place, il ne restait qu'une poussière grise et tiède dans laquelle elle se roula avec délice.

Avant d'errer en compagnie de Kelt, Varka avait franchi des montagnes à bien des reprises, mais toujours en passant par des cols bas, accessibles aux chariots du clan et aux tombereaux chargés. Jamais elle ne s'était autant approchée des sommets que la neige dissimulait même en été. Peu après leur départ de l'abri, le paysage changea. Les arbres devinrent plus petits, puis plus espacés et enfin disparurent, cédant la place à des buissons qui, à leur tour, se raréfièrent.

Désormais, Kelt ouvrait la voie. Il retrouvait avec plaisir des sensations endormies en bas, dans la plaine, des bruits familiers comme le grelot des cascatelles ou le glatissement des rapaces. Et puis les réflexes, comme le regard qui fouille le chemin pour repérer la pierre sur laquelle se posera le talon afin de maintenir le pied à l'horizontale. Varka suivait, courageuse, serrant les dents, luttant avec énergie pour respecter la cadence de son compagnon, ne pas l'obliger à l'attendre.

Ils trouvèrent la dalle annoncée par le pâtre plus tôt que ce à quoi ils s'attendaient. Mais, aucun doute, le lieu correspondait à la description que le gamin en avait tracé. Il n'y avait pas d'autre endroit, à cette altitude, où des arbres poussaient. Des saules nains, accrochant leurs racines dans des fissures, qui rampaient sur la roche plus qu'ils ne s'élevaient, mais des arbres tout de même !

Les bergers de passage avaient empilé des pierres pour couper le vent. Les voyageurs devraient se contenter de cet abri sommaire. Des pierres noircies attestaient de foyers anciens, mais les alentours n'offraient rien pour nourrir un feu. Il ne leur restait qu'à attendre la nuit en espérant qu'elle ne soit pas trop glaciale. Leur perchoir leur ménageait en direction du Sanglier une vision dégagée sur les Hautes Terres. Ils étaient trop haut pour distinguer les villages, encore moins d'éventuels mouvements de troupes. Au Cerf se dressaient les plus hauts sommets, dont la calotte immaculée effrayait un peu Varka : les Enfants des étoiles associaient volontiers la glace à la Visiteuse. Pourtant, elle ne pouvait s'empêcher d'admirer l'écrasant spectacle qu'offraient les neiges éternelles, tandis que le soleil les embrasait de ses derniers feux.

L'ombre se répandait peu à peu sous leurs pieds. Elle monta jusqu'à eux, les enveloppa. Seuls les pics demeuraient dans la lumière. Ils virèrent du blanc à l'orangé, avant de rosir. Puis la nuit fut totale. Des millions de lumières envahirent le ciel, plus nombreuses, plus brillantes que nulle part ailleurs. Des étoiles filantes traversèrent en gerbe la constellation de Vísindramadur. Varka se lova contre Kelt. Cette nuit, elle comprenait ce que Jarn et Koli avaient pu ressentir quand ils étaient nés à la splendeur de ce monde.

Le matin les trouva soudés l'un à l'autre, hésitant à quitter le cocon de chaleur que leur procurait la toison d'ovlaine. Sur les saules, des fleurs de givre scintillaient sous les premiers rayons qui filtraient de la ligne de crête. Varka se décida la première. Kelt se leva à son tour, commença à plier la couverture. Son geste se figea. Son regard venait de tomber sur une figure que lui révélait la lumière rasante. Elle était très érodée, et peut-être s'agissait-il d'un caprice du hasard. Il chercha d'autres symboles. Il en trouva deux.

Trois sur les huit auxquels il fallait s'attendre. La dalle était bien plus vaste que toutes les pierres des hommes anciens qu'il lui avait été donné de voir, mais celles-ci différaient toutes les unes des autres par leurs dimensions. Trop exposée aux éléments, elle était usée au point que les gravures en étaient effacées. Mais celles qu'on distinguait encore ne laissait planer aucun doute.

En le voyant penché sur la roche, ses doigts affleurant la surface, Varka comprit. Elle se garda du moindre commentaire. Elle se demandait si Kelt se serait montré aussi tendre avec elle s'il avait découvert les signes la veille au soir, mais elle renonça à formuler la question. L'important était qu'ils s'étaient aimés sur cette pierre et que l'*autre* n'avait pas eu le pouvoir de s'y opposer.

Que ce soit par la Couleuvre ou par le Tétra, l'accès au Bordjurt était ardu, mais cet herbage haut perché, bordé à l'Aigle par des sommets inatteignables et au Sanglier par une paroi formant un à-pic de trente perches, offrait aux troupeaux une pâture inégalée. Son étroitesse et surtout des conditions hivernales trop rigoureuses y interdisaient l'implantation d'un village. Aussi n'était-il fréquenté que de la fonte des neiges aux premiers flocons. Bergers et chevriers y montaient par le chemin que venaient d'emprunter Kelt et Varka ou, à l'opposé, par les Stigi. Bien qu'issus de deux versants différents, les estivants n'entraient pas en rivalité. Ils avaient conscience d'appartenir à une confrérie privilégiée ; leur existence se déroulait bien au-dessus de celle des autres mortels, ce qui leur conférait une supériorité dont ils tiraient orgueil. Ils ne se connaissaient qu'une ennemie : la montagne. L'entraide seule permettait, parfois, de survivre à ses caprices. Là-haut, il n'y avait pas place, comme dans les bas, aux mesquineries. Ainsi, quand on ignorait de quel côté un agneau devait se diriger à la fin de l'estive, on ne se perdait pas en vaines disputes. On tirait au sort, voilà tout. Cela, il est vrai, arrivait rarement. La bonne entente et l'estime mutuelle n'empêchaient pas chacun de surveiller ses brebis de près.

Rares, pour ne pas dire exceptionnels, étaient les étrangers qui s'aventuraient là-haut. Aussi Kelt et Varka furent-ils reçus avec une curiosité stupéfaite. Se réjouissant de cette visite qui bousculait leur routine, les pâtres leur réservèrent un accueil des plus chaleureux. Bouche-d'or conta, Fille-farouche dansa. Ils goûtèrent le fromage que les bergères avaient affiné tout l'été.

Dans la nuit, le ciel se couvrit, si bien qu'ils abordèrent la descente des Stigi sous la pluie. Le paysage hier si riant devint sinistre. Butant contre la roche noire, les nuages formaient un couvercle lugubre d'où émergeaient les langues blafardes du Breitjolk. Kelt jetait des regards inquiets sur le glacier suspendu. D'énormes séracs hachaient son front. Des blocs aussi imposants que les tours de Solksborg pouvaient à tout moment s'en détacher pour balayer le chemin qu'ils empruntaient. Les bergers les avaient mis en garde contre ce mauvais pas, où ils avaient perdu nombre des leurs.

La moitié en était franchie, quand un grondement prolongé surgit des nuages.

— L'orage ? s'inquiéta Varka.

Kelt secoua la tête : non, c'était le glacier qui travaillait. Il n'en dit pas davantage. Dans la profondeur de la falaise de glace, il distinguait des formes mouvantes.

Il reconnut immédiatement ces créatures livides, aux contours imprécis. Les mêmes qu'il avait vues nager dans le Stor, avant l'effondrement du pont, ou jouer avec les vagues, avant le naufrage. Elles s'ébattaient dans la glace comme dans une eau libre. Il sentit monter en lui la nausée.

— Vite, courons, eut-il le temps de crier de sa propre volonté avant que la Vérité lui confisque sa voix pour annoncer : Flot contre flot, voici ce qu'il en est : tout prend fin dans l'élément où tout commence, car tout s'écoule en ce monde.

Chapitre 28

Dans quelques octades l'hiver s'installerait sur les Terres Hautes. Dès lors, il ne restait à Mader que deux solutions : lancer l'assaut final contre le Troisième Plateau ou se replier sur le Premier pour y hiverner. La raison plaidait pour le retrait. Un seul accès permettait d'aller déloger l'adversaire, la combe de Svarkettel, par endroits resserrée et dont l'ennemi contrôlait les hauteurs. S'y engager était à tout le moins aventureux, mais n'allait-on pas attribuer cette prudence de bon aloi à une frilosité d'homme en déclin ? Lui qui n'avait cessé de pester contre les atermoiements de Köttur, n'allait-il pas encourir à son tour le reproche de laisser échapper l'occasion d'en finir une bonne fois pour toutes ? Slegur, c'était notoire, n'appréciait rien tant que la vélocité.

Et puis qui sait s'il ne laisserait pas filer la dernière chance de se sentir un guerrier ? Slegur l'avait nommé connétable pour lui redonner autorité sur Köttur mais, depuis, les corneilles avaient joué avec les ossements du kwigar ! Maintenant que la victoire était acquise, le hartl ne s'abaisserait pas à diriger lui-même une opération de nettoyage, mais il n'avait plus vraiment besoin de lui. Il pouvait désigner n'importe quel maître de cavalerie pour mener l'offensive de printemps.

Il bagua un pigeon pour annoncer à Slegur qu'il lançait l'offensive. Il se ravisa et reposa le volatile dans sa cage. Mieux valait, maintenant qu'il avait arrêté sa décision, aviser le hartl de sa victoire.

Le carreau d'arbalète qui avait atteint Vradh n'avait pas tranché l'artère jugulaire. Il avait survécu. Mais, affaibli par l'hémorragie et la fièvre qui n'avait pas tardé à s'emparer de son corps blessé, il luttait encore contre la mort, sous le regard attristé d'un noyau de fidèles qui, par égard pour lui, ne se disputaient pas encore trop ouvertement le commandement. Cependant, des voix s'élevaient plus haut que d'autres sur la stratégie à adopter pour rompre l'encerclement. Un seul point mettait d'accord l'état-major de Vradh : il fallait redescendre avant que la faim et le froid viennent à bout des survivants.

Finalement, Egg-le-Contrefait emporta la décision. Sa tactique reposait sur deux constats. Plus on attendrait, plus les conditions empireraient. La nourriture était contingentée et, faute de bagages, on n'avait pu procurer aux hommes des cantonnements suffisants. Par ailleurs, si l'affrontement se déroulait à l'extérieur de la passe, l'avantage numérique dont bénéficiait l'ennemi jouerait en sa faveur, tandis que si le heurt intervenait dans la combe, on serait à l'abri d'un débordement par les ailes. Le déséquilibre ne jouerait que sur la profondeur. Et, persuadés qu'un échec de la percée signifierait la mort, poussés par leurs arrières, les hommes montreraient d'autant plus d'acharnement.

Au terme d'un conseil de guerre dans la tente même de Vradh, la date fut fixée.

Hiver après hiver, la neige s'était accumulée sur les sommets du Rautfjoll. Des glaciers de toutes tailles d'où seules émergeaient les plus hautes aiguilles écrasaient la montagne sous leur masse. Le plus étendu, le Breitjolk, couvrait plus de huit cents acres. On en ignorait la profondeur. Si quelques téméraires s'étaient laissé entraîner par leur curiosité sur ses franges, nul n'avait osé aller voir ce qu'il cachait en son centre.

Ce que l'on savait, en revanche, c'est que sa fonte nourrissait une multitude de torrents, dont certains, comme le Stor, deviendraient des fleuves puissants. On craignait le Breitjolk et les monstres qui, on n'en doutait pas, hantaient sa surface désolée. Mais on lui était reconnaissant d'irriguer les terres basses avec une telle générosité.

La fonte des glaces n'avait pas toujours cette heureuse conséquence. Quelquefois l'eau s'accumulait dans des poches subglaciaires en attendant de trouver un débouché. Et si elle n'y parvenait pas, elle exerçait sur la glace une terrible pression dont témoignaient les grondements qui enflammaient l'imagination des montagnards.

Quelquefois, à l'occasion d'un mouvement de terrain, une brèche se créait. Un nouveau torrent apparaissait, qui asséchait la poche d'eau en quelques saisons ou en quelques années, selon. Mais, d'autres fois, la rupture était brutale, et d'autant plus dangereuse que la cavité était importante.

Or, depuis des octennies, un lac s'était formé au-dessus des Stigi. Et la ceinture qui le bordait devenait plus mince été après été.

Les deux armées s'ébranlèrent en même temps. L'avant-garde de Mader se composait surtout de cavaliers. Leur mission : dégager le débouché de la combe afin de permettre aux troupes à pied qui les talonnaient de se déployer et de mettre en batterie les traits fusants. Les bardaghi de cette avant-garde partaient en confiance. Le dieu Gorth leur devait une revanche : ils n'avaient pas pris dans la bataille des hommes de craie la part qu'ils estimaient leur revenir, en raison des trombes d'eau, de la boue glissante et de la confusion. Cette fois, ils joueraient un rôle décisif !

Le rétrécissement de la passe ne doucha pas cet enthousiasme. Ils avaient conscience que l'ennemi ne manquerait pas de lancer sur eux des projectiles divers, mais ils comptaient sur leur mobilité. Vestiges du formidable effondrement qui avait créé la combe, les blocs erratiques qui encombraient le fond, même lorsqu'ils étaient regroupés en amas, ne constituaient pas des obstacles dirimants. Les cavaliers progressaient vite, comptant sur la surprise pour semer la panique dans les rangs de l'ennemi.

À l'autre extrémité, Egg-le-Contrefait lançait ses troupes. Lui aussi avait choisi de mettre les bardaghi en tête, mais ils tiraient sur les rênes afin de ne pas s'écarter de l'infanterie. Sur les crêtes, archers et frondeurs précédaient leur progression. Quelques cavaliers se projetaient en avant pour les éclairer. Parmi eux se trouvait Hòggni.

Après avoir quitté le champ de bataille sur l'alezan de Köttur, il avait pris la direction de l'Aigle. Les officiers des bivouacs avaient regardé passer avec surprise cet homme dont la tenue disparate jurait avec le harnachement somptuaire de sa monture, mais aucun n'avait osé s'interposer, reconnaissant dans les deux étendards plantés à l'arrière de la selle les couleurs du maître de bataille.

La surprise, pour ne pas dire l'effroi, fut grande aussi parmi les fuyards quand, épuisé par l'effort qu'exigeait son maintien en selle, Hòggni les rejoignit. Il s'en fallut de peu que, le prenant pour un bardagh ennemi, ils lui fissent un mauvais sort. Puis ils se raisonnèrent : le cheval, certes, appartenait à un noble heldmarko, mais le cavalier était isolé et dans un trop mauvais état pour apparaître comme un poursuivant crédible. On l'aida à descendre de sa monture. On lui donna à boire, ce qui, compte tenu de la pénurie dont souffraient les soldats en déroute, était la marque d'une grande générosité.

Quand il reprit pleinement conscience, il marchait, soutenu par deux compagnons. Il ne revit jamais l'alezan brûlé, mais il rejoignit le gros de la troupe. Arrivé sur le Troisième Plateau, il se fit reconnaître de l'entourage du connétable blessé.

Hòggni était de bonne constitution. Ses blessures ne s'infectèrent pas. Sa lucidité retrouvée, il regretta sa décision. Il avait réagi comme un chien battu, cherchant la niche. Et il s'était fourré dans un piège. Jamais Slegur ne les laisserait quitter les hauteurs.

L'ironie était que s'il avait poursuivi sa route au lieu de se poser en champion du diseur de mots, s'il avait prolongé sa course jusqu'au Heldmark comme il en avait caressé un temps le projet, il se trouverait aujourd'hui en bas, parmi les vainqueurs. Une seule décision, même pas, un coup de tête avait modifié le cours de son existence aussi sûrement que l'avait infléchi le bannissement que lui avaient valu des amours imprudentes.

Abandonner son esprit à des spéculations oiseuses n'empêchait pas la vigilance. Alerté par un bruit montant de la passe, il s'arrêta, imposant le silence à son escouade en levant le poing.

Un hennissement. Des cliquetis métalliques... Pas de doute : des cavaliers venaient à la rencontre des troupes engagées dans la passe.

Il lança le signal du ralliement et dépêcha une estafette pour prévenir le Contrefait.

La fin de la descente s'était révélée la plus pénible, sans doute parce que, pressés de s'éloigner du mauvais pas, ils prirent moins de précautions. Ce qui valut à Kelt plusieurs chutes. Un filet de sang coulait de son front sur sa joue et une douleur aiguë accompagnait chacune de ses inspirations un peu profondes.

Mais, au moins, ils étaient saufs. Du haut d'un dernier promontoire, il aperçut, à la Couleuvre, un hameau : Skar. Dans leur dos, le glacier ne cessait plus de gronder.

Un étrange silence pesait sur les masures. Les appels de Kelt ne reçurent aucune réponse. Pas même un aboiement. Bien sûr, les montagnards n'avaient pas eu besoin de son avertissement pour déguerpir : les craquements du Breitjolk avaient suffi à les alerter. Il allait partir à son tour, quand il distingua du coin de l'œil un mouvement.

— Eh !

Se voyant découverte, la vieille fit front. À moitié nue, les cheveux ébouriffés, elle roulait des yeux hagards. Elle portait une fourche à la main, pointée dans la direction des voyageurs.

— Qu'est-ce que vous voulez encore ? Vous nous avez déjà tout pris. Nos hommes. Nos filles. Nos réserves. Même les semences du printemps prochain ! Il ne reste rien. Les autres sont partis. Mais, moi, vous ne me prendrez pas !

Kelt marqua un temps d'hésitation, avant de comprendre.

— Non, je ne suis pas un soldat. Je suis un diseur de mots. Le glacier va craquer. Il faut fuir !

La vieille ricana :

— Qu'il vous écrase tous, hurla-t-elle. Qu'il nous venge du mal que vous nous avez fait !

Une terrible détonation couvrit sa voix.

À la tête de la cavalerie heldmarkee, Eidar ordonna une halte, tendant l'oreille. Il lui avait semblé entendre une sonnerie de cor. Sans doute une illusion. Il allait donner le signal du départ, quand un fracas atroce se répercuta le long des parois. Il n'avait rien entendu de tel depuis le jour où les alchimistes de Slegur avaient par inadvertance enflammé deux barils de poudre fusante. Le sol en tremblait. Un grondement sourd, qui enflait, succéda à ce coup de tonnerre.

— Qu'est-ce que c'est ?

Aucun de ses compagnons ne sut l'éclairer. Pourtant, ils n'allaient pas tarder à connaître la réponse : ce qu'ils entendaient, c'était la mort noire qui se précipitait vers eux à gros bouillons.

Le cheval de Hòggni se cabra, affolé par le vacarme. Le Horsto sauta à terre sans lâcher les rênes. Leva la tête. Tout le front du glacier basculait, tandis qu'à la base surgissait une cataracte d'eau sombre. Il tordit le cou du cheval pour l'obliger à se coucher sur le flanc. La bête lui fournissait un abri dérisoire. Par chance il se retrouvait dans l'ombre d'un énorme bloc rocheux. Une gerbe immense le surmonta. Une eau glacée s'abattit sur son dos. Il s'accrocha avec une telle force que ses doigts pénétrèrent dans la terre. Autour de lui il entendait des cris, des roulements, des chocs. Puis un ruissellement, continu. Il osa relever la tête. Il ne reconnut rien. Une épaisse couche de boue couvrait le sol encombré de blocs de glace, d'énormes rochers aux arêtes vives. L'eau continuait à s'écouler des hauteurs. Elle n'était plus projetée mais formait une cascade encore puissante. On ne voyait plus rien du glacier, dont le front avait reculé. De la combe montait le tumulte d'un torrent déchaîné et des nuages d'embruns.

La gerbe d'eau formait un arc gigantesque, pour percuter le sol à cinquante toises du pied de la falaise. La glace basculait, arrachait à la paroi des pans entiers avant de se fracasser un huitième de lieue plus bas.

— Tout ça, c'est votre faute, hurla la vieille derrière lui.

Une douleur atroce déchira son dos. Il tomba face contre sol.

Varka se jeta en hurlant sur la démente.

— Le malheur ! gueulait sa bouche édentée. Vous avez apporté le malheur sur notre plateau ! La montagne nous venge. Crevez tous !

En se débattant, elle cherchait à planter ses ongles dans les yeux de la Fille des étoiles. Comment une telle énergie pouvait animer un corps aussi usé ? Varka la repoussa, s'empara du glaive de Kelt, frappa. La vieille émit un glapissement et s'effondra.

Varka se précipita vers son compagnon.

— Tu ne peux pas mourir, hurla-t-elle. Tu n'as pas le droit de m'abandonner maintenant !

La fourche était restée plantée dans son dos. C'était un outil primitif, dont les trois dents de bois durcies au feu formaient un triangle.

Elle devait retirer ces pointes. Mais cela risquait de le tuer.

— Pardonne-moi, se décida-t-elle enfin.

Elle tira sur le manche, espérant que la toison d'ovlaine avait amorti le choc. Mais la haine avait donné à la vieille des forces insoupçonnées. Les deux pointes latérales n'avaient pu pénétrer profondément. Celle du milieu, au contraire, était ensanglantée sur plusieurs pouces.

Le cheval se releva. Il tremblait sur ses pattes. Hòggni lui caressa le chanfrein pour le rassurer. Quand le tremblement cessa, il se mit en selle. De la combe montait toujours le roulement d'un flot déchaîné. Hòggni n'avait plus qu'une idée : fuir au plus vite ce lieu maudit avant qu'une nouvelle catastrophe se produise.

Tournant le dos à la combe, il se dirigea vers la Couleuvre, louvoyant entre les blocs de glace et les cadavres.

— Eh, le Horsto, aide-moi !

Un blessé se traînait à terre.

— C'est ma patte, dit-il. Je crois qu'elle est cassée.

Du haut de sa monture, Hòggni l'observait d'un regard froid. Déjà qu'il ne savait pas comment quitter ces hauteurs, il n'allait certainement pas s'encombrer d'un infirme. L'autre le comprit. Sans doute aurait-il tenu le même raisonnement si les situations étaient inversées. La fraternité d'armes, face à l'ennemi, peut-être, mais face à une montagne en colère…

— Tu sais où tu vas ? cracha-t-il. Moi, je suis du Laxdal. Je connais les cols.

Le Laxdal ? Kelt Hauk'ar était originaire du Laxdal. Fallait-il y voir un signe ?

— C'est quoi, ton nom ?

— On m'appelle Strutti.

— Alors, Strutti, c'est ton jour de chance, maugréa Hòggni.

Il dut mettre pied à terre pour hisser le blessé en croupe. Effectivement, sa jambe, heurtée par une pierre, était dans un mauvais état. Grimper sur le cheval représenta une épreuve pour lui, mais il eut le bon goût de ne pas gémir.

— Accroche-toi, le prévint Hòggni : si tu tombes, je ne m'arrêterai pas pour te récupérer.

Plus on s'éloignait de la passe, plus la couche de boue s'amincissait. La végétation, quand elle apparut enfin, était lessivée, couchée sur la pente. Hòggni aperçut un hameau. Il y dirigea le cheval. Il ne s'illusionnait guère sur ses chances d'y trouver de la nourriture : les ravitailleurs avaient ratissé tout le plateau, avec ordre de tout rafler sans s'occuper des paysans. Mais il tentait le coup tout de même.

Avant de s'engager entre les masures, il tira son sabre.

Au milieu du chemin gisait une montagnarde. Le sang répandu autour d'elle ne laissait aucun doute. À quelques pas, une femme assise à même le sol berçait un blessé.

— Varka ? C'est bien toi ?

Elle leva vers lui un visage baigné de larmes. Elle était tellement absorbée par son chagrin qu'elle ne s'étonna pas de reconnaître le Horsto.

— Oh, Hòggni, gentil sanglier, aide-moi. Il a mal.

Il se pencha sur Kelt, écarta doucement la Fille des étoiles pour l'examiner. Le diseur de mots vivait encore, mais pour combien de temps ? Il avait vu trop de blessés sur les champs de bataille pour ne pas distinguer, sur le visage de son ami, le masque de l'agonie.

Il leva vers elle un regard douloureux.

Elle se dressa d'un élan, affirma :

— Je ne veux pas qu'il meure !

Comme si la volonté des habitants du Monde retenait le bras de la Visiteuse !

— Je ne le veux pas, répéta-t-elle, et jamais sans doute n'avait-elle mieux mérité son nom public qu'en cet instant.

Il s'approcha d'elle, voulut la prendre dans ses bras pour la consoler, mais elle le repoussa.

— Je sais comment le sauver, gronda-t-elle. Seule, je n'y serais pas arrivée. Mais tu vas m'aider !

Ils avancèrent aussi loin que possible avec le cheval, puis Hòggni prit Kelt sur son dos. Cette position inconfortable risquait de l'achever, mais un peu plus tôt, un peu plus tard… De toute façon, Varka ne lui laissait pas le choix. Ils entamèrent l'ascension des Stigi.

Le Bordjurt n'avait pas été épargné par la catastrophe. L'herbage, constellé de glace et de bétail mort, disparaissait sous la boue. Des pâtres rassemblaient en silence ceux des leurs qui avaient eu moins de chance qu'eux, se demandant comment dresser un bûcher en ce lieu. Ils regardèrent passer, absents, le cortège que formaient Varka, le Horsto et son pitoyable fardeau.

Varka ne s'arrêta pas au bord du pâturage. Envisageait-elle de descendre dans la vallée ?

— Tiens bon, on y est presque !

Ses encouragements ne s'adressaient pas au Horsto, mais au moribond.

— Bientôt, je te promets, tu pourras t'abandonner. Mais tu dois tenir encore un peu.

Pour le raccrocher à la vie, elle évoquait crûment des moments d'intimité que Hòggni aurait préféré ignorer. Elle le provoquait, sur le ton du défi. Puis elle redevenait tendre, se livrait dans sa fragilité. Et enfin :

— C'est là, dit-elle.

Hòggni déposa Kelt sur la dalle. Il ne comprit pas où ils se trouvaient, jusqu'à ce que Varka le lui explique.

— Une pierre des hommes anciens ? Mais…

Il se retint de lui dire qu'au cours de son périple avec le diseur de mots il n'en avait jamais vu de semblable. Si cela la consolait… En revanche, la raison qui l'avait poussée à l'amener là demeurait pour lui mystérieuse.

Elle posa ses lèvres sur celles du mourant.

Ou du mort ? Hòggni n'avait pas le cœur de le vérifier. Il ne voyait plus la poitrine de son ami se soulever. Il sursauta. Un filet écarlate apparaissait sous lui. La plaie s'était-elle rouverte quand il l'avait couché sur la dalle ? Si son sang s'épandait aussi vite, cela signifiait que son cœur battait encore – mais aussi que sa vie achevait de s'écouler.

Le sang, suivant un tracé improbable, emplissait les gravures, révélant celles qui étaient devenues si subtiles que l'œil ne les percevait plus.

Varka y trempa les mains. Elle s'empara du glaive et serra contre sa poitrine la lame nue que ses doigts empoissaient. Savait-elle ce qu'elle faisait, ou suivait-elle une ultime volonté du diseur de mots ?

— Il m'a dit un jour…

— Je sais ce qu'il t'a dit, le coupa Varka. À propos de la pierre, et aussi de ce qui s'est passé ensuite. C'est toi qui me l'as révélé !

— Moi ? s'indigna Hòggni.

Il secoua la tête. Elle disait probablement vrai, même s'il n'en avait pas eu conscience. D'ailleurs, quelle importance cela avait-il à présent ?

Elle serra les dents, butée, le regard fixé sur ce sang qui continuait à se répandre, traçant sur la table un réseau vermeil.

— C'était une autre pierre, bredouilla Hòggni. Celle-ci n'est pas…

Il s'arrêta, indécis. Elle ne l'entendait plus. Elle regardait au-delà du sang. Au-delà du gisant. Vers les saules nains.

Il suivit son regard.

Elle était là, émergeant des arbustes. Telle que Kelt l'avait décrite, avec ses longs cheveux noirs, ses yeux couleur de rivière. Il hésitait pourtant à la reconnaître. Kelt avait toujours évoqué sa fragilité. À l'entendre, c'était cette vulnérabilité qui l'avait poussé à lui venir en aide quand les villageois s'acharnaient sur elle. Or, si le corps de la dirse était frêle, il émanait d'elle une telle puissance qu'il eut envie de se jeter face contre terre, vidé de toute son énergie, abdiquant tout vouloir.

Les deux femmes s'observaient. Varka était livide. Ses lèvres frémissaient. Hòggni n'aurait pu dire si elle se réjouissait d'avoir suscité la dirse ou s'en désespérait. Elle posa les deux mains sur son ventre.

— Emmène-le dans ton domaine, dit-elle – et les mots semblaient déchirer sa gorge. Emmène-le dans la Forêt profonde.

— Si je l'emporte, il ne reviendra pas dans le Monde tant que son souvenir subsistera dans la mémoire d'un mortel. Ou d'une mortelle.

— Je saurai qu'il vit ailleurs, dans la Mère de toutes les forêts.

— En es-tu certaine ? demanda Æsa. Est-ce vraiment ce que tu veux ?

— Bien sûr que non ! Je voudrais qu'il vive auprès de moi. Je voudrais le sentir près de moi, en moi. Je voudrais danser pour lui l'invite aussi souvent que j'en ai le désir ! Je voudrais entendre son rire, je voudrais entendre sa voix, toucher sa peau, sentir son odeur, mordre ses lèvres, chasser pour lui, partager mes repas avec lui. Mais j'aime encore mieux le savoir dans tes bras que dans ceux de la Visiteuse.

Les yeux de la dirse tournaient au ciel étoilé. Les saules émirent des surgeons en direction du gisant. Ils furent bientôt assez grands et touffus pour le dissimuler, tout comme ils enveloppaient Æsa.

Quand Varka se décida enfin à écarter les branches, Kelt Hauk'ar avait disparu.

Varka tenait encore le glaive à la main. Un peu de son sang se mêlait à celui du diseur de mots, car elle s'était entamé les doigts en serrant la lame.

— Tiens, dit-elle en le tendant à Hòggni. Je sais que tu préfères le sabre, mais il aurait aimé que tu l'aies.

Le Horsto fixait l'arme, partagé entre la fascination et la pudeur.

— Je n'ai rien fait pour mériter une arme digne des Cinq Preux.

— Et lui ? Toi, au moins, tu sauras t'en servir. Et qui sait ? Peut-être un jour un rhapsode chantera aussi ta légende.

Aucune chance, songea Hòggni. Tous s'accordent à dire que les Preux étaient beaux.

— On va rechercher Strutti. Je lui ai promis. Après, je te reconduirai auprès des tiens.

Elle secoua la tête. Il se méprit sur son refus, le mettant au compte de son orgueil.

— Les environs ne sont pas sûrs, entre les montagnards hostiles et les soudards vaincus qui ne savent pas où aller, insista-t-il.

Elle soupira.

— Je n'ai plus ma place parmi les Enfants des étoiles.

Ses mains se rejoignirent sur son ventre. Il avait déjà surpris ce geste, quand elle s'était retrouvée en présence d'Æsa.

— Tu es enceinte ?

Il posait la question, mais il ne doutait pas de la réponse, bien qu'elle gardât le silence. Il insista :

— De lui ?

— De qui d'autre ? regimba-t-elle.

Il ne put retenir un sourire. Le temps d'une réplique, la jeune femme défigurée par le chagrin était redevenue le chat sauvage auquel il valait mieux éviter de se frotter.

— Les Enfants des étoiles redoutent la naissance d'un enfant né de l'une des leurs et d'un thung. Ils pensent que ce sera la fin de notre peuple.

— Mais tu l'as suivi malgré tout, soupira Hòggni.

— Il n'est pas donné à tout le monde de lutter contre sa destinée. Peut-être un diseur de mots en est-il capable. Moi, je ne serai jamais qu'une errante dont se joue le vent dominant.

Elle avait pourtant cru le contraire, dans un passé pas si lointain. Le temps avait filé si vite. Et, pourtant, tant d'événements s'étaient bousculés. Quand elle repensait aux dernières paroles de l'Aïeule, elles lui semblaient remonter à un autre âge.

— La vie, lui avait dit la mourante, est semblable à l'écume qui flotte un bref instant dans les remous d'un torrent. Il est temps pour moi de rejoindre le flot ultime, de me laisser porter par le flux qui entraîne toute chose et fait tourner les étoiles autour du grand axe. Non, ne pleure pas. Tel est l'ordre du Monde : tout s'écoule, le fleuve, le sable de la rive, le vent dans les feuillages. Les montagnes elles-mêmes disparaîtront un jour, usées par des glaciers eux-mêmes condamnés par la fonte. Tout n'est qu'impermanence. Alors danse. Danse ta vie. Danse tes joies. Danse de tout ton corps tant qu'il est encore souple, tant qu'il est encore ardent. Ne laisse rien ni personne ralentir ton pas ni te dire où poser le pied. Souviens-toi, aux heures du doute qui ne manqueront pas de sonner, que rien n'est plus important que ta danse. L'homme qui est venu ce soir, avait-elle encore précisé, tu danseras un jour pour lui la plus belle de tes danses. Tu danseras ta joie, tu danseras ta douleur. Tu danseras au-delà de tes forces, à t'en briser le corps, à t'en percer le cœur. Surtout, ne manque pas un pas. Ta danse nous jettera tous sur des chemins incertains. Mais il faut qu'il en soit ainsi. L'Axe-divin lui-même ne peut rien contre elle.

— Cet homme pour qui tu dis que je danserai, il me fait un peu peur. C'est un sorcier ?

L'Aïeule avait souri, mystérieuse. Varka entendit à peine la réponse qui échappa des lèvres ivoire de la mourante.

— S'il n'était que cela…

Du moins, c'est ce que la jeune fille comprit.

Elle s'était cabrée. Ne l'appelait-on pas Fille-farouche ? S'il en était une capable de défier le destin, de refermer avant qu'elles soient béantes les plaies qui menaçaient de corrompre la chair du temps, n'était-ce pas elle ? Elle danserait, oui, mais pas la soumission. Elle danserait la révolte. La liberté. Sa rébellion.

Elle était bien décidée à fuir l'étranger. Mais Deux-bigornes avait guidé les archers. Et quand elle les vit emmener le diseur de mots, elle comprit le testament de la vieille, et quelle sorte de danse elle danserait désormais. Comparé à ce qui l'attendait, l'équilibre sur la corde du jeune funambule n'était qu'un jeu.

Quand ils rejoignirent le hameau, ils trouvèrent Strutti à l'article de la mort.

— Dommage, souffla-t-il, j'aurais aimé revoir ma vallée. Merci quand même, le Horsto.

Il eut encore la force d'indiquer le chemin avant de s'endormir pour ne plus se réveiller.

— Je vais voir si la vieille disait vrai. Si les soldats ont vraiment tout raclé.

En fouillant, il découvrit quelques cachettes dont il rapporta un peu de fromage, quelques fruits secs.

— Tu vas te reposer un moment, décida-t-il. On partira demain.

En début de soirée, les nuages se levèrent. Le couchant enflamma les sommets, comme il l'avait fait quelques jours plus tôt, quand Varka et Kelt avaient bivouaqué sur la Dalle aux écritures. La montagne paraissait si calme, si solide. Éternelle.

— Crois-tu qu'il m'a déjà oubliée ? demanda Varka. Ou, près d'elle, se languit-il de moi comme près de moi il pensait à elle ?

13110

Composition
NORD COMPO

Achevé d'imprimer en Slovaquie
par NOVOPRINT SLK
le 6 décembre 2020

Dépôt légal : janvier 2021
EAN 9782290223796
OTP L21EPGN000673N001

ÉDITIONS J'AI LU
87, quai Panhard-et-Levassor, 75013 Paris

Diffusion France et étranger : Flammarion